将洒下的光藏进故事的土壤里

光粒

彩虹糖 —— 著

台海出版社

图书在版编目（CIP）数据

罗曼不浪漫 / 彩虹糖著 . -- 北京：台海出版社，
2023.5

ISBN 978-7-5168-3495-4

Ⅰ.①罗… Ⅱ.①彩… Ⅲ.①言情小说—中国—当代
Ⅳ.① I247.5

中国国家版本馆 CIP 数据核字 (2023) 第 017454 号

罗曼不浪漫

著　　者：彩虹糖

出版人：蔡　旭　　　　　　　　策划编辑：阿　岁
责任编辑：赵旭雯　　　　　　　封面设计：苏　荼

出版发行：台海出版社
地　　址：北京市东城区景山东街 20 号　　邮政编码：100009
电　　话：010-64041652（发行，邮购）
传　　真：010-84045799（总编室）
网　　址：www.taimeng.org.cn/thcbs/default.htm
E-mail：thcbs@126.com

经　　销：全国各地新华书店
印　　刷：长沙鸿发印务实业有限公司
本书如有破损、缺页、装订错误，请与本社联系调换

开　　本：880 毫米 ×1230 毫米　　　　1/32
字　　数：331 千字　　　　　　　　　印　　张：10.5
版　　次：2023 年 5 月第 1 版　　　　印　　次：2023 年 5 月第 1 次印刷
书　　号：ISBN 978-7-5168-3495-4

定　　价：45.80 元

目·录

目·录

罗曼梦到图书馆着火了，火势虽没有蔓延，但依旧让她惊慌。她喊人帮忙，又自己想法子灭火，可下一秒，她成了纵火之人。

罗曼连连解释自己绝不是纵火犯，还不等围观群众告诉她他们信没信，她就被手机铃声吵醒了。

她睁开眼，外面已是天光大亮。窗帘挡住了阳光，但没挡住室外的天朗气清。这样的日子，适合放松心情。

来电人是上司阿良。他的声音不大，想来是在安静的公司里。

"小罗，怎么没来公司？睡过头了吗？"

罗曼抱歉地道："是的，不好意思，良哥，睡得太死，没听到闹钟响，我马上来。"

"好的。"

阿良没露出任何不满，想来他也清楚周日叫员工义务加班多少有些泯灭人性，尤其是最近已经持续两周加班了。

罗曼起床快速收拾好自己后便出了门，没有浪费时间化妆。

走到小区门口，路过一家叫百果园的水果店，罗曼考虑了一下，走进店里买了半个西瓜、两盒火龙果，都是切好的。

罗曼在一家做社交软件的互联网企业上班，办公场地是租用的孵化器。走进大门，大堂工作区域第三到第八排属于她所在的公司。

整个公司安安静静的，空气中弥漫着压抑的气息。

"曼，赶紧的，就等你的图了。"前端同事吉米叫她。

罗曼把水果随意地放在空着的桌子上，走向工位。

罗曼的职位是 UI 设计，最近公司的社交软件版本迭代，从品牌商标开始全改了风格。昨晚老板又提了一些细节上的修改要求，她在家作图到凌晨三点都没弄完，这才睡过头了。

罗曼快速改完剩余的几张图，打包发给吉米后，她暂时就没有工作急需处理了。

她想起自己买的水果，便走到那张桌子旁边，正好桌子最里面坐着上司阿良。

罗曼微笑道："良哥，我买了水果，一起吃啊。"

"哎，谢谢。"阿良加快速度打完字，起身走过来。

罗曼已经招呼了其他同事，见阿良来吃，大家也放下手头的工作说说笑笑地围过来，气氛瞬间活跃起来。

忙到下午四点，工作总算告一段落，大家可以回家了。

阿良主动提出请客吃饭，响应的人不多。实习生小妹妹十分热情，精力充沛，笑着问："请吃什么好吃的？"

阿良说："你说，你说吃什么就吃什么。正好春生在附近，让他请顿大的。"

"海鲜！刺身！"实习生妹妹很期待。

其他同事纷纷请假，有要回家带孩子的，有不饿的，还有约了朋友的……总之大家都不想去。哪怕一个空闲的晚上，大家也不想把时间浪费在工作上，真的该歇歇了。

聚餐计划就此告吹。

罗曼回到家大扫除一番后，点了一份外卖，吃完已经九点了。她休息了四十分钟，又跟着视频练了一会儿瑜伽，便洗澡上床了。

罗曼点燃最爱的白玫瑰线香，待香味飘散开，她心情愉悦地躺好。她抱着手机在经常光顾的网店又下单了白玫瑰线香，付完款后看到推荐里有一款香，说是适合夏天，睡前点一支，隔天食欲都会好了。

罗曼最近正好食欲不振，便买了试用装。为了避免冲动消费，她赶紧退出购物网站，打开有声书，定好时间入睡。

周一上班，老板王春生开早会感谢大家这段时间的辛苦工作。

他说："月底团建，请大家去山里泡温泉，好好放松一下。"

还有个好消息，老板要奖励最近表现突出的同事，入选的基本是各部门领头人。罗曼入选是因为上个月另一个 UI 离职了，导致她工作量倍增。

奖金是一千块人民币外加一张五百元面值的购物卡，各大超市都能用。

一千五换连续上班三周你愿意吗？罗曼是不肯的。好在老板明智，没给她这个选择权。

下午的时候，姑姑在家庭群里问起罗曼上次买的膏药贴的牌子。

罗曼回："你让朝朝来我家拿，我最近工作太忙了。"

姑姑说："不是我要，是你奶奶说你上回给的膏药贴挺好用的，她这两天手腕又痛了。"

罗曼明白了，回复道："晚上我过去一趟。"

老人就是这样，心里想要，嘴上永远不说。罗曼曾主动问过奶奶膏药贴好不好用，要不要再给她买几盒，可奶奶说没效果。这不，私下里又念叨，奉劝她先前从代购那里买了几盒。

晚上罗曼去看望奶奶，把膏药贴拿给她。不出所料，奶奶又说罗曼浪费钱，还说她的手腕已经不痛了。

罗曼作为"90后"，小时候虽然也过过清苦日子，但依旧理解不了老一辈骨子里的节省。

罗曼见奶奶手腕上的那一张都发黄了，一看就是贴了两三天不止，没忍住啰唆起来："这又不是多贵的东西，您就放心用吧，勤着点儿换，回头用完我再给您买。"

奶奶笑了笑，换上新的，说了句："还是我孙女好。"

罗曼也不好来了就走，便陪着奶奶看起了无聊的婆媳剧。她的注意力被桌上的老皇历吸引，拿起来翻了翻。看到纸面上有周公解梦的小剧场，她立刻想起那个关于起火的梦。

姑姑要回家了，叫罗曼："回家吧，太晚了打车不方便，你上班也累了，早点回去休息。"

罗曼还没翻到跟起火相关的解析，头也没回地对姑姑说："您先走，我再坐一会儿。"

一本老皇历翻完，还是没找到关于起火的解析。罗曼上网搜了搜，说是走财运。还真准，这不刚发了一千块奖金吗？

罗曼放下老皇历，从自己的包里翻出超市购物卡给了奶奶。不等老人家啰唆"我老了，啥也嚼不动，你留着买吃的吧"，她就闪人了。

奶奶家是自建房，在老城区的深巷子里，路灯大多都坏了，没坏的几盏也跟电量不足似的。这会儿已经晚上十点了，罗曼还真有点怕。她加快步伐，脑子里乱七八糟地想着好多事，有解梦、加班，还有许多恐怖电影的片段……

拐个弯出去，罗曼见巷子尽头有一个男人打着电话从一处院落走出来，走向门口停着的车。那个人很快上了车，发动车子离开。

罗曼心里的害怕减轻了几分，但脚步依旧很快。快走出巷子的时候，她踩到了一样东西，低头一看，是一张身份证。

罗曼捡起来瞧了瞧，身份信息是：周川，男，1988年生，地址显示就住在这附近。

应该是刚才那个人的。

此时，正好从罗曼身后的院子里出来一位中年女士和一个小女孩。她问她们是否认识周川，对方果然是他的家人。

核对信息交还了身份证后，罗曼便离开了。

周川接到二婶的电话，说他丢了身份证。

"可能接电话时不小心掏出来了，没事，反正也作废了，您先帮我拿着吧。"他满不在乎地道。

二婶教育他："上次就是马大哈，身份证丢奶奶家了都不知道，又临时去补办。你啊，这么大人了，还没我们妙妙细心。"

周川笑着应付了几句，便挂断电话。

前面的路堵住了，这个时间点堵，只怕是出了事故。周川把车窗降下来，点起一支烟，抽到一半，从后视镜注意到了一位女性路人。

她已经走近了，看不到脸，是她的穿着吸引了他。雪青色上衣搭配直筒高腰牛仔裤，身形步态淡然优雅。

其实周川也是最近才了解到"雪青色"这种颜色名称，判断气质也不全是看人走路的姿势。主要是眼前的人让他想起了一个曾经见过的女人，那个女人的冷静淡然给他留下了十分深刻的印象。

女人从他的车旁走过，上了他前面那辆出租车。

罗曼到家已经十一点多了，门口放着一个快递，但箱子破了。

这应该是罗曼找代购买的那一单货，光邮费就花了六十块。本应该很重的，但她轻而易举就拎了起来，一看，里面的东西丢了不少。

罗曼叹气不已，老皇历骗人，这明明是要破财啊。

快递丢失对当代年轻人来说可以算得上是几大讨厌的事情之一了，除了财产损失，从下单到拆箱的所有期待也全部落空。另外，如果买的东西是赶着送人的，那就更糟糕了。

以上的情况罗曼全中，并且还要加一条——代购是她多年不联系的高中同学，跟熟人谈赔偿，真的很糟糕。

一件件处理吧。

罗曼先在另外一个经常光顾的代购那里重新买了现货。那是她大后天要送给母亲大人的生日礼物。

然后她检查了家门口摄像头的记录，自派送人员放下快递到她回家，这中间没人来过。也就是说，派送给她的快件本身就是破损的。

拍照、核对缺失货物、调取视频……整理好证据一起发给代购的同学后，已接近半夜，罗曼没有等对方回复就去洗澡睡觉了。

隔天起床，罗曼收到回复，同学说正在联系快递点投诉处理。

罗曼没有多问，静候退款。

同学这一联系就是三天，中途给她发了一条微信消息，说派送网点那边核对过了，快递员没有偷。

这话罗曼没法儿接，只能用表情包敷衍。

好在新买的护肤品及时送到，没耽误罗曼给妈妈过生日。

除了这套护肤品，罗曼还给妈妈宋莲买了一副金耳环。

宋莲把两样礼物都打开看了看，一一点评道："这耳环有点大，我这个年纪戴，不好吧？要不你戴吧，倒是挺好看的。你买的这套化妆品适合干性皮肤还是油性皮肤啊？瓶子看着很高级，这怎么打开啊？"

罗曼化身柜姐，给宋莲讲了护肤品的功效和用途。她笑了笑，说："我还要什么美白效果，我这个年纪心情好比什么化妆品都有效。"

不等罗曼打岔，宋莲后半句也已经说出口："哎呀，你今年要是能找个对象，我才是真的发自内心地高兴，我也给你买化妆品。"

气氛尴尬起来，罗曼阻止不了，却也不想回应，因为沟通不了。但她的沉默在父母看来又是情绪化，说不得。

宋莲叹了口气，主动换了话题，心里感慨当父母太不容易了。

宋莲注意到那套护肤品里有两盒口红中样，一共八支，便问："做活动吗？买套装怎么送这么多东西？"

罗曼解释道："买的第一套正品被快递员弄丢了，小样给我留下了，就多了一盒小样。你用嘛，或者拿去送给你们夕阳红舞蹈队的姐妹们，颜色都还行，适合的。"

罗曼的父亲罗城让问女儿："快递怎么还丢了一半？人抓到了吗？给你赔偿了吗？"

"嗯，赔钱了。"罗曼淡淡地回答。

给母亲过完生日回到家，罗曼洗了个澡，看到代购同学发来的转账信息。她转了一千五百八十块给罗曼，罗曼除了丢了护肤品套盒，还丢了几样小东西。

罗曼没收，打算先说点客气话，可"不好意思"四个字还没打完，对方就发过来一串："我同时也给我家里寄了东西，同一家快递，我妈那边倒是没出问题。往老家寄，你这还是第一回丢件。真倒霉。"

罗曼怎么看都觉得这些话似乎意有所指，但她也不好盲目诋毁他人。考虑了一下后，她问同学："是快递公司给你赔付了吗？"

"没，人家说了快递没问题，这是我掏的钱。"

罗曼欲打字了解详细的情况，但同学又发来消息："收下吧，我去给娃洗澡了。"

罗曼心里很不舒服，点了一支香冷静了一会儿，可还是觉得不舒服。她不能接受这件事就这么稀里糊涂结束了。

本来因为代购是老同学，她一开始就不好意思张口催别人退款，想搞清楚权责，该谁负责就谁负责。到时她收钱心里也舒服，什么事都讲个名正言顺不是？

但同学这种态度，让罗曼有一种枉作小人的感觉。

罗曼无法忍受。

第二天晚上同一时间，同学收到转账自动退回的提醒后，问罗曼为什么不收。她说先不急。

第三天是周六，罗曼起床后去了快递点。

网点刚好来了一车快递，所有人都在忙。罗曼没好意思打扰，便耐心地等在一旁玩手机。

过了一会儿，罗曼听到有人叫老板。她抬头一看，是一个身形挺拔高大的男子，看面庞有点眼熟，只是想不起在哪里见过他。

这个男子跟老板进了里间屋子，因为店面不大，所以能听到他们说话的声音。原来这个男人是来收下一年度的租金的。

老板让他稍等一下，他的妻子一会儿便转账过去。

罗曼心想，这位房东可别把老板催烦躁了，她还指望老板有好心情解决问题呢。

几分钟后，老板和房东先生一起走出来。

老板看着罗曼问："美女，你那个快递怎么回事你再跟我说说。"

罗曼赶紧上前跟店主说明经过。

店主听完后，先核对了物流单号，又说："美女，你别急，你损失了财物肯定要追究，这没得说，但咱们现在不能无凭无据就下结论。是这样的，这种事我告诉你一个解决办法，你的快件在始发网点称重的重量是十一公斤，那么到手也应该是这么重，运输途中每一个中转站都会称重，这个都是有记录可查的。你就是收件人对吧？你让发件人联系发货的快递网点，打电话投诉，要求查一路上的重量记录，这样就能知道箱子是在哪一站破损了丢了东西。另外你也可以跟邮政投诉，联系方式我告诉你。"

老板的话让罗曼安下心来。只是她总感觉有人在看她，扭头一瞧，正是那位房东先生。

罗曼顾不得别的，向老板问道："投诉之后呢？我们需要准备什么材料？"

老板说："赔付阶段会有人告诉你，需要身份证明和快递单号之类的。对了，购物发票要准备好，都是按发票金额赔款。"

"这样就行了吗？"罗曼问。

老板左右瞧了瞧，小声说："私下跟你说，不是我袒护自己人，给你派件的快递员我认识多年了，人品信得过。这个还真不好说是哪个环节出了问题，你就让卖家投诉，公司不会提供每一站的称重数据的。你坚持要说法，就会给你赔，让发件网点老板好好配合打几个电话就更容易。"

"好的，谢谢您。"

"没事。"

罗曼想了想，还是决定去门口给同学打电话。万一还有其他疑问，也好就近咨询老板。

电话打过去，同学很快接了，罗曼把方法仔细转告给她。

同学听完后，略有些不耐烦地道："知道了，等我有空打。"

罗曼隐约能听到电话那头有孩子的哭闹声。

罗曼怕她没记住，编辑好详细步骤后发了过去。下一秒，对方又转来退款，这回是一千六百块。她说："那盒小样也算我送你了好吧。"

罗曼有点生气了，就没见过这么做生意的。

罗曼这不是第一次海外代购，之前也遇到过发错货的，还遇到过代购打碎物品的，但每一位代购都是非常主动积极地承担责任，第一时间道歉并退款。发错货那次，代购为表歉意都不要她退货，就直接补发了一个。从来没有像此刻这样，她明明是维护自身的合法权益，却莫名其妙变成了贪心不足的人。

没这个道理，罗曼就是不要这笔钱，也要理清对错。

她又去打扰老板："请问这种投诉可以由买家来吗？"

店主想了想，摇头道："代购吧？妹子，我说句话，你别多心，我干这一行有些年头了，就我们这附近做代购的老顾客都有好几个。你这种情况我见多了，就没见过买家比卖家还着急。代购的货损失了，她得赔你钱吧？是垫付吧？辛辛苦苦挣点儿钱都不容易，大几千就这么自认倒霉了？您说我说得对不对？"

罗曼觉得有道理，别扭的地方就在这儿。

老板"嘿嘿"一笑，说："几十块钱的东西不追究就算了，投诉索赔确实费时间又费精神，但一两千……当然了，我也是随口一说。"

"谢谢您，麻烦您了。"罗曼说完便离开了。

罗曼一边走一边看微信消息，对话界面那笔一千六百块的转账很刺眼。她往上翻聊天记录，看到了她下单当天和同学的对话。

为了证明是亲自到现场采购，采购当日同学都会在朋友圈发定位、拍视频，票据也会晒出来。

罗曼一般情况下不会单独要小票，因为代购都是大宗采购一起埋单，没有单独小票很正常。再加上这次又是老同学，她也是出于情分照顾老同学的生意，更不好斤斤计较。

罗曼发语音给同学："你好，麻烦你把购物小票完整地拍给我，还有支付记录的截图，我一起提交给物流公司索赔。"

等了五分钟，对方回复："一个商场买了好几个客户的东西，哪有小票？而且我发货之后就把小票丢了，不然我家里得单独空一间卧室存小票。"

罗曼查看了购物当天的聊天记录确认信息，然后打字回复："你是五月十三日中午十一点五十分微信告知我已买完，麻烦提供一下这个时间的付款记录，谢谢。"

对方回了一段语音，语气很是暴躁："你烦不烦？就一千多块钱，我都转给你了，你还想干吗？"

她的声音很大，手机不贴脸在室外环境下都能听得很清楚。

罗曼的语气十分平静："你好，作为同学，你不想让我受损失，我也不想让你吃亏，由我来沟通索赔，你提供材料，十一点五十分的付款记录请发给我。"

对方没再回复。

罗曼盯着聊天界面慢慢往前走，突然被人从身后拉了一把，一个低沉的男性声音响起："小心车。"

面前一辆电动车驶过，罗曼惊魂未定地看向身后，说："谢谢。"

是刚才那位脸熟的房东。

"嗯。"房东先生朝着前面的车走过去。

罗曼也收起手机专心走路，到大路上准备打车。

巷子里拥挤，周川的车还没走路的行人快。

开到大路上，他留意到了路边的女孩，发现她真的很爱紫色。

这已经是第三次见面了。周川想到他们的初次见面，那是一场婚礼，中途有人闹场子，场面十分尴尬，当时她就很淡定。

在快递站也是，周川听了半天，大概也明白是怎么回事了。他觉得这姑娘真是有意思，次次见她她都遇到难题，但偏偏她冷静得仿佛事不关己。

周川开车来到附近银行，把刚刚收到的租金取出来，再存到奶奶的存折上。办好之后，他继续跑腿去送存折。

奶奶跟二婶一家住在一个院子里。

周川交还了存折后又被留下吃了午饭。他刚要走，二婶家上高二的小妹妹妙妙拉着他讨要下个月的生日礼物。

"说吧，看上什么了？"周川好整以暇地问。

妙妙打开手机相册，说："这个，哥，我喜欢这件上衣，你买给我好吗？我妈不给我买。"

周川没仔细看："哪个牌子？"

"就是不知道才让你帮我找呀。"她说着把照片发给了周川。

周川点开微信看了一眼，问："这张照片上的人是谁？"

"就是上次捡到你身份证的姐姐啊，我拍的。我只是喜欢她穿的衣服，买完就会删掉。"

周川答应了妹妹后就走了。

上了车，他没忍住又点开了那张照片。

她怎么会出现在这里？难道是老邻居？

不可能吧，有这么个有趣的人，他怎么可能听都没听过？

快递事件最终以罗曼退货退款收场，这其中的是非黑白最终也没能追究清楚。

但罗曼也懂得见好就收，她不会逼着老同学亲口承认卖假货。

罗曼把自己当成胜利者：第一，她没损失钱；第二，她学到了快件丢失的维权方法；第三，她决定用先君子后小人覆盖之前情面优先的生存原则。

大赚。

至于对方如何，罗曼并不关心。她已经拉黑那个老同学了。

月底，罗曼参加公司团建。

老板这次突然良心发现，居然没有安排任何集体打鸡血的环节，两天一夜全自主安排。

天气越来越热，城市生活让人躁动不安，去山里玩了一圈，罗曼得到了极大的放松。

周日中午返回，路上罗曼接到了好友林珊的电话，问能不能来她家住两天。

罗曼当然答应下来。

林珊性格内向，是个标准的宅女，加上她的工作是图书美编，大多数时间都是在家办公，她最爱自己那方小天地了，不怎么热衷于社交，知心朋友也只有罗曼一个。

一个不爱给人添麻烦的好友主动提出借住，可见情绪糟糕到连自己的家都不能给她安全感了。

罗曼先前加班攒的调休还没用，便请了一天假。

林珊带着好酒好菜而来，二人在客厅席地而坐，点了香氛，放着电影，喝酒聊天。

林珊苦恼的是感情问题。她许久没恋爱，去年在网上认识了一个男人，聊了一年，最近才见面，结果却发现对方已婚。

从马后炮的角度来看，这件事其实早有端倪。

一个精英阶层的中年男士，还独自带着上初中的女儿，婚姻状况应该存疑。

可是，"我早看出来了""你居然会信"这种话多的是人会说，以罗曼的身份来看，要做的应该是聆听，而不是嘲讽。

每个人都值得拥有一个倾诉对象，这是她们能成为好友最主要的原因。

事到如今也没什么可隐瞒的了，林珊喝着酒，把这一年来跟那个男人的互动仔细地讲述了一遍。她还给罗曼看了对方的朋友圈。

罗曼足足看了半个小时。

仅从朋友圈的照片来看，罗曼看到了这样一个男人：年近四十，财富自由，从事金融行业，爱好广泛，社交阶层非富即贵。除了优渥的生活之外，他通过摄影、旅行、滑雪、攀岩、冲浪以及阅读，表现出了积极的生活态度和好学谦虚的性格。

从形象上来说，他不算优质，如果我们把这位先生从这些照片背景中抠出来放在大街上，没人会多看一眼。

但罗曼知道好友为何会对他产生好感。

一张张照片翻下来，搭配着他对每次旅行和户外活动的描述，可以看出他的女儿在他的生活中占据了极大比重，他们是好伙伴。

罗曼看到这位先生在深夜帮助女儿一起梳理隔天演讲比赛的文稿，也看到他去女儿的学校观看才艺大赛给出了真诚的赞美。更多的是他玩笑似的自嘲"财富自由依旧要早起送孩子上学"，还有许许多多跟女儿之间有趣的观点辩论……

这是一位极其称职的"单身"父亲，这对父女的相处模式看着都让人觉得有爱。就是这一点，让林珊对他有好感。

罗曼不知道该说什么好。林珊对她说："我知道你想说什么，我只是很……欣赏他和他女儿相处的氛围。"

罗曼明白好友停顿的那一秒是把"羡慕"换成了"欣赏"，或者说她不想承认自己的欣赏已经带上了爱情属性。

好在及时刹了车。

罗曼说："欣赏和心动到底还是有距离的。"

"是，其实我有点失望，完美的父亲形象和背叛者的形象居然在他身上同时存在。"

罗曼理解："大概还有其他面。"

"男人不会自我矛盾吗？"

"大概吧。"

"真是丢脸。"林珊说。

"有我丢脸？"

二人同时想起罗曼去年丢的脸，谁也没再多说，一声叹息后举杯共饮。

喝到半夜，两个人都有点醉，一个躺在沙发上，一个倒在地毯上。

林珊问："唉，你有没有想过结婚？有时候觉得挺孤单的。"

"暂时没有，自己生活久了，有点难以想象跟别人重新磨合。"

"走出舒适圈啊。"

罗曼轻笑道："我多不容易才把日子过舒适了，你却叫我滚出去。"

"哈哈，滚去另一个舒适圈。"

"嗯，我暂时选择安全模式，冒险是年轻人的游戏。"

周川小的时候是在奶奶身边长大的，婆孙俩感情很好。如今他虽然自己住了，却也总是会抽空回家陪奶奶吃饭聊天。

这天回来，他带了礼物提前送给妙妙。虽然妙妙的生日还没到，但夏季只有三个月，早穿上新衣服早高兴。

吃过晚饭，周川离开。走到车旁他突然改变了主意，往巷子的另一头走去。

这条巷子有两个出口，近半年来另一边一直在修路，到处挖得乱七八糟，车没法走，人有时也没法走。

或许她家住在那头？

走到头也没遇到什么人，周川觉得自己有点好笑。

回去的路上，周川遇到一位阿姨，两个人面对面地走过。他觉得对方有点眼熟，仔细想了想，最后想起来了。

去年大闹婚礼的主角。

周川名下经营着一家酒店，环境不错，有一块很漂亮的草坪，适合办草坪外婚礼。

去年十月底的一天，周川开完会刚要离开，员工提醒他工商局副局长的儿子正在办婚礼。

开酒店跟工商局打交道多，他早就知道这件事，但当天事太多就给忙忘了。

"多送点酒水过去。"周川交代。

"是，万总已经安排送了。"

周川考虑了一下，还是决定过去跟领导们打声招呼。

他到的时候正好赶上婚礼仪式。这场婚礼偏西式，乐队现场演演，酒水餐饮自助，中间留了舞池。

主角的好友们纷纷上台吐槽、调侃、送祝福，现场气氛很是欢乐。

周川观察了一会儿，没看到什么领导，来宾都是年轻人。他四处找了找，也没看到收礼金的。

周川正打算走人，就见新娘开始抛捧花。她没让单身女孩们上前，而是自己下台亲手将捧花送给了一个穿黑色连衣裙的女生。

"祝你幸福。"新娘说。

那个女生接过花，手随意地垂在身侧。

这一环节结束，准备开场舞时，那个穿小黑裙的女生走出了人群。

乐队音乐刚响起，突然冒出来一位阿姨抢走了话筒。她非常流畅地讲了一个狗血的故事，显然是有备而来。

"大家好，今天的新人我都很熟悉，新郎是跟我女儿交往了五年的男友，新娘则是我女儿的好朋友，他们的关系开始于新郎与我女儿交往期间。当然，大家不要误会，新娘是一个善良的姑娘，在跟好朋友的男朋友发生关系之后跑来我家劝我女儿赶紧结婚，听到我女儿说不想结婚，她就取而代之了，非常令人感动，没辜负她大学四年来我家蹭过的饭。"

现场所有人都安静下来，连司仪都傻了眼。

周川见情况不妙，立刻安排了安保人员过来，以防发生肢体冲突。

阿姨还在滔滔不绝大讲特讲，新娘崩溃大哭，客人们开始交头接耳。

眼看要出事，周川赶紧让现场的女服务员去把那位阿姨劝走。但没奏效，那位阿姨说她有心脏病，谁碰她她就发病。

婚礼司仪站上台，企图讲笑话岔过去，但没人听。

来宾三三两两地交头接耳，有人知道一点内情便引得众人关注，谁管他消息来源是否真实，能帮助理解这场闹剧就值得一听。

周川不打算留在现场了。他刚准备离开，就再次留意到那个穿小黑裙的女生。她站在人群外围，看起来十分冷静，仿佛没看到这场闹剧。

旁边的人发表意见："这位阿姨厉害啊，说不定是因为她女儿是个泼妇，所以他们才分了手。不都说女儿随妈吗？"

这时，女生开口了。她的语气很平淡："这个理论没有科学依据。"

周川没忍住看了她一眼，是很清秀温婉的长相。

下一秒，被员工架起来的那位闹事的阿姨指着女生的方向大喊："你就这么看着啊？没出息的，还来参加婚礼，我呸！居然还接她的花，你没见过花吗？"

周川有点震惊，不止他，全场的人都看向了穿小黑裙的女生。

一对新人走了过来。新郎说："小曼，带你妈妈走吧。"

新娘说："这就是你想要的吗？羞辱我，破坏我的婚礼是你的报复吗？"

女生把捧花拿起来在另一只手掌上拍了几下，花瓣散落一地。她拿着残损的花束一步步走向舞台，拿起话筒。

众人屏息凝神地看着她。

女生举起花束说："听说这东西拿到手之后，不是几个月结婚的话就得几年？忘记了。"

说完这句话她认真地思考了起来。过了一会儿，可能还是没想起来，她笑了笑，又说："总之我单身，大家有合适的优秀男士可以放心给我介绍，女儿随妈是伪科学。"

她转身要走，又回来补了一句："新婚快乐。"

女生带着妈妈离去，司仪接过话筒试图补救。

周川也离开了。他一路看着女生的背影，觉得她真的很有意思，心理素质一流，坚强又勇敢，而且情商极高。

事实证明周川的判断没错，这次再见她，她依旧有趣。

周川突然有点好奇那天婚礼回家后她是什么样的反应，是一个人躲起来伤心流泪，还是砸东西谩骂发泄呢？

真实的她也是那么冷静自如吗？

真好奇。

也许是老天爷感受到了他的好奇，周川居然很快又见到了她。

第二章

林珊以为拉黑了陈平复，不再来往，这件事就算结束了。但几天后，她接到了陈太太的见面邀约。

她不能不去，不去等于做贼心虚，但她去了将会面临更大的问题。

当世人说某人"被小三"时，即便有"被动""被迫""被隐瞒"这类条件限定，但表示身份的名词依旧是第三者，第三者的身份在社会中天然的屈辱和低道德色彩会带给人很大的压力。

而林珊最不擅长的就是应对压力。她有权威恐惧症。

作为恐惧症的一种，权威恐惧的对象十分固定，就是具有管理权力和批评权力的人，比如家长、老师、领导干部，以及恐惧者伤害过的人。

林珊目前面临的是最后一种。她即将面对一位有权力批评第三者的合法妻子，即使她是被动地成为第三者的。

林珊知道自己去了之后一定会表现得很差劲，内心深处的恐惧会捆绑着她接受指责，认下本不属于自己的罪名。而这种由于自身性格缺陷而被动承受的屈辱会在事后将她生生吞噬。

她需要一个帮手，她的好友罗曼。

罗曼很乐意陪林珊去。她和林珊从小就认识，她太了解这个朋友了。

陈太太选择的见面地点是一家酒店，罗曼一看酒店名字就无语了，正是前任举办婚礼的地方。她不想去，又不是什么美好的回忆，她真的不想故地重游。

林珊提出换地方，陈太太没同意。

其实换地方是小事一桩，但因为林珊表现出了抗拒，陈太太反而更加坚持去那里。这不是友人聚会，林珊对见面环境是否舒心不在她的考虑范围内，不舒服反而更好。

同一家酒店就算了，还是同一片草坪。最近酒店没有婚礼要办，这片区域被用来当了户外餐厅。

林珊和罗曼如约来到这里，只看到一桌客人，她们在野餐聚会。罗曼大致从每个人脸上扫过，很容易辨识出处于备战状态的陈太太和观众。

她没说话，等着对方开口。罗曼环顾四周的风景，心中感到可惜。这么好的天气，来赴这种约会实在是浪费。

除此之外，她还有点不自在。毕竟是故地重游，罗曼很难不想起去年的闹剧。按理说，她也算和陈太太处于过同一立场。其实她当年也曾脑补过手撕那对狗男女的冲动，只不过碍于自尊没有动手罢了。

这天看到陈太太，她觉得自己的选择是正确的。

即便是面对第三者，也应该体面。

林珊已经开始不受控制地害怕，面对一个就算了，这一下来了四个，并且个个看上去都不好惹。

年长一点的女性会对人产生一种压迫感，大概是因为想到了母亲？林珊也没搞明白这件事。

她们的判断都没错，但显然陈太太棋高一着。她没有问"哪位是林珊"，或是陈述出轨事实指认小三身份，而是上来就介绍她和她的朋友们："我是陈平复的妻子。这位是我朋友，她跟你们出版社的肖总是好朋友；那位也是我的朋友，她的丈夫是市公安局局长；还有这位朋友，她和你母校的校长师出同门。"

这是要干什么就不言而喻了，林珊被吓到，急着想解释。

罗曼抢话，十分礼貌地道："各位好，我是林珊的好朋友，一个普普通通的 UI 设计师。"

对面四位太太被她这句话搞得莫名其妙。陈太太看了她一眼，不予理会，目光转向林珊说："我看你年纪也不大，做事之前还是要考虑一下后果，想想你的家人、朋友和同事会怎么看你？我比你年长，劝你一句，人活一辈子，活的就是口碑，别因为一时的爱慕虚荣断送了自己的未来。"

林珊十分无奈地开口："我没有……"

罗曼制止她，转而问陈太太："请问您说这些话是什么意思？发生什么事了？"

陈太太冷笑一声，气定神闲地道："你要我说出来，那我可就不只是说给你听了，你自己考虑一下。"

林珊崩溃了，解释道："我没介入你的婚姻！我和他没关系！也没有再跟他联系！"

没人听。

根本没人听，罗曼和林珊成了草坪上的空气。

围着圆形餐桌的四位太太喝酒的喝酒，吃东西的吃东西，还开始聊天——

"现在的女生真是让人无法理解，看到有钱的男人就扑上去，有孩子、有老婆都视而不见。"

"怎么不能理解？你我陪着丈夫白手起家创业，别人想的却是捡现成的财富。"

"年轻一代的道德感越来越低了，所以女儿得富养，才不至于看到别人家的好东西就眼馋。"

"是了，按理说穷苦人家的孩子应该更具备拼搏精神才对，怎么倒过来了？这个社会我是看不懂了。"

⋯⋯⋯⋯⋯

林珊欲哭无泪，羞辱感铺天盖地而来，不知该如何是好。陈太太这是要做什么？毁掉她的工作和所有社交圈吗？

罗曼走上前，打断各位太太聊天。她看着陈太太，问："请问您的丈夫是出轨了吗？"

陈太太冷着脸看向她："怎么？你是来支持好朋友做第三者插足别人家庭的？"

罗曼重复道："请正面回答，您的丈夫是否背叛了您，跟其他女人婚内出轨了？"

陈太太发现自己没法正面回答"是"，她只能生气地质问："你是以什么身份来质问我的？"

罗曼耸了耸肩，叫林珊过来："你问她，就问刚才那个问题。"

林珊这会儿有朋友陪着，也没那么怕了。她真的不能认下这个罪名。

她问："请问陈太太，您的丈夫陈平复是否背叛了您，婚内出轨了别的女人？"

陈太太生气了，语气格外凌厉："你自己不清楚吗？脸都不要了！"

陈太太这一吼，吓得林珊恐惧症发作，眼泪都掉下来了。

她无助的泪水取悦了四位太太，却激怒了罗曼。

罗曼问："请问您还有话说吗？没有的话我就带她走了。"

陈太太很满意这个结果，以胜利者的姿态说："希望这是我们最后一次见面，如果你继续知错犯错，耽误的可是自己的人生。别幻想他会护着你，男人一时图个新鲜罢了。"

林珊快被气笑了："我没有，我不是第三者！"

"都被抓到了还这么说，也是个窝囊废。我还以为敢抢别人老公的人会有多硬气呢。小姑娘，你也不看看对方多大岁数，真不知道你父母是怎么教育的。"

"就是说，也不知道有没有捞到点东西，否则真是亏了。"

"星级酒店总要享受一晚的吧？"

…………

林珊在这些刻薄的羞辱中掩面痛哭。

罗曼再次打断那边的聊天。她问："我朋友说她不是第三者，陈太太您相信吗？"

"你以为我闲得没事干冤枉无辜？"陈太太说。

"证据呢？"

"嗬！小姑娘，交朋友得擦亮眼睛。"

罗曼点头道："好的，那就报警打官司吧。"

"哟，这可让人笑掉大牙了，第三者要报警，我还是第一回听说。"公安局局长太太说。

罗曼面无表情地看着她们，冷静地陈述："第一，您在没有证据的情况下指控我的朋友林珊是第三者，这是污蔑；第二，您明确提到您的人脉对林珊社会网的压制，涉嫌侵犯林珊的个人隐私，并存在很严重的威胁恐吓行为；第三，您在酒店这样的公开场合羞辱攻击我的朋友，并存在在她的老师、领导和朋友面前造谣中伤她的嫌疑。以上行为对我朋友的名誉、精神状态以及职业前途都产生了实质性的伤害，我们将在详细咨询律师后对您本人提起诉讼，违反治安管理也好，损害名誉诉讼也罢，我们会维权。"

四位太太愣住了。

罗曼略微思考了一下，慢吞吞地道："好像是损害名誉更多一点，这样的话就得起诉。要不您直接告知我您的姓名、身份证号码、家庭住址，还是我请律师联系您的丈夫直接送传票？"

她们半天都没说话，罗曼拉着林珊离开。她带着林珊来到前台，说："您好，请帮我调取一下后院草坪的实时监控。"

前台工作人员询问："请问您是丢了东西吗？"

"没有。"罗曼故意把问题说得严重些，以便引起工作人员的重视，"有人在你们酒店公开污蔑恐吓我的朋友，我们要起诉，麻烦酒店给我提供监控视频，否则我会连你们一起告。"

前台小姐吓到了，连忙道："请您稍等，我需要请示一下我的上级可以吗？"

"我去那边等。"

罗曼跟林珊坐到休息区沙发上，工作人员很快送来两杯果汁。

"谢谢你，曼曼。"

"客气。"

前台工作人员很为难。如果客人丢了东西，她可以请同事配合调监控，这也是酒店对客人负责。但这位小姐一上来就要起诉酒店，她一个前台可不敢擅自做主，后果她承担不了。

她去问了那位小姐，两位都不是酒店的客人。涉事的另一方倒是酒店的大客户，其中两位太太的丈夫都是酒店的协议客户，得罪不起。

一层层报上去，偏偏这会儿有决策权的管理层都在会议室开会。

林珊缓过来了一点。她很感激罗曼，问道："曼曼，你都不怀疑我可能真的有实质性的插足行为吗？"

罗曼思考了一下，说："就算有也没事。"

"嗯？"林珊很意外。罗曼经历过背叛，不可能接受第三者的。

罗曼说："陈太太从头到尾都没有正面承认她的丈夫出轨了，既然不承认出轨的事实，那就不存在第三者。"

林珊思考了一会儿，这话很有意思。

"如果她今天承认呢？"林珊问。

"一视同仁，丈夫和第三者都是背叛者，原谅丈夫的那一刻，第三者也自动被原谅了。"

"所以……你原谅他们了吗？"林珊犹豫着问。

罗曼深深地叹了一口气，复杂，太复杂了。她喝了一大口果汁，说道："完全没有。"

罗曼面向林珊，伸出拳头："这是陈平复。"随后又伸出两根手指，"你和陈太太。"

她一根手指动了动："你发现自己长错树枝了，你走了就结束了。这棵树和他的花怎么样，与你无关。"

她收回手："我的情况太复杂了，三个人绕成一团乱麻，两两组合都有故事，情绪层次太多了。"

林珊的心情放松了一点，说："其实我能理解陈太太的伤心，我无法理解的是陈平复。他是怎么做到背叛妻子的同时又疼爱女儿的？血缘关系才是唯一的感情纽带吗？"

"两码事吧……人和人不一样。至于血缘，失职的父母满大街都是，只能说这个人总算有一个优点吧。"

林珊想起陈平复，他们聊了一年，大多数时候都是在聊孩子。林珊中毒一样地喜欢听他讲他和他女儿的互动。

"说不定爱孩子也是人设？"

"有可能。"

"曼曼，谢谢你维护我、信任我，我跟你保证，我没隐瞒你任何事情，我不会的。曼曼，你了解我，我不敢说自己的道德感有多高，但我不会去做任何伤害到那个小姑娘的事。"

罗曼明白好友说的小姑娘是陈平复的女儿，在这段令人羡慕的父女亲子关系中，林珊不想做后妈，也不想分宠爱。她羡慕的其实是那个幸福的孩子，她没能过上那样的人生，如今遇到了，绝不可能忍心破坏。

林珊是父亲带大的，当她的父亲开始频繁地带女人回家时，她不过是问了一句"爸爸是不是要给我找后妈"，就换来了两耳光和一句"不知羞耻"的谩骂。

那两记耳光抽得林珊的半边脸肿了三天，也抽得林珊从小就开始恐惧权威。她觉得自己没资格辩解，但凡权威发怒，就一定是她做错了。

她不可能让活在幸福中的孩子走自己的老路。

等了半个多小时，她们才等来了酒店负责人周总。

"您好，我是周川，请问有什么可以帮您的？"

罗曼问："你们酒店的监控视频多久覆盖一次？"

周川身旁的工作人员回答："通常情况下是一个半月。"

"我们需要取证。"

周川问："请问具体发生了什么事呢？"

前台工作人员跟周川复述了经过，周川一边听着，一边忍不住打量罗曼。他其实有点想笑，怎么会这么巧？她怎么又在他的酒店被卷进闹剧里了？难道是八字不合？

开完会有人跟周川说了这件事，本不用他亲自处理，但考虑到大客户牵扯其中，再加上走下来后看到了罗曼，他就亲自过来了。

还不等罗曼拨出电话，陈太太就来了，说："借一步说话？"

罗曼面带微笑，像机器人一样再次问她："请问您的丈夫是否背叛了您，跟其他女人婚内出轨了？"

陈太太想吐血。她轻敌了，真没想到林珊有一个这么难对付的朋友。

周川看着罗曼，憋笑憋到内伤。怎么会有人能这么淡定地问出这么尴尬的问题？

这个女人真的太有趣了，泰山崩于前也能面不改色吗？这心理素质倒是很适合做酒店行业。

离开酒店后，林珊称赞好友："没想到你还挺有法律意识的。"

罗曼回头看了一眼酒店大堂，感慨道："也是被迫学习，上回我妈不是被抓走了吗？"

"啊？报警了？"

"对呀，警察同志对我妈的评价是'心情可以理解，但行为十分不可取'。"

"哈哈哈——"

"学习了好久的治安管理条例才让走的，你以为呢？"

"哎哟，笑死我了。不好意思，但真的好好笑。"

罗曼想到那天就叹气。

怎么说呢……母亲的行为的确是有点粗俗和丢份儿，罗曼自己是打死都做不出那样的事的。但母亲替她做了，她心里有一种满足感。

就好比婚礼进行时，罗曼盯着新娘的婚纱，心中仿佛有个小小的声音在说："摔一跤给我助助兴。"

是人就会有阴暗面。

这时，有人追了出来，是刚才那位负责人周总。

他看着罗曼说："您好，可以留一个联系方式吗？后续有什么需要配合的可以直接找我。"

罗曼指着好友："加她。"

周总面露疑惑："不是您要起诉我们酒店吗？"

罗曼什么话也没说，打开微信二维码让他扫。

"您贵姓？"周总问。

"免贵姓林，林珊。"

加完好友，罗曼就拉着林珊离开了。

她走后，周川用转账的方式验证了她的名字不是林珊，起码第二个字是"曼"。

回去的车上，林珊想到罗曼对陈太太提出的条件——恢复我朋友的名誉，否则法庭见。

林珊心里乱得很，只想躲回自己的小房子里恢复精神。罗曼了解她，直接把她送到小区门口才走。

到了晚上，林珊终于把整件事理顺了。罗曼的做法完全是从她的利益出发，换了自己也该这样。她只是面对强势的人就容易退缩惧怕，必须抽离现场进入安全的环境里才能恢复理性和逻辑。

这很遗憾，但没办法，现实中的难题大多不会提前预告，林珊还得修炼。

林珊觉得陈太太并不会给她道歉，她对起诉一事也没抱希望，普通人的这点名誉纠纷怕是很难维权。她把真实想法告诉了罗曼，她不想让罗曼觉得自己浪费时间帮了一个不值得的人。

罗曼表示理解，她又怎么会不知道立案的难度。

罗曼回微信消息给她："我觉得至少应该让她给你写封道歉信，或者公开道歉，这是应该的。先小人后君子。"

林珊表示同意："嗯，我也希望这样。"

林珊加了陈太太的微信，她的朋友圈展示的生活多姿多彩，朋友、家人、老公和女儿都有提及。

林珊感到遗憾，替陈太太遗憾。她知道自己老公把她隐身了吗？

男人都是这样毫无愧疚之心的吗？

关于这一点，罗曼深有感触。

两个人聊天的时候，罗曼说："只要是人，遇到事都会选择有利于自己的立场，愧疚心大概都优先供给自己了吧。"

罗曼说的是前任。前任在被她撞破奸情时也深刻忏悔过，为了挽回感情，在她面前毫不留情地羞辱和轻视过出轨对象。可后来知道她不会回心转意，前任又兜兜转转和出轨对象修成了正果，这个故事就开始改动了。

那不是为了妻子的名誉，而是为了自己。

林珊说："听说男人初次出轨或者第一次被抓到都会很愧疚，后面就麻木了。"

"大概吧，被原谅一次以后就知道出轨的代价在可承受的范围之内，为何不纵容自己呢？"

"说得是，这么一想我倒是能理解男人为何会出轨了，离了还能再找一个新伴侣，何乐而不为呢？"

罗曼没接话。

林珊又说："女人也应该这样啊，凭什么从一而终守着一个男人过一生呢？恋爱可以分手，结婚也能离婚啊。"

罗曼点了点头："或许问题出在婚姻关系本身，《婚姻法》保护的是财产，不管感情，也不界定第三者，这就说明爱情跟婚姻没关系。"

林珊只同意一半："也有很多人在相爱时步入婚姻，只是人生太漫长，久而久之变成了另一种感情，婚姻幸福的也大有人在。"

"那就别为了结婚而结婚。"

"是的。"

陈太太拒绝道歉，也拒绝和解，这让林珊很难办。她咨询过律师，取证太难了。

其实有一个办法，林珊只要一纸诉状送到陈平复面前，只怕比法官审判更具威慑力。

但她不能这么做，这样一来就真的坐实了破坏他人婚姻的罪名。

就这样吧，林珊最终还是选择了息事宁人。

因为林珊这件事，罗曼又开始频繁回忆起上一段被背叛的恋情。

她不是还爱着前任，只是还没理清这件事。她找不到自己纠结的点在哪儿，如果这个问题不解决，她预判自己将永远陷在这段已经落幕的感情纠纷里。

三天后，周川给罗曼发来微信消息："您好，林小姐，请问您这边还需要监控录像吗？"

罗曼考虑了一下，让他发邮件。有备无患嘛，先存着再说。

周川回复："个人无权调取查看监控，会侵犯其他客人的隐私。"

罗曼回："谢谢普法。"

周川没再回复，而是盯着手机傻笑。他不知道自己在笑什么，但就是觉得好笑。

他这一打招呼，罗曼便想起他了。其实那天在酒店罗曼就记起来了，这个男人是在快递网点看到的那位房东先生。

罗曼微微皱眉，有点无语。

第一次见面，她在索赔；第二次见面，她要起诉。这算什么缘分？孽缘？

罗曼没想到还会有第二次见面。

周末她去奶奶家吃饭，快走到巷子口时，一辆车停在了她身旁。

车窗降下来，周川扬着笑脸跟她挥手问好。

罗曼静静地看着他，一言不发。

周川有点儿尴尬。他觉得自己过于轻浮了，便收起笑脸问："你是不是不记得我了？"

罗曼回答："记得，周总。"

"我是说你上个月在这儿捡到了我的身份证。"周川解释道。

啊……罗曼看了他一眼，对上了。

"不用谢。"她说。

周川微微一笑，礼貌地道："还是要谢谢你。不打扰了，再见。"

他开进巷子里停车。

周川觉得很快乐，一直在笑。

他觉得罗曼身上有一种气质，像方清平。这种气质是指艺术风格，就是那种一本正经的幽默天赋。

当然，这话他也只在心里想想。他不傻，知道没有哪个女生会高兴听到"你让我想起一位中老年光头相声演员"这样的评价。

等周川停好车，罗曼刚好走到他面前。她十分敷衍地对他笑了一下就走了，脚步没有停留。

周川进门后，家里已经开饭了。他洗了手入座，打听道："奶奶，您知道咱这儿住着的谁家孙女有叫什么曼曼的吗？"

奶奶想了想："有个叫莫迩曼的，怎么了？"

"不是，名字是两个字的。"

奶奶想了又想："那我就不知道了，你问人家闺女干吗？"

"没什么，最近认识了一个朋友。"

"什么朋友？赶紧找个女朋友，你也老大不小了，奶奶闭眼前能看到你成家不？"

"别胡说，您会长命百岁的。"

吃完饭离开，周川坐进车里，刚要发动，又熄了火。

他点了一支烟，无聊地翻起手机，翻来翻去点开了方清平的相声合集。这位演员作品不算太多，经典的那几个他都能背下来了。

刚听到"钻课桌"那段，周川就从后视镜里看到了罗曼的身影。

她盯着手机是在叫车？

周川突然记起上个月被损友注册了网约车平台。他拿起手机点开打车软件，果然看到 0.1 千米内有订单，他立刻抢了单。

周川一直注意着后面的罗曼。

只见罗曼在手机界面和他的车牌之间来回确认，周川 1.5 的视力把她的错愕悉数收入眼底。

她一脸"天黑见鬼了"的表情简直太好笑了，周川拍着大腿憋笑，等着他的乘客上车。

乘客罗曼坐在了后排座椅上。

她坐车不喜欢闲聊，但这位司机对她很热情。他问："住一条巷子，我怎么现在才认识你呢？"

罗曼提醒他："不是在你们酒店认识的吗？"

周川哈哈一笑，说："我的意思是，既然是邻居，应该早见过的。"

罗曼说："这不是没见过嘛。"

周川讪讪一笑。他听出罗曼不想跟他说话，但他就是对她很有……好奇心。

周川正犹豫要不要厚着脸皮继续聊，就听到罗曼居然主动问他："你为什么下班还开网约车？"

周川回答："是我的朋友，上次喝酒输了，我得注册网约车搂够十里。"

罗曼觉得他好幼稚，小学生吗？

周川从她的微表情看出了她的想法，不过他并不觉得幼稚，又问："你知道我们还玩什么吗？"

罗曼摇了摇头。

周川说："买一瓶很贵的酒送给隔壁桌的陌生人。"

罗曼"哦"了一声，觉得无聊。

周川接着说："等亲眼看到隔壁桌喝了一半之后，再去要回来……"

罗曼没忍住笑出声。她捂着嘴，眼睛成了弯月，很好看。

周川觉得自己被鼓励到了，继续说："说出五个关系好的朋友，当场拉黑。"

罗曼受不了了，抬手阻止："好了，别说了。"

周川从后视镜看她一眼，说："对了，林小姐，你朋友那件事处理好了吗？"

"罗曼，我叫罗曼。"

"罗曼……"周川跟着念了一遍她的名字，"我的确没见过你。"

"去年才搬来。"罗曼解释。

罗曼的爷爷去世后，奶奶搬去跟儿女住，就把老房子租了出去，去年才收回来。如今奶奶年纪大了，腿脚不利索，不想住楼房了，就搬回来了。

罗曼小学的时候在这边生活过，但那个时候这条巷子分成两部分，两边人各走各的。

到了罗曼家小区门口，罗曼支付了车费，道谢，下车。

周川叫住她："罗曼，要不你以后回去跟我说一声，万一我也要回去，你就坐我的车，我这还差九次呢。"

罗曼一脸冷漠地看着他道："再见。"

周川看着她走进去，觉得她好好笑，怎么连说"再见"都这么好笑？

在这之后，罗曼隔三岔五就收到周川的微信消息问候："回家吗？"

罗曼觉得自己莫名其妙多出来一个爹，而自己则是离家出走的不孝女。

周六，周川又发来微信消息："周末也不回家吗？"

罗曼好想拉黑他，但还是遵守社交礼仪，回复说"不回了"。

周川给她转发了一首《常回家看看》。

罗曼正加班呢，被他这个回复逗笑，就回了一个拉黑警告的表情包。

这个表情包收藏许久了，位置很靠后，罗曼找它花了点时间。发出去后，她又有点后悔，觉得不应该跟周川有这种程度的互动。

最近家里催促结婚的力度越来越大，上次回家，宋女士居然先斩后奏，把相亲对象约来奶奶家吃饭。

结局当然是她请走了相亲对象，然后留下来被批斗。

宋女士骂她没礼貌。

罗曼认可："我也觉得你挺没礼貌的，但我原谅你。"

宋女士气得不轻，眼泪汪汪地骂她是冤家，又苦口婆心地对她说："你结婚成家生个孩子，我的任务也就完成了。"

罗曼被这句话震惊到三观崩坏，这是父母的责任？生一个孩子就是为了让孩子再生个孩子？

宋女士真该去计生办负责促进人口增长的部门搞宣传。

"人不可以自己过一辈子吗？"罗曼提出疑问。

姑姑说："你现在年轻，自己生活觉得自由无拘束，年纪大了就知道，身边没个人不行。老了怎么办？到那时候再找就没得挑了。"

罗曼敷衍道："那等我享受够了自由再找。"

"你看你这孩子，思想多极端，别人都在交朋友、结婚，怎么就你不愿意？"

"因为我一个人过得太快乐了。"

"就没有孤单的时候？等我们这些亲人老了、去世了，你的朋友都结婚成家过自己的日子了，你怎么办？"

罗曼说："真有那一天再说，我可以承担后果。"

宋女士拍桌子怒骂："对！你多厉害，我们都是白操心，随便你。"

"那我先回我的单身公寓了，再见。"罗曼冷淡地道。

从那天吵完到现在，家庭群已经安静一周了。

罗曼母女之间不是第一次因为婚恋问题吵架，一般不会冷战。但周三那天，宋女士擅自做主让相亲对象加罗曼好友，结果被罗曼直接拉黑后，冷战彻底打响。

林珊这边也遇到了点问题，跟她长期合作的一位作者突然要换插画师。她首先排除了自己和作者之间有直接冲突的可能性，半个月前她们还在友好沟通，甚至约了有空一起去看展。

可能的原因只有那一个。

林珊一时冲动发消息给陈太太："请问是您在我们公司散播我的谣言吗？"

陈太太过了很久才回复。她说："不做亏心事就不怕鬼敲门，如今草木皆兵，当初就不要跟有妇之夫搞在一起。我什么也没做，是你做贼心虚。"

林珊气得发抖。她强迫自己按下情绪，私下调查。

亏得她人缘还算可以，有人愿意告知她背后的原因。

作者的确是听到林珊是第三者的传言才决定结束合作的。儿童读物虽然是写给孩子的，但消费群体是已婚妈妈，林珊靠着画稿在社交平台积攒了不少人气，也算是小有名气，作者不想因为林珊的污点影响了自己的作品。

当然，换插画师这件事得按照合约来办，不是作者一句话能决定的。只要林珊的作品没问题，就不能随意换掉她。

换她的理由是公司老板的妻子肖太太给的。

肖太太是陈平复妻子闺密团的一员，得知林珊出轨朋友的丈夫，便跟丈夫说了这件事。

肖博作为公司负责人，站在公司的立场，不可能因为捕风捉影的传言就开除一位优秀员工。但他的维护引得妻子不安，两个人三番五次因此吵架，他只能优先安内。

陈太太的意思是开除林珊，肖博对此也有应对措施。林珊的合约还有半年到期，到时换份合约按项目合作也是可以的，大家都满意。

林珊对此十分愤怒。她凭什么牺牲呢？

她跟罗曼说了这件事，两个人从头梳理了一遍，都明白问题出在了哪儿。

问题出在部分已婚女性习惯下意识地把所有的单身女性当成假想情敌。

肖太太为何不调查就站在好友那边呢？因为她们身份、立场相同。

在她看来，林珊作为单身女性，今天能勾引陈平复，明天就能勾引肖博，说不定已经在勾引了，否则公司凭什么给她那么多优待和照顾？

"我必须起诉维权。"林珊说。

"我同意。"罗曼陪着她去找律师。

她们去了本市最大的律所，林珊点名要了一位单身女律师。这位律师在听完事情的来龙去脉之后向她推荐了另一位律师，男性。

"我明白你的顾虑，但请相信我，打这种官司找他准没问题。"女律师说。

"您为何不能接呢？"

"私下告诉你吧，我在申请学校，如果被录取了，我就去读书了。你可以先跟他见个面，不合适咱们再找其他律师也可以的。"

"好的。"

下午，林珊跟罗曼见到了苏行律师。

听完林珊的讲述后，苏行考虑了一下，说："先搜集证据。当时在酒店有证人吗？除了你的朋友和对方的朋友。"

"中间有服务员来过两次。"

"他就是证人。这件事对你造成的精神伤害也可以出具一下诊断报告，公司那边尽量录音收集证据。另外，你不要再跟陈太太有任何对话沟通，好友先别删，录一段从登录微信开始的视频，聊天记录、她的主页和转账显示的账户名这些都录清楚点，其他的事交给我就行。"

"好的。"林珊感到安心。

苏行看着林珊，问："你跟陈平复之前都是在微信上聊吗？"

"是。"

"记录还在吗？"

"我把他拉黑了。"

"没删吧？光是拉黑，放出来记录还在的。"

林珊操作手机，果然是这样。

"有其他东西吗？陈太太手里会有什么证据？"苏行问。

林珊知道他什么意思，这段日子她也仔细复盘过自己跟陈平复除了日常聊天，有哪些疑似暧昧的行为。

"认识一年，我过生日那天，他给我发了一百八十八元的红包，后来他生日我还了两百……"

苏行打断她："不用这么细，开过房吗？"

"没有！"林珊有点动气，"他给我转让过一次酒店房间。"

"什么意思？"

"就是有一段时间我在家画不出画，喜欢去酒店住。我们经常交流各大酒店的入住感受，然后有一次他给客户订的房间没人住，说空着浪费，就转给我了。"

"登记的是谁的信息？"

"我的。"

"他出现没？"

"没有，他跟我说的时候已经是晚上九点多了，他已经回家了，是酒店预订的房间退不了了。"

"还有吗？公开场合约会之类的。"

"吃过一次饭，在火锅店大堂。"

苏行又打断她："约会。"

"没有。"

"那就行了，你可以暂时休假，误工费让她赔就是。"

"我不要钱，我要道歉信，公开赔礼道歉，恢复我的名誉。"

苏行说："行，我考虑一下再答复你。"

"苏律师有什么顾虑吗？"

苏行犹豫了一下，说："其实你这个案件没必要打官司，私下解决就行。”

“我一定要法院判决对方恢复我的名誉。”

“这样啊，那行，我准备一下委托材料，回头你最好把陈平复夫妇的联系方式给我一下。”

“您要通知他们吗？”

“法院会通知当事人。你这件事情的关键在于男方的态度，如果他们夫妇一心，你就被动了，除非陈先生站在你这边。”

“不是站在我这边，是站在事实这边。”

“出轨后夫妻一心对付情妇的例子不少，你这件事还不知道会是个什么情况。”

听到这话，林珊又开始担心。

林珊搜集证据的过程不太顺利，服务员小可不愿意作证。她说自己就是个小服务员，一来嫌麻烦，二来不敢得罪酒店大客户。作个证简单，大客户一句话把她开了更简单。最容易替换的就是服务员了，她何必呢？

“再说您这个案子什么时候开庭还不知道，过两个月我都回老家了，难道还专程跑来作证吗？您别为难我好吗？我一个月就挣那点儿工资，什么名誉不名誉，我真的……”

林珊笑了笑：“理解，谢谢你，打扰了。”

“没事，哎呀，就误会了吵架嘛，说开了就好了。”

“嗯，谢谢你。”

林珊把结果告诉苏行。

苏行回复：“没事，你先去准备其他东西。”

林珊有点灰心，跟好友倾诉。

罗曼说：“要不我问问酒店老板周川？他是我邻居，我套套近乎。”

“太麻烦了吧，算了。”

罗曼也有点不好意思平白无故麻烦不熟悉的人。

这天下午，宋女士突然主动给女儿发消息。她说：“结婚就是找个人过日子，你不要总想着找一个你很爱的，那都是电视里演的。”

她还问：“你是不是心里还没放下那谁？人家结婚生娃日子过得滋润着呢，你这样不是赌气耽误了自己吗？”

这可误会大了。罗曼决定跟老妈推心置腹地谈一次。她觉得这次她们能聊出点东西来。

因为罗曼内心是认可"婚姻不等同爱情"这个观点的，她只是还不想把一个人的生活变成两个人的。

第二天下班回奶奶家，罗曼在巷子里看到了周川的车。她站在大门口，犹豫着要不要给周川发个消息。下一秒，周川就出来了。

"找我吗！"他问。

罗曼站在人家车前头和家门口，可不就是找人。

她点了点头。

周川说："起诉陈太太的事吗？"

"对。"

"我有什么能帮忙的吗？"

"就是希望酒店方面能作证。"

周川点了点头，说："酒店方面肯定不会施加压力让员工撒谎的。"

"谢谢。"

"没事，能跟我说说是怎么回事吗？"

罗曼想着也不能只求人不坦诚，于是简要地说明："陈太太公开污蔑羞辱我朋友是第三者，还往她的工作单位散播谣言，影响很恶劣。"

"哦，这样。"

罗曼看着他，说："谢谢你们配合，我先走了。"

"罗曼。"

"嗯？"

"我可以给个建议吗？"

"什么？"

············

周川说到一半就被叫回去吃饭了，两个人约好饭后再聊。

林珊给罗曼发来苏律师的最终建议。

罗曼看了一眼微信消息，又回头看向周川家的方向，忍不住感慨，果然还是男人了解男人啊！

苏行跟周川的建议都是起诉陈平复。

"根源是陈平复，是他的行为导致了你被他妻子误会成第三者。"

"有道理。"林珊说。

苏行笑了笑。他跟林珊接触了几次，感觉她过于容易受人影响，便宽慰她："你一开始就不必自证清白，从你的角度出发，你只是认识了一个聊得来的异性朋友，但这位朋友的妻子却在背后污蔑你跟他有不道德的男女关系，最终导致你的名誉和工作都受到了影响，是这么个逻辑。你不必担心这样做是否会影响他们夫妻之间的感情，你这样想其实还是把自己当成过错方了。既然要打官司，那就要学会理直气壮。"

"嗯，麻烦您了，苏律师。"

"应该的。"

林珊把这话告诉了罗曼。罗曼十分认可苏律师的观点，建议好友直接把这件事全权委托给苏律师。

林珊也是这么想的。她手头还有两个稿子要赶，安心在家工作等开庭就是了。除了苏律师和罗曼，她也不跟别人联系。

第三章

周川接到奶奶的电话，说给他安排了相亲。

周川觉得奇怪，问："好端端的，怎么想起这一出了？"

"不是你自己问的？"

"罗曼？"

"对，骆迤曼。"

周川放慢语速："罗——曼？"

奶奶也慢慢说："骆——迤——曼。"

"算了，算了，您别乱牵线，回头多尴尬。您放心吧，奶奶，我记着呢，我会自己找的。"

"我都跟人家说好了，那女孩不错的，在中学当老师，性格好，模样也好。"

周川还是拒绝。

电话那头的二婶听到了，喊话问："你是看上罗曼了吗？"

"没有，你们别乱安排。就这样，我忙，我先挂了。"

几分钟后，妙妙给他发来微信消息："我妈说那个罗曼姐姐的奶奶跟我奶奶吵过架，互相看不惯！"

周川回了个问号。

妙妙解答："去年社区志愿者做什么免费检查送礼物，罗家奶奶抢了奶奶想要的东西，两个人吵架来着。"

周川哑口无言，都说老小孩，果然如此！

周川的手在好友名单上转了一圈，到底又回到"L"区。他还是点开了跟罗曼的对话框，打了一行字："听说你奶奶跟我奶奶吵过架？"

想想觉得不合适，他又改成："你认识骆迩曼吗？"

罗曼过了几分钟才回："知道。"

"熟吗？我奶奶要我去相亲。"

罗曼捧着手机想了半天，小的时候因为一条街上有两个曼曼，所以老被一同提起。她是小曼，骆迩曼比她大三个月，是大曼。长大后她们就没联系了，印象中骆迩曼是一个非常可爱且很爱笑的女孩。

她回："不算熟，印象很好。"

周川不知道该怎么回了，就说："听说你奶奶跟我奶奶吵过架。"

罗曼不是很相信："我奶奶走路都费劲……"

周川跟她解释了一遍。

罗曼说："哦。"之后便没再聊了。

晚些时候周川刷朋友圈，看到罗曼发了一张奶奶晒太阳的照片，配文"你有没有为了一袋米拼过命"。

周川笑得上气不接下气。

一周后，罗曼的老板请客吃海鲜自助。因为地点选在周川的酒店，罗曼找了个借口没去。

罗曼在家收拾了一天屋子，林珊给她发消息说陈太太约自己见面，自己没回复，也不打算去。

谁知第二天，陈太太的电话却打到了罗曼这里。惊讶完陈太太的神通广大之后，罗曼跟林珊商量了一下，决定由自己去听一听陈太太想说什么。

罗曼选的地方是常去的一家环境很好的咖啡馆。她到的时候，陈太太已经到了。

看着店里冷冷清清，老板却喜笑颜开的表情，罗曼大胆猜测陈太太包场了。

她在这一刻好奇起了陈太太的经济来源。如果陈太太是依附丈夫的主妇，她可以理解。但如果陈太太本身就坐拥财富，舍不得那样一个丈夫，她就不理解了。

不过这也不是罗曼有资格置喙的事。

陈太太帮罗曼点了咖啡，说："上次见面，我觉得你是个很有主见也很有想法的人，今天约你见面是想跟你谈谈林珊要起诉这件事。"

"您说。"

"我希望她能撤诉，条件可以谈，但道歉做不到。"

罗曼端起咖啡喝了一口。口感有点酸，她不喜欢。

"我不是当事人，无权决定是否能私下和解。但我想，您的其他条件林珊不感兴趣。"罗曼没什么情绪地道。

陈太太微微一笑，十分客气地问罗曼："罗小姐，今天我们坦诚沟通一下可以吗？你明白我的意思吗？我今天跟你聊的，希望你不要用不正当的手段记录或者散播。"

"如果我想，上次就该录音的。"

"那好，我也就直说了。林珊起诉我的丈夫，对他其实不会产生太大影响，一个男人的花边韵事对事业的影响微乎其微，毕竟他从事的不是赚女人钱的职业。但她的行为会让我的丈夫有充分的理由对他的妻子，也就是我，彻底失去信任，并且把我变成完全过错方，这一点我绝不允许。我不允许的后果就是我得跟他对抗，这一仗我一定会赢，但为了这件事，不值得。"

罗曼没说话。

陈太太进一步跟她解释："我不能跟林珊道歉，跟她道歉等于给我丈夫亲手递上刀，令我尊严扫地。但我可以给她其他形式的补偿，我也可以保证不会再有人因此为难她。如果她一意孤行非要起诉我丈夫，最终结果也不过是私下调解。我是非常真诚地在跟你说这件事的后果，不是在炫耀什么，希望你不要误会。"

罗曼其实明白陈太太的意思，但她没资格替朋友承诺。所以她说："我会转达。"

"罗小姐，你是个聪明人，请好好劝劝林珊。"

罗曼犹豫了一下，说："陈太太，我不太懂一件事，您的丈夫对外谎称离异单身，这种情况下跟其他异性来往，您觉得那个女孩有错吗？"

"你觉得林珊无辜？"

"当然。"

陈太太笑了笑，反问她："因为不知情而介入他人的婚姻真的无辜吗？或者我这么问，在社会语境把第三者判定为不道德的情况下，主动当第三者和被动当第三者的差别有多大？你被动，你不知情，就绝对无辜了吗？一个成年人还要求全社会像对待心智不全的小孩子一样谅解她的糊涂和愚蠢吗？她疏于判断被骗也好，犯傻也罢，由此产生的后果她不该承受吗？我再举个例子，你在职场上疏忽大意犯了错，公司依照实际损失对你做出处罚时，你会要求公司看在你一时糊涂的分上原谅你吗？"

"我接受您的观点，但我想说……"

陈太太打断她："你想说我只针对她，不针对主要责任人，也就是我的丈夫，对吗？"

"是，我觉得不公平。"

"首先，你并不知道我是否对我的丈夫进行了惩罚或者报复；其次，婚姻不是你们这些年轻人理想化的简单关系。"

罗曼无话可说。论婚姻之道，她真是一点经验都没有，再这么聊下去，她真怕自己会当场给陈太太道歉。

她倒是低估了陈太太的水准。

罗曼很为难，她不知道怎么跟林珊转达。

实话实说？她怕林珊被轻易说服日后后悔。撒谎？她还真编不出来另一套说辞。

更重要的是，罗曼现在被陈太太的一连串反问给问住了。这种状态去见林珊，她怕自己会说错话伤害到好友。

要不就说陈太太只是想赔钱和解？罗曼决定自己捋清楚再去找林珊。

罗曼散步到公园，一路上都在思考陈太太的话。她对陈太太所提到的作为妻子在婚姻中和丈夫的较量印象深刻。

目前来看，依旧还是林珊和陈太太在承受伤害。陈平复呢？出轨对一个男人来说真的会有代价吗？

至少在罗曼的经验中，她的前任是过上了"老婆孩子热炕头"的幸福生活，唯一的遗憾是婚礼不圆满罢了。要是介意这一点，他也可以换一个没有"污点"的老婆。

罗曼想得脑袋都大了。她觉得自己亟需一些男性的观点来帮助自己梳理整件事，不只是好友的糊涂账，还有自己的感情历史疑问。

该找谁呢？

罗曼只思考了一秒钟，就想到了周川。

罗曼睡了一觉，醒来后豁然开朗。不就是合法维护名誉权这么简单的一件事吗？起诉就是唯一的答案，有什么好纠结的？

大概是因为感情纠纷总是断不明，各有各的立场和主张吧。

想明白后，她跟林珊照实说了一遍，也明确说了自己的想法："昨天我还纠结呢，现在觉得你该起诉就起诉。"

苏律师也是这么说的，林珊没有改变心意。

罗曼收到周川的微信消息，问她下班后是否有空。她这才记起昨天一时冲动约他聊天来着。

此刻清醒了，罗曼觉得有点尴尬，毕竟他们好像也不是没事就约出来聊天的朋友。

但话已经说出口了，一时间还真没个合适的借口解释。思来想去，罗曼回复他说："本来有点事想咨询一下你，现在没事了。"

周川没回复她。

下午的时候，罗曼想起办护照的事。她计划国庆出国散散心，她的旧护照不慎严重损坏，得补新的。

她给她妈发微信消息，宋女士让她自己回家取，顺便买点常用药。

罗曼的医保卡没怎么用过，家里人要买什么药，药店能刷医保卡的就不花现金了。

正好当天要加个班，忙到晚上八点，交通也畅通了，罗曼打车回家，在家附近的药店门口下车买了老妈要的药品回家去了。

从电梯里出来，门已经开了。罗曼进屋换鞋，只看到她爸在家。

"我找户口本。"罗曼说。

"嗯。"罗城让去卧室给她拿。

罗曼站在客厅跟个客人似的。她给宋女士发消息问她去哪儿了。

宋女士说在打牌。

"给。"罗城让把户口本给罗曼。

罗曼指了指放在沙发上的袋子，说："我妈要的。"

说完她就要走。

罗城让的声音里带着一丝不满和失望："这就走了？"

罗曼愣了一下，没回头，直接离开。

身后的防盗门发出的声响有点大，罗曼意识到自己对父亲可能还是心存怨恨。她本以为自己已经不愤怒了。

其实她高中之前跟父亲关系很好，父女俩没少背着宋女士做坏事。她也曾在作文大赛时饱含深情地书写父爱，还拿了特等奖。为此，宋女士还颇为吃醋。

是的，罗曼曾经爱过、崇拜过和信任过自己的父亲，直到罗城让背叛了这个家。

从那一天开始，罗曼再也没跟父亲说过一句话。到最近两年二人的关系才有所缓和，却也仅限必要的时候跟他简单地对话。

从单元楼出来，刮起了风，罗曼点开手机屏幕，天气预报有降雨提示。

难得夏夜这般凉爽，她没有叫车，而是朝着自己家的方向慢慢走。

罗曼一路想着过去的事，父亲、她的前任以及陈平复。她内心并没有觉得自己是被命运诅咒的人，所以才处处遭遇背叛。她只是觉得遗憾。

"情不知所起，一往而深，生者可以死，死可以生。生而不可与死，死而不可复生者，皆非情之至也。"

汤显祖曾这样定义真正的爱情，活着的人可以为爱死去，死了的人可以因爱复活，不这般死去活来，便算不得真的爱情。

可见当今时代是没有真爱的，人类连践行基本的契约精神都显得吃力。罗曼并没有对此失望，实际上她认可并接受这样的现实，尽管这让她感到痛苦。

她应该是平静的，但她内心的平静由愤怒支撑着，她好痛苦。

罗曼站在十字路口。红灯变了三次绿色，她还愣在原地。

手机铃声响起，罗曼掏出手机一看，语音通话来自周川。

"站在路中央干吗呢？"他问。

罗曼左右瞧了瞧，看见左前方路边停着一辆开着双闪的车。

她又想跟他聊天了。

"以前怎么没觉得走到哪儿都能遇到你？"周川问。

"因为以前你不认识我。"罗曼回答。

"回家吗？"他问，行驶的方向已自动转向她家的位置。

罗曼没有立刻回答，沉默了一下才说："有空吗？"

周川看她一眼，笑了："之前打算问我的事现在可以问了？"

罗曼轻轻地笑了笑，说："就是瞎聊。"

"好。"

周川把车停在一处露天停车场，降下车窗，拿出烟盒："可以吗？"

罗曼盯了他手中的烟盒三秒，说："给我一支吧。"

周川打开烟盒让她自己拿。他看着她自然地点火，显然不是一时兴起的新手。

周川没再关注这件事，自己点了火，默默地等她开口。

罗曼吸了一口烟向窗外吹去，烟雾很快飘散开，被风卷走。她看着黑漆漆的前方，问："男人在意出轨这件事吗？"

周川看向她，思考了一下，说："如果真的要讨论这个问题，客观说法应该是人是否在意出轨？因为当你问男人或者女人是否在意的时候，前提条件已经设定有一方不在意了。"

"有道理。"罗曼觉得没得聊了。人人都当理中客，社会大和谐，也没必要对话了。

她叹气，用一次感觉生活无聊到让她痛苦。

周川见她不说话，问道："你朋友那件事如何了？"

罗曼不是很想细说："积极起诉中。"

"你们的诉求和目的是什么？"

"恢复名誉。"

"怎么恢复？"

罗曼看向他，思考了起来。她没有结论。

周川说："法律可以约束行为，甚至强制行为，但约束不了人心。"

罗曼懂他的意思，法庭最多判定陈太太在行为上道歉赔偿，林珊的第三者嫌疑在陈太太及其好友圈中永远洗不清。这样想来，这场官司很没有意义。

罗曼都能联想到有人听闻这桩官司之后心里会想"人家老婆都打上门了，你未必清白""也就是还没来得及发生实质性关系罢了"……

罗曼感到无力，问："所以为什么都是女人在浪费生命互相伤害？"

周川说："因为大多数女人比大多数男人勤于反思自己，而男人，都是先做了再说。"

"比如出轨。"罗曼补充道。

周川笑了笑，看着她说："我认识对待感情很洒脱的女士，也认识对待感情十分深情的男士，所以也不能以性别一概而论。不过大体是这样的趋势，在感情方面，女性更加忠诚可靠。比如我身边的朋友，我记得我大学的时候有一位女性友人爱上了一个男生，她向我形容她的心动时，仿佛三天三夜也说不完，词汇很丰富，形容很贴切，事件很具体。轮到男性朋友，陷入爱情的时候就只有一句他也搞不懂怎么回事，反正就是很爱她。"

"你这个人很没意思，跟你聊天好像在采访什么发言人。"罗曼说。

"哦？所以你是希望我跟你一起声讨某种现象或者某个人？"

罗曼不理他了。

周川说："那你得告诉我具体事件。"

罗曼有什么具体事件呢？

挺多的，但她不想说。

周川在心里斟酌了许久，主动问："罗曼，你是不是对男性很失望？或者说对爱情很悲观？"

"为什么这么问？"

"嗯……"

罗曼懂了："那天的婚礼你也在现场？"

"是。"

罗曼抬手看了一眼时间。

周川体贴地问："想回去了吗？"

"不是，你着急回家吗？"

"完全不急。"

"好。"

罗曼主动拿了一支烟。她把整个身体都偏向了他，不似刚才那副闲散无聊的神态。

怎么形容呢？周川觉得自己把她点燃了。

他的感觉没错，罗曼是被刺激到了。

如果说她有什么致命的缺点，那就是经不起激将。若不是前任当众发喜帖，她才不会去参加婚礼。而此刻，她不允许周川误会她被前任伤透了心，不敢再碰爱情。

这事必须说清楚，说到天亮也得说清楚，即便眼前这个人跟她交情很浅也得说清楚。

前任出轨闺密这件事对她造成的伤害从轻到重是这样排序的：前任出轨，朋友背叛，婚礼之后大家都觉得她还爱他。

"我并没有因为一次经历或者一个人就对整个群体失望，或者直接对爱情失望。恋爱关系中的契约精神应该是最低标准的要求，一个成年人做不到重开始另一段感情时先跟现任坦诚分手，这是非常低劣的品行，我不至于自尊低到在交友问题上是个人就行。"罗曼说。

周川看向她，目光很是赞许："我同意你的观点，既然你这么看得开，为什么还去参加婚礼呢？品行低劣的人难道还值得保持往来吗？"

罗曼说："因为他邀请了我，不去显得我很在意他的背叛。"

周川笑了笑，道："你不觉得跟人解释很累吗？"

罗曼思考了一下，说："生活就是各种情绪的交织，我又不出家，做不到超脱尘世。"

"嗯，所以你们坚持起诉对方。"

"是啊，值不值得较真还是要遵从自己的内心吧。"

"是的。"

周川又问她："如果你的恋人明确告诉你，他变心了要分手，你会接受是吗？不难过吗？"

"我会接受。难过是一回事，但被背叛是另一回事，所以我接受分手，不接受出轨。"

"可是你也不会去报复对方。"

罗曼认真思考了一下，说："怎样才算报复？"

这个问题难住了周川。他也没经验，只好说："比如说……找一个更好的男友？或者搞臭他的名声？"

"不应该是我本身就值得更好的或最好的吗？我找到更优秀的人怎么会是报复呢？是应该啊。"

"有道理。"

"至于搞臭名声之类的……我倒是好奇，在你们男人看来，脚踏两只船真的是恶劣行为吗？"

周川点了烟，吸了一口，摇头否认："不是。"

"那不就是了。"

"如果我的男性友人脚踏两条船或者婚内出轨，我并不会跟他绝交，但我不会跟这个人合伙做生意，尤其是婚内出轨的。"

"不是有个说法是有地位的男人三妻四妾很寻常吗？"

"难道不是封建思想？"

"是现实。"

周川沉默了一下，说："我还是觉得要看人品，功成名就带来的诱惑的确很多，却也不能说人人都抵挡不住。还有许多底层人士，他们也会出轨。出轨并不是有钱人的限定游戏。"

罗曼叹气："是全人类的休闲娱乐吗？"

周川被逗笑："情爱只是生活的一部分。"

"是的。"

两个人静静地坐了一会儿，周川问："你今天是遇到什么事了吗？"

"没有。"她说。

周川看了一眼时间："不早了，送你回去吧。"

"麻烦了。"

"不用客气。"

周川送她到小区门口，罗曼道谢，下车。

到家后，罗曼收到周川的微信消息。他说："跟你恋爱或者结婚，至少会善始善终，你是高质量婚恋对象。"

罗曼把这句话看了几遍，觉出了点暧昧的意思。她没回复。

她没被恭维到。说真的，善始善终如果是高质量婚恋的判定标准，人类社会就太不体面了。

林珊的诉讼已经立案，在等待开庭。苏律师最终调整了诉讼方案，一并起诉了陈平复夫妇俩。

陈平复那边不出意外是代理律师出庭。苏律师问林珊，林珊决定跟他一起出庭，相关证据都整理好了。

只是林珊的公司那边有点问题，同事们没人愿意出庭作证。她之前没有维权意识，所以没拿到有效证据，书稿合作换人也没有书面或者电话录音证明是因为谣言引起的。

林珊最近一直在后悔当天没有录音。她看了很多网友分享的各种名誉纠纷庭审经历，信心越来越不足。而且她反复回忆，发现陈太太当日也没有亲口说出侮辱性的字眼，这一切对她都很不利。

苏律师对此很有信心。他说："你觉得证据不足是因为你把自己放在加害者的位置上，觉得自己受到的伤害或惩罚还不够。但你是无辜的，这样的后果已经很严重了，除非你对我有所隐瞒。"

"没有没有，不好意思，苏律师，我性格真的有点儿问题。"

"没关系，但上了庭千万不要一脸心虚理亏的样子。"

"好的，好的。"

苏律师看了看她，又想到她的心理状态，权威恐惧症要是在法庭上发作，那就完蛋了。

被告律师少不了要在林珊介入别人婚姻这个点上大做文章，名誉权纠纷，那肯定得举证陈太太没有污蔑林珊。他倒是准备好了应对方案，只是当事人……

"我建议你不要出庭，如果你相信我的话。"苏律师真诚地建议。

林珊脸都红了，被自己的代理律师嫌弃真的好丢脸。她答应下来："好，我信你。"

"嗯。"苏律师又安慰她，"不用太担心，你的诉求只是赔礼道歉，这次诉讼只是维权的开始。拿到判决书和道歉信之后，要是再有人污蔑辱骂你，记得报警。报警后坚持要求警察对辱骂者做出行政警告处罚，这个处罚很重要，表面上看不值一提，但有了这个记录，对方便无法开无犯罪记录证明。"

听到这话，林珊又充满了信心。

周川接到了奶奶下发的相亲任务，还是骆迤曼。主要是之前周奶奶跟对方家长说了这事，面都不见不好看。

相亲地点就在周川酒店的咖啡馆。周川是一百个抗拒，人来人往的，被员工看到该多尴尬。

跟骆迤曼加了微信之后，两个人谁也没说话。周川有点高兴，可能对方也不愿意？

不见面最好。

谁知骆迤曼不但主动发消息确认时间和地点，还找话题跟周川闲聊。

周川觉得怪难受的。聊吧，没什么意思；不聊吧，又怕对方尴尬。最好还是大家说开了当普通朋友相处。

他这么想着，就这么说了。骆迤曼爽快地回复说没问题，本来见面也就是认识一下交个朋友。

话说到这个份上，周川没压力了，开始跟骆迤曼聊天。

两个人也没什么共同话题，于是周川问她："你认识小曼吗？"

"哪个小曼？"

"罗曼，她说你是大曼，她是小曼。"

"哦，记得，小时候经常一起玩。"

周川说："那周六一起吃饭吧，人多热闹。"

"好啊，你有她微信吗？我加一下。"

周川把罗曼的微信推给了她。

五分钟后，周川收到罗曼的微信："啊？"

周川说："周六一起吃饭，跟骆迤曼，你们不是好久没见了吗？"

罗曼无语了："我请你给我找朋友了？"

"你这个人怎么不睦邻友好？"

罗曼："……"

罗曼没有去参加"邻居聚会"。

一来她本身不想去，二来她洗澡的时候不慎摔了一跤。

摔得不重，就是尾椎骨隐隐作痛。她跟周川说周末要加班，不去。

周川说加班也得吃饭。

罗曼说他不懂一个完整的休息日对互联网民工的意义。

周五下午，宋女士叫罗曼回家吃饭。罗曼说她摔了，宋女士立刻做了好吃的提过来探病。

得知罗曼摔倒的原因和症状之后，宋女士说："你看看，幸亏伤得不重，这要是磕到脑袋或者摔断腿，手机又不在身边，你怎么求救？那不是等死吗？所以我才让你找对象结婚。两个人过日子就是做个伴，互相依靠，生了病也有人照顾。你说我说得有没有道理？你自己想想一个人住危不危险？"

罗曼认真想了一下，说："我要是倒霉到在卫生间摔一下就把小命交代了，那可能我真就该死了。"

宋女士气得狠狠地在她背上拍了两下。

由于担心女儿生活不便，宋女士决定留下来照顾她。

这让罗曼头皮发麻。因为宋女士下达了这个通知后，就一秒也未曾停歇地展开了卫生检查工作。

不开窗，不通风，家里死气沉沉；冰箱里全是可乐、酒水、护肤品，看不到绿色蔬菜，活得很不健康；衣服晒干了没及时收回来，是只懒猪；被子不叠，让人心烦；鞋子、包、衣服太多，铺张浪费；厨房里全是垃圾食品，会短命；人在客厅，书房却开着灯，开着电脑，浪费电；饮水机二十四小时在烧热水，导致水产生毒素……

母女亲情在宋女士的唠叨中一点点消失，但凡罗曼反驳一句，宋女士就说她是单身导致的生活邋遢，总之就是她这么活着不合适。

晚饭前，宋女士自作主张去菜市场买了两大袋蔬菜和肉类，让她自己做饭吃。冰箱里放不下，宋女士把她的饮料全装走拿去送了人。

饭后，宋女士又花了一个小时清洗厨房，因为她觉得罗曼的厨房太脏了。

时间终于来到八点半，宋女士提着一袋垃圾离开，留下话说她第二天还来。

罗曼在宋女士走后关窗户，开空调，点蚊香液，对着一冰箱绿油油的蔬菜叹气。她突然想不起来自己离开家之前的十几年是怎么活过来的。

原本计划的休闲周末彻底泡汤，好不容易上班了，公司新招的设计终于入职了。

两个实习生，还没毕业，罗曼负责带他们。

两位实习生的工作能力简单总结就是 PS（修图软件）会用，AI（插画软件）不熟，AE（视频处理软件）没碰过。

罗曼花了一天时间对两个人进行岗前培训，为此耽误了工作进度，导致她晚上十点才下班。

无论如何也算是有人分担工作了，产品设计暂时不敢交给新人，罗曼只能先把一些简单的宣传物料设计分给他们做，算是跟团队磨合。

　　周五上午，罗曼的上司跟她说下班后部门聚餐，算是欢迎新同事。

　　"你也算他们的领导，不能不去。"

　　罗曼开玩笑："升职不给加点工资吗？"

　　上司"嘿嘿"一笑，说："嗯。"

　　罗曼也不敢再问这个"嗯"到底是什么意思。

　　这期间周川又约过罗曼一次，罗曼还是推辞了。她是真的忙。

　　周川被拒绝了两次之后，觉得罗曼完全没有跟他做朋友的意思，于是也不再找她。

第四章

月底，林珊的案子正式开庭审理，审判结果是被告承担原告的起诉费用和心理治疗费用，总金额并不高。原告林珊没有额外的经济赔偿要求，另外就是要求被告郑重道歉并承诺日后不会再威胁和污蔑原告。

林珊起诉陈平复夫妇诋毁她的名誉，陈平复方面声明其与林珊只是正常的朋友关系，没有婚外情，称是误会一场。陈太太由此误会对林珊做出的污蔑和威胁行为，法庭予以一定程度的谅解，这其中有被告律师的功劳。

他举证了一系列似是而非的证据表明林珊跟已婚男士的来往绝不是朋友那么简单，但法庭不是"婚姻保卫战"调解现场，一切看证据，出轨事实不成立，陈太太就应该道歉。

苏律师开完庭出来后跟林珊大致讲了庭审经过。被告律师辩护的大部分内容他没告诉林珊，他也庆幸林珊没去庭审，对方律师的很多话可能会给她造成不小的心理负担。

好在林珊也没有关注到这件事，她好奇的是另一件事："肖总怎么会帮我作证呢？"

苏律师笑了笑，反问："为什么不呢？"

对林珊的上司而言，他决定处理员工完全是因为不想跟妻子吵架，他本人跟陈平复夫妇之间没有利益牵扯。如今他帮着林珊打赢官司就等于封住了他妻子的嘴，何乐而不为呢？

陈平复大抵也是这样。

男人嘛，要是真出轨了被抓住还有一丝愧疚，当然这得是在他有心维持婚姻的前提下。否则，让疑神疑鬼的妻子名正言顺输一次实在是百利而无一害的结局，所以苏律师一开始就对这个案子充满信心。

林珊一时间想不明白。

苏律师没再说话，而是带着她去见陈平复夫妇，接受当面道歉。

事情总算结束，林珊的生活也恢复正常，她跟公司的合约也快到期了，正在和另一家公司接触，谈得顺利的话应该不会跟这边续约了。

为此，林珊跟罗曼找了家不错的餐厅吃饭庆祝，饭后她们步行去餐厅附近的酒吧玩。

找到座位落座后，林珊看到了周川，他和朋友在一起。两个人对视了一眼，微笑点头，算是打招呼。

酒刚上桌，有一位男士来到罗曼这一桌搭讪。他热情地送了她们一瓶香槟。

"美女，要不要一起玩啊？人多好玩。"他指了指自己所在的卡座。

罗曼看过去，是周川那桌。

罗曼问他："你送的酒一会儿不会要回去吧？"

男子愣了一下，难道以前给她送过？不应该啊，美女他都有印象的。

"不瞒你说，还真是我那帮损友叫我来送酒，一会儿再要回去，臊我。不过你放心，我绝对不可能干这么没品的事，放心喝。"

罗曼问："要不回去的惩罚是什么？"

男子挠挠头，说："埋单。"

"哦。"

男子拉开椅子坐下来，问罗曼："美女，你怎么猜到的？"

罗曼说："有人告密。"

"谁啊？谁这么缺德？"

罗曼不说。

男子气呼呼地回去，誓要揪出内奸。

他刚回到座位，周川就走了。

"周老板怎么走了？好不容易叫出来一次，埋单了没？"

"不知道，说有事。"

周川大步离开酒吧，心里说不出地烦，这股郁结之气到家里都没消散。他满脑子都是罗曼跟大头调笑畅聊的画面。

他心里很不舒服，如果罗曼对其他异性这么热情，那凭什么对自己冷淡呢？如果对他冷淡，那天晚上她跟他聊到大半夜又算什么呢？

败诉当晚，陈平复去洗澡之前特意当着妻子刘鸳鸳的面拿走了他的手机。刘鸳鸳视而不见。

陈平复洗完澡出来之后，发现刘鸳鸳没在卧室睡觉。

陈平复睡自己的，没有管她。

第二天一早醒来，他发现床的另一边没有妻子睡过的痕迹。

他去健身房跑了四十五分钟步后，洗澡穿衣，下楼后看到妻子坐在客厅的沙发上看杂志，面前摆着茶。

阿姨做好了早餐，陈平复去女儿的卧室叫她吃饭。阿姨摆好早餐后去厨房收拾，一家三口坐着吃饭。

刘鸳鸳看着女儿问道："最近还在看《欲望都市》吗？"

女儿不耐烦地回答："不看了不看了，在学习啦。"

刘鸳鸳笑了笑，说："我是想跟你讨论剧情，我不反对你看这类剧，再过几年你也会谈恋爱不是吗？"

"哇，妈妈今天好开明哦。"

"我记得这部剧里有这样一段剧情，夏洛特在墓地结识了一位妻子离世的单亲爸爸，最后发现他利用这个借口同时约会很多女生，对吗？"

"是的是的！我最喜欢夏洛特了，这个男人真的好无耻。"

刘鸳鸳感觉到丈夫的视线在她的脸上扫过，她对女儿说："我认识的一个丈夫也是这样，不过他的妻子健在，他却欺骗别人说他的妻子离世了。"

"天哪！怎么会有这么恶毒的人！"女儿愤怒道。

"不过这位先生对女儿非常好，就跟你爸爸对你一样。"

"女儿是家人，妻子就不是了吗？他能诅咒妻子离世，对女儿的爱又有多少真心呢？"

"是吧，你说呢，老公？"刘鸳鸳看向丈夫。

陈平复喝了一口咖啡，起身离开："我去公司了。"

他的脚步还未从餐厅迈出去，就听见妻子对女儿说："刚刚骗你了，那位先生不是我的朋友，而是你的父亲。昨天他出庭作证，让我跟他的情妇认错道歉。敏敏，爸妈要离婚了，我就不问你选择谁了，你应该会选择爸爸，毕竟他是最酷、最民主和最尊重你的父亲。而我，只是一个逼你学习，压抑你天性的严格妈妈。"

"鸳鸳！"陈平复叫她。

刘鸳鸳站起来，看着女儿，问："敏敏，你该不会也跟你的朋友说你没有妈妈了吧？或者你希望换个妈妈？"

刘鸳鸳留下震惊的女儿和丈夫，离开了家，让司机送她去做水疗。

路上，刘鸳鸳发了一条朋友圈，是这样写的——

"我二十七岁，在交友网站认识了一位离异男士并与其约会，其间我没想过确认对方是否已婚，因为我不做第三者。

"我欣赏崇拜一位事业有成的中年男子对其女儿的培养，可我对其他经济条件差却很爱女儿的单身父亲们毫无兴趣，但我不是第三者。

"我以'母亲'的身份插手该男子对女儿的教育，费尽心思送礼物讨好他的女儿，跟他一起批评孩子亲生母亲的教育方式，我不是第三者。

"我在半夜对这位先生说'梦到你了'；我在旅行的时候跟对方说'景色很美，想和你聊天'；约定去酒店纯聊天的前一刻，我迟疑了，没有去，毕竟我不是第三者。

"我获得了这位先生的亲口声明，我们只是普通朋友，我们一起打败了妻子。看啊，我真的不是第三者。

"我只是一个因为缺乏父爱而满世界找爹的成年女性，我真的不是第三者。

"（欢迎对号入座）"

林珊第一时间看到了这条朋友圈。她颤抖着手截图发给罗曼。

罗曼回她："拉黑、删好友。"

还未等她执行完删好友的动作，刘鸳鸳主动给她转发了一篇网帖，标题是"如何确定网恋对象是不是单身"。

林珊被气哭了。

罗曼打来电话，林珊跟她说了这篇帖子的事。她无话可说，只回了一句"赶紧删"。

晚上，罗曼去找林珊喝酒，开解她。

林珊再度陷入自我怀疑的状态。罗曼客观公正地对她说："即便你跟陈平复有过一些暧昧的互动，你信了他的一面之词，没有怀疑他的单身身份，这最多只能证明你是个笨蛋。笨不是罪，人人都有蠢的时候，谁能做到时时精明？那还是人吗？那是神。"

林珊说不出话，一个劲地灌酒。

"好了好了，喝完这顿就翻篇吧，也不要跟她纠缠下去了。"

林珊醉眼迷离地看着好友，问："曼曼，你说是不是因为我跟陈平复约会过，所以陈太太就有资格骂我？你说实话。"

罗曼思考了半天，说："你要是觉得她有这个立场骂你，觉得自己亏欠她了，那她也把你欺负够了，你不必再为此感到歉疚。如果你觉得委屈，那就继续告她。反正一切以你的内心感受为主，你觉得怎么舒服就怎么来。"

这话说完，罗曼突然有点理解陈太太了。她也是遵从自己的内心罢了，外人又有什么资格指责她的为人处事呢？

林珊靠着罗曼一直哭，哭得她心情复杂。她想起了杨柳，那个背叛她的前闺密。

罗曼觉得林珊应该跟杨柳学习一下，于是她开始分享自己的故事。其实她已经跟林珊说过很多遍了。

当初罗曼的前任许嘉睿私下联络罗曼的闺密杨柳密谋求婚，杨柳知道好友不喜欢这种惊喜，也没有结婚意愿，就来"告密"。为了不让男友尴尬，罗曼拜托杨柳悄悄劝他停止求婚计划，日后她再自己找机会跟男友谈"结婚尚早"这件事。

杨柳去了，不过两个人谈到床上去了，睡完之后后悔了，自责和愧疚逼着她来劝罗曼跟男友好好相处，尽快结婚。

他们就发生了那一次关系，在那之后两个人都有意回避对方，再无联系。

那么罗曼又是怎么知道的呢？

是从许嘉睿对她的好友的态度转变中发现的。他突然开始讨厌杨柳，拒绝一切跟杨柳聚会的提议，甚至不喜欢罗曼单独跟杨柳聚会。

而杨柳呢？一改从前跟罗曼一起吐槽许嘉睿的态度，言语间全是夸奖赞许，比罗曼妈妈还希望他们能早日结婚。

后来罗曼看不下去了，拆穿了两个人。杨柳就此离开，去了别的城市。罗曼跟男友分手，不再往来。

至于他们之后怎么走到一起并决定结婚的，罗曼不清楚。但她清楚一件事，那就是杨柳跟共同好友说罗曼早就想分手了，罗曼和许嘉睿的恋爱关系名存实亡。

杨柳说得没错，罗曼多多少少是有这个意思的。工作以后她逐渐发现许嘉睿不思进取的毛病，她是没打算跟他步入婚姻，但这不是他们偷情的正当理由啊。

可杨柳心里是这样想的。她不仅自己相信，还要跟共同好友宣扬。她是第三者吗？不是的，他们是正当恋爱。

这是什么心理素质？抛开其他不说，罗曼还挺佩服这种人的。

林珊被鼓励到了，又哭又笑道："这不还是第三者吗？"

"呃……类比类比，抛开现象看本质，我的意思是人活着应该自私一点，让自己爽最重要。"

刘鸳鸳把判决书扔给家中长辈就走了。女儿她不管，家也不回，带上护照签证飞去国外度假了。

刘鸳鸳本想息事宁人，这次诉讼她也没想赢，但她的确没想到陈平复能做到这种地步。

丈夫出轨不能让刘鸳鸳获得长辈的支持，也不会影响他的事业发展。男人嘛，但凡成功，谁还没点风流债，社会容忍度高着呢。

但一个丈夫联合情人起诉自己的发妻，这个人还值得信赖吗？对双方长辈来说，这也是比出轨严重百倍的错误。

至于林珊，刘鸳鸳打心底里瞧不起她，她越主张自己尤辜，在刘鸳鸳眼中就越无耻。

一个二十七岁的女人在异性交友平台上约男人，最后还坚持自己是无辜的，真是个笑话。她但凡承认自己贪慕虚荣，刘鸳鸳还高看她一眼，又蠢又贪就是林珊。

刘鸳鸳想到林珊胜诉后得意的神情就想笑，凭她的家世背景，想要林珊在这座城市活不下去，实在易如反掌。也就林珊洋洋自得，自以为大获全胜罢了。

林珊冷静下来之后，决定不再理会陈太太。罗曼说得对，这件事该翻篇了，她也没那个精力折腾了。

罗曼见她的状态好了起来，也很高兴。

部门的实习生适应工作很快，逐渐能帮到罗曼了。她的加班情况锐减，几乎每周都能双休，这让她十分愉快。

周五这天，宋女士给罗曼发消息，说给罗曼找了个大师算姻缘，大师说她今年会结婚。

罗曼回复："去年参加婚礼，我接到了捧花。按照西方预言，接到新娘捧花要在六个月内结婚，否则就得等六年。"

怕宋女士听不懂，她又补充："已经过去六个月了。"

五分钟后，宋女士发来语音，破口大骂："我呸！什么破捧花，晦气！你拿她的花能有好事？六年？六年后你都四十了！"

罗曼打字回复："我还有一个月满二十七岁，二十七加六等于三十三，距离四十岁还差七年。"

宋女士回语音："你今年肯定能结婚。"

罗曼截图发朋友圈，配文"下半年谁有档期"。

周川刷到这条朋友圈的时候，发现自己很想报名。

周川发现自己想报名跟罗曼结婚这件事之后有点慌，慌完了他又坐下来冷静地思考。

周川面前摆着三个 Zippo，分别是经典黑金、银色雕龙以及乱七八糟涂鸦款，一字排开。他一个个数过去，罗曼漂亮，罗曼有趣，罗曼遇事冷静。

这三个优点加在一起，谁不说是一位满分伴侣呢？

好像有点想多了……

人家只是发个朋友圈开玩笑，自己这么认真，显得很滞销。

周川放下打火机准备去洗澡，刚站起来又坐了回去。罗曼还能跟他一起抽烟聊天，多好。

睡前，周川看了一眼罗曼的朋友圈，发现她删了那条。他点开对话框，找了好几个话题都没发出去，最终决定先睡觉。

隔天醒来，周川洗澡、穿衣服、喝咖啡，餐桌上摆着果盘，里面有苹果、橙子以及葡萄。他一个个数过去，罗曼真的漂亮，罗曼真的有趣，罗曼真的沉着冷静、遇事不慌。

上班上班。

上了三天班，周川坐不住了。他很想见罗曼，想当面确认一下她是不是讨厌他？吃顿饭或者聊聊天都行。

为了不被拒绝，周川借口自己心情不好想找人聊聊，特意提起上次陪她闲聊的情谊。罗曼果然爽快地答应下来。

周川很高兴，问："你喜欢吃什么？我先订餐厅。"

罗曼心想，你心情不好不影响胃口吗？不是聊天吗？找个地方坐坐呗。

周川挺郁闷的，问："要不来我们餐厅？最近换了个主厨，还可以。"

罗曼毫不犹豫地拒绝。他心情不好又不是她造成的，为什么又要把她拉去回忆现场屠宰呢？

周川没招了，说："你公司在哪儿？我先去接你吧。"

罗曼发地址给他。

下午上班的时候，罗曼在研发群里跟同事沟通工作，突然有人私聊她，是 java 的小王。

小王问："着急结婚了？"

罗曼很想回一句"关你屁事"。但毕竟是同事，她也知道是昨天的朋友圈引发的，便回："没有。"

小王不信，自顾自地提起旧事："赵亮都订婚了。"

"赵亮是谁？"

"装。"

"去年给你介绍的那个。"

罗曼想起来了："哦，恭喜恭喜。"

小王"正在输入"了半天，回过来一条："他媳妇比你小三岁。"

罗曼回："哦。"她内心很是可惜，比她小三岁的妹妹还很年轻，怎么就找了那么个人嫁了。

晚上七点五十分，罗曼下班，周川已经在楼下等了。

坐电梯的时候，小王也进来了。

罗曼所在的产业园停车场就在院子里。她去找周川，小王去开车，两个人同路。

"今天开车了？"小王问。

"没，我朋友来接我吃饭。"

"哦，今年都没见你开车，还害怕呢？到底是女同志，胆子小，回头找个老公，让他天天接送你。"

罗曼微微一笑，说："等年底加了薪，我就雇个司机。"

小王跟没听懂似的。

两个人走到小王的车前分开，罗曼低头看手机核对了一下周川的车牌号，找了过去。

"你很喜欢紫色？几次见你都穿这个颜色。"上车后周川问她。

"啊……嗯。"她系好安全带。

算是吧，罗曼的确喜欢紫色，却也没到痴迷的程度。之所以紫色系衣服多，完全归结于她的购物习惯。

罗曼并不是一个擅长服装搭配的人，也没兴趣研究各种风格。她觉得品牌设计师搭配好的套装就很好，而且每季新品系列一般都有很多款，一次性买回家最适合她这种对时尚不敏感的人了。

周川扭头看她一眼，意识到她似乎心情不好。他转移话题："附近有什么推荐的餐厅吗？"

罗曼建议道："附近有家中餐馆还不错，这个点应该没多少人，要去吗？"

"好，叫什么名字？我导航。"

"小食堂。"

周川设置好导航后开车出去。

罗曼注意到小王还停在原地没走。她没控制住表情，露出了厌烦。

"怎么了？看你不太高兴。"周川问。

罗曼犹豫了一下，问："为什么有的男人那么关心身边的女性有没有嫁人？"

"嗯？你这个问题太宽泛，男性友人关心女性朋友的感情生活也不算没礼貌吧。"

罗曼的身体微微转向他，说："不是。我昨天发了一条朋友圈开玩笑说想找人结婚，我同事看到了，他也就三十五六岁吧，结婚很多年，有孩子了。去年他就热心地给我介绍对象，今天还特意来告知我那个人找到了结婚对象，比我小三岁，无语。"

周川笑了笑："明白了，是挺无语的。"

罗曼靠回去感叹道："你说这种男人脑子里在想什么？如果他单身，还可以关心一下周围单身女性的婚恋意愿，他都结婚了，操这心干吗？"

其实罗曼更想吐槽这位同事的阴暗内心，他就是社会上鼓吹"女人过了三十岁就没人要"的核心人群。

实则呢？三十岁或四十岁还保持单身的女性根本看不上他。

周川说："攻击女性年龄是一种很没品的行为，你应该可怜他，除了适婚年龄这一项，他也没别的地方可以秀优越感了。况且社会在发展，陈旧观念都会消失的。"

罗曼看了他一眼，心里的烦躁和郁闷一扫而空。她主动问："你找我聊什么？"

"呃……瞎聊。"

到了餐厅，果然没多少客人，他们坐到了靠墙角的那一桌。

"你吃过的话就你来点菜吧。"周川说。

罗曼也没推辞，简单问了他的忌口后点了三个菜。

周川看到有米酒，想喝，就问："你会开车吗？"

"会是会。"

"拿了证没开过吗？"

"去年出过车祸，有点恐惧上路，今年都没怎么开。"

"那算了。"

罗曼见周川胃口不错，不像是心情不好的样子。这样看来，这顿饭吃得就有点暧昧了，他是想跟她约会吗？

她主动问起周川相亲的事。

周川连忙解释："没有，上次你不是没来吗？算是朋友聚会吧，都是从小一起长大的，我们每个月会聚两次。"

"嗯。"

周川说："我没有急着结婚，你呢？"

"我也是，所谓适婚年龄，更多是从生育角度考虑，单要说两个人相爱结婚的话，四十岁也不晚。现代人普遍长寿，即便四十岁结婚，到死至少还有二三十年，那也很长了呀。"

周川反问她："不还有爱到恨一生不够长的吗？"

罗曼皱起眉头认真地思考后，答："那是'十年生死两茫茫'那种吧……"

周川真的被她打败了："你这个人是不是有点过于悲观了？"

"有没有可能是大家过于乐观了？"

"哈哈！"

他又问："你是独身主义吗？"

罗曼想了想："不算。我并不是坚决反对或者抗拒婚姻，但我的确觉得不结婚算不得人生一大憾事。"

"后半句我不太同意，单身生活、婚姻生活或者恋爱同居其实都是生活方式，一生只尝试一种有点遗憾不是吗？"

罗曼立刻反驳："但是找到一种舒适的生活状态并不是那么容易的事啊。"

周川摇摇头继续吃菜。他在心里给罗曼加了一条评论，固执己见。

吃完饭周川送罗曼回家。到了门口，她说："你好像还没跟我说你的烦恼。"

周川对她笑："烦恼并不一定是具体发生的事件，偶尔也会有想和别人聊天的欲望，我觉得跟你聊天很有意思。"

"嗯。"

"嗯？不客气一下吗？"

罗曼不想客气。

她要走，周川叫住她："下周要不要跟我一起去聚会？挺好玩的。"

罗曼想了想他和朋友的玩法，怎么尴尬怎么来？她才不去呢。

"不要。"

"好吧。"

林珊主动约苏律师吃饭，想感谢他。不过庭审之后他就出差了，一直没机会。

苏律师拒绝了她："不用这么客气，应该的，而且你这个案子我没费什么心。"

林珊说："我还有一些事想咨询您一下。"

"有什么问题你留言给我，我忙完回复你。"

林珊心里还是对陈太太的后续操作耿耿于怀，对怎么处理拿不定主意。她希望能从苏律师这里得到一些建议。

她把详细情况留言发给苏律师，到晚上十点多苏律师才回复她，针对的是陈太太的朋友圈发言。

"侵犯名誉权不一定非得指名道姓才算，判定会从信息接收者的角度考虑，也就是陈太太所发布的这条朋友圈的受众中有多少人知道你们三个人的纠葛，多少人掌握了这件事的背景信息，多少人会在看到这段文字时立刻相信这段文字是针对林珊本人的攻击侮辱。"

林珊看了又看，问："苏律师，您觉得我是否应该继续起诉她？"

苏律师回复："我拒绝回答这个问题。"

林珊有点不好意思。是她问错话了，这不是诱导苏律师鼓励她起诉嘛。

苏行回复完工作消息之后洗了个澡。洗好出来，他拿起手机给任瑶发消息："胜诉了。"

任瑶回："哪个？"

"你让我接的名誉权纠纷案。"

"恭喜。"

"嘴上说？"

"你给我辩护呢？"

苏行把手机扔床上，不回了。

一分钟后，手机响了，任瑶说："过来吗？"

苏行高兴了，抓起衣服一边穿一边回复："来。"

另一边，罗曼也刚洗完澡出来。她的手机上也有一条未读消息。

周川留言说："陈太太好像出家了。"

"啊？"罗曼一口水喷出来。她一连发了好多条微信消息过去，都没回复。

周川也在洗澡。

他出来后看到罗曼的反应，觉得挺好玩的，把另一个群里的消息转发给罗曼共享八卦。

罗曼看完后十分无语："你在 UC 震惊部上过班吗？"

"什么意思？"

周川转发给罗曼的截图只是有人透露刘鸳鸳去寺庙居住了，据说她家里人叫她也叫不回去，这才传出她看破红尘的猜测。

很快当地纸媒就报道了这件事，刘鸳鸳女士捐了一百万修寺庙。

对此，刘鸳鸳这样跟家里人解释："丈夫跟小三合谋残害妻子性命的故事听多了，难免胡思乱想，所以去找大师开解一下，哪里就想出家了？在庙里的时候遇到一个人，她说'起心动念在己心，因缘业力在己身'，我听了觉得很是安慰。你们不用担心，住了这几天，我心里也平静了不少。"陈平复已经无力招架了，妻子走后，女儿彻底与他闹翻，更不用提来自家人和合作伙伴的压力了。

"鸳鸳，我们谈一谈。"

刘鸳鸳觉得好笑，这会儿倒愿意跟她谈了，他们之间还有话聊吗？难道不正是因为跟妻子没有共同语言，才找了红颜知己网聊一年吗？

"你想做单身父亲，我成全，财产分割该怎么样就怎么样。"

"你回家吗？敏敏她很想你。"陈平复打感情牌。

提到女儿，刘鸳鸳感到一阵心痛。

刘鸳鸳藏起眼里的悲伤，换上轻松的笑容。她问陈平复："说真的，你跟你的情人们没有在背后给我做法诅咒我之类的吧！"

"鸳鸳！"

刘鸳鸳看着丈夫的眼睛。他也在看她，他眼神里的愤怒转瞬即逝，像他们热恋时那样。她故意惹他生气，但他愿意克制，愿意委屈自己，把温柔和包容留给她。

可惜了，这半小时里，陈平复落在她身上的目光比过去半年都要多，她只觉得荒唐。

"回头会有律师联系你。"

"鸳鸳，我不同意离婚。"

刘鸳鸳笑起来："我们已经离了。"

刘鸳鸳去找女儿，对她说："当着你的面跟你爸吵架是为了让你理解妈妈为什么选择离婚，不是让你恨你爸，他永远是你的爸爸。"

敏敏哭得眼睛都肿了："你不要我了吗？"

"不是，爸妈都在，只是解除婚姻关系而已。"

刘鸳鸳曾经挣扎过，想过如何争夺女儿的抚养权，但现在她想开了。

罗曼跟周川每日聊微信的频率剧增，主要是在八卦刘鸳鸳。

罗曼一开始还挺担心的，如果刘鸳鸳真出了什么事，林珊只怕会自责死。好在刘鸳鸳十分坚强。

周川一边吐槽她八卦，一边到处打听八卦投喂她。

奈何一个人的八卦能力终有限，刘鸳鸳的事情没后续了，罗曼也就不跟他聊天了。

于是周川开始频繁她给她转发各种头条新闻。

"震惊！男子叫鸡不成反被偷拍！"

点开来是一位男子追赶家养鸡崽的照片。

"震惊！某品牌面包十年不腐坏！"

点开来是生产日期被改了。

"手慢无！沙滩美女走光图！"

点开来是空无一人的海滩。

············

诸如此类，动辄刷屏，罗曼企图阻止他，无果，只得把他的消息屏蔽了。但偶尔他也会穿插几句正事，她看不到，他就说她耍大牌不回复私信。

罗曼受不了了，工作之余随手做了一套闪瞎眼的"震惊系"动态表情包对付他，头像部分是抠的他朋友圈的自拍。没想到周川的回应是"爱了爱了"。

"你怎么有那么多表情包？"

"我是设计师。"

"那你帮我设计几个好玩的吧，我付费。"

"没空。"

"一个表情包一百。"

"没空。"

"二百五。"

"有病早点去治。"

"你把你存的表情包都发给我看看。"

罗曼嫌他烦，一口气发了几十个，周川全部存了拿去跟朋友们斗图。

周川没事就看罗曼做的那张他自己的表情包，次次笑成一朵花。

这天，罗曼在微信上回复同事消息，周川给她发来一段话："你是做平面设计的对吗？接不接私活？"

罗曼一时分不清他是认真的还是逗她玩，就没回复。

周川又说："工作量挺大的，你有时间吗？"

罗曼回复："震惊！你居然给我拉活儿！"

周川哈哈大笑："晚上一起吃饭吧，见面聊。"

"好。"

晚上七点半，两个人在餐厅见了面。

周川介绍工作内容："给酒店做视觉设计。"

"不会是你们酒店吧？"

"看不起我们酒店吗？"

"那倒没有，就是这个工作量应该找一个团队，我个人完成不了。"

"不用，标志不改，字体也不换，外部环境应用和内部办公系统应用这些都不做，主要是公关形象部分，会员卡、房卡的封面和赠品之类的，差不多三十项吧。"

"这个你找之前的设计团队应该更高效，也更节约成本。"

"你就说你能不能做吧。"

"我得考虑一下，毕竟我本职工作也不清闲，怕耽误你的事。"

"半年，正好元旦之后换新的。"

罗曼还在犹豫，周川吃了两口菜，问："你是不是做不来啊？"

罗曼默默地翻了个白眼，实话实说，她有日子没做这种设计了。

"不会就去学。"周川说，仿佛他已经是她的老板一样。

罗曼好想给他一拳，很久没接触这么讨厌的甲方了。她说："我先看看你们目前的设计。"

周川从钱包里拿出卡给她："全套设计方案回头发你邮箱，你给我一个地址。"

"好。"罗曼拿着会员卡翻看，白底加文字，没什么设计，发挥空间还挺大。

"你考虑一下报个价给我。"周川道。

罗曼没说话。

周川对她说："不用考虑友情价，在商言商。"

罗曼的眉头微微一皱。

周川明白了："没友情是吧？"

"嗯。"罗曼理直气壮。

周川"扑哧"一笑，气呼呼地夹菜："还嗯！"

林珊发现自己有点喜欢苏行。反正案子结束之后她总是想找他说话，说什么都好，她甚至有点遗憾赢得太快了。

她喜欢苏行的冷静和理智，也喜欢他的专业和强势，更重要的是，他年轻帅气。就像好友罗曼给她的建议，跳出追寻完美父亲的阴影，多跟同龄人甚至是比她小的异性接触。

她主动约苏律师吃饭，约了两次之后，苏律师明确表示官司以外不跟前当事人私下来往。

林珊的勇气也就到此为止，她还真不擅长热情地追求异性。

生活回归到常规状态，林珊继续宅在自己温馨的小屋里画画、做饭、看电影。无聊的时候她还是会在社交网站上跟异性聊天，不过这次她学聪明了，不跟任何人深入交流，拿网友当解闷儿的窗口，次次都有新鲜感。

不过这种事久了也会厌倦，不停地认识新朋友意味着不停地重复千篇一律的过程。有一天，林珊发现自己居然整理出一篇简单的自我介绍。她觉得好笑，这是在做什么呢？这样的社交真的有存在的意义吗？

罗曼考虑了几天，决定接下周川的设计案。

谈好了工期和报酬，周川要签约，罗曼说："不急，回头我把作品整理一下发给你看看再说，或者我先出个概念稿。"

"行。"

罗曼这一回头就没下文了，周川发微信消息催进度。

罗曼看到消息时很想一拖鞋砸到他脸上，这才过去两天。

周川提建议："来酒店住几天体验一下吧，你说时间，我给你安排到对着花园，风景最好的那间。"

花园？

对着宋女士大闹婚礼的现场吧……

"真是谢谢你了。"

"不客气，就这个周末吧。"

罗曼不喜欢住酒店，尤其是买房之后。想到每月的房贷，在家少住一天她都觉得愧对自己。

周川给罗曼安排了一日住宿体验。她觉得好浪费，她只要看看酒店装修风格就好，甚至不用实地考察，看看装修图就行，或者上点评网站看也行……但周川说她不敬业。

甲方的要求不好不听从，罗曼只得收拾了一下去住酒店。原本安排的大套房没了，客人临时续住，于是罗曼住进了对面的山景房。

罗曼下午才去酒店，入住后去周川的办公室讨论创意。她整理了一份各大酒店的卡面设计风格让他挑，他选了两种喜欢的风格。

罗曼对他说："这两个都是突出字体，没什么设计，你们的字体有应用规范。"

周川问："你觉得我们的字体好看吗？"

罗曼觉得不好看。原本的字体是可爱风，她个人不喜欢。但这不是她的酒店，所以她说："还行，字体比较圆润，跟你们酒店的风格也搭。"

"我不喜欢，如果重新设计可以吗？"

"你喜欢什么字体？"

"书法体，偏古典一点，我爷爷可以题字，你能设计吗？"

"可以，有个人风格的书法体很好，设计也简单。写好字抠出来就行，再让你爷爷写一套笔画就能建立字库。当然，如果你爷爷练的是标准名家字体，就不用费这事了。"

"不是，他的字很有个人特色。"

"那就简单了。"

周川说干就干，立刻给老爷子打电话。老爷子正好在家练字，顺手写了酒店名字拍照发给了他。

罗曼不懂书法。她在脑海里想象着把这幅字贴到酒店的墙体上，的确是比圆润体更有格调，也更高雅。

周川好奇地道："字体怎么做的？"

"用 PS 软件做。"

"带电脑了吗？"

罗曼深吸一口气，说："没有。"

"那你用我的电脑？"

罗曼都傻了，问："现在吗？你先让你爷爷写一套完整的字体给我。"

"可以啊。"周川又给老爷子打电话。

周爷爷听到要做字库，很愿意配合。他早就看孙子的酒店招牌上的字体不顺眼了，一撇一捺连点力道都没有，哪里称得上是字！

罗曼也是没想到这就要开工了，等周川爷爷写字的时候，饭点到了，两个人便去餐厅吃饭。

坐在室外，罗曼环顾四周，问道："你这个算什么风格？现代简洁？有点日式侘寂风的意思。其实圆润可爱一点的笔触也可以，只是日料店用得更多。"

周川也跟着她看："现代吧，也有点旧了，换个字体算不算最划算的翻新方式？"

"比起翻修当然是了。"

罗曼又问："你怎么一开始不让你爷爷题字？只要有人能写，设计很简单。"

"嘻！"周川面露难色，不是很想说。

罗曼便没再追问。

他点了支烟，又示意罗曼。

罗曼拒绝："我没烟瘾。"

"挺好。"周川笑了笑。

上菜了，两个人安静地用餐。吃了一会儿，周川说："其实现在的字体是我前女友坚持要用的。"

"哦。"罗曼回应。

周川说："她说我不用这个字体就是不爱她。"

罗曼有一点点不理解："是你女朋友写的字吗？"

"前女友。"周川纠正，"不是她写的，就是设计师自己设计的。当时有两个版本，也没想到让我爷爷题字。其实我们都觉得另一个偏书法体的版本更合适，但她坚持要我证明诚意。"

"挺好。"罗曼敷衍。

周川还想聊："我可以问问你吗？就是我不太理解我前女友的某些想法。"

　　罗曼吃不下去了。她擦了擦嘴，抬头看着周川道："这种事情……是不是应该问你女友本人？"

　　"是前女友。"

　　"哦。"

　　"我跟你讲，我前任经常这样。比如说，我们第一次吵架是她准备出国留学，当时她找了机构办手续，有一天她跟我说要交什么费用，但她联系不到她爸妈，我就说'你爸妈可能没看手机'，然后她就生气了，觉得我不在意她。"

　　"是吧……"罗曼好尴尬。

　　周川继续说："你知道她为啥生气吗？"

　　"可以不用知道吗？"罗曼觉得好无语。她就拿一份工资，怎么还得负责解答情感难题？周川果然是生意人，够精明。

　　周川说她："你怎么这么不近人情，大家都是朋友，你就不能跟我聊聊天？"

　　"可以的。"

　　周川满意了，说："她是希望我听到她说爸妈联系不上时，就立刻给她出这份钱。但她不是真的想要我出这个钱，我就算给了她也不会要。但她就是要我说出这句话。"

　　罗曼配合："女人……嗨！"

　　周川被逗笑："少来。她经常因为这种事跟我吵，我时常觉得她需要的男朋友得会通灵，她每句话都带着设定好的想要的回复来问我，我老是猜不对。"

　　罗曼看着他说："辛苦了。"

　　"哈哈，神经病啊！罗曼你这个人不厚道。"

　　"是吧，我回头改一改。"罗曼敷衍道。

　　周川不说了，继续吃饭。没过一会儿，他又说："我可不是说前任坏话啊，我只是想表达我不太适合跟过于情绪化的人相处。"

　　"挺好，挺好。"

　　"哈哈，你是很烦跟我聊天吗？"

"不是，主要是没啥立场评论你和女友的感情。"

"是前女友。"

"念念不忘，必有回响。"

"我没有！早分干净了！"

　　周爷爷写字还需要一点时间，饭后二人没事做。刚好周川的朋友来酒店请客吃饭，结束后找他喝酒，罗曼也被拉着一起。

　　周川跟罗曼一一介绍，都是小时候一起长大的邻居。其中一个叫大头的认识她，说她小时候跟他玩过。

　　可惜罗曼没印象了。

　　他们喝酒习惯玩真心话大冒险，罗曼早听说过，怎么也不肯参加。

　　"没事，你输了我帮你喝。"周川说。

　　"倒也不必。"

　　大头起哄："老周好体贴哦，好照顾女士哦，是不是有什么小心思？"

　　罗曼拿起骰盅一通摇后落桌，打开看一眼，11444，是豹子。她叫牌："三个二，你请。"

　　大头摇一摇打开。他的牌是12244，有三个2或者4。罗曼起叫就是三个，他继续押2。他叫："四个二。"

　　罗曼没犹豫："五个四。"

　　大头看牌，五个四……对面肯定有万能的一。

　　他继续加："六个四，飞。"

　　大头加倍，是想吓唬罗曼，让她开自己。

　　周川靠过来看罗曼的牌，装模作样想演戏。罗曼淡定地加码："八个四。"

　　"噢……"众人起哄。

　　"完了。"大头笑起来，"是豹子吗？开吧，我不信。"

　　罗曼开了，两个人加起来九个四。罗曼的骰子数最接近这个数字，赢了。

　　"厉害！我选大冒险！"大头笑着说。

　　众人期待罗曼发难。

罗曼说："问你微信上的一个好友要一份礼物，价值不能低于一千，但你们的交情不到一千。"

"哇！哈哈，小罗不错啊，大头搞快点。"

大头找啊找，找了一个这几年都没联系的大学同学要生日礼物，一千多的平衡车。

大头觉得小意思。同学当爸爸了，回头他给孩子发个大红包就行。

没想到罗曼还有后招儿，几轮下来，罗曼又赢了他。这一回她说："收到礼物前不许跟对方联系，收到货后半价挂闲鱼并发朋友圈，三天不准删。"

"哈哈哈！"周川大笑着拍了拍罗曼的肩膀，"你太牛了，小罗同志。"

玩到晚上十点散局，大头不服，把罗曼拉到群里约着下次继续玩，得报仇。这姑娘的运气太好了。

周川说送罗曼回房间。罗曼拒绝："你都喝醉了，赶紧回家睡觉吧。"

"没事，我送你，改天再一起玩啊，我发现你挺狠的。"

"谢谢。"

"那要是下次玩我也让你做很尴尬的事，你不会跟我翻脸吧？"

"不会。"罗曼心想，她得是猪才会给他们复仇的机会。

"你不会不来了吧？"周川问。

"嗯。"

"放心，我不害你，你帮我出主意就行。"

"哎！"

两个人从前院走过去，来到草坪。周川不慎踩空了一下，罗曼扶了他一把。

周川拉着罗曼的手臂站好。她跟他贴得很近，他能看到她的睫毛在抖动，这让他的心颤抖。

罗曼不动声色地退开了一点，说："别送了，我自己上去。"

"那不行，我得看着你安全进房间。"

"你们酒店很不安全吗？"

"酒店本身很安全，不安全的是不认识的人。"

罗曼不想跟他纠缠，随他去。

从草坪走过，罗曼立刻想起那次婚礼。她驻足停留，面露不忍，好难堪的回忆。

来到电梯口，他们遇到两位客人。男士看上去四五十岁，女士看着很年轻。这两个人分开进电梯，进去后便搂在了一起。周川和罗曼站在他们后面。

看着面前的组合，罗曼尘封的记忆被唤醒。初三那年，她在一家宾馆门口看到父亲跟一位女士从酒店出来。当时父亲跟她解释是工作应酬，还说她的心思不在学习上，一到周末就玩个不停。没过多久，父亲就在一次扫黄行动中被带走了。

男人做亏心事被撞破的时候表情都很好笑，初中的罗曼还不太懂，现在懂了。父亲也好，前任也罢，他们都曾用躲闪的目光、多余的肢体动作和强行转移话题的举动向她展示了什么叫男人的心虚。

然后呢？该过日子的过日子，该结婚的结婚，有什么尴尬和难堪也都是落到纠缠的女人身上。

罗曼想到母亲去年为自己出气的举动，倒不知她是为罗曼还是为她自己，或许都有。

啊……罗曼突然想起来，自己为什么不喜欢酒店了？

因为提起酒店，她就会想到那日父亲涨红的脸和局促不安的眼神。

"叮"的一声，电梯到了。

罗曼看着开启的电梯门，说："你回去吧。"

她没看身后，自顾自地往前走。

"罗曼。"周川跟出来叫住她。

"嗯？"罗曼看着他。

他酒劲上头，看眼前的人有点模糊："罗曼，不要总是记得不好的经历。"

"嗯。"

　　酒店环境再好也是冰冷陌生的，打不开的窗户，四处张贴的酒店标志，干净洁白的床单上散发的消毒剂的味道，无法移动的家具，都在提醒入住者这是临时过夜的住所。

　　卫生间就更令人不喜欢了，罗曼出差最怕公司给她订便捷酒店。她很不喜欢那种固定在墙上的吹风机，功率也小。

　　带着对酒店的反感以及对家的思念，罗曼尝试入睡，但总不成功。

　　她不认为自己对酒店的抗拒源自青春期目睹了父亲的出轨，但酒店的确跟她八字不合，毕竟人生中为数不多的丑陋回忆都跟酒店有关。

　　比如自己的感情生活，许嘉睿就曾多次因为她不喜欢去酒店开房而抱怨她不懂情趣。

　　罗曼也曾反省是否因为父亲的伤害而影响了自己的人生节奏。直到后来许嘉睿出轨她才确定，他追求的情趣和刺激不是她想要的，所以不必反省自己。

　　这般胡思乱想的结果就是做噩梦。罗曼梦到父亲和前任先后出现在酒店，梦里的她都觉得荒谬。她对他们说这只是自己睡前想到了往事，说完便笑出声。正在求证有没有把自己笑醒，下一秒，周川居然出现了。他说："罗曼，酒店是正经酒店，不正经的是人。"

　　罗曼被吓醒了。

　　这一醒就一直睁眼到天亮才睡着。

　　周川给罗曼打电话时，她睡得正香。

　　"吃早餐吗？给你送房间去？"

　　罗曼呼呼大睡，连回答都懒得张嘴。周川等了半分钟，把电话挂了。

再收到她的消息时已经快中午了，周川在酒店，说要一起吃饭。

罗曼去见他，谈了点工作就要回家。

"我送你，顺路。"周川说。

罗曼在路边等周川的时候，留意到酒店门口站着一个女生。对方的表情很犹豫，看上去十分年轻，是幼龄化的那种年轻，妆容和穿着都是刻意扮成熟的样子。

她不是个多管闲事的人，但女生的神情让她放心不下。

罗曼走近了问："打扰一下，你是不是需要帮助？"

"啊？"女生看着罗曼，表情像见了鬼一样。

"请问你为什么在酒店门口徘徊不前呢？是遇到麻烦了吗？"

"什么呀？你真奇怪，我在等人！"女生不是很高兴。

"好的，打扰了。"

罗曼走开，又回头看了那个女生一眼，没想到女生也在看她。那个女生看上去快哭了，见她看过来，女生又傲娇地背过身去开始打电话。

罗曼想着那个女生要是再看她一次，她就主动去问女生发生了什么。但女生离开了。

不知为何，罗曼总觉得她眼熟，这很反常。

罗曼脸盲，不大可能对大众脸有特别的印象。初入职场时，她记同事的脸都靠特征，比如吉米是自然卷，几天后他突然将头发拉直剪短，她就不认得他了。

她怎么会对这个女生感觉熟悉呢？

周川开车过来，罗曼坐了上去。

"你不饿吗？"他问。

"别说话。"

罗曼努力回忆。此刻她看不到女生，面孔形象已经模糊，大脑只记住了一个特征——左边嘴角有颗很明显的黑痣。

明星孙俪下巴中央有痣，她是罗曼看了一集电视剧就彻底记住了的女演员。还有《暮光之城》的女主演，罗曼也喜欢，因为她美得很有特色（门牙比较大）……

罗曼就这么联想着……

"啊！想起来了！"她十分笃定。

是陈平复的女儿！

当初罗曼看陈平复的朋友圈就留意到了他的女儿。因为那个女生嘴角有痣，笑起来很有特色，所以她就记住了。

"吓我一跳。"周川惊恐地看向她。

罗曼问他："那个……陈平复或者刘鸶鸶来你们酒店住了吗？"

"没有吧，问他们干吗？"

"我刚刚看到他们的女儿在门口徘徊，表情不大对劲，好像拿不定主意要不要进去。我记得她年纪很小，一个人跑来酒店做什么？"

"是吗？我问问。"周川给陈平复打去电话。

陈平复果然不知道女儿在大街上瞎逛，他拜托周川留住敏敏。

周川把车开回去，正好见到前台工作人员在问敏敏要证件。

他上前跟女生打招呼："你好，我是周川，你爸爸的朋友。他马上来就会接你，你去那边坐着等一等好吗？"

敏敏听到这话就要跑，被周川拦住。

闹了一场，敏敏总算配合地留下了。她是来找朋友的，两个人约了在酒店房间打游戏。对方也是未成年，住的房间是他父亲在这里订的房。

周川叮嘱工作人员把敏敏安全地交到家长手里后，便跟罗曼离开了。

走之前罗曼看了一眼敏敏，她想到自己也是在差不多的年纪经历了父亲形象的坍塌，那时她也觉得自己的人生灰暗了。

罗曼回到家，周末只剩下半天。她有很多事要做，从收拾房间开始。

周川回了一趟家。爷爷写好了字帖，他拿回办公室扫描后打包发给了罗曼。

罗曼计划了一下工作安排，给周川回了个大致周期。她又花了点时间简单排了一下字体给他看效果，他表示很喜欢。

收拾好家和自己后，罗曼点了个外卖。她点了比萨和下酒小菜，还开了一瓶红酒，把沙发弄得舒舒服服，又打开正在追的综艺，开始享受工作日前最后的轻松。

她还提前定好了闹钟，如果她看着电视困了，也不打算打断睡意回卧室了，就在客厅里睡。

谁知她越看越清醒。

综艺看完了，罗曼想起自己缓存已久的一部电影——*Into the wild*（荒野生存）。

她去洗手刷牙，回来后抱着毯子躺在沙发上看起来。

这部电影讲的是一个家境优渥、名校毕业的年轻人主动抛弃现代社会和人际关系回归大自然的生存之路，或者可以理解为是跟汤姆·汉克斯主演的《荒岛余生》的剧情正好相反的作品，不是遇难流落荒岛艰难求生回归都市，而是主动放弃现代社会。

罗曼一直想看这部剧，一是因为电影本身是根据真实人物的经历改编，她想认识一下这位极端的理想主义者；二是里面有她为数不多的叫得出名字和认得出脸的女星克里斯汀·斯图尔特。

也不知是否期待太高，罗曼没能看下去这部电影，连自己什么时候睡着的都不知道。

剧情进行到主角和朋友在酒吧高谈阔论，大喊"该死的社会"时，罗曼被吵醒了。她扭头盯着屏幕看了一会儿，又睡了过去。

再醒来时，电影演到主角和老者在山崖上谈话。老人说："学会原谅才能幸福。"

"理想主义的朝圣路终点也是心灵鸡汤吗？"罗曼大声地吐槽，说着看向身边，仿佛旁边一直有人在陪着她看电影。

当然没人了。

罗曼的视线落在墙壁上，突然感到一阵寂寞和烦躁。

快进电影到结局，主角求仁得仁，死在了大自然面前。但他不甘心，死前写下了"Happiness only real when shared（只有分享才是真正的幸福）"作为遗言。

分享，三岁小孩都明白的道理，主角却以生命为代价求证出来。

罗曼好想吐槽，亏她还期待了那么久，简直是浪费时间。

关了电视，客厅归于宁静。她看向窗外，内心生出前所未有的孤独之感。

很多人跟她说"一个人过没意思"，她不认同。独自生活也可以精彩丰富，快乐和幸福不一定非得跟人分享。但此刻她改变了想法，幸福或许可以不依赖旁人，但无聊需要有人陪同。

况且刚刚结束的电影告诉了她一个道理，要分享，不然会死，死得很凄惨，很不甘心。

"想结婚了。"

这个念头第一次出现在罗曼的脑海里，并且很久都没有消失。

每一个向罗曼"安利"婚姻的人总会提到结婚的好处就是有人陪伴，这大概是唯一值得参考的优点了。

因为观念改变了，所以罗曼在宋女士再度介绍相亲对象的时候一口答应下来。

宋女士却傻了眼："你想干什么？你什么态度？"

罗曼很委屈："不是相亲吗？"

"嗨！我看你又没安好心。哎呀，你能不能省点心？"

"我真的愿意相亲。"

宋女士估计还是不太信罗曼，所以把相亲安排在了奶奶家。由她亲自监督，以防罗曼欺负对方。

周六，罗曼来相亲。按照宋女士的要求，她换上了端庄秀气且宜室宜家的连衣长裙。

罗曼打车到巷口，下车后步行进去，走到周川家门口，她看到他在院子里陪小孩踢球。

周川也看到她了，跑出来："回来吃饭吗？叫我一起啊，我快输了。"

他说的是和大头的赌约。

罗曼不理解："这都多久了？你们的赌约也是长。"

周川挠挠头："走的时候叫我啊。"

"不用，我有事。"

"办事不用车吗？"

罗曼看向周川，眼神里充满探究的意味，看得他都有点不好意思了。

她问："周川，你对我是不是殷勤了点？"

周川慌了，张口就否认："想多了吧你，我是怕你天天就知道玩，耽误了工作，督促你而已。"

罗曼点了点头："哦，那是我误会了。"

她说完就走，周川上前一步拦住她："你误会什么了？"

"我以为你对我有意思。"她很直白。

周川心里拿不准罗曼是什么意思，不知道该怎么回答这个问题。他不想现在承认对她有好感，又担心她还没从上一段情伤里走出来。

　　不等他给出回答，罗曼直接说："没别的意思，我先走了。而且我今天不是玩，是去解决个人问题，先成家后立业。"

　　周川傻了眼，什么意思？

　　罗曼到家后，相亲对象还没来，打来电话说找错了地方，去了另一条巷子。宋女士表示理解，这附近有两条胡同的名字很相似。

　　这次的相亲对象是年轻有为的公务员，叫陈晨，硕士学历，本地人，有房有车。

　　罗曼家备好了饭菜在等着。

　　陈晨是开车来的，到了巷子口没敢进去，怕没地方停车。路边这会儿也没车位了，他正犹豫呢，看到一个男人走过来。他问："嘿，哥们儿，问一下里面能掉头吗？"

　　"能，开进去有个转盘，在那儿掉头。"

　　"谢了。"

　　"客气。"周川看了那个人的车一眼，就去买盐了。

　　买完后他给罗曼发微信消息："你是相亲吗？"

　　"是。"

　　周川想到刚才那个男的，开一辆普通车，穿一件Polo衫，看着得有四十岁了吧！

　　这也值得相亲？

　　罗曼好可怜，被"渣男"伤害了还得跟这种货色相亲……

　　陈晨停好车来到罗曼奶奶家。他给老人准备了礼物，宋女士客气了一番后便收下了。见到罗曼本人，他很惊喜，跟照片一样漂亮，本人甚至更好看一点。

　　"你好，我是陈晨，二十九岁。"他伸出手先自我介绍。

　　罗曼轻轻碰了一下他的手指："我是罗曼，我也二十九岁。"

　　宋女士笑着抢话："二十七，二十七，她才二十七岁。"

　　"虚岁二十九了。"

　　宋女士笑得灿烂："年轻人说什么虚岁。"

罗曼在心里"呵呵"：你之前可不是这么看待虚岁文化的！

吃饭的时候，因为有长辈在，大家更关心陈晨的工作。他在法院上班，能聊的话题很多。

罗曼安静地吃菜。

陈晨问她："你是做设计的，对吗？"

"平面设计。"

"你们公司的产品叫什么？"

"Meet 遇见，交友平台。"

"我下一个。"陈晨搜索到软件，又补充解释，"看看你的作品。"

宋女士说："现在这个平面设计很吃香，互联网行业是蓝海。"

罗曼看了老妈一眼，心想：你以前可不是这么看待互联网民工的。

陈晨表示认可："是，做互联网有前途。现在干什么都是线上，技术人员工资也高，不怕失业。"

"对的，对的，去年还有人请小曼去他们公司上班呢，小曼没去。现在的单位领导对她不错，咱们做人也不能光看工资。"

"是，您说得对。"

"吃菜吃菜，多吃点，也不知道合不合你胃口。"

"很好吃，阿姨您的手艺很棒。小罗平时上班忙，自己不做饭吧？"

罗曼回答："不会做。"

"一个人吃不了多少，年轻人单身都这样，结了婚过日子自然就会做饭了。"

罗曼在心里吐槽：民政局是跟烹饪学校合作了吗？领证送进修课？

手机一直在响，是周川找她。他发了好几条信息——

"相亲顺利吗？

"我刚看到一男的进去，不会是你相亲对象吧？

"又老又丑，需不需要我解救你？"

罗曼回复："不需要。"

周川站在自家院子门口干着急。罗曼这个人不厚道，要相亲怎么也不说一声，沟通一点都不真诚。

"哥！吃饭啦！"妙妙喊他。

"来了，来了。"周川进了门。

吃到一半，他听到门外有车驶过，放下碗跑出去，不是那辆汽车。

他给罗曼发消息："结束了找我一下，有事跟你说。"

罗曼没回复。

等到第三次听到车声，周川跑出去，刚好看到罗曼坐在那辆车的副驾驶座上。

"什么眼神，居然跟个倭瓜约会！没出息！"周川又遗憾又不解地评论道。

罗曼跟陈晨去喝茶，进一步了解对方。

相对于长辈们对身边官司的好奇，她更好奇法院的各职能部门。她问："你们单位是怎么晋升的？"

陈晨回答："政法专业先法考再省考，进法院先做两年书记员，然后晋升助理审判员，再到审判员。"

"审判员就是法官吗？最高级别是法院院长？"

陈晨笑了笑，耐心回答："法官是一种通称，助理审判员和审判员都是法官。但审判员是职务，不是级别。我们说的级别是行政级别，像我们区法院的院长就相当于副区长，市法院院长就是副市长级别，以此类推。法官都是公务员，公务员级别分为科、处、局、省、国家等几个级别，新人一般就是科员起步，这里边根据学历有分类，但副处级以上才按职务编制定。"

"真复杂。"罗曼感叹。

陈晨心想其实也不复杂。职级很多，晋升很慢，他还不知道要熬多少年才有机会上升。

罗曼又问："我怎么听说现在都是法官助理？"

"一个意思。"

罗曼没再问，是一个意思吗？林珊打官司那会儿她研究了一下法院系统，法官助理好像没有审判权？

不过这个问题不大适合问相亲对象，好像很瞧不起人似的。罗曼内心还是很尊重政法体系工作人员的，能考过法考加公考就已经很了不起了。

陈晨显然不想聊自己的工作了，他问罗曼："你们公司就是做交友软件的，你怎么没找一个？"

罗曼被问住了："呃……我不怎么爱在网上聊天。"

"挺好的，网聊有风险，你也不知道对面是什么人。"

陈晨接触了不少网聊被骗的案件，开始给罗曼讲。讲着讲着他突然停下来，问她："我就说看你眼熟，你是不是去过法院？"

"嗯，前段时间朋友打官司。"

"啊！是那个第三者的案子吗？"

罗曼："是名誉权纠纷……"

"抱歉抱歉，我就说在哪儿见过你。"

…………

单身的人是因为挑剔？

也许吧，因为陈晨那声"第三者"，罗曼给这个人判了不及格。

如果被侵权人获得了法律上的胜诉之后还要被群众污名化为"第三者"，那么法律的意义在哪里？何必浪费时间和精力去打官司？

身为法官，却以这样的方式记住经手案件，罗曼不喜欢这个人，连带着对他的职业尊重也少了很多。

回到家后，陈晨约她有空一起吃饭。罗曼拒绝了他，理由是不合适。

对方"正在输入"了好久，发过来却只有一个"OK"。

罗曼没再回复。

洗完澡准备睡觉，周川发来消息："还在相亲呢？"

罗曼回复："十一点了。"

周川回："你想结婚了？"

罗曼回："在考虑。"

周川"正在输入"了好久好久，只回过来几个字："那你跟我相亲吧。"

周川忐忑不安地等待回复。

过了好久，罗曼才回："行。"

周六一早起床，周川有点兴奋，又有点紧张。他还是第一次这么期待相亲。

周川去剪了个头发，回来后看准备好的衣服不顺眼，又换了一套。

从镜子里瞧了瞧，他笑了，这是干什么呢？又不是没见过，证件照都被她看过了。

周川抬手看了一眼时间，想起了另外一块带紫色元素的手表，换上后出门去接罗曼。

出门前，周川发微信消息给罗曼："需不需要买花？"

他又发了一条："因为有的人会觉得当街收到花很尴尬，所以问问。你喜欢的话，我就给你买。"

罗曼回复："不需要，我觉得尴尬。"

"好，那我出门了，大概四十分钟到。"

"嗯。"

一路畅行到罗曼家门口，等了三分钟，她下来了。来跟他相亲的罗曼穿着黑色T恤搭配牛仔短裙，脚上是帆布鞋，也没怎么化妆。

周川想到她相亲那天的装扮，心里有气，觉得罗曼对他不公平。

"怎么了吗？"罗曼见他盯着自己，便问他。

周川忍了又忍，说："你跟我相亲怎么不打扮？"

罗曼低头看了看自己："打扮了。"

"哦。"周川勉强接受。

周川给罗曼开车门。上车后，她说："初稿发你邮箱了，收到了吗？"

周川说："相亲不谈工作。"

"哦。"

他问："你怎么突然想结婚了？"

"想尝试一下两个人生活到底好不好。"

"你没跟前任……"周川问到一半闭了嘴。

罗曼不介意："没有，除了跟父母住，就是上大学住宿舍，毕业后一直独居。"

"嗯，先去吃饭行吗？"

"好。"

周川下了血本，请罗曼去人均两千元起步的餐厅吃饭。已经订好了，也不能临时取消。

罗曼稍微感到有压力。

点好菜，两个人对坐无言。周川揉了揉鼻子，找话题跟她聊："上次相亲结果怎么样？"

"不合适。"

"可以问哪里不合适吗？"

罗曼告诉了他理由。

周川表示理解。虽然一开始就没把那个人当竞争对手，但他还是高兴。之前他是在形象上获胜，现在看来人品、性格也赢了！

"你想了解我哪些事？随便问。"

罗曼想了想，问："你理想的两性关系是怎样的？"

周川没思考，说："精神独立、三观契合、聊得来，能带给彼此快乐，还有就是遇到问题坦诚沟通，不要情绪化。"

"嗯，我不是很情绪化。"罗曼说。

周川被这句回答鼓舞到了，相亲对象这么说就是很希望成功吧？

他问："你的择偶标准是什么？"

罗曼说，"成熟。"

"成熟的定义是什么？"

"勇气和担当，还有就是我不喜欢恶趣味。"

"啊……我跟朋友打赌算恶趣味吗？"

罗曼笑了笑，说："不是这种，你跟你的朋友有你们的相处之道，这没什么好坏之分，我指的恶趣味是把低道德行为当生活乐趣。"

"比如出轨吗？"

"不止出轨。"

"还有呢？"

罗曼想了想，说："这么说吧，我不太认可现在流行的'渣男''渣女'标签，或者说只是部分认可。我认可其中背叛的行为是渣，应该被批判，但移情别恋或者花心本身不是渣。"

周川明白了，问道："难道你是会支持开放式关系的人吗？"

"婚姻还是恋爱？"

"婚姻。"

"不支持。我本人不支持开放式，但我尊重开放式恋爱关系。当然，理想前提是多方知情，而不是把第三方当成开放情侣之间找寻刺激的工具。至于婚姻，我完全反对开放式。我觉得开放式婚姻毫无存在的意义，自由的含义是能承担后果。所谓婚姻自由，是指破除包办婚姻和封建思想，是结婚、离婚权利归属婚姻双方。如果离婚本身是你无法承受的后果，那就该为此牺牲部分自由和欲望，否则你一开始就不必结婚。选择了婚姻最终却走向开放，本质还是低俗恶趣味。我不反对低俗，但我反感美化低俗的观点。"

罗曼一口气说完，语气始终平静，周川却被她感动了。她的话一字一句全落进了他的心里，他从未遇到过观念如此一致的人，他有一种高山流水遇知音的激动感。

"完全同意。罗曼，我很赞同你的观点，这也是我想跟你相亲的原因。跟你接触下来，包括你今天的观点，让我觉得跟你一起生活会非常理想。"

这段话接近表白，罗曼有点尴尬，不知如何回应，好在服务员来上菜打断了他们的对话。

有一道菜是烧羊肉，选的肉是羊大腿内侧的肉，因为形似黄瓜条得名。小拇指大小，据说一只羊只有两条而已，肉质鲜嫩，可以生食。

服务员介绍完菜品之后离开，周川让罗曼先尝尝最嫩的黄瓜条。

两个人都夹了一块肉品尝，的确嫩。罗曼想到自己去北京旅游的时候在涮羊肉店见过，但她当时没点，还以为是噱头。

她正想表达对这道菜的喜爱，周川突然问她："刚刚说这是哪个部位来着？"

"大腿内侧。"

"哦。"他一本正经地看着罗曼说，"你说要是掐一下，这个肉会不会发紫？"

罗曼："……"

气氛安静下来，罗曼面无表情地盯着他，没说话。

周川没在意自己的笑话失败，拿起公筷给她夹菜。

罗曼吃了一口咽下去，突然"扑哧"一声笑起来，这一笑就没能停下来。

周川先是被吓到，之后又被她感染。他笑着问："你的反射弧会不会太长了点？都讲完五分钟了。"

罗曼笑得整个人都在发抖。她捂着脸笑，指缝间露出她的嘴角和眉眼。周川静静地看着，觉得她好可爱。

他喜欢逗她笑，说道："别笑了，一会儿服务员把你赶出去了。"

罗曼清了清嗓子，继续吃饭。

周川夹起"黄瓜条"放进她盘子里："真的，你掐一下试试。"

"哈哈哈！"

笑口大开，胃口也大开，罗曼这天吃得很多，裙子都有点紧了。

离开餐厅，周川还在说羊大腿："你说他们是怎么找到那块肉的？一只羊两条，那么小一点，是不是在羊活着的时候掐它的大腿内侧，哪里发紫就切哪里？"

罗曼脑子里立刻浮现一个人追着活羊掐大腿被踹翻的画面。她走不动了，捂着肚子弯着腰笑个不停。

"很好笑吗？你的笑点真奇怪。"

"你闭嘴！"

"好了，我不说了。"

罗曼站直后长舒一口气，不笑了。

周川问："换个地方？"

"去哪儿？"

"牧羊场。"

"哈哈哈！神经病啊你！"罗曼没忍住捶了他一下。

周川十分自然地握住她的手腕。

罗曼笑不出来了。

他没放开，看着她的眼睛说："罗曼，我们的年纪加到一起都快六十岁了，就不玩虚的了，你直接当面告诉我吧。"

"什么？"

"你看没看上我？"

罗曼认为面对感情问题含混不清、态度暧昧不可取，多少矛盾纠纷都是由此而来。

看没看上周川？这个问题是在问什么呢？

她谨慎地求解："看上是什么意思？是指喜欢你，还是指对这次相亲的满意度？"

周川傻了眼，罗曼一个反问轻轻松松就把一分钟前的美好氛围打破，仿佛前一刻距离的拉近和她自然的肢体亲近都是假象，这让他有点受伤。

他面临一个抉择——选一个提问方向。

喜欢他还是满意相亲？截然不同的问题。

后者直接否定了爱情的可能性。前者呢？她要是对他有好感，也不会这样问了。

周川避而不答。他沉默了一会儿，问："你是想找一个合适的老公结婚是吗？不期待爱情？"

罗曼认真地思考后回答："如果你指的是文学作品中那种天雷勾地火、一见误终身的爱情，确实不期待。老实说，我本人不是一个热情的人。"

如果，老实说……

周川看了罗曼一眼，觉得她真的太理智了，说话都严丝合缝，生怕表达不清给人产生错觉。这份理智放在职场上是优点，可放在感情中很伤人。

他说："我期待爱情。"

"这样啊……"罗曼表示遗憾，然后说出了后半句，"那我们可能不太合适。"

啪！盖章落槌，相亲失败。

周川"嗯"了一声表示赞同，心里既生气又伤心。

周川送罗曼回家。

到了小区门口，罗曼跟周川说再见。他忍不住问她："我很差劲吗？"

罗曼有点抱歉，说："没有，你很好，我觉得你很有趣。"

周川看向她，问："那我重新问你，相亲结果你满意吗？"

罗曼犹豫了一下，点头说"嗯"。

周川又问："意思就是虽然你对我没有产生爱情，但你觉得我还不错，结婚过日子的话你愿意？"

"呃……现在就说结婚还早。"

又来了！周川好气，一定要这么谨慎地聊天吗？他真想建议她去外交部当发言人。

"愿意继续接触了解，合得来就可以结婚，是这样吗？"周川执着地问。

"嗯。"

周川靠在椅背上："罗曼，你不觉得亏吗？为什么不找一个喜欢的人结婚呢？"

罗曼也有点不懂他了："你不是说你想找一个不情绪化的女人结婚吗？我以为我们目标一致。"

"不不不，不情绪化不是互相不喜欢。"

"所以你是要理性又强烈的爱？"

"可以这么说。"

"要求高了点吧。"

周川气道："算了算了，先这样吧，我好好想想。"

说完这句话，他又有点担心，怕罗曼来一句"别想了，我找别人，我们不合适"。

如果这样，他真的会被气死在这条街上。

好在罗曼还有一丝人性，跟他说"开车小心"。

回到办公室，周川一个人坐着生闷气。从酒店一路走进来，他看到不少客人，不管是年轻情侣还是中年夫妻，或者是约会中的男女，他们或牵手或搂抱，成双成对，快乐美满。罗曼就一点儿都不想要这种快乐吗？

继续相亲？他有点不甘心，人家都瞧不上他了，他还上赶着，多没趣。就此罢休？他也不愿意。

正苦闷着，他收到罗曼的消息："我的意思是感情可以慢慢培养，不是瞧不上你。"

周川立刻回复："好。"

他高兴起来，罗曼是性格慢热，不是看不上他，哈哈。

罗曼发这句话多少有点挽回和补救的意思。

本来一开始她都有些气馁了，觉得相亲没什么效果。跟周川聊完之后，她仔细回想自己的话，觉得好像找个室友也可以。但她都快三十了，一个人住得舒舒坦坦的，根本不愿意跟人合租，她的陪伴需求不是室友。

她跟周川还算聊得来，而且他能让她笑，已经算不错了。

罗曼觉得自己可以跟他发展看看。

周川回奶奶家吃饭，私下跟奶奶说在跟一个姑娘接触。

奶奶问："什么样的姑娘啊？"

周川说："里边三巷里罗家的孙女，叫罗曼，认识吗？她奶奶跟您吵过架来着。"

"没吵架啊，我不跟人吵架。罗曼啊，前几天妙妙还给我指来着，很俊的丫头。那孩子多大了？"

"二十七。"

"嗯，挺合适的。"

他给罗曼发消息，约她周末见面。

罗曼拒绝了。她说："我得给你打工啊，老板。"

周川回："给你放假。"

过了一会儿，罗曼回复："你要来我家吗？也可以看看修改图。"

"好啊。"周川很期待。

罗曼的想法非常简单。周川这个人的家庭、职业、年龄、性格等基本信息她已经了解了，都还不错，再往下就是看二人的生活理念各方面是否合得来了。至于三观契合，这东西不是靠问答能得出结论的，得遇到具体事件关系到切身利益才能知道这个人会怎么处理。那也不能干坐着等考验发生吧？两个交情不深的人之间能发生什么事呢？还是得接触。

罗曼让他来家里，一来确实是谈工作，二来也想试试自己独居的空间出现一个异性她到底能不能接受。如果特别抗拒，她也不想勉强自己。

她觉得这样很好，工作和日常相处都和谐的话，也就差不多了。

周六中午吃过饭，周川带着礼物来到罗曼家。他给她买了一套香薰蜡烛，还买了一盆绿植。

没想到他买对了，罗曼还真喜欢植物。

进到罗曼家，周川很是惊喜。她的装修以墨绿色和白色为主，单看只是觉得很清爽，但因为家里处处是绿植，像植物园一样，非常生机勃勃。

"你家很漂亮。"他说。

"多谢。"罗曼给他拿拖鞋。

她穿着 T 恤和休闲长裤，头发扎成高马尾，露出额头。可能是一直在工作，所以戴着眼镜，整个人看上去温柔又知性。

罗曼把他买的盆栽放去架子上，问："喝什么？"

"有什么？"

"咖啡行吗？"

"可以。"

咖啡是罗曼早上煮的。她给他倒了一杯，两个人来到工作台前。

罗曼家里的电脑是台式的，屏很大。她的工作椅像张小沙发一样，上面堆了很多毯子和垫子，看着就很舒服。周川坐在她旁边看她展示修改设计图。

"不错，比第一版好看，但只有文字，绣在毛巾、雨伞上会不会……单调？"

罗曼推了推眼镜说道："像雨伞品牌商标是吗？没有酒店赠品的感觉？"

"对，对，对，就是这个意思。"

罗曼调出另一个版本："看看这个。"

周川喜欢："非常棒，我喜欢。"

"那就定了？"罗曼看向他。

"嗯。"

"卡面设计才开始做。"

"不着急，辛苦了。你吃饭了吗？"

"还没……对了，我的外卖呢？"罗曼拿起手机追踪外卖。

周川跟她打了声招呼，坐去她的位子上看设计。

"罗曼！这个不见了，快来！"他不知点到了哪里，慌张地叫罗曼。

罗曼慢悠悠地走过去："没事，你随便点。"

身为资深设计师，保存源文件是刻在手指间的记忆。

罗曼的外卖被送错了地方，送到邻居家去了。问清楚后，邻居把外卖还给了她。

邻居说他没拆开，但罗曼不敢吃了，只好重新下单。

点完餐，罗曼又坐回去继续工作。周川有点不好意思，就这么看着她周末加班好像显得自己很无情。

"不着急的，周末你还是休息一下吧。"他建议。

罗曼说:"没事,我做我的,你自己玩。"

周川傻了眼。他怎么自己在异性家里玩?玩啥?

罗曼就是想试试能否忍受他侵占自己的私人领地。

周川大致参观了一下客厅和阳台。罗曼不理他,他只好看电视。

过了半小时,外卖到了,罗曼来客厅吃饭。她蹲在沙发前用餐,仿佛周川不存在一样。

等罗曼快吃完了,周川才跟她聊天:"下午做什么?要不要去看电影?"

罗曼问:"你喜欢看什么类型的电影?"

"我都行。你呢?最近有没有想看的电影?"

"我很少去电影院,最近看了一部电影,期待已久,结果睡着了。"

"不好看吗?"

"也不是,改天得再看一次。"

"什么电影?"

"嗯……荒野生存?"她有点记不清中文翻译的准确名字。

"你喜欢看这个?我也喜欢。没想到你爱看这类片子。"周川觉得很意外。

罗曼说:"就是看了这部片子,我才决定结婚。"

"啊?"周川不理解,"这类电影看完应该想离婚才对吧,追求自由什么的,你怎么反而想结婚呢?"

"因为片子太烂,想跟人吐槽,发现家里只有自己,所以……"

周川大笑:"要不要我给你推荐一部纪录片,绝对好看。"

"好。"

"现在看吗?如果你不喜欢还可以跟我吐槽,我保证绝对不带粉丝滤镜跟你吵架。"

"哈哈,好。"

罗曼去厨房收拾碗筷的时候,周川自告奋勇放片子。等罗曼一出来,就傻眼了。

周川找好了节目,还放了全屏,就等她出来点播放键。

屏幕上节目的画风很明显,是一个极限野外生存类的挑战节目,不是她看的那种文艺片。

罗曼什么也没说，默默地坐过去。

周川点开播放。他真的很惊喜，罗曼居然喜欢这个，他们真是太有共同语言了，以后看电视也能看到一起。

"没想到你也喜欢野外生存，罗曼你真的很让人惊喜。"

罗曼不接受这句赞美。她再惊喜能有这部纪录片惊喜吗？一上来就抓老鼠烤来吃？

救命！

看到预告里的蛇虫鼠蚁，罗曼差点吐了，吓得直打战。

周川拍了拍她的肩，安抚道："不看这个，给你看钻木取火。"他按照记忆快进调整到生火剧情。

这档节目的挑战者是不带任何工具去到野外的，衣服、鞋子都没有，直接进入石器时代。

罗曼还真的被吸引住了。挑战者找到的钻杆（树枝）不是很直，所以手搓起来很吃力，每每看到木头开始冒烟就得从头再来，她都紧张了起来。

周川看过太多这种情节，已经没兴趣了。他转头看向罗曼。

罗曼目不转睛地盯着屏幕，在挑战者"oome on,oome on"地喊口号时，她的嘴唇也跟着动，不知道她意识到没有？

周川觉得十分可爱。他笑着转头看节目，余光看到罗曼的手攥成拳头，是在给挑战者加油吧。

可惜失败了，挑战者的手都搓破皮了，也还是没能生起火。

周川跟她讲解："这一集是比较好看的，因为完全没有工具，全凭参赛者在大自然里找工具。有的人本身会带着刀，难度就已经减小大半了。"

"嗯，可是没有刀怎么打猎呢？弄到肉又怎么吃？"罗曼问。

"磨石头做成刀。"

罗曼觉得有意思。

周川继续给罗曼调了几个片段，都是生火的。她很喜欢。

"像这个，你看她把钻杆跟木桩镶嵌得很紧，这样可以增加摩擦力。但也有人表示留一点空间让氧气进入会更易燃，都有道理，所以还是要自己实验。"

"嗯。你想实验吗？"

"有机会的话可以试试。城区哪敢生火。"

两个人聊着野外生存技巧，主要是周川给罗曼讲。他看过的纪录片多，记性也好，像个自动分类系统一样给她集中播放。

罗曼彻底被吸引住，不知不觉中，两个人又点了下酒菜配着酒看节目。

"什么味道？好香啊。"周川问。

罗曼也闻到了："邻居在做蛋糕。"

罗曼怀疑自己的邻居在家开私人烘焙坊，否则怎么会经常夜半飘来烘焙的香味？

罗曼喜欢烘焙。她学习烘焙是大学毕业后，因为想存钱买房，所以有意识地节省开支。她想着自己买材料做蛋糕肯定比去店里买要省钱，等入了烘焙坑才知道，这个爱好也不便宜。

学了基础的就想进阶，用了好的就下不来了，渐渐地，就连模具的外观颜色也想配成套才满足。

罗曼一度放弃了这个爱好，直到买了房才又拾起来。她工作忙，又不是很热衷于社交的性格，烘焙算是她的一种放松方式。

罗曼起身去卫生间。她有点醉了，一点点，这不太好。

看时间已经快四点了，周川却没有要走的意思，他们要一起吃晚饭吗？她不饿，也不想出门，但就这么送客有点不周到，毕竟是她主动把人叫来的。

该怎么办呢？

阳台外飘来的蛋糕香气给了她灵感。

罗曼回到客厅问周川："你想吃蛋糕吗？"

"你会做？"

"嗯。"

周川的眼中满是惊喜："那就麻烦你了。"

冰箱里有水蜜桃，放软了，罗曼不是很喜欢吃软桃，所以打算拿来做蛋糕。上午她制作了挞皮冷藏着，周川一来她就给忘了。

她问："有忌口的食材吗？桃子、乌龙茶、杏仁、蛋黄奶油。"

"没有，你要做什么？听上去很好吃。"

"桃子挞，加点乌龙茶粉，不是很甜。"

"嗯，我可以帮你吗？"

"不用，你去看电视吧。"

"我想看你做蛋糕，会打扰你吗？"

"不会。"

罗曼取出面团擀成圆形，一一放入模具中，然后放入冰箱冷冻。

"要冻多久？"周川问。

"半小时。"罗曼说着设置好计时器。

周川参观她的厨房，每一样物件都是搭配好的，很精致，一看就是热爱生活的人。

等待的时间，周川给罗曼看了野外保存火种的方法，也就是制作火折子。

罗曼感叹参赛者野外生存技能过硬。她想起了那部电影，跟周川说起了剧情："我说的电影是一部文艺片，男主角不喜欢商品社会的人情世故和各种社会规则，所以跑去野外生存。但他什么都没准备好，进入冰川连防水的靴子都没有。他一路上遇到了爱他的姑娘、想领养他的老爷爷和把他当儿子照顾的夫妇，被他抛弃的爱情、友情、亲情一样没少，然后又被他一一拒绝，最后他死在了荒原里。"

周川有些不理解："为什么呢？"

"他的家庭算中产，从小目睹父亲家暴妻子，长大后才知道自己是情妇所生。他的父母遵循利益至上，只会用钱表达对孩子的关心，父母对他的期望也是世俗的成功。他毕业于名校，前途光明，却放弃一切去荒野。"

"很极端。"他说。

"你知道他怎么死的吗？"

"怎么死的？"

嘀嘀嘀！计时器响了。

罗曼进厨房做甜品，周川跟进去。他还想听她讲电影呢。

罗曼拿出冻好的挞模，切掉边缘多余的部分，再放入烘焙纸，然后在面团中间铺上烘焙专用重石后送入烤箱。

烘烤时间是二十分钟。

罗曼继续给周川讲电影："他在冰川荒野圣地独自生活了一段时间后,决定回去。然后他发现来时的小河因为春暖雪化,变成了湍急的大河。他过不去,被困在荒原里了,可以说是活活饿死的。"

周川开始对这部电影感兴趣。他说:"对大自然还是要有敬畏之心的,野外生活需要大量的生存技能。"

罗曼十分认同,说:"他其实是被毒死的,因为太饿,误食了毒草。但他其实带了一本野外植物科普的工具书,毒性写得很清楚,严重的会致死。可惜他当时没看到,吃完了觉得身体不舒服才看到。"

周川惊讶地道:"你说主人公是名牌大学毕业的?可听上去很蠢啊。"

"还有,中间他好像猎杀了一头鹿还是什么大型动物,但因为不懂得储存肉,全腐烂生虫了,所以他没有食物。"

"电影叫什么?我真的很想看了。无知者无畏,可这也太无知了吧。他死的时候是什么心情呢?"

"他的遗憾是'幸福是分享'。"

"呃……这个道理需要付出这么大的代价去领会吗?"

"是的,所以我不喜欢这部电影,但我不懂为何网上有那么多好评。"

周川思考了一下,说:"大概是这种义无反顾的勇气很难得吧。"

罗曼没回答。

她开始制作杏仁奶油馅,做好后放入裱花袋中,这时挞壳刚好烤好。她将馅仔细地挤进挞壳,再次把它们送入烤箱,又定时二十分钟。

周川仔细看罗曼做事,她有点强迫症,每个步骤都力求完美,动作干净利落,让看的人十分舒适。

罗曼忙完手头的活儿,想起一件事:"对了,这部电影有真实原型,是有人去荒原旅行发现了死者的尸体和他的日记,最后拍成了电影。荒谬的是什么你知道吗?"

"什么?"

"当时他试图过河差点被淹死,所以再也不敢尝试。但其实在他落水的地方的不远处,就有过河的绳索。"

"我一定要看看这部电影。"周川说。

桃子挞烤好,颜色均匀,焦黄诱人。罗曼把它们静置在架子上晾凉,开始打发奶油。

这个过程用到了打蛋器。

周川好奇："在打蛋器发明之前是怎么打发呢？"

"手动啊。"

"会很累吗？"

"不会，有技巧。"

"用筷子打发奶油大概需要多久？"

罗曼被问住了。她都是用打蛋器打发奶油，再不济也是用蛋抽。不过她试过手动打发蛋清，所以回答："几分钟。"

"这么快？"

"是。"

罗曼洗好水蜜桃，剥掉果皮，再用挖球器挖出球状的桃肉放在玻璃碗中，余下的食材都被周川吃了。

打发好的奶油用裱花袋挤在挞上，再把桃子肉点缀上去，一份可口漂亮的水果挞就做好了。

罗曼切开一个，放在漂亮的小盘子里给周川："尝尝。"

周川傻眼了："你是专业的吧？这个品相都可以放在我们餐厅卖了。"

"过奖了。"

周川品尝了一口，夸赞道："真的很好吃。"

罗曼笑了。

她自己吃了一块，又坐了一会儿，然后把剩下的六块打包装在保鲜盒里拿给周川说："这个你带回家吃吧。"

周川愣了一下，听懂了她的送客之意。他笑着收下："谢谢。"

"不客气。"

周川开车去奶奶家，把桃子挞拿给奶奶吃。

"您和爷爷吃一个就行了，高糖，剩下的给妙妙吃吧，你们别贪嘴。"

"好，这是你酒店的？"

周川"嘿嘿"一笑："罗曼做的。"

"哎呀，这手艺真不错，自己就会做这么好看的蛋糕？学过西点吗？"

"自己研究的。"

"那真是挺厉害的。"

周川陪爷爷奶奶说了一会儿话，就拿着空保鲜盒回家去了。

"你还没告诉我电影叫什么呢？"周川发信息问罗曼。

"Into the wild。"

"马上看。"

罗曼搞了一下卫生，然后便洗澡睡觉。她也重新看了一遍这部电影，这回没睡着，不过评价没有变。

她想要改变独居状态的心意也没变。

将近十二点，周川发来观后感："完全赞同你的看法，主人公全程没有脱离人际关系的帮助，最终也是死于自己对野外环境的毫无准备，很鲁莽。当然他的精神依旧值得部分赞许，毕竟不是人人都能抛下一步之遥的世俗成就回归自然。"

"是的。"

"你要睡了吗？"

"嗯。"

"晚安。"

"晚安。"

周川睡不着。他很兴奋，他想跟罗曼继续聊天，聊什么都好。他从未感受过精神这般满足，他开始感到孤独。

第六章

隔天上午，罗曼自然醒后看到了周川发来的微信消息。

第一条："我来试试手动打发。"

第二条："胳膊要断了。"

第三条："罗曼，我好像感觉不到自己的手臂了。"

第四条是这天上午八点："救命！我废了。"

周川的胳膊疼了两天，恢复之后他去接罗曼下班吃饭。

"罗曼，你是不是觉得我挺幼稚的？"周川问。

罗曼看向他。

周川嘴里叼着烟，表情严肃。

"是有一点。"罗曼老实回答。

周川看向她道："其实我很成熟，真的。"

罗曼觉得他有些莫名其妙，点点头"哦"了一声。

两个人去吃火锅。排队的人多，等位的时候，罗曼看到微信群"四大天王"里有人喊她。这是周川和发小的群，上次喝酒玩骰子加的，怎么会找她呢？

点开来，是大头约大家聚会，点名叫罗曼，估计是想报仇。

罗曼回复："我要加班，没空。"

大头："你是不是不敢来？"

罗曼回："是的。"

大头："……"

周川在自己手机上看热闹。他在心里取笑好友，大头想激将罗曼？罗曼是什么心理素质他知道吗？

大头也叫了周川，他回："加班，没空。"

大头无语："复制楼上？"

周川没理扭头问罗曼："周末做什么？"

"加班啊。"

"你们公司加班情况好严重。"

罗曼沉默了两秒，说："给你加班。"

周川愣了一下，笑着说："公私分明，但我会请你吃大餐的。"

"谢谢。"

"哎，其实也不用这么赶，我计划元旦后才换，还早。"

"早完工早休息，不然心里一直惦记着。"

"也是。"

晚餐过程中，两个人交流了彼此的成长道路，算是加深了解。

饭后罗曼要回家，周川有点儿不想让她走，却也不好耽误她休息。送她到门口后，他问："周末我能来找你吗？"

罗曼考虑了一下，点头答应了。

她要下车时，周川叫住她，眼神热切地望着她，问："我们现在算恋爱吗？"

"呃……"

"你还在跟其他人接触吗？"

"没有。"

"嗯，那你就跟我试试呗。"

罗曼犹豫了，眉头皱在一起，不知道心里是什么想法。

周川被打击到，问："你觉得为时尚早是吗？"

罗曼看向他："没有。我们不是在相亲吗？"

周川懂了。他已经有点了解罗曼的思维方式了。

她是在相亲，最终目标是结婚，中间的过程算恋爱还是约会又或是其他什么，其实都一样。

他开始好奇，罗曼真能做到跟一个没有感情基础而仅仅是条件合适的男人结婚？她真的这么理性吗？她没有感情的吗？

周川突然靠近，罗曼被吓了一跳。她冷静下来问："做什么？"

"如果要结婚，亲密接触也是很重要的环节，你能接受吗？"

罗曼虽然不是懵懂天真的小孩，但被他这么冷不丁一问，还真有点心慌。

他缓缓靠近，罗曼没有任何反抗动作，直到他的睫毛在她眼前落下，他的手轻轻握住了她的右手臂。

热度从手肘弯散开，遍布全身，凉凉的唇贴上她的，他亲了她。

只一下，就稍微分开了。他睁开眼睛看着她，像是要从她眼里看出点儿什么东西。

罗曼不知道他要干什么。

没有思考询问的时间。

周川想继续，罗曼却躲开了。

气氛一时尴尬，周川心里涌起说不出的难受。罗曼没再看他，道别离开。

罗曼下车后，周川颓然地靠在椅背上。他觉得自己完蛋了，原本用来试探她的接吻变成了对自己内心的验证。她躲开了，他却陷进去了。

罗曼回家后换衣服洗澡。她仰着脖子让水流打在自己脸上，水珠汇成小支流从她的嘴唇上流淌下去，她的唇好似被分成了几部分，用作河床的部位失去了知觉，只他部位都还保留着接吻的触感。

这种触感好似有千斤重，压得她心浮气躁。

洗完澡清清爽爽地出来，罗曼从冰箱里拿出一瓶冰水喝了一半，电视墙旁边立着的雪柳树安安静静地生长着。她想到了三月份雪柳开花时的美丽景象，绿叶白花煞是动人。每当她下班回来，关门时带起的微风扫过，便能换来一地的落花，那盛景如同置身于雪国天地。

只是回忆，罗曼的心情便好了起来。这也是她喜欢植物的原因。

她并不抗拒周川，只是有点不适应。大概是单身太久了，重新回到亲密关系中，好像还真有点考验人。

周川一直想着罗曼，却不敢找她，也没等来她的消息，原本约好的周末会面也不知道该不该去了。或者他们已经结束了？那个吻果然是唐突了。

周川想不明白，他们明明相处得很好，罗曼为何要抗拒他呢？

周五晚上十点半，周川收到罗曼的微信消息："我晚上要加班，明天可能会睡到中午。"

周川立刻回复："那你醒了跟我说。"

"好。"

"我带午饭过去。"

"好的。"

周六上午，周川先去处理工作。中午他在酒店餐厅订了餐。

罗曼十一点才醒，周川带着午饭去找她。

"怎么这么多？"她还是居家打扮，指着他手里夸张的外卖盒问。

"过度包装。"他说。

罗曼笑着接过餐盒，周川自己换鞋进屋。

"这是什么花？"他看着餐桌边上的一盆绿植问。

那个花盆很小，但植物的枝叶繁茂异常，四散开来如满天星一般垂下来，像顶帐篷似的，占据了很大空间。不过绿叶搭配白色桌布倒是十分赏心悦目。

"唐松草。"

"会开花吗？"

"开过了，白花。"

"长得真好。"

"嗯，这个很好养活，不用怎么操心。"

罗曼去厨房，让周川去洗手。

周川来到卫生间，也看见了生机勃勃的绿植。

他洗完手出来，罗曼已经摆好桌子了。她把饭菜装在花花绿绿的漂亮盘子里，就跟在餐厅堂食一样，果然是有强迫症吗？

周川笑着入座。

他的座位正好在唐松草旁边，枝叶挡着他挥舞筷子了。

"太大了吧这棵草。"他随口说。

"我们换一下？"

"不用不用。"

中途罗曼去倒水，绕着唐松草的枝丫走，很不方便的样子。

周川多嘴建议她换个位子，毕竟餐桌使用频率很高。

罗曼听完这话，脸色微变。她看看唐松草，又看看周川，眼神里的嫌弃根本遮掩不住。

"你这是什么眼神？"他问。

"什么？"

周川受伤地道："你的眼神告诉我，你想让我滚出你家。"

"我没有。"

"做人要诚实。"

罗曼有点心虚。刚刚周川的建议让她意识到结束独居状态要面临的各种改变，唐松草是小事，从单身到结婚可就是天翻地覆了，她是想到了这个。

"我真的没有那个意思。"她解释。

周川见她表情认真，信了。

他不说话了，罗曼以为他生气了，再度解释："我真的没有，我刚刚是想到了别的。"

"嗯。"

罗曼认为自己应该解释清楚，便说："我突然想到要是结婚的话会有很多变化。"

她的意思是跟他结婚吗？她在想他们结婚的事吗？

既然决定坦诚沟通，周川说："罗曼，我以为我们结束了。"

"为什么？"

"上次……我以为你生气了。"

"没生气，就是有点突然。"

"嗯。"

两个人不再说话，埋头吃饭。

饭后，周川帮罗曼收拾垃圾。他提出洗碗，她拒绝了："你又不知道碗筷放哪儿，我来就好。"

周川没再坚持，站在厨房门口看罗曼洗碗。她被看得不大自在，说："你去看电视吧。"

周川不去，他就想看罗曼。

罗曼系着围裙洗碗。她用一个发圈绑住长发，洗到一半，额前几缕头发掉了出来。她抬起手肘想拨开，周川凑上前来帮她把头发别到耳后。

他温热的手指从她耳郭上滑过，痒痒的。

"谢谢。"她说。

"罗曼。"

"嗯。"

他越靠越近："你是不习惯跟我亲近，不是不喜欢跟我亲近，是吗？"

这话让人怎么回答呢？

罗曼装死两秒，被他从身后抱住。

"我喜欢你，罗曼，很喜欢。"他说。

罗曼心一慌，手里的盘子滑落，摔碎了一点。她顿时心疼起来，这是她去年去江西买回来的，是一套的！

"赔！"她语气里带着点凶狠。

周川却笑了。他鼓起勇气亲吻她的脸颊："好，我给你买一套新的。"

厨房太小了，对两个人来说有点挤。罗曼受不了了，把他赶了出去。

等洗好碗出来，罗曼还是受不了家里的气氛。她十分确定，自己独居太久，对亲密关系产生了过敏反应。

从理智上来说，这个时候应该放松心情，循序渐进地开展脱敏治疗。但她不想勉强自己，所以把周川给赶走了。

整整一周，除了早晚微信联系以及沟通过一次设计方案，两个人没再见面。罗曼不提，周川也不提。

周川快气死了，罗曼到底什么意思？

快周末了，周川没沉得住气，主动问她："还见面吗？"

罗曼回："好。"

就一个"好"字，周川好想把这破手机给扔了，她的键盘打字是要收费吗？

"好是什么意思？"他问。

"见面啊。"

周川决定放过自己，直接发出邀请："我准备和几个朋友开车去露营，你要一起吗？"

"我没有露营装备。"

"你不用准备，晚上还是住酒店。"

"好。"

周六一早，周川去罗曼家接她。她穿了长裙和跑步鞋，问他："是不是应该穿方便运动的衣服？"

"不用，车能开上去，你穿自己喜欢的就好。"

"那就这样吧。"

罗曼坐上周川的车去跟车队会合。车队里都是上次喝酒时见过的人，加上他们俩一共六个，三男三女。

"好你个周川，暗度陈仓？我说你们怎么叫不出来，原来在背着群众搞对象？"大头质问周川。

周川说："你又不是我老子，我谈恋爱还要跟你汇报？"

"瞧见没有？有了媳妇不要爹。"大头跟他老婆吐槽。

伴随着周川和大头"谁是谁的爸爸"的争辩，车队出发去山上玩了。

毕竟是夏天，午后的阳光能晒死人，大家办理入住后先去吃饭。

"去游泳吗？"大头建议。

周川拒绝："自由活动，晚饭会合。"

"那你参加什么集体活动？"

"我乐意。"

"孙子！"

"我认识你，不必介绍。"

周川要带罗曼去玩。罗曼回房间换防晒衣，又特意带了驱蚊水。

"我帮你提吧。"周川主动提出提包。

"没事，不重。"罗曼拒绝了。

周川看着罗曼，默默伸出手试探。她没什么表情地把手放在了他的手心里。

周川牵着罗曼穿过树林，路上看到很多干枯的树枝。他一时兴起，捡起一根木棍问她："要不要试试钻木取火？"

罗曼惊呆了："不好吧，引起火灾怎么办？"

"我们捡一些树枝走出去玩啊，前面有一处悬崖。"

罗曼吓道："为什么要去悬崖边放火！"

周川觉得她这种反应难得一见，可爱至极，更来劲了："怕什么，又不带你跳崖。"

"还是算了吧……"

"哎呀，没事的，钻木取火没那么容易，你不想试试吗？"

他拉着罗曼往悬崖的方向走，她双手拉住他的手腕："算了吧，回去我给你买个打火机。"

"哈哈哈，走！"

捡了一根干枯的木桩当基底，又找了些干枯的树叶当火绒，周川指挥着罗曼一起帮忙找竖直的树干。

材料准备齐全，周川牵着忧心忡忡的罗曼走出树林。

面对着巍巍青山，心境也变得开阔起来，罗曼呼吸着新鲜空气，不肯参与周川的取火行动。

毕竟不是真的荒野生存，还是可以借助工具的。周川先把钻杆在石头上磨了磨，表面平滑就不会伤手了，然后他用自己的钥匙开始钻孔。

罗曼就在一旁看着，周川脚踩木桩使劲钻孔，好半天才钻好。他把钻杆插进去试了试，不错。

枯叶揉碎了垫在底部引燃，周川开始尝试钻木取火。他双手合十握住钻杆上部快速揉搓转动至底部，如此往复，人很快就汗流浃背，火却没有见到。

"你何必呢……"罗曼看不下去了。

"要不要试试？"

"不要。"

周川继续发力，一副"不成功便成仁"的架势。罗曼还真怕他成功，好在自己带了瓶水可以扑灭火。

"唑——"周川突然叫了一声。

"怎么了？"

手破了。

"好玩吗？"罗曼问。

"还行……"他伸出手掌，让罗曼看他的伤口，皮擦破了，有点疼。

"洗一下吧。"罗曼用矿泉水给他洗手。

周川一直看着她傻笑。

"别玩了吧。"她说。

周川笑而不语，罗曼以为他不肯放弃，指了指路边的碎玻璃说："对着太阳引燃吧。"

"哈哈哈！"周川大笑起来。

"神经……"罗曼很是嫌弃地拿出纸巾给他擦伤口。

一点也不疼，周川轻轻靠在她的肩上："罗曼，手疼。"

"该。"

两个人找了块石头坐着聊天。

周川说："罗曼，上次我跟你表白，你把我赶走，你难道不道个歉吗？"

罗曼说："对不起哦。"

"怎么听着不像是真心的？"

"你耳朵有问题。"

"哈哈！你说我怎么连一点儿烟都钻不出来呢？"

"别惦记了。"

"看看视频。"周川拿出手机找到视频跟罗曼一起看。

罗曼一看荒野环境就联想到了自己最近的状态，是时候脱敏一下了。她有意靠近周川，他很自然地搂住她。

手机屏幕里参赛选手正苦恼着用什么做庇护所的屋顶，因为雨季要来了。

罗曼感受着山顶清凉的风，心里什么杂念都没有。

周川也觉得舒服，这样跟罗曼坐着吹吹风看看大自然真舒服。他的脚边放着自己的钥匙和烟盒。

"糟了！"他突然说。

"怎么了？"

周川紧张地拿起钥匙，发现都磨秃了："回不了家了……"

"噗……哈哈哈！"

"你的同情心呢？"

"哈哈哈！"

周川抱住她，让她在自己怀里笑："好没良心。"

一直坐到夕阳西下，两个人才回酒店去。

周川是不打算集体行动了。他早就拜托了好友帮忙搭帐篷，就在山顶，吃过晚饭后他就带罗曼去看星星。

罗曼不喜欢刻意的浪漫，比如情人节的烛光晚餐和玫瑰、求婚时的单膝下跪和钻戒，以及大大小小纪念日的仪式，她都不喜欢，甚至有点抗拒。她喜欢自然发生的美好，比如晚归路上的月光，或者打碎花瓶后的意外之美。

帐篷不是很大，入口坐两个人有点挤。周川抢先坐下去，厚脸皮地拍着自己的大腿让罗曼坐他怀里。

罗曼犹豫了，有点儿不太好意思。

"我觉得我们的关系可以有一些亲密接触。"周川说。

脱敏，脱敏，罗曼在心里默念这两个字，大义凛然地坐过去。

周川把她抱在怀里，老实说，有点安心，也可能是受周围环境的影响吧，毕竟是在漆黑无人且夜风呼啸的寂静山顶。

"冷吗？"

"不冷。"

星星出来了，周川问："你认识星星吗？"

"不认识。"

周川握着罗曼的左手指向星空，带着她描绘连星，画出舀酒的斗形。

"这就是北斗七星，不同季节它的位置会有变化。古人根据北斗星判断季节，这两颗星是头，他们指向东就是春天，指向北就是冬天。"

罗曼问："一定要看星星才知道吗？天凉了、下雪了不算冬天吗？"

周川假装咬她："不解风情。"

罗曼不说话了。不浪漫是她的自我介绍。

他继续握着她的手教她认星星。

许久之后，他叫她："罗曼。"

"嗯？"罗曼回头看他。

周川表情严肃："我根本不懂星星。"

"什么？"

被戏耍了，罗曼的疑惑马上要转为怒气。周川吻住她的唇，让生气都化为缠绵悱恻的情意，羞一羞那明亮的恒星。

罗曼告知林珊她可能会和周川结婚。

林珊很意外。她不过是闭关画了一本书，外面的世界就变了，她的不婚闺密要嫁人了！

林珊对周川的印象很好，她真心祝福闺密后开玩笑说："咱也办个盛大的婚礼，也请那对狗男女来参加。"

　　罗曼全身心拒绝。别说她本来对婚礼没兴趣，就是办也不可能还原去年的闹剧现场，毕竟得考虑一下新娘母亲的血压不是。

　　说到母亲，因为上次相亲失败，宋女士又跟她冷战了。

　　两天后，罗曼的姑姑给她发消息，叫她回奶奶家吃饭。她答应了。

　　正好周川也约罗曼吃晚餐。得知她要回家，他随口说："我已经跟家里说了我们的事。"

　　"嗯。"

　　周川过了一个小时才回她："下班我来接你，我也回去一趟。"

　　"好。"

　　周川来接罗曼时，她跟他说："我今天跟家里说。"

　　周川开玩笑似的说："要不我直接跟你回去算了。"

　　罗曼还真认真地考虑了一下，最后说："好。"

　　这回轮到周川犹豫了，头回上门就空着手？不好吧。

　　"还是改天吧，我准备一下。"他有些犹豫地道。

　　"好。"

　　"你怎么什么都说好？"

　　"不然说什么？"

　　周川笑了笑，没说话。

　　罗曼一进家门就感觉气氛不对。

　　饭菜已经上桌了，奶奶和姑姑一家围着餐桌吃饭，宋女士有气无力地坐在沙发上，由着人叫她吃饭却不肯过去。她说不吃，没胃口。

　　老把戏了，罗曼见怪不怪。

　　自从罗曼爸爸出轨被发现以后，宋女士在婆家的地位便水涨船高一路登顶。她不顺心，谁也不敢说什么，都得小心翼翼地伺候着她。

　　"你怎么了？身体不舒服吗？"罗曼主动关心。

　　宋女士冷哼一声道："少管。"

　　"行。"罗曼洗手吃饭去。

　　见没人理她了，宋女士很快发作。她指着罗曼教训道："以后你结不结婚我再也不操心了，介绍了多少个都不满意，现在谁提起给你介绍对象都躲闪不及，我这脸都没地方搁了。随你一个人吧，我不管了。"

奶奶说："有话好好说，不合适就再说一个，哪能不管呢？"

宋女士继续控诉："我管得着吗？她领情吗？现在街坊四邻谁不说咱们家罗曼眼高于顶，谁敢给她介绍？你到底有什么了不起，还谁都看不上？我不管了，不管了，你以后爱怎么样怎么样！"

罗曼说："谢谢您。"

宋女士火冒三丈，猛地站起来，眼看着要大闹。

姑姑及时劝架："曼曼，你妈妈也是为了你好，快跟你妈妈赔个不是，叫她来吃饭。"

罗曼不为所动。

宋女士阴阳怪气道："可不敢，为她操心是我错了，该我赔不是才对。"

罗曼忍着，吃自己的。

姑姑拉了拉罗曼的手腕："你看你妈都生气了，快跟她认个错，下次咱们好好相亲。"

罗曼给奶奶夹了一块豆腐，自己三两口吃完碗里的菜后放下筷子。

她对姑姑说："姑姑，我不是三岁小孩了。"

姑姑没听懂。宋女士更生气了，骂道："是，你主意大，那怎么还找不到对象？你看看跟你同龄的，一个个的，孩子都会打酱油了。"

罗曼看着妈妈，奇怪地问："咦，不是不管我了吗？"

宋女士直接被气哭。

姑姑去劝，又让罗曼道歉。

罗曼拿起包直接走人。

在罗曼的成长过程中，一切是非对错的判断标准都只有一条——妈妈生气了。

而且这句话不能由宋女士说，得让姑姑、奶奶、爸爸说，得让妈妈的朋友们、邻居们说。大家都说"你看你，都把你妈惹生气了，快认个错，说你再也不敢了"，罗曼从不懂分辨的年纪一路认错长大，一边疑惑自己究竟干了什么，一边在内心深处深深地埋下"妈妈生气就是我不对"的条件反射。

别讲道理，别找理由，别论对错，即便是妈妈错了，但只要妈妈生气了，就是罗曼错了。

　　万幸的是，人会长大，会学会思考，能分辨对错。长大后的罗曼早就不会傻乎乎地揽下不属于自己的负罪感了，她的强势逐渐赢过了妈妈。

　　宋女士有几年没发作了，现在故技重演，可见是穷途末路。

　　罗曼一点儿也不担心宋女士，对手走了，戏就没法唱了，她自然会抹干眼泪去吃饭，然后等着自己来求和。

　　走到巷子口，罗曼给周川发微信消息："我先走了。"

　　周川很快追出来："怎么了？"

　　"没什么。"

　　她的表情就不像没什么。

　　"在这儿等我。"周川回家跟奶奶说了一声，就开车来接罗曼。

　　"吃饭没？"

　　"吃过了。"

　　周川还是找了个饭馆。她才回去几分钟，哪有时间吃饭。

　　"出什么事了？能跟我说吗？"

　　"跟我妈吵架了。"

　　"为什么？"

　　"因为我不结婚。"

　　"嗯？不是有我吗？"

　　"还没来得及说。"

　　"那你告诉她不就好了。"

　　罗曼叹着气看向窗外，不再说话。

　　罗曼不愿吃饭，周川把车停在商场车库里，陪她散心。

　　二人从车库出来，路过麦当劳，周川买了两个甜筒，分给罗曼一个。

　　沿着马路走到附近的公园，甜筒吃完了，罗曼终于开口把发生的事告诉了他。

　　"为什么不说呢？"周川还是持之前的看法，告诉家里她在恋爱不就解决了吗？解决不了那就是还有其他原因。

　　罗曼停下脚步看着湖面，说："故意的。"

　　这很孩子气，可她难得孩子气。周川笑了笑，没劝她，而是耐心等待。

罗曼看着平静的湖面，脑子里想到的却是湖底的暗潮汹涌。

她不是不愿意敞开心扉倾诉，而是无从说起。

简单举个例子吧。高中的某一天，罗曼跟好友约好放学后去买衣服，跟家里报备过了，宋女士也愉快地给了她钱。结果放学路上遇见宋女士，她莫名其妙被骂了一顿，理由是她放学后不及时回家写作业，只知道在街上溜达。

在好友面前没面子也就算了，罗曼想不通自己为何挨骂，便顶撞了两句。宋女士彻底爆发了，罗曼的朋友照例劝架让她听话，别惹妈妈生气。

罗曼先行回家等待晚上的挨骂，谁知宋女士回来后又心情大好，还给她换了一部手机。

再比如父亲出轨后，宋女士坚决要离婚并带走女儿。罗曼完全支持母亲，谁知几天后母亲又不离婚了。

罗曼想不通，语气平和地问了一句。宋女士直接冲她吼了起来，说她不省心，骂到最后，罗曼也成了让她生活不幸的罪人。然后呢？第二天宋女士给她买了她一直想要的雪地靴。

罗曼活了小半辈子，没准确预判过宋女士的情绪走向，唯一确定的就是"妈妈生气"便是"罗曼错了"。

往事一幕幕涌上心头，罗曼盯着湖面，宋女士一次次狂怒崩溃的扭曲表情在她的脑海里闪现。她盯着湖面，恍惚间有一种错觉——下一秒，眼前的湖水就会翻起巨浪。

"罗曼。"周川叫了她一声，把她从情绪中拉出来，"你不高兴的时候喜欢做什么？"

"做蛋糕。"

这个简单，比猜测女友的情绪简单多了。他牵住她说："走。"

"去哪儿？"罗曼问。

"做蛋糕啊。想不想去餐厅厨房做？"

罗曼很惊喜。

因为利用率低，再加上一个人住，蛋糕消耗量低，所以罗曼没有买转盘，也很少做大蛋糕。但谁能拒绝给蛋糕抹面的诱惑呢？

有什么比抹面更解压的吗？没有。

二人开车来到酒店，后厨的烘焙工作室空无一人。周川带着罗曼先消毒，再换好工作服进入烘焙室。

打开灯，干净明亮、工具齐备的工作室简直让罗曼心花怒放。她的表情明显是高兴，却道："不好吧，厨师长应该不喜欢别人随便动自己的厨房。"

"没关系，你随意。"周川笑着说。

罗曼纠结了一下，到底还是想在这儿做蛋糕。她看了看材料，选择了草莓奶油蛋糕，想着做个小的应该不会影响第二天的食材供给。

周川坐在一旁安静地看她做蛋糕，有时也向她请教，或者跟她学一学。

罗曼做起海绵蛋糕来得心应手，烤制蛋糕胚的时候便开始打发奶油。

店里用的是动物奶油，罗曼只在烘焙工坊学习的时候体验过抹植物奶油，据说动物奶油抹面难度更高，她跃跃欲试。

周川感觉她的负面情绪消失了，问："手动打发奶油需要多长时间？"

罗曼哈哈大笑，问："你怎么回事？"

周川也笑了，上前从她的身后搂住她，问："高兴了？"

罗曼不好意思起来。

"继续啊。"他拍拍她的小腹。

"你走开。"

"我不。"

罗曼只能负重工作。

抹面阶段就有点超出预期了，因为周川的捣乱，罗曼的首次动物奶油抹面挑战败得一塌糊涂，别说圆润平滑了，徒手抹的效果只怕都更好。

"不做了。"她放弃。

"真好看。"他夸奖。

"去去去。"

周川用手挖了一块奶油吃掉，又拿起刮刀切了一小块喂罗曼吃。

"草莓还没放呢。"罗曼说。

"嗯。"

周川拿起一颗草莓喂给罗曼，她咬住一半，还没来得及吃下另一半，他亲上来咬走了。

罗曼的脸红得不行，背过身去。

"真好吃，还要吗？"他问。

"不要！"

"我要。"

他把她拉过来，面对面搂住，没有蛋糕也没有草莓，只有热吻。

送罗曼回家时已经很晚了。到了小区门口，周川对她说："还是两个人好吧？难过的时候不用自己消化情绪。"

罗曼表示认同，看着周川说："谢谢你。"

"没诚意。"周川十分嫌弃。

罗曼解开安全带凑过去亲周川的脸。亲完了，他假装晕倒，夸张地道："太难得了，罗曼同学居然主动亲我。"

罗曼哭笑不得："我走了。"

"嗯。"周川坐起来拥抱她，"早点休息。"

"好，你到家发信息给我。"

"嗯！"

罗曼睡了个好觉，醒来后心情很好。上午她给宋女士发消息说了自己恋爱的事，宋女士有点不相信。

罗曼把周川的情况告诉宋女士，结果她听说是一号巷子周家的，更不敢相信了。她问："你们怎么会在一起？什么时候的事？去年那谁结婚你们就认识了？"

连环炮似的问题砸过来，罗曼一个也不想回答。

瞧瞧，她还是摸不准宋女士的情绪。

宋女士到底在想什么呢？

宋女士想的是周川是否知道她这个未来丈母娘曾经大闹酒店？自己女儿是否因此嫌她丢脸所以隐瞒恋情？

抛开这层担忧，宋女士对周川很满意。她让罗曼带他回家。

不过一个小时，家族群俨然变成了"罗曼婚礼筹备组"。

罗曼本人觉得无语，及时打断群里的欢庆气氛，说："我不结婚，你们别自作主张。"

宋女士骂她："怎么说话的？有没有礼貌？"

"没有。"

罗曼不仅没礼貌，还不肯带周川回家。

这把宋女士气得不轻，人前人后说她是冤家。

好在宋女士在巷子里碰见了周川，对方对她很是热情尊敬，她心里才稍微好受点。

她想着自己女儿好不容易有点进展，也愿意给女儿空间。

周川不太懂罗曼为什么不带自己回家，毕竟宋阿姨对自己还挺好奇的，怎么说自己也该上门拜访一下。

罗曼解释："结婚是我自己的事，不想别人干预。"

"呃……多少也算两个家庭的事吧？难道不办婚礼、不认亲戚？"

罗曼思考了半天后居然反问他："可以吗？"

"啊？"周川傻了眼。

罗曼语气平静地道："为什么要大张旗鼓地通知亲友呢？结婚有那么重要吗？"

"还挺重要的吧，人生大事。"

罗曼不认同："我觉得大家都把婚姻看得太重要、太特别了，夫妻关系也只是人际关系的一种，凭什么比别的关系更受重视？"

"这个观点好新鲜。"

罗曼看向他："你结婚想办婚礼是吗？"

"你不想？"

罗曼摇头否认："不想，我觉得没意义。"

"庆祝本身不是意义吗？"

"庆祝什么？真要庆祝的话，应该是庆祝离婚。结束了一段婚姻关系值得庆祝，总结一下经验，告别一段人生，纪念一下前搭档什么的。结婚有什么好庆祝的？你交了朋友或者招聘了新同事会开宴会庆祝吗？"

周川目瞪口呆："按照你的说法，结婚就是日常生活里的一件小事这么普通？比不上你……打卡一家新餐厅？"

"不是小事，却也不是大事。我只是觉得奇怪，为什么结婚要办婚礼，要呼朋唤友来聚会呢？收集祝福吗？我上个月买了个新烤箱怎么没人恭贺我？"

"买烤箱需要办个仪式吗？"周川不能理解。

"关于我和这个烤箱的故事可以追溯到我大学毕业那年，办一场庆祝派对的话我也能分享半天，而且拥有这个烤箱让我好快乐，为什么没人庆贺我买烤箱呢？"

周川笑起来，有意思，真有意思。

他问："不办婚礼，不通知亲友，那领证吗？"

"不领证怎么算结婚？"

"嗯，房子呢？婚后一起生活吗？财产要结合吗？"

罗曼仔细考虑，谨慎回答："我个人狭隘的看法是，对他人财产的觊觎是导致婚姻不幸的元凶之一，否则为何那么多人貌合神离还不肯分手深陷婚姻围城呢？"

周川"啧啧"感叹，他简直服了罗曼。

婚姻原来这么简单吗？

"你厉害。现在去领证，敢吗？"

"有什么不敢的？"

进民政局之前，周川拦住了罗曼。他尽量让自己看上去真诚，但语气中的促狭意味简直要把整条街道浸透。

"罗曼，真的，给你一次反悔的机会，咱们走一条世俗的道路。"

罗曼没计较，反而很认真地对他说："周川，这就是我对婚姻的态度。"

"好。"周川收起玩笑，牵着她进去。

罗曼问他："你需要考虑一下……"

周川打断她："不需要。"

他没有任何理由拒绝这场"婚姻实验"，他愿意面对随之而来的所有挑战和风险，并感到兴奋。

领证的过程十分顺利，他们就这么成了合法夫妻。

接下来要做什么呢？

罗曼要回去上班。她只请了半天假，最近公司很忙。

周川送她到公司后便回酒店工作。他把结婚证拿在手里端详，心中充满了复杂的情绪。

他结婚了，亲友皆不知情。没有婚礼，也没有婚戒、聘礼，晚上要庆祝一下吗？

周川猜想罗曼没这个打算，他也不想自作主张。毕竟这场婚姻是按照罗曼的规则在进行，他是被投掷到陌生荒野的迷茫挑战者，事前不了解新世界的样貌，摸着石头过河，新人得低调。

眼下最重要的问题是晚上他将何去何从？罗曼没告诉他。

罗曼来到公司后，同事找她对接需求。

"早上怎么没来？"同事表示关怀。

罗曼犹豫了一秒，说："结婚去了。"

"真的假的？"

"真的。"

"恭喜恭喜，什么时候办酒？"

"不办。"

"啊？为啥？"同事不太理解，罗曼是本地人，亲友都在身边，房子、车子齐备，干吗不办婚礼？

"没必要。"

同事看了罗曼一眼，从后者的表情看不出一丝新婚的喜悦。她压下内心的好奇，故作不在意地道，"不办才好，婚礼其实很麻烦，累得要死。"

"是这个 3.0 版本吗？"罗曼问工作。

"对的。"

罗曼没有忽略同事的表情，人大概很难忽略旁人的同情吧？尤其是在自己不需要被同情的时候。

不大张旗鼓庆祝结婚就一定是有问题，长辈反对、未婚先孕、贫贱夫妻、不正当上位……总之不敢公开就是不对。罗曼不敢苟同，却也不想解释。

接近下班时间，周川给她发微信消息："下班了吗？"

罗曼回："没有，要加班，上午没来，积攒了很多事。"

"好，我等你。"

一句"我等你"，罗曼才意识到婚后一起生活的问题。她并没有离开自己家的打算，于是回复："好。"

"下班给我打电话。"

"好。"

临近八点，荒野新手周川有点心慌，总得知道在哪儿过夜吧？

他问罗曼："话说晚上我可以去你家住吗？"他紧接着补充一句，"老婆。"

这个称呼还真新鲜，罗曼回复："嗯。"

周川心里松快了，晚上的去向明确下来，他能安安心心地工作、等她了。

罗曼加班到十点。临走前，老板叫她去办公室谈话。

罗曼结婚的消息传开了，老板主动给她一周婚假，但是需要她把手头的工作交接好再休假。

"小玉和小方他们最近如何？"老板问罗曼带的两个新人。

"还不错。"

老板放下心来，设计岗位在他心里的地位比不上开发，有人能做图就行。当然，这并不代表平时他不会指点挑剔设计工作。

罗曼回工位收拾好东西去往停车场，周川已经等她半天了。

搞开发的同事吉米跟罗曼一起走。他跟罗曼的关系还行，平时也经常聊天，看到了周川，便发消息问她："你老公？"

"对的。"

"恭喜加入已婚队列。"

"感谢前辈？"

"哈哈哈。"

罗曼收起手机看向周川，抱歉地问："你刚刚问我什么？"

"吃饭没？"

"嗯。"

"吃夜宵吗？"

"不了，你要吃吗？"

"我有点饿。"

"可以回去吃吗？家里有很多吃的，或者你可以点外卖。"罗曼思索了一会儿，说。

周川笑着看向她，眼神里有惊喜也有意外。

罗曼解释："有点工作要马上处理。"

"你的工作强度太大了，能问薪水吗？"周川说。

"一万多，十四薪。"

这个工资放在北上广不算什么，但在本地还算不错。周川又问："每周工作时间大概多久？"

罗曼粗略估计了一下，说："五十个小时吧，也有很清闲不加班的时候。"

"很辛苦。"

"习惯了。"

两个人一路聊着天回到家。停车是个问题，罗曼只有一个车位，停着自己的车，周川的车过夜得收费。一次两次还没关系，长期住在这里会很浪费。

周川想借此机会讨论婚后居所的问题，却又觉得罗曼加班到现在已经很累了，就没提。停好车后，他拿着行李箱下来。

罗曼看到周川的箱子时，表情明显惊讶了一下。他假装没看到，内心暗搓搓期待这晚了。他倒想看看罗曼这种"结婚有什么了不起"的态度能撑到几时。

到家后，罗曼先去处理工作，很简单的活儿，十几分钟就搞定了。这期间周川换了鞋坐在客厅里等待从某。

罗曼忙完便过来招待他："想吃什么？"

周川的眼睛盯着墙角的植物："这是什么？"

"雪柳。"

"你的植物都很漂亮。"

罗曼走近查看雪柳，问："你不饿了吗？"

"有什么吃的？"

"你自己来看。"罗曼带周川去餐厅，扫视了一圈冰箱又去看储物柜。他拿了一袋品质很好的肥牛煮乌冬面。

"我来吧。"罗曼抢着干活。

周川反问："你不能永远伺候我，什么也不让我干吧？老婆。"

罗曼愣了一下，耳朵快速升温变红。

周川没错过她的反应，故意问："我能把你家当我自己家吗？老婆。"

罗曼把乌冬面塞到他手里："自便！"

她转身出去，背影狼狈。周川偷笑，很开心。

在周川煮夜宵的时候，罗曼来到卧室，看着自己一米五宽的床出神。

　　"老婆。"

　　"呀！"罗曼被吓了一跳，"你怎么走路没动静？"

　　周川把脚边的行李箱踢到她面前，说："麻烦你帮我收拾一下？当然，我也可以自己动手。"

　　"我来就好。"

　　"好的，我去吃饭了。"他转身出去，又转回来，"辛苦老婆。"

　　罗曼再迟钝也知道他是故意的了，咬牙切齿地冲他的背影挥拳头。

　　周川按照出差三天的标准收拾了行李，衣服不多，罗曼正好借机把自己闲置已久的几套衣服清出来准备捐掉。她单独辟出一个空间给他挂好衣裤，又找来一个收纳盒放进去，供他放置内衣裤。

　　收拾完，罗曼盯着衣柜发呆。周川的衣服闯入了她的衣柜，独居生活真真切切地被打破了。

　　她在卧室换床单和收拾衣物，久久不出去。周川在客厅一根一根吃面，时间越久，气氛越怪。

　　周川的脑子里盘旋着许多猜测，但他真的拿不准罗曼下一步要做什么。

　　罗曼收拾到最后，把脏衣篓中换下来的内衣用衣服包起来拿去洗。她有点困了，但不能睡。

　　这晚怎么睡是个问题。

　　周川吃不下了。他把剩饭处理掉，又去洗碗，再回来时，就见罗曼拿着遥控器在看电视。

　　"你不去洗澡吗？"他好奇地问。

　　"等会儿。"

　　周川坐在她对面的单人沙发上，两个人一时无话，空气中流动着尴尬因子。

　　"罗曼。"

　　"啊？"

　　"我小的时候，家里常常来一位邻居串门。"

　　罗曼不懂周川怎么突然聊起这个。她看向他，耐心地听着。

　　"他每次都是晚饭后八九点过来，坐着跟我爸妈聊天，一聊就聊到十一点，丝毫没有要走的意思。我妈每次都来我房间吐槽他屁股重，我爸也陪得很辛苦。"

"嗯。"

周川看着她："你刚刚的表情就像受不了邻居不懂眼色耽误主人家休息的我妈。"

罗曼愣住了，看着他半天说不出话，最后没忍住笑起来。

周川坐去她身边，握住她的手："我们结婚了，罗曼。"

这句话似提醒，也似无意义的感慨。

"嗯。"罗曼想：是结婚了。

也不能就这么干坐着到天明，罗曼先去洗澡。夏天睡觉她一般不穿睡衣，平时洗完澡裹着浴巾出来，睡觉时穿内裤和贴身吊带就好了。

罗曼找出收起来的睡衣睡裤，想了想，又拿了一件内衣进去。

她在浴室里待了很久，出来前给周川备好了洗漱用品。

周川洗澡的时候，罗曼在卧室和客厅转了几个来回，最终还是决定去床上坐着玩平板。

周川的行李箱是打开的，最上面放着电子设备。罗曼看向浴室，他还没出来。她躬下身在柜子里仔细翻了翻，没有看到避孕套。

周川出来后，看到罗曼坐在床上，问："我关电视了？"

"好。"

阳台和客厅全部陷入黑暗，周川进入明亮的卧室，罗曼回避他的眼神。

他慢慢走过去，一边观察罗曼，一边掀开被子上床。还好，她没有跳起来给他一脚。

"你不热吗？"他问。

"不热。"

周川热，他在家都是裸睡，这次带了睡衣，穿着很不习惯。他试着商量："我能脱了上衣睡吗？"

"啊？哦，你自便。"

"哈哈哈！"罗曼的语无伦次逗笑了周川。他斜着倒在床上，脑袋正好碰到她的腿。

他就这么躺着看罗曼。

罗曼在看屏幕，感受到他审视的目光，心慌又烦躁。

"干吗？"她抖了抖腿撞他。

周川伸手从口袋里掏出一枚钻戒，在灯光的照射下，钻石闪耀着光芒。他执起她的手给她戴上，说："一个纪念。"

"谢谢。"

周川坐起来背对着罗曼开始脱衣服。

罗曼把戒指摘下来想放到化妆台上去，睡觉时戴着戒指不舒服。

"给我吧。"周川伸出手。

罗曼递给他，抬头看到他裸露的上半身，脸红了。

关灯睡觉。

两个人并排躺着，安安静静，谁也没碰谁。

周川突然坐起来，下床去找了样东西拿回来。

"你拿这个做什么？"罗曼见他把结婚证摆在两个人的枕头中间，觉得奇怪。

周川往她那边推了一下，说："我怕你明天醒来不记得自己结婚了，放在这儿保命。"

罗曼咬住下唇瞪他，心里又气又笑。

他假装看不见，还捏着嗓子学她："救命呀，怎么会有个男的在我床上？"

她哪有这样？！

周川还没完："我十点才起床，你明天出门上班不会担心有陌生人在你家吧？"

罗曼破功，大笑不止。她捂着肚子笑得滚来滚去，最后被周川拉进怀里。

"怦怦怦！"两颗心剧烈跳动。

"别紧张，结婚未必要办婚礼，新婚之夜也未必要行周公之礼。"周川安抚罗曼。

"嗯。"罗曼小声回应。

"不过话又说回来，你就不担心我不行吗？"

"啊？"罗曼一时没反应过来。

周川化身 UC 震惊部小编："震惊！妙龄女子不要彩礼不办婚礼领

了证，婚后发现丈夫不能人道！"

"哈哈哈——你有毛病啊！"罗曼笑到飙泪，整个人软软地在他怀里乱撞。

周川难以克制，低头吻住她。

短暂的亲吻后，周川紧紧地抱住她，怕她误会他别有所图。这一天对他们来说都是新的开始，还是慢慢来比较好。

"晚安。"

"晚安。"

"老婆。"

"闭嘴。"

"好的，老婆。"

第七章

闹钟响，罗曼条件反射去摸手机，还没摸到，便有人替她关了。

"起了吗？"

罗曼瞬间清醒。

她整个人贴在周川怀里，他的手臂紧紧环绕着她的腰。问这句话时，他呼吸间的温热气息就打在她耳朵上。

罗曼轻轻地拉开他的手，果然有点想喊"救命"呢……

罗曼慢慢坐起来，周川翻了个身平躺着。她看了他一眼，他的脸被翻开的结婚证挡住了。

"噗！"罗曼捂着嘴笑起来。

床被她笑得微微抖动，结婚证没遮住的半张脸上露出笑容。周川把她拉进怀里紧紧抱住，说："我送你吧。"

"不用，你继续睡。"

周川立即感叹道："我们真是互相体谅又相敬如宾的模范夫妻啊。"

罗曼笑个不停，模范夫妻才刚合法二十个小时而已。

她推开周川下床去，想了想，又转身把结婚证拿走收了起来。

罗曼先煮了咖啡。她前两天做的吐司还没吃完，煎个鸡蛋再切两片西红柿夹起来就是三明治，剩下的半个西红柿可以生吃。

出门前罗曼又带了一杯咖啡。她预感自己上午会犯困，毕竟昨晚没睡好。

罗曼很久没有跟别人睡一张床了，周川的体质又很热，令人难以忽视。她一整晚被他抱着，手足无措，揉揉鼻子都能不小心碰到他的胸肌。而且她一夜穿着内衣也不舒服。

十点的时候，周川发来微信消息："我要出门，没钥匙……"

罗曼回复："书架第二层有个褐色木头盒子，里面有备用钥匙。"

"好。"

周川找到钥匙后，把自己的笔记本电脑拿过来放在书桌上。他规划了一下布局，桌子太小，被罗曼的台式电脑占满了，他很局促。

"书桌换张大的吧，或者再买一张，我没地方办公。"周川给罗曼发消息。

罗曼回："晚上我看看。"

周川："床也换张大的吧。"

罗曼："再说。"

半小时后，周川又提出要求："拿钥匙太不方便了，换个电子锁吧。"

罗曼很生气，他怎么那么多要求！

周川："你是不是在骂我？"

罗曼："没。"

"我感应到了。"

"我忙工作了，一切等晚上再说。"

"好，下班找你。"

"不用不用。"

周川指控："新婚第二天就烦了，你合适吗你？"

罗曼回："对不起。"

"原谅你，下班等我。"

罗曼中午跟同事一起吃饭，大家都在聊最近热播的电视剧。

"这部剧算良心了，看到去别墅的情节时我就在想，要是最后只贪污了几百万我就不看了，两亿多还算像点话。"

"对对对，老演员演技真好，每个褶子都是戏，太能带动情绪了。这要放在现实里，我肯定恨死贪官了，看剧的时候还挺有感触。"

罗曼问："你们在说什么剧？"

小玉解答："一部直观地告诉观众，两亿多现金到底需要多大的房子才能装下的剧！"

"哈哈哈——是最近很火的反贪剧。"

大家给罗曼介绍剧情，听着还不错，演员阵容可以。罗曼问："播完了吗？"

"没呢，好像有五十多集吧。"

"那我等等。"

小玉问："小曼姐看韩剧吗？看过《请回答1988》吗？"

"啊，这部剧我知道，存着还没看。"

"求求你快去看，我真的好爱这部剧，看一次哭一次。"

"好。"罗曼准备捡起追剧的爱好，毕竟家里多了个人，总得找点儿事做。

下班后，周川接上罗曼在外面吃了饭，又去了一趟超市才回家。

一进门，二人就房间布局及换家具的事进行了激烈讨论，最终达成再添置一张书桌的协议。书房也不是很大，罗曼直接买了同款。

"这个钱应该我出。"周川说。

他给罗曼转了一笔钱，足够买一百张书桌了。他说："先存着，还得买别的。"

罗曼皱起眉头问："还要买什么？"

"你看看，你看看！"周川指着她的鼻子抗议，"是不是要我把结婚证缝在脸上？"

"不需要。"

"需要就说啊。"

"闭嘴！"

她要出去，被周川挡住："罗曼。"

"啊？"

"叫老公。"

罗曼紧闭双唇，怎么也叫不出口。

"快点，你得经常叫我，要不然我真把结婚证缝脸上了！"

"你缝啊。"罗曼不信。

周川真的跑去书房把结婚证贴在了自己额头上，罗曼笑得飙眼泪。

周川郁闷地看着她，表情很委屈。

罗曼上前把周川脸上的结婚证取下来，又牵着他的手道："看电视吧。"

"不……"

"老公。"

"走!"

先洗了澡,这样看完电视就能直接睡了。当晚罗曼没穿内衣,也不能结个婚就把自己勒出病不是。

两个人窝在沙发上准备看电视,周川居然也在追那部热播反贪剧,并且他很瞧不起罗曼没看过。

就这么好看吗?罗曼决定看一看。

本来开头还算吸引人,但是到了给领导汇报的阶段,周川自告奋勇给她科普了一番政府机构的组织架构之后,罗曼便彻底失去了兴趣。

原本只是要逮捕嫌疑人,有人同意有人反对这么简单的事,听他讲完,罗曼头都大了,这也太复杂了。

"我不要看了。"

"不好看吗?你再看看,真的好看!"

"我不看。"

"那你爱看什么?"

罗曼一时间也想不出别的,就选择了《请回答1988》。

周川反对:"韩剧有什么好看的,叽叽歪歪死去活来的。"

"那你说一个。"

周川想了想,提名《纸牌屋》。

罗曼在心里翻白眼,不研究国内的政治就看国外的?

这部剧其实她也在追,也喜欢,只是她不想在工作日的晚上看这种需要高度集中注意力的剧。

"不看,我要看轻松的。"

"动画片?动画片轻松。"周川提出建议。

罗曼不禁翻白眼,她小时候都不看动画片何况这把年纪?

"你看过《伦敦生活》吗?短剧,很好看。"

"讲什么?"

罗曼一时很难用三言两语总结这部剧,她仔细想了想,这部剧中呈现的孤独和困境只怕男人无法共情。

她很喜欢女主,但她怕周川看完只会被剧中的粗口无节操吸引,把沉重话题当粗俗喜剧,这样会让她对他失望。她暂时还不想对自己刚刚选择的人生伴侣失望。

罗曼决定不让他看这部剧，她舍不得分享了，于是转移话题："算了，这个你不爱看。"

"你怎么知道我不爱看？"

罗曼不说话了，默默地点开了反贪剧。

气氛一时沉默下来，周川有一点不高兴，觉得罗曼不想和他好好沟通。

这就是婚姻吗？才结婚两天就到了互相敷衍的地步？

周川默默上网搜那部剧的剧评。

罗曼看不进去电视剧了。她意识到自己方才生出了不耐烦的情绪，自己好像已经预设周川不合格了，那自己又为什么要选择他呢？

因为他能让她笑，让她的生活充满笑声，这正是她想要的。

她应该时常记得这一点的。

罗曼转头看周川。他窝在沙发角落里捧着手机在看，好像不是很高兴。

"我突然想起一部电影，要不要一起看？"罗曼提议。

周川把头抬起来，笑得勉强："好。"

罗曼想看的是《一个叫欧维的男人决定去死》。

"你介意剧透吗？我看过介绍。"罗曼问。

"不介意。"他说，感觉并不是很感兴趣。

罗曼低头犹豫了一下，主动向周川靠近。他就那么看着她一点一点靠过来，他的不愉快也一点一点消失了。

周川把腿放下去，让罗曼坐到他怀里。

他抱着她，笑着在她耳边问："讲什么的呀？他为什么想死啊？"

罗曼把大致剧情讲给他听。

他们总算又找到了共鸣，两个人都很喜欢这部电影。在演到男主和朋友因为汽车品牌闹翻时，周川笑得前仰后合。太真实了，汽车品牌支持球队不同他也会跟对方划清界限老死不相往来，做人得有原则。

剧情有笑有泪，周川最终被感动，罗曼也很有感触。片尾曲响起，两个人都很悲伤。

周川对她说："如果是我，我也会的。"

"什么？"

"我会成为欧维这样的丈夫，在雨夜扛着木板和钉子徒手修一条斜坡。"

罗曼愣住了。她倒是没有特别关注主人公和妻子的爱情，毕竟失去爱情只是这个人苦难一生的一部分而已。

她看着周川微笑起来，看来是自己误判了，他的内心是细腻的，很感性。

周川第一次被她这样专注到近乎深情地注视，他难以自制地靠近她，吻上她的眼睛。一切都顺理成章，丈夫亲吻自己的妻子没什么可犹豫克制的地方，总要迈出这一步，罗曼也知道，所以她放任他跟自己亲密拥抱。

罗曼开始休婚假，加上原本的休息日，一共八天。

周日早上，罗曼正在睡觉，门铃大响，她烦躁地翻了个身。周川拍拍她的背说："我去开。"

半分钟后，周川跑回卧室摇醒她："你妈来了！"

"哦。"

周川手忙脚乱地开始穿衣服，罗曼见他慌张到头发都耷了，觉得好笑："喂喂喂——你是我的合法丈夫，不是跟我偷情的奸夫好吗？"

周川冷静下来，"嘿嘿"一笑，埋怨道："都怪你，不按流程办事。"

说话间宋女士已抵达门外，"咚咚咚"地敲门："开门啊，我提了好多东西，赶紧的。"

里屋的周川把罗曼的衣服放在她身上，说："快点！"然后便逃去卫生间刷牙洗脸。

罗曼披着外套去开门。

"你拿的啥呀？"她接过宋女士手里的大包。

"菜、包子，还有炸的带鱼。"

"我不爱吃带鱼。"

"反正我都拿来了。"

罗曼："……"

两个人往餐厅走，路过卫生间门口，宋女士听到水声："水怎么还开着？浪费！"

她进去关水："妈呀，吓死我了！"

周川十分尴尬地打招呼："阿姨好。"

"哎，你好……呵呵……"宋女士原地转了转，出去找罗曼。

她把女儿拉到一旁，压低了嗓门十分别扭地问："你们住一起了？"

"没，他就是大清早来我家刷个牙。"

宋女士蒙了，一时没反应过来。

罗曼又说："他家没牙膏，买不起。"

宋女士给了她后背一巴掌："你觉得你很幽默是吧？"

罗曼认真地想了想："还可以。"

宋女士本想教训她，转念一想，同居也好，都这么大了，住一起就住一起，这也表示好事将近："你也不提醒我一下，吓得我心脏病都要犯了。"

罗曼问："你什么时候得了心脏病？"

"滚！"

到底是别扭，宋女士跟屁股着火似的在家里转悠了几圈就走了，说她还要去一趟菜市场。

出了门，宋女士说："晚上你们回来吃饭。"

罗曼："没空。"

宋女士十分生气："没空也得来！"

母亲走后，罗曼开始收拾母亲拿来的菜。周川过来帮忙，她就让他弄，自己去洗脸。

洗完脸还是困，罗曼又问周川："饿了吗？早餐叫外卖吧。"

"行，想吃啥？"

罗曼哈欠连天，精神不济。

周川抱住罗曼。她靠着他，闭着眼说："我想睡觉，你自己吃吧。"

周川也不吃了，他们又去睡觉。

"罗曼。"他叫她。

罗曼冷冰冰地道："睡不着就出去，别打扰我。"

周川不出去。他收紧手臂抱住她，在她耳边建议道："要不我定个餐厅，晚上请你爸妈吃饭吧？"

罗曼没反应。

周川继续说："迟早要说的，正好把你家长辈都叫上。"

罗曼翻了个身面对他，说："你有两个种选择。"

"什么？"

"今天是休息日，要么你晚上请我们全家吃饭，面对全家人的围攻；要么你在家看电视、打游戏，饿了我还可以给你烤个香香甜甜的蛋糕吃。"

周川内心当然想选后者，但他又不想一直"隐婚"，公开说明他们的关系，以后就可以安安静静、和和美美地过日子了。

他说："我选前者。"

罗曼头都大了。她说："今天请他们吃饭，之后就会被逼着办婚礼认亲戚，问你出多少彩礼、买不买房子等……"

周川没半点犹豫："办不办都行，彩礼你们家说了算，房子写你的名字。"

罗曼无语，这些要求是长辈的要求，不是自己的。她不想一大早就讨论这么严肃的话题。

当然这也不是周川的错，她没必要跟他吵架。罗曼勾住他脖子转移话题，她说："你还是跟我玩吧。"

听到这话，周川立刻把什么亲戚，什么岳父岳母，全忘干净了，老婆这么热情主动，他不配合简直说不过去。

两人折腾了大半天，也就把这个话题搁置了。

周川还要去上班，酒店业可没有休息日。

下午四点，罗曼来找周川。两个人开车去买床，选定了周川家那款，罗曼同意了，跟老板预约好隔天送货上门后，他们又在外面吃了饭才回家。

到家后，两个人都在书房里待着，罗曼做酒店设计，周川玩游戏。

他有点不好意思"奴役"自己老婆了。

"罗曼，你玩过《饥荒》吗？"

"嗯，玩了几天，不太会。"

周川乐了："我们玩联机吧？"

"这不是单机游戏吗？"

"出联机了。"他一直找不到搭档玩。

"好啊，等我把这个做完。"

周川很兴奋，他就知道能和罗曼玩到一起！

他喜欢《饥荒》，他想和罗曼一起收集材料，一点一点建设荒原，然后看看结局。

周川挤到罗曼身边，跟她聊游戏："我突然想起了《饥荒》的游戏设定，你说威尔逊像不像你告诉我的那部电影的主角？荒野求生那个。"

"啊？我没仔细看。"

周川要给她讲，罗曼推开他："你先别吵。"

周川抢过她的鼠标说："别做了，老板给你放假，我们来玩游戏吧。"

"哎呀，你烦死了，等我把这张做完。"

周川只好等着。

这天两个人玩《饥荒》玩到凌晨三点。罗曼是新号，周川帮她熟悉操作。

隔天二人睡到被电话吵醒，送家具的准备过来，之前网购的桌子也到了。

他们先把书房收拾出来，电脑暂时放去餐厅。罗曼已经完全沉迷于游戏中，她继续开垦荒野，周川忙着布置书房，有好多东西要整理。

书房收拾好了，送床的师傅又打来电话说要晚点。跟送货师傅说好旧床送给他后，周川又去收拾卧室。

"你别玩了，等我一起啊。"他念叨罗曼。

罗曼听不见："加油。"

忙活了一下午，晚饭前，床终于送来了。送货师傅们先把旧床拆了搬到走廊里，等新床安装好已经八点多了。

送货师傅接了个电话，临时有事要忙，于是跟周川商量好第二天再来拉旧床，同事则要开店里的车回去送下一单。

周川跟物业申请了一下把床先搬去天台放着，处理完这些回来，罗曼还是保持着那个姿势在玩游戏。

周川走过去抱住她："说好的给我烤蛋糕呢？"

"什么蛋糕？"

周川咬她："骗子，我要吃蛋糕。"

罗曼把手机丢给他："点，我请客。"

"说话不算话！我要你给我烤。"

"别烦，我'死'了我'死'了。"

周川嫌弃她："跟你说了多少次，红色蘑菇是减少体力的，笨蛋。"

"唔……你聪明你自己烤蛋糕去吧！"罗曼瞪他。

周川亲她一口："我要蛋糕。"

"我看你像个蛋糕。"

晚些时候下起了雨。

罗曼想起了天台上的床："泡坏了不好吧，要送人的。"

罗曼去找塑料布遮雨，周川去问物业要钥匙。回来后他拿走塑料布，对她说："我去弄就行。"

"好的。"

周川这一去，大半天都没回来，罗曼给他发消息也没回。她换了衣服上楼顶去找他。

天台门开着，罗曼推门进去，一眼看到周川跟一个女孩在雨中拉扯。

她撑开伞走过去，说："打扰了。"

是一个不知道遇到了什么困难的姑娘，周川遮好床返回的时候，发现她蹲在天台边上哭，就过去问了一句。姑娘情绪十分激动，他一直在劝她下去。

可能是见周川的妻子来了，姑娘不好意思再耽误他们的时间，乖乖跟着下楼了。

她浑身已经湿透了。

罗曼问："你住在这个小区吗？"

姑娘回答："不是。"

罗曼建议："要不先去我家把身上弄干吧？会感冒的。"

"不用了，麻烦你们了，我回家就好，不用担心。"

罗曼放心不下："还是去我家吧，我们不是坏人，你放心，你给朋友打个电话来接你。"

姑娘哭了起来。

罗曼拉着她下楼去。

到家后，罗曼把空调温度调高，给她找来干净的浴巾擦头发，又指挥周川去热牛奶。

姑娘的情绪稳定了些："不要麻烦了，我朋友来了我就走。"

罗曼安慰她："天大的事都会有办法解决，不要伤害自己啊。"

"我没想做傻事，只是心情不好。"

罗曼让姑娘独自冷静，自己则去厨房找周川。

周川刚热好牛奶，说："你看人家心情这么差，烤个蛋糕吃吧。"

罗曼："……"

"这么爱吃蛋糕吗？"罗曼问。

如果周川说是，那也不错，她正愁自己消耗蛋糕的速度慢，没机会多做呢。

"我爱不爱吃不重要，重要的是你承诺了就得做到。"周川说。

拒绝跟长辈公开婚讯的理由是给他烤蛋糕吃。可蛋糕呢？

不烤蛋糕也不把结婚的消息告诉爸妈，她想干吗？拿他当溜溜球玩吗？

"明天给你烤，这会儿太晚了。"罗曼说。

"哼。"

雨越下越大，女孩急着要走，可朋友因为打不到车赶不过来。

"如果你不介意，我们开车送你去朋友家可以吗？"罗曼见她情绪很不好，不太放心。

女孩很不好意思："不用了，太麻烦你们了。"

"不用太客气，能够碰到就是缘分，怎么称呼你？"

"叫我小贝就好。"

"嗯，我叫罗曼。小贝，我看你年纪不大的样子，还在读书吗？你是本地人吗？"

小贝突然大哭起来。

也许是陌生人的善意感动了小贝，她下意识地信任罗曼，把自己的遭遇全说了出来。

她是师范大学刚毕业的大学生，工作找好了，房子也找好了，就在美好生活正要开始的时候，她被交往不久的男友骗了将近两万块。那是她打工攒下来的积蓄和父母赞助的租金，因为她的房子要求半年一付。

大概半个月前，小贝的电脑彻底坏掉了，她的手机也用了四年，很卡。一下子要换两个电子产品，负担太大，她跟男友吐槽说只能先继续跟旧手机死磕。

谁知男友直接给她下单了苹果的手机和笔记本。小贝深受感动，却也知道自己负担不起，就让男友退货，但男友不肯。

他们是网恋奔现的，对这段感情，小贝的闺密一直反对，怕她上当。小贝带男友跟闺密吃饭，闺密毫不掩饰自己的不信任，男友因此耿耿于怀。这次买电脑给小贝，就是想让她用这件事堵闺密的嘴。

小贝不想跟男友或者闺密之中的任何一个人闹矛盾，她的解决办法是把钱给男友，等收到货再转手卖掉就好。虽然这样会损失一点钱，但至少能证明男友对她真的很好，同时她也不想让男友觉得她爱慕虚荣。

让男友收钱她还劝了很久，谁知她收到的却是一个只有耳机的快递。男友解释说地址填错了，耳机是买给自己的。

小贝又等了两天，最后一次收到男友的微信消息是他跟自己约见面时间，然后她就再也联系不上男友了。

小贝不敢跟身边的任何人说，只能报警求助。警察让她再联系看看，毕竟一天半天不回消息也是正常的。

但小贝等不下去了。房东催着月底付清房租，她跑来男友家找他，谁知屋主根本就不认识这个人。

听完她的遭遇，罗曼和周川都沉默了。现在的孩子也太大胆了，网上转账都是实名的，真不怕坐牢吗？

小贝哭着说："微信上他只给我发了一句买电脑给我，我打电话过去说的，文字记录没有提这件事，我给他转账也没备注，都是打电话说的。"

"应该能追回来，就算没备注转账用途，算你转错了，让他还回来就是。先别哭，明天去报警看看，他的信息你都有吧？"

"只有名字和电话。"

周川和罗曼本想送她回去，但她的朋友住得远，雨夜来回开车得两个多小时。

周川跟罗曼商量了一下，决定请小贝去他的酒店免费住一晚。

路上，罗曼一直在给小贝出主意安慰她。那个男的既然能给她提供他家和小区的照片，应该多少跟这个小区有点关系。

罗曼建议小贝把这个信息提供给警察，其余的就看运气了。

小贝又懊悔又害怕，她不敢跟家里人说自己被骗了，她家也不富裕，一次拿出半年租金对父母来说也是一笔不小的负担。

周川问起她租的房子在哪儿，小贝说了个地方。

周川乐了，这不巧了吗？那个房东他认识，就是罗曼上次取快递遇见他的那个地方。

"没事，老吴夫妇人很好的，你跟他说明你的情况，他会给你时间慢慢交租金的。半年一付也是想租给工作稳定的人，避免麻烦。"

"别不好意思，出门在外互相帮助应该的。也别寒心，这个城市还是很好的。"

小贝看看罗曼说："谢谢姐姐，你们都是好人。"

"好好睡一觉，一切等明天再说。"罗曼安慰她。

给小贝安排好房间，周川又叮嘱酒店工作人员留意她，怕她会想不开做什么傻事。

回家的路上，周川问罗曼："你被人骗过吗？"

"没有。"

"我被骗过。"

"哦？"

周川讲述："前年冬天，大头过生日，我喝酒输了，他们就给我注册了一个交友软件，还约了个姑娘第二天见面，要求是我必须跟姑娘至少吃一顿饭，然后我就被骗了两千块。"

罗曼很好奇："怎么骗的？"

"吃饭前，姑娘找我借钱买化妆品，说一会儿还给我，吃完饭就把我拉黑了……"

罗曼人都听傻了，凑过去摸摸他的额头，问："你要不要去挂个脑科看看病？"

周川把她的手拉下来，看着前路雨雾蒙蒙，感叹道："其实我当时就料到了。"

"那你活该，打肿脸充胖子。"

"不是，我要是拒绝的话，姑娘就会走人，那我就要输给大头三千，给她买了还能节省一千。"

罗曼没听说过还有这么算账的，提出建议："你和大头一起挂号，团购更优惠。"

周川其实一直很气这件事，都不好跟人说，如今总算能倾诉出来了。他委屈地道："老婆，给我报仇。"

"行，明天我也注册一个账号去骗钱。"

"谁让你这么报仇了？我是说你去欺负一下大头！再说你注册什么软件？已婚女士还上网交友，合适吗？"罗曼不理他，太幼稚了。

周川说："就这么定了，明天约大伙儿一起聚聚吧。"

"哦。"

"去哪儿呢？"周川思考了半天，问她，"要不来咱家吧？煮火锅吃？"

罗曼不大愿意，煮火锅味道太大，对不起家里的花花草草，便说："去外面吃吧，在家里吃好麻烦。"

周川"哦"了一声。

两个人又聊起小贝的遭遇，周川觉得她挺可怜的。

罗曼倒不是太感伤，说："花钱等于爱本身就不成立，如果小贝一开始坚持拒绝，就不会损失钱了。"

周川说："男女朋友之间互送礼物也正常。"

"互相的前提是彼此都能承担得起。小贝买不起电脑和手机很正常，她刚毕业没钱，不该抱怨这一点。"

周川看向她："你刚刚不是很关心她吗？她也不是抱怨吧，手机太旧了想换新的，一时没钱感慨两句罢了。"

"为什么要遗憾买不起超出当前能力范围的东西？她这么一说，对方就下了套。当然，这中间也有骗子伺机等待的原因。但她会上钩，还是因为从心底里认可花钱能证明爱情。"

周川突然觉得有点冷，沉默了一会儿，问："这是你不要彩礼和不办婚礼仪式的理由？"

"我记得法律明文规定禁止通过婚姻索取钱财。"

他说："婚礼也好，彩礼也罢，都是传统习俗，跟除夕一样，跟冬至吃饺子、汤圆一样，你怎么不说春节不好？"

"节日有什么错？节日没有影响任何人的人生啊。传统的未必是好的，封建社会也没有婚姻自由。"

周川反问："从包办婚姻到自由婚姻是不是进步？法律的完善是不是代表婚姻对人类社会的重要性？庆祝婚姻有什么错吗？"

周川有点儿激动，罗曼却很平静。她觉得他在偷换概念，但她没说出来，不想跟他吵架。

她坦诚自己的观点："古代没有民政局，包括婚书都是后来出现的。所谓彩礼，一开始算是结婚契约的形式，功能相当于今天的结婚证。发展到现代文明社会，彩礼作为习俗，其实是双方父母出钱支持儿女组建家庭，因为孩子太年轻，工作时间短，没钱买房买车，这是大环境倡导早婚的结果。一方面逼着二十出头一穷二白的年轻人结婚，另一方面又不接受合法夫妻租房住，自相矛盾。"

周川无话可说，沉默地开车。

罗曼察觉到车内气氛紧张，就问："你似乎在生气。"

周川皮笑肉不笑地道："我生什么气？老婆不问我要一分钱不是利我的好事吗？多少人求之不得，我需要生气吗？"

"嗯，是不该生气。"

周川就是生气。

回到家，他还在生气。

罗曼想让周川冷静一下，就去洗澡了。她刚脱了衣服，他就进来了。

罗曼一时有点害羞，出声赶周川。或许她的赶人只是一时害羞，但他当了真，他受不了，受不了她处处拒绝他。

"先让我洗澡。"罗曼说。

"这不是在洗吗？"

这太糟糕了，一个生活可以自理的成年人不需要别人帮忙洗澡，她快要爆炸了。

"罗曼，你要不要我？"他轻声问。

罗曼觉得有点好笑，这个人倒是会拔高问题，居然牵扯到要不要他？她能说洗澡的时候不要吗？

算了，糟糕就糟糕吧。

深夜，周川看着她安静地睡在自己怀里，她的姿势已经很习惯他的存在了。

他反复咀嚼罗曼那句要他这个人的话，笑容逐渐绽开在脸上。

隔天上午，酒店工作人员打来电话。

"周总，昨晚您安排的那位客人说要把房费给您和您的太太，您看怎么办？我要收下吗？"

"不用，你告诉她不要在意这些，去处理自己的事就好了。"

"好的。"员工挂断电话之后内心很惊讶，老板结婚了？

罗曼起床后，周川跟她说了这件事。

罗曼表示赞同，还取笑他．"毕竟她刚毕业又遇到了骗子，几百块也算很多钱。你就不一样了，网友都能从你这儿这拿走两千。"

周川生气地把罗曼拦腰抱起来："好啊你，我把伤心事告诉你，你居然取笑我！"

"我哪有？快放我下来。"罗曼装无辜。

"你起这么早干吗？"

"回家。"

"回家做什么？"

"向宋女士宣布我结婚了。"

"哦，一起啊。"

"你先别去。"

"为什么？"

"等我摆平了你再去。"

周川不是很高兴，跟在罗曼屁股后面啰唆："摆平什么？有什么事是你这个一米六的人能面对，而我这个一米八的男子汉面对不了的？"

罗曼拿起牙刷挤牙膏，从镜子里看着身后怨念深重的男人，说："也没什么，就是去年在你的酒店大闹婚礼之后被你们报警带走的宋女士要再次爆发罢了。"

周川虎躯一震，一米八的男子汉瞬间化身小可怜贴在老婆背上，惊恐道："曼曼，咱妈一直以为是我报警抓的她吗？"

罗曼之所以拖到现在才告诉家里，是想准备充分再跟宋女士沟通。

回家后父母都在，罗曼看着母亲说："我要跟你说一件事，这件事我已经决定了。如果你有什么想法，我们可以友好地沟通，不要吵架可以吗？"

宋女士被她严肃的语气搞得很紧张："你说。"

"我跟周川领证结婚了，但我们不办婚礼。"

宋女士和丈夫对视一眼，四目茫然。

女儿结婚的喜悦根本没空间发挥，宋女士完全不能接受不办婚礼。她问："怎么？周川不想办？"

"是我不想办婚礼。"

宋女士忍着脾气，问："你什么理由？"

"我觉得没必要。"

"什么叫没必要？"宋女士激动起来，"怎么就你跟别人不一样？别人毕业找对象结婚，你死活不肯，拖到最后一个结婚又不办婚礼！你到底为什么非要跟别人不一样？你这是在跟谁赌气？到底谁对不住你了？"

"我说了，我们和平沟通，你不要激动，你可以说说你的想法。"

宋女士冷笑，她被罗曼这副姿态气到，本不想再理罗曼，又忍不住想说。

"别人不办婚礼，要么没条件办，要么女方怀孕了不方便，你怎么了？是周川不愿意出钱，还是我和你爸不给你办？再说你领证，你就这么结了婚，生米煮成熟饭了，他家里不给买房买车现在还怎么问？"

宋女士又想起来："他住在你那儿，怎么？他没房吗？"

罗曼给她解释："单论经济条件，周川比我要好很多，他有房有车有事业，也愿意花钱办婚礼，是我不想。至于你说的财产问题，我们观念不一样。"

"你什么观念？"

"妈，我自己有房有车，有稳定的收入来源，有社保，还有特长爱好。如果有一天我年纪大了，被行业淘汰了，去学校门口摆个摊卖蛋糕也能养活自己。我想说的是，假设我一辈子不结婚，我一个人也能过得很好。周川跟我一样，我之所以跟他结婚，是想要一个人陪伴我一起生活，我得到了，就够了，其余的都不需要，希望你能够尊重我的婚姻选择。"

"尊重？你也会说尊重？那你尊重我这个当妈的了吗？别人问起来我怎么说？"

"我是为自己活，不是为别人结婚。"

宋女士被气得坐在沙发上叹气。

罗城让沉默了许久，开口问女儿："曼曼，你的意思是你们就这么结婚了，日子照常过是吗？"

"是。"

"好。"

宋女士愤怒地站起身指着丈夫大骂："好什么好！你装什么好人！都是你的错！"

"我先走了。"罗曼打算离开。

"你站住，你把周川的电话号码给我。"

"你要干吗？"

"怎么？当了我女婿我还不能联系了？"

罗曼把周川拉到家族群里。她对宋女士说："希望你不要插手我的婚姻，我今天说的都是真心话，不是在跟谁赌气。如果你非要插手，那我可能真的会赌气。"

趁着罗曼回家，周川也同夫跟父母报备了。听他说完，父母有好一阵沉默。

周庆中喝了口茶，咽着茶叶沫子说："不办婚礼只怕没法跟女方家交代吧？"

母亲王雁说："我见见罗曼，问问她的想法。你爸说得对，虽然结婚是你们的事，但我们两家以后也是亲戚了，不可能什么都不表示。你也不早说，咱们家在礼数上就已经怠慢了。"

"行，我问问。"周川去一旁给罗曼打电话。

周川离开后，夫妻俩嘀咕，都觉得儿子这个婚结得很别扭，婆婆要见儿媳妇还得请示吗？王雁开始担心罗曼的性格，怕她不是个好相处的。

两个小时后，罗曼来到周家。

王雁先给儿媳准备了红包，其他的也来不及了，只能之后再补。

两个女人在客厅聊天，王雁问了罗曼不办婚礼的原因。

罗曼还是用回应母亲的那套说辞回复。

王雁打量罗曼，这孩子无论是相貌气质，还是谈吐性格，都十分合她的心意，只是她对婚姻的态度让王雁有些不知所措。

"你父母跟你想法一样吗？"王雁打听道。

"我的事我做主。"

王雁了然，问："听小川说他现在住在你那儿，房子这些你都没要求是吗？"

"是，我刚刚已经说过了。"

王雁沉默半晌，梳理她的想法："你的意思是，两个独立的人结为合法夫妻，除了这层法定关系，其他都不变，互不影响。万一离婚，也没有财产纠葛，干干净净，是这样吗？"

"是。"

"孩子呢？你有计划要孩子吗？"

"暂时没有，过几年想要再生。"

"那我想问问，如果离婚了，孩子怎么办？"

罗曼考虑了一下，说："我认为父母的婚姻关系跟孩子无关，无论什么时候，父母双方都应该共同关心和抚养孩子，这是责任。"

"明白了。"王雁把果盘推到她面前，和善地说，"吃点水果。"

"罗曼啊，我们还是要找个时间跟你父母见个面，你说呢？"

"好，我回去跟他们说。"

"好，谢谢你。"

"您客气了。"

周川跟父亲在书房喝茶，两个人轻松地聊着男人成家的话题。

有人加周川好友，备注是"罗曼妈妈"，他立刻通过了。

孩子们走后，王雁跟丈夫谈论这桩婚事，顺便把罗曼的态度转告给丈夫。

周庆中问："你什么看法？"

妻子说："很有主见也很独立的一个孩子，单从她这个人来说，我很欣赏。"

"但是？"

妻子看着丈夫笑了笑："作为家人相处，似乎有点冷漠。"

周庆中说："儿子很喜欢她。"

"剃头挑子一头热。"

"儿女自有儿女福。"

"也是。"

罗曼向林珊公布婚讯。

林珊惊讶于罗曼对婚姻的态度，却也没有多问。她打趣道："你们速度真快，这才多久，证都领了。哎！不到六个月哎！你不会是为了捧花才结婚的吧？"

"什么啊？"

"哈哈，开个玩笑。开酒开酒，庆祝一下。"

两个人边喝边聊。

林珊问："结婚的感觉怎么样？"

"挺热闹，也挺开心。"

林珊很是羡慕，开心就足够了不是吗？她看了一眼罗曼，内心思索是否美丽的人更容易获得快乐人生？这东西是按照颜值分配的吗？

总之，林珊的感情之路真真切切因为长相平平而屡屡受挫。

为了不让自己扫兴，林珊故意转换话题问起闺密私房话来，罗曼笑着说还不错。

林珊也笑着说："看你这满脸幸福的样子，搞得我也想恋爱了。"

"有合适的吗？"

"没有，说说而已。恋爱啊，还是看别人谈比较有意思，轮到自己总是有这样那样的不如意。难道是我人品出了问题？"

罗曼摇头："怎么会呢？你要是因为遇到一个不合适的男人就怀疑自己人品有问题，那你是脑子有问题。"

"哈哈，十分有道理。"

罗曼醉醺醺地回到家，饭也没吃，洗过澡就睡了。

周川上床来的时候，她已经睡醒了。他跟她说："有领导来酒店，你陪我一起去接待吧。"

罗曼迷迷糊糊问："我去能做什么？"

"帮我树立已婚企业家形象，踏实可靠。"

"哦，好的，哪天？"

周川确认了一眼时间，说："领导很懂事，选在你休假的最后一天。"

"哈哈哈——好。"

周川的父母主动拜访了罗曼的父母。

宋女士态度明确，一定要办婚礼。

王雁不反对办婚礼，但经过跟罗曼的谈话，她判断罗曼未必肯听话。她表态说一切都遵从罗曼和罗曼父母的想法。

宋女士暗下决心，一定要把这件事给办了。

王雁回家后跟儿子说了这件事。

周川转告罗曼。

罗曼满不在乎，说让她来处理。

罗曼的处理态度是晾着热情的宋女士。

周川几次想跟她说——"要不就办婚礼吧，你只需要在那一天换上婚纱参加仪式，其余的都不用你操心。"

但他没说出口，因为不办婚礼是他们领证时约定好的，他不能言而无信。

家里陆续添置了很多东西，厨房里的东西更丰富了，两个人开始做饭吃。

周川挺惊讶的，罗曼做蛋糕像模像样，做饭简直像一场灾难。不过他也没资格嫌弃，他的水平跟她是半斤八两。

尝试了几次之后，彼此都有了相对拿手的菜，于是家中做饭一事就按照胃口来分配。想吃荤菜，周川煮；想吃素菜，罗曼上。荤素搭配不在选项内，因为容易引起互相鄙视。

这天晚上轮到罗曼煮饭。中午的米饭还剩小半锅，加点水煮成粥，再炒点素菜就行。她又拿出鸡蛋，准备做一道小葱煎蛋。

周川不放心，跑来厨房叮嘱："少放油，不要同时加酱油和盐，你干吗呢？"

罗曼端着茶杯眺望窗外。她看了看米饭，又看了看茶杯，突然冒出一个想法——一定要等半个小时煮粥吗？餐馆里茶泡饭不是卖得比白米饭贵吗？

周川看着自己老婆盛了半碗冷掉的剩米饭，然后把茶杯里的茶水倒进去，搅和搅和，端着那碗饭笑意盈盈地走向自己，说："尝尝。"

周川的脑海里同步响起一句电视剧台词："大郎，喝药了。"

"明天接待领导，蹲稀不礼貌。"

"就一口。"

周川："……"

抱着"婚姻就是冒险"的念头尝了一口，他评价道："还行，茶是茶，饭是饭。"

罗曼尝了一口，问："你说咖啡泡饭……"

"出去，我做饭！"

第八章

作为本市党政机关会议定点场所，周川的酒店常年协助组织接待政府会议。

罗曼这次跟着他去，充分做好了当花瓶背景的心理准备，实际上也就充当了花瓶。

领导在得知周川结婚以后发表了一些如"年轻同志要搞好团结"的精神指示，然后他们不知怎么的就聊起了罗曼在给酒店设计公关形象。领导极其自然地在完全没有人主动请求的情况下，提出了把家乡形象加入设计中的建议。

周川傻乎乎地龇着牙拍马屁，称一定落实领导指示，并且在以后的工作中也要把"建设家乡"四个字刻在心里。

送走了领导，周川对上了自己老婆鄙视的眼神。

"没想到啊，周川，千防万防还是嫁了个马屁精！"

周川拿手指戳她的脑门道："刚刚才说要团结，你这个小同志怎么这么叛逆！"

"啧啧啧——你怎么是这么个人！"

周川下意识想说"我努力工作才能挣钱养家"，下一秒，他意识到自己的家不需要他来养。

一种无言的失落感涌上心头，周川一时间沉默了。

罗曼闷闷地往前走，她很生气。

作为一名资深乙方，罗曼最讨厌项目做到一半天降神谕从头再来了，有这些屁创意，不会一开始讲明白吗？

甲方惹不起，老公还不敢骂了？

她转身看着周川道："明天我就要上班了，只能晚上设计。最近休假，我加班加点赶活儿，好不容易快完成了，你现在却要推翻重来。你自己说怎么办吧？"

周川想了想，如果是面对乙方设计师，以他支付的酬劳，返工改稿打回去重做完全不会自责，但对方是他老婆……

他说："酬劳翻倍。"

"您说怎么改就怎么改。"罗曼消了气。

她乐呵呵地往前走，周川跟在她身后嘀嘀咕咕，什么怪人！老公的钱不要，甲方的钱死命坑，谁请你护内了？

"你在我背后比画什么呢？"罗曼奇怪地问。

周川举手表清白："疑心真重！"

罗曼走过来挽住他："是不是我得当个领导你才会吹捧我？"

"好啊你！"周川捏住她的后脖颈，两个人追逐打闹着跑开。

在花园里逛了一圈，罗曼产生了一个想法。她有许多相中的植物都不适合盆栽，种在酒店花园里，等养好了再抱回家，岂不美哉？

周川倒不介意她把草做挖个稀巴烂，只是抱回家是个什么操作？

"你就不能美化一下家乡吗？"

"马屁精！"

"骂我等于骂自己，我们的脸面已经拴在一起了，小同志。"他捏她的脸。

"喊。"罗曼打掉他的手，去观赏花坛里的花。

周川站在罗曼身后看着她。很巧，她这天穿了他初次见到她时的裙子。那天他在别人的婚礼上注意到她，如今他娶到了她。

想到婚礼，不免想到罗曼的感情经历，周川怀疑她是因为前任的背叛而不信任感情。

周川知道罗曼亲口澄清过这一点，当时他也信了。但此一时彼一时，此刻的他已经对她投入了太多感情，所以常常对她的心意感到不安。

中午在酒店吃饭，西餐厅的甜品师新推了几款产品，罗曼想尝尝。

周川回办公室处理工作，他叫来助理吩咐说在草坪四周种植雪柳。

罗曼最喜欢雪柳了，她给他看雪柳开花的照片时，眼睛都笑弯了。

想来对吸引顾客也是有益处的吧。

国庆长假快到了，客房早就订满，节前可能会迎来突击检查，周川吩咐各部门负责人做好工作。

　　正跟大家开着会，他收到宋女士的微信，说她来酒店见他了。

　　宋女士已经到了，周川连忙下去迎接。他给罗曼发了微信消息，罗曼没回复。

　　宋女士找周川聊办婚礼的事。她开门见山："你也不想办婚礼是吗？"周川谨慎地回答："不是不想，我尊重罗曼的选择。她想办，我就好好办；她不想办，我也不能勉强她。"

　　宋女士和蔼地笑了笑，问："你了解罗曼多少？"

　　"这个……关于婚礼，我和罗曼领证之前就深入沟通过，我想她是真的不喜欢这种形式主义。"

　　"是吗？你这家酒店去年我来过。"

　　周川的后背直冒冷汗，不敢搭话。

　　"你应该知道曼曼的前男友跟她的好朋友在一起了吧？"

　　"知道。"

　　"那你知道她爸也出轨过吗？"

　　"嗯？"周川很意外。

　　"我们罗曼小时候最爱爸爸了，因为这事，已经好几年不搭理她爸了。好不容易谈个恋爱，还是本地人，原以为是奔着结婚去的，谁知道又是个出轨的货色，对象还是我们罗曼大学里最要好的朋友。当然了，也算是因祸得福，否则也不能跟你走到一起。你说是不是？"

　　"您的意思是？"

　　"女人哪有不期待婚礼的？谁不想穿着漂亮婚纱接受大家的祝福？虽然领证就算数，但没有婚礼毕竟不完整，要不去年我们罗曼能被人邀请到婚礼上来羞辱吗？她嘴上说不想要，心里却不是这么想。她也是个可怜孩子，接连被父亲和男朋友伤害，能不产生防备心理吗？你是她的丈夫，连一个最基本的婚礼也不给她吗？"

　　"我不是不愿意……"

　　宋女士打断他："我知道，罗曼什么性格我比你了解。她很倔，嘴硬得很。话又说回来，婚礼是什么丢人的事吗？难道为她费心操持还错了？你们不办婚礼，亲戚朋友都要问，人人都觉得你们有问题，难道是我女儿不配让你公开办婚礼？结个婚偷着藏着是方便以后离婚？"

周川吓坏了："不不不，我绝对没有这个意思。"

"没有就好，罗曼能跟你领证说明她信任你，你也要给她应该有的尊重和诚意啊。"

周川一时不知该怎么回答。他不好擅自做主，只能说："您的意思我知道了，我跟罗曼好好沟通一下。"

"问她？问她她肯定说不要啊。做丈夫的不能只听妻子说什么，要看得透她心里要什么。"

周川头皮发麻，猜心思他最不擅长了。

罗曼在餐厅遇到了刘鸳鸳，她来给女儿定制生日蛋糕。

刘鸳鸳主动跟罗曼打招呼："听说你和周川结婚了，恭喜。"

"谢谢你。"罗曼礼貌地回应。

"婚礼在这儿举行吗？"

"我们不办。"

"哦？"

"没必要。"

"嗯。"

刘鸳鸳不想深入打探，她和罗曼的交情没那么深。

跟甜品师沟通好了蛋糕要求，刘鸳鸳付钱离开。

刘鸳鸳现在独居，过得很滋润。前段时间她好生欣赏了丈夫挽留认错的表演，也看够了他因为起诉妻子而名声受损时的着急。如今两个人还没签字离婚，只是事实分居。

家庭中缺少了她这个"事儿妈"，爸爸就不再是酷爸爸，不是那个永远在带着女儿天南海北旅行看世界的好爸爸。他要在繁忙的工作之余盯着女儿的功课，关心她的生活和情绪，扮黑脸没收她沉迷的电子产品，还要一遍遍解释自己以挽回女儿的心。

敏敏知道了原来妈妈也可以很酷、很潇洒、很支持自己的爱好和想法，反而更愿意靠近她。

这不，下个月敏敏过生日就只要和妈妈一起过。

一切都很好，刘鸳鸳甚至开始尝试约会。她许多年不曾约会，都不知道如今的年轻男孩这么会讨女性欢心。

难怪男人要出轨了，有钱、有资本的中年人在约会市场上太吃香了，只需要付出微不足道的金钱，就能获得巨大的情绪回报。

真好。

晚上回家，周川跟罗曼说了宋女士的要求。他本不想提丈母娘跟他说了老丈人曾出轨这件事，但经不住她审问。

罗曼太了解宋女士了，她能忍着许多天才找周川，就不可能毫无准备只苦口婆心地唠叨说"办婚礼吧"这么简单。

她的大招是什么？

哦，原来是把女儿形容成自欺欺人的虚伪之徒啊？

又是被母女亲情感动到落泪的一天呢。

罗曼看着周川，十分遗憾地问："我爸出轨了？没听说过啊。"

"啊？"

"年轻人别上当。"

周川直冒冷汗。丈母娘套路深，新女婿扛不住啊！

入睡前，罗曼给宋女士发消息："我以为我们沟通过之后，即便不理解，也能得到您的尊重，但您依然固执。您大可以按自己的想法去筹备婚礼，我要是去现场，算我输。"

宋女士秒回："你是要气死我吗？"

罗曼："不，我始终奉行您的教导。"

"我什么时候教你偷偷结婚了？"

不满意，又连续发来两条六十秒的语音。

罗曼甚至都没有点开，只打字回复："十年前，您教导我千万不要插手别人的婚姻。"

轰隆隆！

窗外雷声滚滚，几秒后，暴雨冲刷大地，青草和泥土的芬芳从窗外飘进来。

罗曼想到了十年前母亲的那一记耳光。

罗曼很清楚自己是哪一年成长的，高二。

那一年父亲出轨了，一向忠诚可靠、正直宽厚的父亲背叛了婚姻。

这件事放到现在，罗曼还是不会接受。

男人可以变心，但不能偷情，这很低级。

罗曼曾经想过，如果父亲没有出轨，她的人生会如何？

科学的答案是，她对父亲的爱会影响自己的择偶标准。

时至今日，罗曼依旧欣赏忠诚、可靠、正直、宽厚这些优点，但她早已从心理上彻底摆脱了对父亲的崇拜。

然后是母亲给她的那记耳光。

那是罗曼唯一一次挨打，如果小时候淘气被妈妈打两下屁股不算数的话。

在这次挨打之前，罗曼的思维始终跟着母亲的情绪走。她没有自我，努力讨好母亲。

母亲要离婚，罗曼甚至在笔记本上提前做好了大学勤工俭学的计划，因为母亲没有工作。她也不再信任父亲会善待妻女，做好了跟妈妈一起生活的准备。

结果妈妈在爷爷的支持下拿到了经济大权之后，选择了息事宁人。

她还要罗曼跟父亲和好如初，仿佛之前所有的敌对就只是母女联手逼迫父亲交出经济大权的把戏。

罗曼不懂，说好的"人要活出尊严"呢？她提出质疑，换来了耳光。

这一记耳光彻底打醒了罗曼，让她变成了现在的自己。

旧事重提是羞辱刺激母亲吗？不是。罗曼还真不是记仇才念念不忘挨过的打，她铭记的是自己人格独立的里程碑。

罗曼只是单纯地摆事实讲道理，宋女士不接受别人指点她的婚姻，那她应该给予别人同样的尊重。

母女关系在这里是威风不起来的。

"妈妈生气了"不等于"罗曼错了"。

但罗曼还是错了。

三天后的工作日的上午，罗曼正在跟研发过需求，听到会议室外喧闹无比。

开完会出去一瞧，宋女士正在给大家发喜帖和喜糖。

同一时间，周川接到了朋友的电话。他说："我这儿刚接了个婚礼预定，新郎官叫周川，不会是你吧？新娘叫罗曼。"

周川截图发给罗曼。

罗曼回复："我妈干的。"

她安静地看着母亲散完喜糖后拉着她出去。

到了门外，宋女士卸下笑脸，较劲儿似的向她宣布："婚礼酒席我都定了，亲朋好友我也通知了，钱全部我出。你不出席，我没法强迫你，到时候你就让你妈出洋相好了。我统一跟大伙儿解释，免得日后遇到一个解释一次，我不累吗？"

罗曼一脸平静地看着母亲，在心里发笑。眼前这个女人若不是给了她生命，自己真的会当场气死母亲。

都说与天斗其乐无穷，看来与母亲斗就只剩忍气吞声了。

罗曼看到了母亲眼角的皱纹，同情她、可怜她，甚至有点瞧不起她，但做不到再气她。

"回去吧，别打扰别人工作。"她说。

宋女士的表情立刻满足又得意。她转身离开，浑身上下写满了胜利。

周川下班回到家后，客厅的电视正孤独地播放着综艺节目，罗曼背对客厅坐在阳台上。

她被植物包围着，整个人半躺在摇椅上闭目养神，走近了才听清她手里的手机播放的雨声音频。

周川去换睡衣，顺手把电视调成静音。再回来时，他拿着罗曼买的手持小风扇给她送来清凉。

"舒服。"罗曼笑了。

她睁开眼睛看周川，问："吃饭了吗？"

"嗯。"周川坐到她旁边搂住她，"心情不好吗？"

罗曼沉默了半天，说："我妈是一定要办婚礼了。"

周川也猜到了。说实话，从他的角度来说，举办婚礼是比较轻松的选项。他见识了丈母娘的强势和自作主张，这点事不解决只怕没法安生过日子。

"你的决定呢？"他问。

"我妈来我公司发喜帖了。"她说。

周川心疼罗曼，收紧手臂给她力量。

妥协吧，也不是什么大不了的事，就当他们是牵线木偶，任人摆布表演一场戏。

"办吧，我来筹备，咱们流程从简，就当请亲友吃个饭。"周川温柔地说。

罗曼没说话，终究不甘心。

周川又说："不如提前办了，早办早结束，你觉得呢？"

"嗯。"

自从婚礼时间敲定，罗曼的心里就没法痛快起来。

周川接手了婚礼。他把原场地退了，在自己酒店办，订金全部还给了丈母娘。

婚礼一切流程全部砍掉，不介绍父母，不讲述爱情经过，不跟来宾互动，也不要煽情和表演，婚礼仪式就剩下新娘新郎一起入场交换戒指，然后吃饱喝足各回各家。

罗曼因为婚礼的事回过一次家。宋女士见到她，开口就阴阳怪气地反问："不是不办吗？"

罗曼抬屁股就走，发誓再也不回去。

难题留给了周川。

上午，他跟婚庆团队说敬茶环节可以保留，但务必不要煽情，台本得好好修改，不可以让新娘拿着话筒当着镜头哭着发表感恩演讲。

下午，策划师就打来电话，十分为难道："周总，宋阿姨……就是您的丈母娘说必须介绍父母，敬茶环节要感谢父母养育之恩，您看这个……"

周川头皮发麻："我去沟通。"

下了班，周川去岳母家跟她商量。他说："毕竟是罗曼结婚，还是以新娘的想法为准……"

宋女士当场流泪，苦口婆心说自己如何含辛茹苦却换不来在女儿婚礼上露个面。

周川铩羽而归，颤巍巍地向老婆大人报备："曼曼……你看……"

罗曼脸色铁青，目露凶光："给我一支烟！"

周川默默地给她点上。

罗曼沉默着抽烟，一条长长的烟灰悬在空中，周川用手掌接着。

大半支烟抽完，罗曼咬牙切齿地发话："谢——她！"

周川扭头长舒一口气，心中泪流不止。老天爷救命，好讨厌办婚礼！

好不容易敲定了婚礼细节，试婚纱时又遇到了问题。

罗曼花了一千买了一条白色缎面吊带连衣裙当婚纱，珍珠发卡代替头纱。宋女士又有意见，新娘还没客人穿得隆重，不行！结婚必须要花团锦簇大摆尾层层叠叠才行。

罗曼充耳不闻，母女关系剑拔弩张。

周川从中调和，赔着笑脸对丈母娘说："妈，现在就流行这样的款式。罗曼漂亮，穿什么都像样儿，长得丑的才需要漂亮衣服衬托，咱们罗曼人站在那里就是主角，太烦琐的婚纱只会影响她的美丽。"

罗曼鄙视他。

宋女士笑成一朵花，指着女婿教育女儿："看看人家周川多会说话，到底是做生意的。你这臭脾气什么时候能改改，也学学人家的情商。"

罗曼看着母亲说："苹果树结不出梨，主要还是您的遗传'好'。"

眼看又要吵起来，周川连忙岔开话题。

宋女士又问："蜜月去哪儿？买票了吗？"

周川傻了眼。马上黄金周了，他很忙，罗曼也提前用过婚假了，他们没打算度蜜月。

正不知该怎么回答，就听罗曼说："去迪拜。"

"迪拜有什么好玩的？"

罗曼从手机上翻出收藏的迪拜游记视频给她看，宋女士看完后感叹太贵了。

"把你们的证件给我，办护照买机票。"

宋女士惊喜道："我们？你们度蜜月我们跟着去干吗？不去不去，国外有什么好的！吃又吃不惯，话也听不懂，我不去。再说视频里那个什么游船酒店，住一晚要那么多钱，我才不当这个冤大头，睡个觉就能值那么多钱？那酒店的床睡了能治百病还是咋的？"

罗曼直接去老妈卧室床头柜里找出了需要的证件。

从家里出来，周川说："老婆，国庆我走不开啊。"

罗曼说："咱们不去。"

周川看了她一眼，没敢说话。他的脑海里立刻浮现几次见面都充当无声背景板的岳父大人，那是他未来的命运啊。

婚礼即将到来，林珊是唯一的伴娘。她特意托朋友在江西买了一套十分精致的餐具套装当新婚礼物送给好友，罗曼果然十分喜欢。

按习俗，罗曼婚礼当天要从娘家出门，新房得布置一下。罗曼不想让宋女士把自己家弄得乱七八糟，于是派她去祸害周川的家。

周川对此已经毫无感觉了，只希望快点儿办完婚礼。祸害房子算什么，他的小命都被折腾去半条了。

周日，罗曼跟林珊去逛街。两个人买完东西去咖啡馆休息，居然遇到了罗曼的初中同学小梅。

上学的时候罗曼跟小梅当过一年同桌，彼此一直有联系方式，只是很少联系罢了。

小梅看到罗曼很激动："恭喜恭喜啊，听说你要结婚了，哪天办婚礼？"

罗曼惊呆了，宋女士这是在市电视台登广告了吗？

"你怎么知道的？"

小梅面露尴尬："呃……杨柳告诉我的，你不是邀请他们去参加婚礼吗？"

"呵呵，这个月三十号。"

小梅没时间参加，也没想到会在这儿遇到罗曼。走之前她在店里买了蛋糕送给罗曼表示祝福。

罗曼一口也吃不下，气得浑身发抖。

她觉得自己没法忍了，婚礼已经妥协了，如今还要为了宋女士的面子把前任请来观摩。

小梅跟杨柳是怎么成为朋友的？想想也知道，杨柳背井离乡嫁过来，自然要打入老公的社交圈子，老同学什么的互相认识也不奇怪了。

再说了，去年他们结婚闹得那么难堪，她当然要在共同的熟人面前挽回颜面了。

面子面子，都在找面子，拿她罗曼的婚姻当工具是吧？

罗曼气冲冲地杀到酒店去找周川。她受不了了，必须叫停这场婚礼。

酒店门口停着两辆货车，工作人员搬着巨大的纸箱子进进出出。罗曼没有在意，直接去找周川。

来到婚礼草坪上，有人正端着一个玻璃瓶跟周川展示："您看这花开得，您放心，只要在水里养着，控制好温度，我保证婚礼那天绝对没问题。"

"行。"周川轻轻碰了一下，一朵白色小花就立刻掉了下来。他有点担心，"这么脆弱，到时候绑上去不会全掉光吧……"

"肯定会掉一部分，我们会尽量保护好，就怕那天刮风。"

"想想办法，辛苦你们了。"

"应该的，我再去跟师傅商量一下看能不能用什么遮起来，搭个棚子什么的。"花圃老板放下花瓶，嘀咕着走开了。

罗曼走到周川身边，他很意外地说："你怎么来了？"

罗曼看着周川手中的干枝雪柳，说不出话来。

起风了，花瓣散落一地，有几片落在了罗曼的黑色漆皮鞋面上。

"来看看。"她低声道。

罗曼盯着手机出神。林珊刚给她发来微信消息，是另一位初中同学在向林珊打听她的婚礼。

初中同学说："我跟罗曼没联系了，你和她天天一起玩，劝劝啊，大喜的日子干吗请许嘉睿夫妇，晦气！咱争气不在这上头，过得比他们好就行了。我真是受不了那个杨柳，嫁个出轨男牛气什么？要是我，我就把脸装兜里低调做人，哪来的脸满世界炫耀啊？"

说完还配了一个"我从未见过如此厚颜无耻之人"的表情包。

罗曼就读的中学是可以直升高中的，绝大部分同学都直升了，因此她和初中同学之间感情很深，虽然工作后都疏于联系了。

许嘉睿从初中追到大学才追到了罗曼，他们从恋爱到分手再到大闹婚礼，初中同学圈里大概无人不知无人不晓。

这位同学还发来一张小群截图，那个群是杨柳夫妇拉拢了几个同学搞聚会用的。

群里在聊这事，有人意有所指地点出罗曼的老公是杨柳办婚礼的酒店老板这事，杨柳回复说"祝福她，希望她过得幸福"。

罗曼想吐，她从未觉得自己这么识人不清。

罗曼打开手机的搜索框，输入熟记于心的电话号码搜索账号，立刻弹出来一个微信用户。她点开头像，是她曾经的闺密杨柳的孕照写真。

罗曼犹豫挣扎了许久，最终还是发不出去这个好友申请。

她现在不敢说自己了解杨柳了，但她大胆猜测，就算自己劝阻，杨柳也一定会来参加婚礼。

杨柳绝对不会闹，而是会表现得大度，把罗曼比下去，把去年丢掉的脸面原地捡起来。

林珊又发来微信消息："亲爱的，你说杨柳不会上台发言说是自己的捧花带给了你幸运吧……"

罗曼想死。她真的好生气，宋女士真是把事做绝了，如今可怎么收场呢？

私心来说，罗曼真想在婚礼上放鸽子。她做得出来。

周川正好从书房出来，坐到罗曼身边，点开一条语音。

罗曼没听清对方说了什么，只见周川鄙夷地笑了笑，回复语音道："哟哟哟，小螺号嘀嘟乱吹，你爹来了都得起飞！"

"哈哈哈！"罗曼笑得倒在他身上。

周川搂住她，继续跟大头斗嘴。

起因是大头说大学的时候他们比赛打游戏，周川输了，惩罚是叫大头一声爹，什么时候叫由大头说了算。现在大头提出这事，要周川在婚礼上敬酒叫爹，周川否认自己输过。

吵了半天，周川扔了手机压着罗曼吻下来。他夸张地扯她的睡衣，孩子气地说："快，我们生个亲孩子，不要那个不孝子了！头那么大，都是憋坏憋出来的！"

"哈哈哈！"罗曼笑得肚子疼，推开他，"别闹。"

周川只是跟她闹着玩。他把她拉起来坐好，又接个电话。

这回是说正事，周川父亲那边认识的领导多，周爸爸觉得应该邀请，但周川拒绝了这个提议。

因为周川想起了去年那场婚礼，罗曼前男友的爹好像是工商局的。他未必会来，但如果发请柬，又不好遗漏了这位，索性全都不请，就请亲朋好友。

周川在阳台上跟父亲解释这件事，因为好几位在职领导都对周川的事业有助益，周爸自然想要邀请，周川只好跟父亲解释有这么一层关系。

周爸理解，没再坚持，只是叮嘱儿子事后拜访一下各位领导，别落人口舌。

罗曼在客厅听到周川的话，取消婚礼的想法就更说不出口了。如今已经不是她一个人的人生了。

洗完澡，周川陪罗曼看电视。她随意点开了一档关于烘焙比赛的节目，但没心思看，心里乱糟糟的，一直想着令她窒息的婚礼。

周川不爱看做饭类的节目。他拿着手机，玩着玩着，听到节目内容，被吸引了。

"什么玩意儿，这是比赛做甜品呢，还是精神病院开晚会呢？"

这是一档美国的综艺，正播放到一位实力强劲的参赛选手因暴躁易怒而激起群众嘲笑的片段。其中一位小哥妙语连珠，场面十分精彩。

周川大笑，怎么做个甜品这么多戏？跟连续剧似的。

"你从哪儿找的这些奇葩节目？这能学会做蛋糕吗？光吵架了。这种节目教坏小朋友，你要少看。"他把罗曼的耳朵捂住，"听话，快闭上眼睛，别逼我用脚给你挡眼睛。"

"神经啊！"罗曼被逗笑了。

周川把她的脑袋扳过来，亲了她一口："怎么不高兴呢？"

罗曼小声嘀咕了一句"不想去婚礼"。

她自言自语，只是忘了自己耳朵被捂住了，其实她说得很大声。

周川愣了一下，什么话都没说。又看了一会儿电视，两个人就去睡觉了。

罗曼睡前看了一眼时间，放弃了，还剩八天就是婚礼，罢了罢了。

周川睡不着，从前的感情经历教会他"女人的心思全靠猜"，丈母娘也这样教导他。但罗曼都宣之于口了，看来她是真的不想出席。

问题很严重，但从客观条件来看，婚礼已经是板上钉钉的事了。如今要取消，别说丈母娘那儿没法交代，就是自己家这边也没法交代。

罗曼叹气，周川抱着她，亲吻她的额头，说："乖乖睡觉。"

接下来的几天，周川依旧积极安排婚礼细节。

看到周川那么上心，罗曼也认了。他有什么错呢？

很快到了婚礼前的一天，罗曼回娘家住，林珊第二天一早要陪她化妆，所以过来跟她一起睡。

隔天清晨五点，周川开车来丈母娘家接罗曼化妆。她已经起了，换上了连衣裙和高跟鞋，还把头发也简单地盘了一下。

宋女士看她那身简单的装扮，还是不顺心："这像什么样子，谁家新娘子这么穿？我说你啊，要不化妆的时候租一套婚纱吧？"

罗曼脸上一点儿笑容都没有，看着母亲说："要不我别去了？"

"算了算了，我也懒得说了。去吧，赶着时间回来！"

三个人一起下楼去，宋女士在阳台上看着，看到周川开来一辆奇奇怪怪、乌黑的车。

她给罗曼发微信消息："周川开的什么车？不是接亲的车吧？婚车要装扮啊。哎呀，真是愁死人了。"

罗曼听完语音后打量周川的车，两门罗宾汉，很酷很好看。

林珊吃力地爬到后座，罗曼则坐上了副驾驶座去化妆。

新娘妆一般都比较夸张，为的是拍照好看。罗曼不肯，只让化妆师给她化淡妆。

化妆师给罗曼"安利"八百块钱一瓶的精华，就半根拇指那么大的瓶子，一组三个，说是在她这儿化妆的新娘都用，这样妆容才会服帖，容光焕发。她劝道："你要化淡妆的话，底子打好很重要。"

罗曼懒得啰唆，用了。

这一用就得等四十分钟才能开始化妆。

好不容易化完妆上车，周川开啊开，越开越偏离回家的方向。

"不回去吗？"罗曼问。

周川转头对她笑道："不去。"

九点多的时候，宋女士家里坐满了亲戚。眼见新娘还没回来，她打电话催，没收到回信，然后家里来了一帮年轻人。

为首的那个说是周川的朋友："阿姨，我们来接你们去酒店，咱们走吧。"

"这？新娘还没回来啊。"

"他们直接过去。"

"这像什么话！"

"嗐，年轻人花样多，结婚嘛，图个热闹新鲜。您别管他们了，走，您和叔叔坐我的车。"

一群年轻人招呼着亲朋好友们下楼去，楼下一排黑车，没一辆装扮成婚车的样子。宋女士气得吹胡子瞪眼，像什么样子！

来到婚礼现场，宋女士的心情才稍微好了点。一来现场布置得的确漂亮，二来周川偷偷准备的伴手礼很有档次，礼盒里有一瓶红酒、一盒巧克力、一张致谢卡，还有一张免费入住一日的酒店套房券，含三餐。

宾客们的注意力都被入住券吸引了，就一张纸上面写了一串数字，这怎么兑换？

工作人员跟宋女士介绍了兑换方式，宋女士到处跟人讲解，忙得不亦乐乎。

正招待呢，杨柳和许嘉睿带着礼物来了。

宋女士看到后，立刻迎了上去："哟，这是什么东西？包得这么大。"

杨柳笑着回答："一点小礼物，恭喜。"

宋女士指挥一旁迎宾的工作人员收下礼物，又拒绝了他们的红包："送礼不送钱，图个人气罢了，要不我们准备的回礼可就不够瞧了。来，闺女，给这二位贵客拿一份伴手礼。"

杨柳坚持随了红包。宋女士拉着她的手，真诚地说："没想到你真会来，还带了礼物，阿姨真的是……很感动。你说这真是巧，同样的地方办喜事，阿姨看到你，就会想到你们的婚礼。这样，阿姨给你道个歉，我年岁大，你别跟我计较，我是老糊涂了。年轻人分分合合多正常，谁和谁是天生的一对，那老天爷最会安排了，要我操什么心。阿姨可得谢谢你啊。"

杨柳的脸色已经没法看了。

宋女士坚持拉着她的手，笑得十分得意："这样，今天你们是贵宾，真的，我们曼曼这段好姻缘全靠二位成全，今天必须把喜酒喝够了。"

宋女士强势地拉着杨柳游街似的一路走到最前面的桌子坐下。

杨柳气得要死。她很想走，但心里还是想看完这场婚礼。许嘉睿从头到尾一句话没说，低头玩手机，一点想走的意思都没有。

婚礼快开始了，却不见新人。宋女士要去找，可工作人员不告诉她新人在哪里。

她去问周川的父母，他们也一头雾水。

半小时后，司仪上了台，却不是先前婚庆公司安排的主持人，大概是周川的朋友。

他代替新人感谢了亲朋好友的到来，刚说完，服务员就开始上酒上菜，红的、白的、洋的酒琳琅满目。考虑到要照顾现场的小朋友，婚宴还设置了饮料机，可乐、雪碧、鲜榨果汁、咖啡应有尽有。主菜是澳龙帝王蟹，甜品自助区更是眼花缭乱，甚至还有燕窝。

大家都不大敢下筷了，还没举行仪式就先吃？不礼貌吧？

这时，主持人又说话了："首先，我再次代表周川、罗曼夫妇感谢各位贵宾的到来，大家对这对新人的祝福，他们都收到了，以后一定会相亲相爱，相伴一生。大家一定好奇新娘新郎怎么不出现是不是？别着急，我得跟大家解释一下。结婚本该是跟亲朋好友一起分享的大喜事，但周川这小子私心太重，舍不得把自己美丽的新娘带出来给大家看，所以他悄悄安排了一个特别的婚礼仪式。接下来我们将连线婚礼现场给大家直播，请各位亲朋好友们理解一下我们的新郎。咱们一起举杯遥祝这对新人，希望周川同志在今后的人生里永远保持这份真挚的心对待婚姻，永远爱护和尊重罗曼同志。"

话音刚落，他身后的背景布投影出了婚礼现场。

那是一处森林里的开阔草地，四周绿树环绕，罗曼穿着洁白的连衣裙，手握捧花出现在镜头里，好似森林里的仙女一样。

周川身着正装，和新娘面对面站着，三两好友见证了他们在大自然里许下承诺结为夫妻。

周川把戒指戴在罗曼的手上，两个人深情拥吻。

镜头拉近，新娘的眼角闪烁着晶莹的泪光。

下一秒，身后的好友齐齐大喊着"新婚快乐"跑向镜头。

"礼成，送入洞房！"

"接下来是电视台不让播的画面，都别看了，吃好喝好，拜拜！"

婚礼结束后，罗曼给家里换了新锁，没有留备用钥匙给宋女士。

她准备找时间跟母亲好好聊聊，但这件事暂时往后压压。因为父母的签证还没下来，旅行推迟到十一月中下旬，她不想让宋女士带着情绪去旅行。

当然，她眼下也的确不想处理糟心事。

罗曼的心情太好了，因为周川给她的婚礼。

其实也算不上正式婚礼，但罗曼很喜欢。

她从来不是幻想婚礼憧憬白纱的女人，也不是会精心挑选文案发朋友圈的女人，更不是会把婚纱照换成头像反复回味婚礼照片的女人。

可现在的罗曼把家里的电脑屏保换成了婚礼照片。在这张照片里，她和周川站在镜头最远处，放大了都看不清表情。工作疲累之余，她会看看绿野旷原缓解压力。

国庆前一天下班后，同事吉米跟罗曼一起下楼。他跟罗曼说起一件事："小罗同学结婚了还有时间赚外快吗？"

罗曼反问："国家给已婚女士免除房贷了吗？"

"哈哈哈！是这样，我和朋友合伙做了个平台，你看要不要来我们这儿开课教设计？"

"我看看。"

吉米把网址发给罗曼，两个人就平台用户数据聊了一会儿。最终她决定加入，这也不费事，反正她每天都要用 PS。

罗曼去超市大采购。国庆七天假，她准备把周川酒店的设计搞完。

买水果的时候，她问周川爱吃什么。

周川回："菠萝！请买一箱菠萝，我可以三餐吃菠萝。"

下一秒他又回复："买一个就行，多了你提不动。"

罗曼先拿了两个小一点的，怕吃不完会坏，又想起周川说三餐吃菠萝也可以，于是多拿了两个。

周川当晚要加班开会，罗曼在商场快餐店简单地吃了晚饭才回家。

把家里彻底收拾一番后，周川还没回来。她无聊得很，想起了一款经典蛋糕——菠萝翻转蛋糕。这是她以前看美剧时经常听到的，因为自己对菠萝不是特别喜爱，就没做过。

罗曼搜了搜教程，也不难。

周川十一点多才回来，一进门就闻到了一股很香的味道。他问："做什么呢？"

罗曼捧着刚出烤箱的蛋糕给他看，说："翻转蛋糕。"

周川闻了闻，说："菠萝味的？"

罗曼一本正经地骗他："嗯，用菠萝皮磨成粉做的。"

周川吓坏了，菠萝外面那层皮还能做蛋糕？那不得苦死？

"我去换衣服，给我切一块，我尝尝。"

换好衣服洗了手，周川忐忑地拿起叉子吃了一口。

一瞬间，周川喜上眉梢。他拨弄了一下蛋糕表层的水果，这哪里是菠萝皮，明明是果肉。

周川亲了罗曼一口："特别好吃，辛苦了，老婆。哎！你正好姓罗，要不我叫你菠萝吧。"

不等罗曼翻白眼，他又连忙改口："我没说好，应该是因为老婆姓罗，所以我爱菠萝，定这个版本吧。"

罗曼受不了了，抓起自己盘子里的蛋糕塞到他嘴里："闭嘴吧你。"

周川很给面子地吃了两块，吃完后他躺在沙发上，撩起睡衣露出腹肌，懊悔不已："甜品是毒药啊，再这么吃下去，我的腹肌岌岌可危。不行，我得运动起来。"

罗曼看了一眼他的腹部，表示赞同："加油。"

她把剩下的蛋糕封好放冰箱里，刚关上冰箱门，周川突然跑过来，一把抱起她往里屋走。

"干吗？"罗曼问。

"健身。"

单纯的罗曼还没理解："你拿我当哑铃啊。"

周川"嘿嘿"一笑："运动搭档。"

被扔到床上后，罗曼明白了。她没好气道："你真的是……"

"这怎么了？一起燃烧卡路里，来吧，主动权给你，你多燃烧一点。"

罗曼故意吓他："哦？你是在说我身材不好需要减肥？"

罗曼可以发誓，她看到了周川的头发竖起。

"麦毛周"持续燃烧了一会儿开始胡搅蛮缠转移注意力，倒也真让他成功了。

第九章

整个国庆，罗曼不是在家工作就是被周川带出去吃吃喝喝。

大头他们嚷嚷着要新婚夫妇在家宴请，周川问罗曼的意见。

罗曼倒不是不愿意招待，只是这个家里实在没有人有能力做一桌菜，可是叫外卖就失去了意义。

朋友们不在意，自发表示他们可以来做，罗曼再没意见，抽空请大家来热闹了一天。

假期最后一天下起了雨，周川带着她回到了森林公园。他还是开着他的罗宾汉，后座放着帐篷。

罗曼给他撑着伞，顺便看他支帐篷。弄好了，两个人坐在里面听雨声。

"年底陪你去旅行，好吗？"周川问。

罗曼靠在他怀里轻轻摇头。她睁开眼睛看着他，满足地说："我喜欢这里。"

周川笑起来，低头亲吻她。

雨天让人昏昏欲睡，周川从车里拿来毯子给罗曼盖上。

罗曼拉周川的小拇指，他躺下去搂着她睡。

"好舒服啊。"她感叹。

周川也觉得舒服，还感觉到了困意。但他不敢睡，怎么说这也是在外面，两个人都睡着太不安全了。

他撑着手臂侧卧着看罗曼，心里好喜欢。他早就知道自己会很喜欢很喜欢罗曼。

他偷偷亲了罗曼一下，罗曼揉了揉鼻子往他怀里钻，可能是冷吧。

周川抱紧她，在心里默念"不许睡着，不许睡着"。

傍晚时分回程，周川想让罗曼摆脱开车的恐惧，便提议回去的路由罗曼开。

罗曼还真有点想开这辆越野车，可刚接过车钥匙，周川又反悔了："下雨路滑，下次吧。"

罗曼不肯："给我，我是老司机。"

周川搂着她把她推到副驾驶座上，说："坐稳了，老司机。"

回家后，两个人吃完热乎乎的晚餐后就准备打游戏。

罗曼还在整理卡面设计，周川看到她的桌面，灵光乍现，提议道："老婆，要不把卡面设计成我们的婚礼吧？"

罗曼整个人僵住，慢慢地转头看向他："你说什么？"

"就是白色卡面，边角上一点儿绿色原野意象，穿西装和白裙子手牵手的人影那种……喂喂喂——你这是什么眼神？"

罗曼掰响手指关节站起来，周川四处逃窜，被追杀至沙发上。

"我加钱啊！"他高呼。

"呵呵！"罗曼冷笑，加钱？资本家还会干什么？

罗曼骑在他身上发表反击宣言："我们无产阶级失去的只是一点加班费，得到的却是整个世界！"

周川不怕死地反驳她："这位无产阶级房本有点多……啊啊啊——我错了。"

一个月后，罗曼夫妇把宋女士夫妇送上了去往迪拜的旅程。

看着旅游巴士开走，周川再次建议："我们也去哪儿旅游？"

罗曼泼冷水："都说旅行最能考验情侣，回来离婚咋办？"

周川很有自信："就我这人品跟胸襟，就算跟变态一起旅行，他也得被我感化，主动投案自首，出狱了还要叫我一声好大哥。"

罗曼瞟他一眼道："你说谁变态？"

周川："……"

爸妈去旅行，罗曼陪周川回他家拿冬天的衣服。家里的衣橱难以承载两个成年人四季的服装，最后只能把春夏装打包好放到他家去。

周川觉得这样挺好，建议道："开春了去那边住吧，这样也可以换房子体验。"

罗曼才不想离开自己的小窝，对他说："想家了就自己回去。"

周川开始唱张信哲的《过火》。

宋女士抵达迪拜后分享的第一张旅行照片是音乐喷泉，五颜六色的激光灯束前有一个手端在身前呈伟人眺望造型的黑影，像是宋女士。

国内已是半夜，临睡前，罗曼刷手机时看到了宋女士的朋友圈。她评论道："迪拜到您手里也就是个城中村的水平。"

周川看到后笑得满床打滚。

宋女士发来语音问罗曼说的话是什么意思。

罗曼跟她说下回发朋友圈记得带定位。

接下来的几天，罗曼总能收到宋女士抱怨吐槽的微信消息。她一一批评教育——

"入乡随俗，睁眼看世界。你这样到了社会上能干什么事？你以为哪里都跟家里似的舒服？"

"你怎么不合群呢？集体活动最锻炼人了，加油，我看好你。"

"沙漠那么壮阔，你好好欣赏，别人家父母想去沙漠看看还不一定有这机会，我花钱送你出国你还不领情。"

…………

三天后，宋女士再也不理她了。

周川说罗曼："你可真会气人。"

"我没气人。"罗曼一本正经。

罗曼把酒店设计做完之后，便马不停蹄地开始录制设计课教程。她得先做一个入门级别的，十二节课，没想到后期还挺费时间。

"你这课程卖多少钱？"周川问。

"九块九，平台新上线，不抽成，都是我的。"罗曼幻想着来一千个人就赚到了。

周川在心里默默算罗曼的收支，猜到她主要是房贷压力大。

一周下来，罗曼开始嚷嚷脖子疼。

周川心疼她，问："你那么喜欢做蛋糕，有没有想过以后开家甜品店？自己当老板。"

罗曼考虑了一下，说："目前技术水平没达到开店要求，资金水平没达到当老板的标准，所以没想过。"

周川说："我给你开吧，明年有个门面空出来，就不租了。"

"不用不用。"

周川给她按摩肩颈，温柔道："我是觉得你太累了，对身体不好。"

"还行吧，不工作也是上网冲浪，没什么区别。"

周川一腔热血遇冰山，试图说服她："这也算家庭共同投资，我出钱当股东，你负责当掌柜啊。"

罗曼拒绝："想投资开店自己开。"

于是，周川不再提。

周末了，周川跟罗曼说周日去酒店试菜，中餐厅要换厨师。罗曼没时间。

周川有点不高兴："赚钱是为了生活，你现在是不是有点本末倒置了？加班到吃饭时间也没有吗？"

罗曼解释："吉米要请我吃饭谈网站设计的事。"

周川算是服了："你要上班，要录课程，现在还要做网站设计，你是超人吗？无限压迫生活空间，全身心投入工作呗？"

"周期都不长，我不趁着年轻赚外快，老了就干不动了，劳动人民的人生顺序就是这么本末倒置。"

周川不喜欢她这种态度，她又在说他不是劳动阶级了。他只得说："随你吧。"

他也不想问她何时能忙完了，这个项目完了肯定还有下一个。

周川本身不负责试菜，他不是那种事事要插手的老板。而且试菜这种事，一个人的口味并不算数。

周川本来想跟罗曼一起品尝新品，她不来，他也不是很想吃饭，就打算找朋友聚会。

周川打电话给大头，大头说："没空没空，我老婆今天出差回来，我忙着打扫卫生呢。你要有空，来帮我拖地。"

他打给老二，老二说："孩子发烧，我在医院挂号呢。"

好友群里倒是有很多局，但都是一些单身汉约着喝酒、踢球，周川突然不想跟他们同流合污，他又不是单身汉。

但他是人夫吗？为什么罗曼都不需要他呢？

周川不想回家，罗曼还在外面跟同事吃饭谈工作，他实在无聊，最终还是去找朋友打牌了。

打了半小时，周川连续赢钱，好友感叹他情场、赌场两得意。

周川觉得他是乌鸦嘴，哪有人两得意的？便故意放水。谁要赌场得意？

周川在牌室吃了饭，罗曼回消息说吃完了，他便告别友人去接她回家。

"吃饭了吗？"罗曼问。

"没有，没饭吃。"

"哦，想吃什么？回去我给你做点儿。"

这还差不多，周川笑了起来。

来到小区门口，保安正在跟一个女孩争执。

周川按了一下喇叭，女孩回头，脸熟，这不是上次在天台上的那个姑娘吗？

"她叫什么来着？"周川问。

"小贝。"

罗曼记得名字，但那姑娘的脸看着有些陌生，大概是换了发型的缘故。

"怎么回事？"周川问保安。

保安小哥说："这位女士非要进小区找一位业主，业主叮嘱过我们不让她进去。"

小贝看着要急哭了。

周川问："你找谁啊？"

小贝走过来说："就是我前男友，他之前租了这里的房子，房东有他的身份证信息，我想找房东问一下。"

周川说："这不行啊，房东不可能把前租客的身份信息随便告诉别人的，这是公民隐私。你自己也租房住，换位想想。"

"我知道，但我真的没办法了。"

罗曼问："没报警吗？"

小贝的眼泪都流下来了："报了，但是他现在故意耍我，隔几天就回一句话。警察说他没有失联，不能立案，让我们私下协调解决。"

罗曼感叹那位年轻人狡诈奸猾脸皮厚，劝她道："起诉吧，你找他房东没用。"

小贝不清楚起诉找律师要花多少钱，她丢失的本金才不到两万，不能再有损失了。

"他是本地人，我是想着能不能找他父母要回钱。"小贝犹豫着说。

周川重复道．"房东要是给你身份证复印件，那他就违法了。你也不能为难别人呀。"

小贝只能放弃找房东了。

罗曼见她背井离乡，很无助，想起了苏律师，就给林珊发微信消息要联系方式。

"我给你介绍一位很负责的律师，你咨询一下他，看应该怎么收集材料起诉。不用担心，起诉代理的费用最后都是由被告承担。"罗曼说。

小贝十分感激，同时又有点不好意思地问："姐姐，请问一下，那个费用是要我先垫付吗？"

罗曼明白刚毕业的小孩经济窘迫，笑着说："我不太清楚啊，你问问律师好吗？商量一下。"

"好，谢谢姐姐。"

两个人加了微信好友，罗曼说晚点推给她律师的名片。

小贝道谢后便离开了。

周川一个劲地感叹，说小贝真可怜。

罗曼说："你帮她出钱打官司吧。"

周川方才有一瞬间还真想给她钱。他也是感叹年轻人不容易，被骗光钱不说，还因为顾忌律师费不敢寻求法律帮助，他刚刚打牌输的钱都够这孩子打官司了。

不过他现在是已婚男士，不好太过关心单身异性，他立刻表决心："除了你打官司，其他人我都不管。"

罗曼给他一巴掌："乌鸦嘴。"

到家以后，罗曼想起快递还没拿，就让周川帮忙跑一趟。

周川义正词严道："不好意思，我结婚了，不跟已婚女性纠缠。"

罗曼无语："你真的……抽空去看看脑子吧。"

周川跟她腻歪了一会儿便跑下去拿快递。

他回来后罗曼已经换了衣服在工作。

周川帮她拆了快递整理好，就先去洗澡了。

出来后，周川坐在沙发上看电视。他打开网银选择了罗曼的账户，金额打上去，犹豫了一下又删了个零，随后又加上，加加减减拿不定主意。

考虑良久，周川还是给她转了过去。这是之前设计的尾款，罗曼一直没催过他。

罗曼忙完手头的工作才查看手机消息。看着余额里多出来的大几十万，她恍惚间感觉自己赢得了 IF 平面设计组头奖。

"你是手抖多打了个零吗？"罗曼问。

"是，我就爱多打零。"

罗曼摘下眼镜走到他身边："你不用给我钱。"

"谁给你钱了？我多打了个零。"

罗曼不说话了。

周川对她说："你把房贷还清吧，这样压力能小点儿。"

罗曼轻轻地笑了。她婚后才得知周川收租的那一栋楼都是他的，租金都给爷爷奶奶，一是孝顺，二是给老人找点事做。

房子都租给了打工的年轻人，爷爷奶奶跟他们相处得很好，时不时有人因为一时周转困难跟老两口求个情。

老两口心善，也都理解，还能时常关心这些小辈，老年生活也就没那么寂寞了。

那栋楼共十二层，一楼是门面，二楼是四套单房，往上都是一层两套的大套房，一年租金还罗曼的房贷绰绰有余。

罗曼一时间感受到贫富差距，心里不爽了一分钟。她说："当初买房，我家里说赞助我全款买，我没要。"

周川有点受伤，他不是家人吗？哦，他比不上父母。可她跟父母关系也不好啊！

"我知道你月供无压力，但有那点钱留着自己投资消费不好吗？干吗非得给银行？"其实他想说的是，没了房贷，罗曼就有时间侍弄花草、研究烘焙和陪他玩了。

罗曼看着他，眼神里都是对"何不食肉糜"的批判之色。她说："周老板，对我们工薪阶层来说，房贷是能够从银行拿到的最低利率，别说我现在手头资金不够提前还的，就算够，我也不提前还。首先我不是风险型投资者，股票这些我不懂，也没兴趣，稳健投资的收益就摆在那儿，万一哪天我遇到了事，需要资金周转，再跟银行借，利率可就没这么低了。而且我这个房贷当初办的时候是有优惠的。"

周川激动起来："当老板就一定比工薪阶层压力小是吧？你不要跟我科普贷款利率，哪个老板身上没背着一堆贷款？工薪阶层每个月收入万八千，每个月还一次房贷，老板们呢？每天睁开眼睛，银行就在等还款。再说了，你以后遇到什么事为什么要自己扛？我不是你老公吗？难道你以后需要资金了，我就搬张小板凳坐你旁边数自己的钱吗？"

"我不是这个意思。"

"你什么意思？你还是没有把我当成你的人生伴侣，处处要跟我分清楚。"

罗曼叹了口气，说："如果没有你的钱，我还是要赚外快还月供，也开不起店，所以这本来就不是我目前阶段应该得到的东西，我没有在焦虑这些。我不赞同拿婚姻换取财富，这一点我以为你也是赞同的。"

周川十分烦躁："我赞同，怎么不赞同？老婆不花我一分钱，我都要高兴死了，以后我可以死在钞票堆里了。"

"哎……"

周川起身回卧室睡觉。

罗曼一个人坐了许久才进去找他。

周川还在闹脾气，背对着她，不理她。

罗曼坐在床边说："这样吧，这笔钱我单独存起来，当成孩子的抚养基金吧。"

周川猛地坐起来，龇牙大笑："好！"

罗曼爸妈回来之后，周川请他们吃饭，席间气氛如常。

饭后，罗曼开车送他们回去。路上宋女士还说说笑笑，吐槽罗曼开车胆小。

没过两天，正在上班的罗曼就收到了姑姑的微信消息："曼曼，你知道你爸妈分居的事吗？"

罗曼下意识地以为姑姑的意思是两个人不同床了，这种情况很常见，尤其在中年夫妻之间。她尴尬地说："这个我没必要知道吧。"

姑姑："不是，你爸从家里搬出来了，现在租了个单间住，连件换洗衣服都没拿，他说要离婚。"

姑姑："你妈跟我说的，这事还不敢让奶奶知道。你看你要不要劝一劝？"

罗曼回道："下了班我回去一趟。"

罗曼一整天都想着这件事，真奇怪，宋女士居然没有闹？简直异常。

她下班赶回家，宋女士神情正常。

"怎么回事？"罗曼问。

宋女士表情倔强："不知道，回来的那天晚上你把我们送到家，你爸进门就说要离婚，然后就走了。"

"嗯，你没事吧？"

"我能有什么事？离就离，他一分钱别想拿走，爱一个人过过去。我好得很，还不用伺候他。"

"嗯。"

见罗曼反应平静，宋女士气不打一处来。这女儿也不知道从什么时候开始变得这么冷血，父母要离婚，她居然无动于衷？

"没事回你自己家去，别烦我。"宋女士送客。

罗曼坐着不动，沉默了半天，说："要不我给你买条狗吧？有个伴儿。"

"不要不要！你赶紧走！"

罗曼没走，自己泡了杯茶，还打开了电视。

周川发微信消息问罗曼回家没，她回复说在宋女士这儿，晚点儿回去。

周川在应酬，说结束后来接她。

罗曼就那么安静地看电视，一句话都不说。宋女士坐不住了，开始倾诉，说来说去也就是那些话。

罗曼问："旅游的时候吵架了？"

"吵架？我跟他就没话说！"

罗曼看了母亲一眼，心想：是罗城让不跟你说话吧……

这些年父母的相处罗曼也看在眼里，罗城让早就不是从前那个人了。他的沉默寡言不是因为出轨理亏不敢说话，他是拒绝跟宋女士交流，在无声地反抗婚姻。

所以罗曼不理解母亲的坚持，守着这样的婚姻做什么呢？

罗曼用宋女士的手机给宋女士的朋友王阿姨打电话。王阿姨过来之后，她就回家了。

周川几乎跟她同时到家。

罗曼跟他说："我爸妈要离婚。"

"啊？前两天不还好好的吗？为什么？"周川很惊讶。

"不清楚。"

罗曼告诉了他父亲已经搬出去住的事。

周川问："要不我明天去找你爸聊聊？大家都是男人，可能比较好说话，问问出了什么事。"

罗曼考虑了一下，同意了。她并不想去找父亲，也不想劝和。只是她太了解母亲了，宋女士不可能这么轻易离婚的，宋女士就不是能一个人生活的性格。

隔天中午，周川去找罗城让。

罗城让是干装修的，最开始是木工，干零活儿，后来自己拉了一支队伍接活儿，就慢慢做大了。

他租了一套房子，步行去罗曼奶奶家大概二十分钟，方便照顾。房间简陋得很，除了床和桌子等基本家具，啥也没有。

周川对他说："要不您先住我的酒店去？这里什么都没有，也不方便。"

"不用，我不用什么东西，楼下有生活超市。"罗城让拒绝了。

周川跑下去买了点水，又让超市老板送了饮水机、插线板上来，忙活了半天，屋里总算有热水喝了。

周川搬了张塑料板凳坐在岳父对面，问他是不是跟岳母吵架了。

罗城让不说话，周川给他点了支烟。

烟雾缭绕中，罗城让回到了一周前。

那天导游带他们进沙漠，年轻人都安排了冲沙项目，罗城让则跟妻子在酒店休息。四点多他们进了沙漠，也就是那一刻，面对着广袤无垠的景色，罗城让决定离婚。

严格来说，是整趟旅行让罗城让下定决心离婚的。他们没有吵架闹矛盾，只是在异国环境下，他突然意识到自己忍受不了妻子的声音了。

他想到了过去这些年的生活，邻居家的争吵、院子里的野猫叫声、菜市场的喧闹、亲戚们的闲谈……这一切都是支撑罗城让忽视妻子声音的前提条件，如今都没有了，他的世界只剩下妻子尖酸刻薄、指桑骂槐的声音，他突然就觉得没意思了。

罗城让想到宋莲这些年在婆家的威风。他是对不起宋莲，但他的老母亲有什么理由承受宋莲的迁怒呢？

从前不离婚，一是因为父亲反对，二是因为罗曼。现在父亲去了，罗曼也成家了，罗城让就没什么理由继续跟妻子一起生活了。

"你不用管这个事，你和曼曼好好过，不用操心我，我自己能照顾自己，不会给你们小辈添麻烦。"

周川劝他："大半辈子都过去了，有什么矛盾不能解决呢？不都说'少年夫妻老来伴'吗？"

罗城让笑了笑，说："你也说大半辈子过去了，这个年纪选择离婚，那你也该知道我是考虑清楚了的。是曼曼让你来的吗？"

"是，她很担心你们。"

"不用担心，你们把自己的日子过好就行了。"

正说着，宋女士打来电话。周川听到话筒那边声音很大，可能是在骂人。罗城让倒是平静，只说了一句"房子和钱都是你的"。

罗城让也才五十多岁，只要这个城市还在盖房子，干装修的就不会饿死。

周川无功而返，他有点担心罗曼。

"这么说我还真成预言家了？旅行果然能拆散夫妻？"

周川拥抱她："不是你的错，不要这样想。"

罗曼愣了一下，说："我的确有点后悔。"

"跟你没关……"

"应该早点送他们去旅行的。"

周川："……"

罗曼真是这么想的。早知道旅行能让父母离婚，上大学的时候她就该把做兼职赚的钱拿来送他们出去的。

早该离了，这样宋女士也能提早适应单身生活。

如今罗曼唯一的担忧就是宋女士的精神状态，她越是忍着不爆发，就越让人害怕。

这样下去的结果，要么是宋女士闹翻全家，要么是宋女士自己崩溃，哪一种都不是罗曼想看到的。

凌晨一点半，罗曼受惊坐起。周川被吓了一跳，跟着坐起来搂住她，问："怎么了？"

罗曼看了他一眼，面色惊慌。

还有第三种结局，宋女士彻底恢复单身，然后把所有的精力转移到罗曼和周川甚至是他们未来的孩子身上……

那可真是谢谢老天爷了。

罗城让这回铁了心，他请律师起草了离婚协议，把房子和存款都留给妻子，只要自己那辆旧车。现在他打算重新开始搞装修，没车不方便。

宋莲不同意，即便没有驾照她也要车。罗城让没争取一句就答应了。

眼看宋莲还有话说，罗城让说："我走的时候就穿了一身衣服，啥也没带走，这些年都是我在工作赚钱，我想一套衣服应该还是属于我的财产，当然，你要是不愿意，我把这身衣服还给你也行。还有公司，你要的话也拿走，咱们今天就着手办手续。我只有一个要求，今天就签字。"

宋莲当然要办公司。

律师于是重新起草协议。

公司移交手续不是立等三刻就能办好的，二人约定这事办完之后就去民政局。

闹到这一步，家里肯定瞒不住了。罗曼奶奶年纪大了，管不了，只是听说儿子连一身衣服都没拿走，哭着给宋莲打了个电话，求宋莲不要太狠心。

罗曼每天下班都回家看望宋女士，怕她出事。

奶奶打完电话后，罗曼叹气，宋女士也哭了，跟女儿复述罗城让是如何当着律师的面羞辱她的。

"我哪里对不起他了？这些年我当牛做马伺候他吃喝，现在他拿我当洪水猛兽？"宋女士愤愤不平。

罗曼给她递纸巾："冷静。"

宋女士勃然大怒："你也不是个好东西！看你爸这么羞辱我，你高兴了是不是？你也巴不得跟我断绝关系吧！"

罗曼给她倒茶："我要想跟你断绝关系，何必天天过来找你。"

这句话安慰了宋女士几分。

罗曼见宋女士哭个不停，很是无奈。她知道自己母亲不想离婚，是怕没面子还是怕一个人生活呢？大概都有。

罗曼很想对母亲说，罗城让十年前出轨是羞辱她、背叛她，但她选择了原谅，以后的痛苦婚姻就是自作自受，怨不得旁人。

罗城让的确狠心，一个男人放弃半生财产家底也要离婚，任谁听了都会觉得做妻子的必定糟糕透顶。

宋莲的性格有问题是事实，却也不至于落得这么一个评价。

宋莲一会儿哭诉自己的艰辛不幸，一会儿又谩骂罗城让狼心狗肺。

罗曼很厌烦，如果这对夫妻不是她的父母，她只会觉得宋女士愚蠢。

当年宋女士选择原谅出轨的丈夫本身就是错误，更重要的是，她这一生没有工作过，丈夫相当于她的老板，保障着她的生活。

哪个老板不讨人厌？罗曼还经常在背后吐槽自己的老板呢，但她会跟老板叫板吗？不会。因为那样她会被开除。

哪怕她觉得老板给她的工作建议再荒谬再外行，她也得用自己的专业能力满足他，并且不辜负自己的水平，这就是仰仗别人发钱的合作关系。

放到宋女士的婚姻里也一样，罗城让就是她的钱包，又拿钱又骂老板，最终解约难道很出人意料？

从这个角度来说，罗城让在财产上没藏私心还算他有点人性。

罗曼很希望母亲能看清问题，快快乐乐地生活。独身很可怕吗？五十多岁的女人，不用养孩子，不用伺候丈夫婆婆，还不愁钱花，这种生活到底哪里不如意？

罗曼说："他已经净身出户了，你分到的财产可以保证后半生高枕无忧，你只是失去了一个五十多岁的同居室友，我觉得挺划算。你要不想一个人过，就再找一个，或者养只宠物、养点植物，转移一下注意力。"

"你倒是会给我安排，生怕我打扰你是吧？"宋女士阴阳怪气。

罗曼好想抽烟。她沉默了半晌，说："要不你找份工作吧？不对，你现在有装修公司了，以后会忙起来的。"

"回你自己家去，少在这里气我！"宋女士气得赶她。

罗曼走了。出门前，宋女士吼她："明天别来了！"

罗曼回到家后洗了澡就打算睡觉。

周川陪她一起，问："要不要安排咱妈去周边玩玩？跟朋友们一起。"

罗曼拒绝了，现在不是逃避问题的时候，宋女士早该坐下来好好思考自己的人生了，迟早得经历这一遭，早面对早解脱。

她再次叮嘱周川："你不要管这件事。"

周川不说话了。他很失落，非常失落。

罗曼本来工作就忙，现在下了班还要去陪妈妈，他每天只能在起床后和睡觉前见到她。他不是抱怨她不陪自己，只是发生了这种事，怎么可以不让丈夫陪着她呢？

罗曼感受到他的低气压，耐心解释道："你不了解我妈，你现在觉得她可怜无助只会掉进陷阱，成为她的下一个操控对象。你的事业和生活都会被她渗透，到时候后悔就晚了。"

周川嘀咕："有这么夸张吗？"

罗曼睁开眼睛看着他："因为你只是她的女婿，她多少对你有所保留。如果有一天你受不了了，跟我离婚就可以摆脱烦恼。"

"我受不了丈母娘就跟你离婚？我是那种人吗？那之前你妈妈张罗婚礼，我怎么没有逃跑？"

罗曼坐起来说："你为什么要跟我辩论这个问题呢？除非你是我的亲兄弟，是我妈的亲儿子，你才能理解我这么多年受不了她的原因。话说回来，五根手指还不一样长呢，就算你是我哥哥，是我的姐姐妹妹，她对待你和对待我也可能不一样。事实就是，我是她的女儿，跟她生活了二十多年，而你只认识她几个月，怎么就觉得你有能力改变她呢？你怎么就觉得我不能处理好这件事呢？"

周川也坐起来讨论："我没有说我能改变她，你别冤枉我。我只是觉得你父母要离婚，出了这么大的事，我不该跟个陌生人一样置之不理。"

"拜托你别理。你现在凑上去关心她，只会让她找到新的依赖，会让她觉得我这个女儿不如女婿，会让她觉得自己受尽了委屈，值得全世界让步同情。但她现在没有别人了，只有我。归根到底她只能折磨我，所以我拜托你不要管好吗？不要讨好她行吗？"

周川神情受伤地看着她，抛开一切自尊对她说："我是在讨好你。"

罗曼气消了。她心中酸涩，投入他的怀抱，说："周川，我们的婚姻让我很开心，所以我们就过自己的日子好吗？"

周川闻到了她洗发水的味道，问："知道你在经历不好的事我也不过问，这样还能让你开心吗？"

罗曼在他怀里点头。不管她在外面受了什么气，回到家听他说些傻乎乎的笑话，她就能找到生活的乐趣。

周川在黑暗中露出苦涩的笑容。

他不开心。对老婆经历的人生巨变袖手旁观，只在回家后逗她开心一下，这样的角色让他觉得空虚，觉得自己没有价值。

　　女儿走后，宋女士一夜未眠。她做了个决定，装修公司还是由罗城让管理，但她得拿一半收益。

　　她想的是自己无能力经营公司，而且公司员工都是罗城让一手带起来的，回头都辞职跟着罗城让另起山头，岂不是给自己留下个空壳子？不如留着罗城让赚钱。

　　但宋女士不能彻底不插手公司，罗城让要是独自拿走公司，离了婚还不分分钟骗一个年轻姑娘再婚？她才不会让他那么得意。

　　对于这一要求，罗城让一开始并不接受。他宁愿不要公司，自己干零活儿赚小钱，也不想再和宋莲有牵连。

　　但宋莲说了，不同意就不离婚。僵持不下，罗城让只好再修改协议，宋莲不得干预公司经营，每年一月份会准时给她支付上一年度分红。

　　宋莲就这么跟丈夫离了婚。

　　正式离婚后，她花了三天时间把罗城让的东西打包好，通知他来取。

　　罗城让找了个时间叫来一辆车拉走了，其间宋女士待在卧室没出来，两个人没打照面。

　　他走后，宋莲给家门换了锁，然后拿着备用钥匙去找女儿。

　　宋莲在罗曼家坐了许久，整个人看上去很迷茫。

　　她走后，周川想跟罗曼说丈母娘看着很让人担心，但他没敢说，他觉得自己没资格多嘴。

　　宋女士到家后发来微信消息报平安，罗曼顺便跟她建议养狗的事。

　　宋女士有点犹豫，但她的确是寂寞。考虑了一下，她决定试试看。

　　罗曼便开始上网了解犬种。

周川过去看了一眼，问："你想养狗吗？"

"给我妈。"

"哦。"

周川欲言又止地走开，反正也不需要他管。他去洗澡，出来后站在阳台上对着窗外抽烟。

他想到单身的时候跟兄弟们喝酒，已婚男士总有许多苦水，都是被妻子约束的苦恼——"单身好啊""自由可贵啊"……

可贵？周川不觉得。

"周川。"罗曼突然叫他。

周川掐灭烟进去："嗯？"

罗曼看向他："你认识了解宠物狗的朋友吗？"

周川随意道："好像有。怎么了？"

"帮忙搞一条狗狗啊。"

"哦。"

"我问问看。"

"有什么特别喜欢的品种吗？"

罗曼想了想，说："亲人一点的，没有攻击性，但是要很有个性，就是那种不轻易服从人类训导的狗，你不让它随地撒尿非要随地撒尿那种，总之就是很能折腾主人却又很招人喜欢那种。"

周川："……"

周川自己也不了解宠物，他去阳台上给一位爱宠物的朋友打电话求助。

朋友那儿正好有合适的，周川就拿着电话进屋跟罗曼一起听。

"按照你的需求，我这儿有合适的比格犬。是我们团队刚救助下来的实验犬，做过健康检查了，没有任何问题，很需要人类的亲近和爱护。因为是实验犬，很多人顾虑多，不愿意领养。你说是给独居长辈的，你看要不要过来看看。狗狗们都很可爱，现在还有五只没找到主人。"

"你放心，等狗狗跟主人建立好感情，少不得要阿姨费心。比格犬还是很能折腾的，运动量也很大。"

周川跟罗曼商量了一下，两个人又上网看了一些养比格犬的分享。

罗曼觉得很合适，她看中了比格犬需要主人花时间遛这一点。

周末，罗曼夫妇开车带着宋女士前往郊区宠物救助中心看狗狗。

工作人员先给他们播放了这批实验犬救助过程的视频。视频里，狗狗们来到救助站后不敢迈出笼子的样子让人心疼，再加上工作人员对实验犬参与实验的过程描述，让宋女士差点落泪。

他们来到后院看狗狗，待领养的五只里有四只愉快地玩在一起，剩余一只在安静地晒太阳。

宋女士走到一旁观察它，眼神对视上。狗狗的目光击中了她的心，她决定领养这只名叫开心的比格犬。

宋女士跟救助中心商量好，接下来的一周她每天都会过来学习科学养狗的方法，同时也可以跟开心建立感情，等一周后开心亲近她了再带回家。

救助中心同意了，他们也要派人去家里看养狗环境。

周川的朋友小赵跟罗曼说："领养了就要负责到底，不可以随意弃养。虽然狗狗给了阿姨就是她的了，但阿姨不能随意送人。如果不想养了，联系我们送回来就好，我们会负责给狗狗找新的主人。"

罗曼考虑过这一点，她保证："如果我妈养不下去，我也会好好养它的。"

小赵再次声明："如果你要养，也需要我们考察资格。请理解一下，这批狗狗本身就是实验犬，让它们建立对人类的信任很难很难，请千万别再放弃它们好吗？"

"您放心。"

回去的路上，罗曼跟妈妈沟通"领养没有后悔药"这件事。

宋女士说："只要它愿意跟我回家，我绝对不会放弃它。"

罗曼有点担心，主要她也没想到会有实验犬。回家后，她给宋女士发了许多比格犬拆家的视频，说："您再考虑一下，不行就换一条温驯听话的狗，开心真的不能再被弃养了。"

宋女士看完视频后的确吓了一跳，不过她对自己很有信心，狗嘛，不听话慢慢教就好了，哪有教不会的。

一周后，罗曼开车带着母亲去接开心回家。救助站送了大礼包，家里也备好了开心需要用的东西。

开心到家后，花了一天时间熟悉环境。第二天一早，宋女士喂了它之后便带它去晨练。回来后她自己吃了早餐，然后把开心放在家里，独自出门去菜市场。

一个半小时之后回来，打开家门，宋女士血压直接冲顶——家里来贼也就这盛况了。

"开心啊开心！"

开心知错了，害怕得躲在柜子底下不敢出来。宋女士蹲下去本想教育它，看到它的眼神又发不出火了。

算了算了，来日方长，哪有一天就教会的，宋女士对未来充满信心。

罗城让离婚后，母亲让他搬回家去，他同意了。本来母亲年纪也大了，他也该在母亲身边伺候着。

奶奶见罗曼好久不来了，担心她不认父亲，特意打电话叫她回去吃饭。

罗曼跟爷爷奶奶感情很深。她的外公外婆去世得早，她对他们印象不深。

周川跟她一起回去，他也得看望自己的爷爷奶奶。

车停在周川爷爷家门口，罗曼下了车说了声"拜拜"，直接往她家的方向走。周川傻眼了，望着她的背影，抬胳膊想叫她一声，没叫出口。

罢了，对罗曼来说，婚姻并不是两个家庭的结合，她不需要他关心她的家人，她自然也不会关心他的了。

周川把手插在裤袋里转身进院子，罗曼突然追上来："不好意思，我给忘了，先去看看你奶奶吧。"

周川挤出一个笑脸，心里摸不准她回来的意思。等一下该怎么办呢？他可以跟她去奶奶家吗？他有资格吗？

罗曼去看望周川奶奶，她父母离婚的事在邻居间已经传开了，周川奶奶还安慰了她。

两个人又去罗曼奶奶家，奶奶拉着罗曼进屋说话，话里话外的意思都是罗城让年纪大了，就她一个女儿，她不能不管爸爸。

姑姑也在一旁附和。

罗曼听了一耳朵唠叨，一直到他们走，也没有一句话提起宋女士。即使是相处了三十来年的儿媳，离了婚也就是外人了。

回去的路上，罗曼一直在思考这个问题。看来人与人之间只有血脉是割不断的，其他关系都可以归类为朋友。朋友嘛，合则聚，不合则散。

周川沉默地开车。他听到了奶奶跟罗曼说的几句话，提到了岳父年轻时犯过错。想来就是指岳父出轨那件事吧？岳母说有这事，罗曼却说没有。

罗曼说没有，是不想让他插手她的家务事。

周川觉得结婚以来跟罗曼一点一点建立起来的亲密土崩瓦解，他们还是婚前那对不太熟悉的朋友而已。要说多了什么，也不过是肉体关系而已。

他开始认清罗曼对婚姻的设想是真的有点冷漠绝情。

开车回家，周川在小区门口放下她，自己回酒店处理工作。

罗曼没意见。

婚后，周川总是刻意把晚上的工作推掉，回家陪老婆。但现在他反悔了。

周川开了一段距离，停下车来反思自己的婚姻。

好的预想是目前的婚姻状况完全符合罗曼的期望值，那么他再投入热情就是白费力气，这样下去自己很容易感到筋疲力尽；不好的揣想是罗曼不是很满意他们的婚姻，所以才不肯努力跟他靠近。

无论哪种，周川都不能再单方面地努力了。

或许还有别的解释，毕竟罗曼这个人周川还没有了解透，但有一点他可以确定，罗曼并没有很爱他。她拒绝他的靠近不就是证明吗？

周川在办公室工作到十一点多，罗曼发微信消息问他什么时候下班。

周川都打好字了，突然迫切地想知道如果他彻夜不归，罗曼会如何想？

"还有很多事要忙，我就不回来了。"他说。

罗曼回复："好，早点休息。"

周川放下手机，走到落地窗前欣赏夜景。

他很伤心，哪怕罗曼问一句他在哪儿睡都好，不是吗？

他知道，从理性的角度来讲，一个酒店老板在酒店加班到半夜自然是睡在酒店了，三十多岁的成年男人还需要家人操心在哪儿过夜的问题吗？他都知道，他也确定罗曼就是这么想的，但这依然挡不住他伤心。

周川没开房间，忙完之后就在办公室的沙发上凑合着睡了。

第二天，周川是被敲钟声吵醒的。酒店不远处是区体育场，那里有一座大石钟，每天早上六点准时报时。

周川坐起来按了按酸痛的脖子，点了支烟抽完，再打电话给前台开了一间房。他得洗漱一下。

周川洗过澡穿着浴袍出来，正想再眯一会儿便回家去，手机屏幕亮起来，老婆发来微信消息："还没醒吧？我把衣服给你放前台了。"

周川立刻回电话过去。

"你走了吗？"

"还没，我刚到门口。"

"我在909，你上来好吗？"

"好。"

罗曼提着换洗衣服和早餐上去，周川在门口等她。

一进门她就被周川抱了起来。

罗曼连忙拍他的手："快放我下来。"

周川抱着她滚去床上亲她，笑容藏也藏不住："怎么这么早给我送衣服？"

罗曼眨了眨眼："我得上班去啊。"

周川高兴死了，她没说"来给你送衣服啊"，就好像给彻夜加班的老公送衣服是很正常的关心一样。

"老婆……"他把脸埋在她胸前。

罗曼被他压得难受，推了推他的脑袋："我还以为你没起呢。"

周川握着她的手亲了亲："没睡好。"

"那你再……" 周川滚到旁边抱紧她，双腿夹住她："陪我补觉吧。"

"我得去打工！"

"别打工了，我的钱你都拿去。"

"起开。"

罗曼推了他一把，就听到"嘎嘣"一声，周川的脖子扭到了，他直呼好疼。

本来他昨晚睡沙发就很难受。

"我看看。"罗曼给他慢慢地按摩舒展，疼痛逐渐缓解。

周川是铁了心不想放她走，他黏糊地贴上去亲她。

"昨晚有没有思念我？"他问。

"没，我一个人睡大床可舒服了。"

周川立刻得意地说道："我只是问你有没有想我，你却故意说一个人睡大床，噢——我知道了，看来是不习惯没有我在身边。"

脸皮可真厚，罗曼白了周川一眼，正要反驳，他吻住她不让她说。

热吻到气喘吁吁，两个人倒在床上休息。周川问她在酒店是个什么感觉不一样，罗曼装傻说："是不一样，虽然是免费的，却又是老公的，感觉也没有占到便宜呢。"

周川抱着她笑个不停，他喜欢听她说"老公"这个词。

罗曼收到老板回复询问请假理由，她一时想不出其他正当理由，便说是父母闹离婚。老板表示理解，给了她一天假。

来不及感叹父母离婚居然能给儿女请假带来绿色通道这一福利，周川已经把她按倒享受丈夫的福利了。

夫妻俩在酒店美美地睡了一觉才走。

周末，罗曼去看望宋女士。这几天她也给宋女士打过电话，但宋女士十分忙碌，无暇理会她。

给开心制定的家规推进得十分困难，到目前为止，基本上一条都没达成。

宋女士几乎每天都在后悔养比格，但每到夜晚，开心趴在她身边让她摸的时候，她就又忘了养比格的糟心。

如今她人闲钱多，开始沉迷于网购，一天到晚给开心买东西。

都说狗这种动物最是忠诚的，宋女士觉得养狗很不错。

罗曼到家时正撞见宋女士给开心上课。等她训完话，她对女儿说："可把我累死了，这几天我都没去锻炼，遛它就够步数了。你帮我找个小时工，让他隔三天来家里打扫一次，平时我自己收拾就行了。"

罗曼立刻上网给宋女士约，又给宋女士下载注册了家政 App："你要觉得哪个阿姨跟你合得来，私下跟她商量长期合作也。我同事就这样，价格会比线上预约便宜点，钱直接给到保洁员，他们也愿意。"

"要合得来做什么？手脚麻利、干活勤快就行了。"

罗曼跟狗玩了一会儿，宋女士突然问她最近有没有去奶奶家，她诚实回答。

罗曼回答完，宋女士的脸色就变了。她说："要过年了，你奶奶和你爸肯定要叫你去吧。"

这话该怎么回答？宋女士跟罗城让再怎么闹，罗曼也不会迁怒于无辜的奶奶。过年她肯定要去给奶奶拜年的，如今罗城让跟奶奶住，自然就会见面。

"你来我家过年吧？"罗曼提议道。

这话说完，她想起了开心，又改口："还是算了，出去吃，或者我们回来。"

"嗬！施舍我呢？用不着，你爱回来不回来，赶紧走。"

罗曼这回能理解母亲的心情了，又坐了几分钟才回家。

罗曼彻底品尝到了用父母婚变当借口拒绝别人邀约的便利，于是周川在家的时候就常常能听到罗曼用这个理由搪塞别人。

"来不了，我爸妈离婚了，我心情不好。"

"去不成了，我爸妈离婚了。"

"团建我可能参加不了了，我爸妈刚离婚。"

…………

她每次拒绝人都感情真挚，放下手机却一点也不伤心。

周川忍不住问她："你爸妈离婚，你真的就一点都不难受吗？"

罗曼认真回答："不难受。"

"总难受过吧？"

"难受过。"

"什么时候？"

"十年前。"

见她一副"往事不要再提"的样子，周川问不下去了。他十分希望罗曼能告诉他自己内心的创伤，这样他才能为她疗伤。

但罗曼不给他机会，她很坚强。

坚强不是与生俱来的，无依无靠只能坚强，周川多希望罗曼能依靠他，向他示弱。

可罗曼把自己武装得太好了，水火不侵，她把伤痕化为笑谈，讲述的时候还配上了难分真假的笑。

周川喜欢她笑，可现在，她的笑一点点稀释了他的存在价值。

"要不要打游戏？"罗曼问。

"哦？工作狂不加班了？"

"休整一下再出发。"

"玩吧。"

周川之前带罗曼练习的操作她已经忘得差不多了，来不及从头教学，他直接拉着她开局。

罗曼要选一个角色，她让周川介绍一下。

周川想都没想就让罗曼选女武神，她比较满意，说："听上去很厉害，女武神就专门负责打架是吗？"

"武力值比较强是真的，不吃素，所以你不要捡浆果，不要吃胡萝卜。"

"那我干吗？"

"打蜘蛛，打猪，捡石头、金子做头盔保护我。"

"行。"

"把你的头盔给我吧。"

"咦？我只有一个，给你了我咋办？"

"你是武神。"

"那行吧。"

两个人分工做任务，很快，第一天安稳度过。

罗曼问他："大 BOSS 是谁？怎么杀？"

周川看了她一眼，说："《饥荒》最大最无敌的 BOSS……"

"嗯？"

"是孤独。"

罗曼："……"

十二月，周川的一位租客闯了祸。

这位租客本来就欠租三个月，周川正考虑要不要把房子收回来算了。结果对方偷偷在家里给电动车充电，引发了爆炸。

事发是在半夜，周川和罗曼从被窝里爬起来去现场处理。

万幸的是消防队来得及时，没造成人员伤亡，动静闹得大，周围邻居都下来围观了。

周川被团团围住，当事人求情，邻居们声讨，消防和街道工作人员教训，他头都大了。

一些年纪大一点的阿姨得知罗曼是周川的老婆，拉着她的手跟她说一定要把这个人赶走，她们都很后怕。

罗曼安抚好大家的情绪，人群逐渐散去。

"罗曼姐。"

有人叫她。

罗曼看过去，是睡衣套外套穿着拖鞋的小贝，她就租住在对面楼。

罗曼问起小贝的官司，她无奈道："没办法了，没有借条。"

小贝没告诉罗曼，闺密帮她找了微博大V爆料，有网友认出了前男友，小贝由此得以找到他父母家去。

他父母倒是愿意还钱，但前提条件是要儿子亲口跟他们说欠了钱，并且要见到借条。

"就当我给生活交学费了吧。"小贝说。

罗曼笑着拍了拍她的肩算是鼓励。

周川通知租客尽快搬走，拖欠的租金他也不要了，只求租客赶紧走。

可这件事折腾了半个月也没解决。

也怪周川脸皮薄，对方一诉苦，他就心软，觉得人家说的"白天要打工，不敢请假，没时间找房子"理由很充分。

其他租客一天到晚轮番找周川，他们可不敢跟一个无视邻居生命安全的人住一栋楼。

周川只得硬着心肠去赶人。

结果无功而返。

"怎么回事？"罗曼问。

"他老婆年前要带着孩子来看病，就在那边的儿童医院挂的号，他说附近没人租房给他，孩子来了没地方住。"

罗曼深深地叹气："禁止在楼道和室内停放电动车或者给电动车充电是消防安全规定，小区里到处都张贴着公告，也挨家挨户宣传通知了。

他知悉危害还偷偷在家充电，就该承担后果。他现在想到孩子了？当初怎么没想到要是引起重大火灾，他女儿就没爸了，他家给孩子治病的钱全拿来赔偿邻居的损失可能都是杯水车薪。你要可怜他就把房租赔偿免了，再不行你捐点儿钱。要不然你就让他住着，以后其他邻居天天给你打电话你也别嫌烦。"

周川也叹气，道理谁不懂，但是一个中年男人眼含热泪求情的场面也不是人人都能承受的。

这件事被家里人知道了，周川的爷爷奶奶也十分同情租客。

最后周川还是没收房，只是自费给每一户都买了灭火器，又跟那位租客约定以后会隔三岔五去他家敲门检查安全隐患。

周六的早上，周川去出租楼，社区要求他在楼里安装消防设备，他得去监工，顺便听工作人员上课。另外，他还约了人来粉刷墙面，那套房烧得黑乎乎的，没法住人。

马上就到元旦了，罗曼想去买些花。她约了林珊一起。

她开车接上林珊去逛花市。

在老板的推荐下，罗曼买了铁线莲，这个季节种下，年后就开花了。

除了给家里买，罗曼又拿了几盆好养活的绿植，准备放到周川的办公室去，多看看绿色植物可以净化某些人的心灵。

林珊最近心情不好，想吃点儿甜的，罗曼便提议去酒店吃饭。

"到底是老板娘了哈，晓得照顾自家生意了。"林珊打趣。

罗曼笑笑作罢。

来到酒店，罗曼把植物放去周川办公室。她拍照给他看，他高兴得跟什么似的。

罗曼和林珊去餐厅吃饭，正好是饭点，还稍微等了一会儿。

走进餐厅，林珊突然拉住罗曼。

"你瞧。"她抬下巴示意某一桌客人。

罗曼看过去，可不正是杨柳和许嘉睿。他们在陪杨柳的父母吃饭。

"走走走，不吃了。"

反正林珊也不怎么饿，两个人去草坪上坐着聊天喝热茶。

林珊最近在尝试网上交友，因为她生活中实在没什么机会认识新朋友。这回聊的对象倒没有隐瞒已婚身份，不过也各有各的奇葩之处。

"我真的大开眼界，多见了几个我才了解了男人的骗术。真的，自称一米七五的男人穿内增高鞋跟一米六的我一样高；自称健身达人的男人肚子比怀胎五个月的孕妇都夸张；朋友圈照片背景都是薰衣草庄园、雪茄、游艇的男人买奶茶的时候跟我说他手机突然没电了；自称爱好收藏豪车的男人出行坐公交车，真的，连公交路线图都背下来了，还是不用查的程度。还有一个自称是大厂出来的高管，我问他花名是什么？他反问我，什么花名？又不是梁山好汉。"

罗曼笑得差点喷茶，捂着肚子说："好歹这个还看四大名著呢。"

"可能看过电视剧吧。"

罗曼受不了了："你都是从哪儿找来的这些人？"

"从哪儿找来的？铺天盖地的营销广告，什么我今年二十五岁，年收入五十万，长得跟电影明星似的，问你愿不愿意以结婚为目的谈恋爱。"

"哈哈哈！就没一个靠谱的吗？"

"倒是有一个见面的时候看着还行，回到家就约我一起睡觉。我说没兴趣，他说我这样光聊天没人搭理我的。"

"无语。你还是赶紧卸载了好。"

"卸了。哎，我怎么就遇不到一个聊得来的对象闪婚呢？"

"网上还是不靠谱的。"

"是啊。"

林珊看着好友，心里有苦难言。

前段时间罗曼问她要苏行的联系方式，她又跟苏律师聊了两回。她也不知道自己是怎么了，总是忘不掉他。

苏律师的冷淡她感受得到，因此也不敢多打扰。

有一天半夜，林珊看到苏律师发了条朋友圈，好像是有女朋友了。她在失落的同时感到孤独万分，再想到好友的好姻缘，她多少有点羡慕。

苏行这样的男人，喜欢的女人也必定十分优秀。林珊难受了一宿，天亮时把他的朋友圈屏蔽了，从此只当他是需要法律咨询时才会联系的人脉。

为什么她总是对不该心动的人产生好感呢？难道真的是自己自视过高了？

经过一段时间网上的交友之后，林珊再次被打击到。尽管她跟罗曼吐槽时说的都是一些奇葩男，但她也遇到过条件好的。只是她遇到的优质男网友都很现实，网聊时热情似火，见面后对她就没有兴趣了。

简而言之，女人找对象看颜值，帅哥也看。那些不看颜值的，自己本身就不怎么样。

"曼曼，你准备要孩子吗？"

"呃……暂时没这个想法。"

"我想要个孩子。"

"为什么？"

林珊想了想，说："我是画儿童绘本的，生个孩子有利于创作。"

罗曼笑了："你再想想有了孩子还有时间画画不？"

"也是，要不我养只宠物？"

"可以，喜不喜欢比格犬？我这儿有渠道。"

"我考虑一下。"

"比格可乖了，宋女士都爱它。"

"真的吗？"

"嗯。"

中途罗曼去洗手间。酒店的卫生间和化妆间是分开的，她在靠近门口的座位上补口红，门外走廊上好像有人在吵架，声音越来越大。

"你给谁摆脸子呢？我爸妈好不容易过来，你就这么招待他们？我早就跟你说了不住这里，你不是答应了吗？"

"这个套房你也不消费，放着不浪费吗？我在这儿入住有优惠，难道你不知道吗？我家亲戚来都住这儿，怎么你家亲戚就不行？说得好像我让你爸妈住桥洞似的。"

"你装什么傻？你不知道我为什么讨厌这里吗？"

"不知道，人家结婚，你拽着我来的时候也没觉得你讨厌这儿啊。"

"你什么意思？替你旧情人报仇呢？有点自作多情了吧，许嘉睿。人家嫁了大老板，看不上你的。哦，不对，人家一开始就没看上你。"

"所以这不跟你结婚了吗？"

"你！"

罗曼来来回回补个全妆，等到外面没声音了才出去。

很不幸，杨柳还没走。她哭得双眼通红，看到罗曼的那一刻更是怒火中烧："听够了？满足了？"

罗曼看着她的眼睛反问："杨柳，你是否觉得人类社会就是一部大电影，而你和你老公是唯一的主角？"

罗曼从她身边走过，没有回头，也没停留。走到门口的时候遇到了许嘉睿，他站在吸烟区吸烟，看到她时，他好像想打招呼。

罗曼视而不见，快速逃开。

许嘉睿要是好好爱杨柳，罗曼还能高看他一眼。她不会原谅他的背叛，但她能理解他的选择，或许他们之间是那种不顾世俗阻碍也要结合的真爱呢？这也是一种合理解释吧。

结果这么不堪，这不显得罗曼的感情也很廉价吗？

好生气。

更生气的是，晚些时候，许嘉睿居然加了罗曼的微信。

他也没说什么事，一连发了两次申请。罗曼先截了个图，再把他拉黑。她编辑短信想发给杨柳，考虑了一下还是没发，连图片也删了。

"干吗呢？"周川洗完澡出来，见她对着手机发呆。

罗曼看看他，说："许嘉睿刚刚加我微信。"

周川一屁股坐在她身边："好小子，当我是死人吗？"

罗曼笑了笑，靠在他怀里搂住他的脖子，温情脉脉地说："幸亏有你。"

"什么意思？"

"拉高了我感情经历的整体评分。"

周川细细琢磨这句话，她前一段感情被背叛了，许嘉睿应该是负分吧？这么说来，自己至少两百分了吧。

"不客气。"周川亲吻她的额头，"他加你干吗？"

"不知道，我拉黑了。"

"哎呀，你这动作也太快了，我都没空间发挥吃醋了。"

罗曼圈住他的腰："别吃坏了的醋，对身体不好。"

"哈哈哈！"周川大笑，难得罗曼也有讲冷笑话的时候。

元旦那天，罗曼中午在婆家吃饭，晚上陪宋女士吃饭，这个节日过得还不错。

很快就临近春节了。罗曼和周川商量好除夕夜陪宋女士过，周川家里长辈都能理解。

罗曼自己没怎么准备，除了买点春联应应景，其他也就没什么了。

宋女士却在除夕前一周开始唠叨罗曼。

给公婆准备了什么礼物？有没有去婆婆家、奶奶家包包子、大扫除？婆家那边多少小孩？怎么发红包？自己家里有没有备年货？总之宋女士每天都有一堆追问。

罗曼懒得理她

周川跟她说："这刚刚离婚，过去这些年一到过年肯定就是这么忙里忙外过来的，今年一下子闲下来，不适应。"

"不被奴役还不适应了，享清福学不会吗？"

"倒也不只是劳动，谁喜欢劳累呢？也有一层年味在里面，传统嘛，咱们中国人过年不就是喜欢热热闹闹的吗？长辈们每次过完年都抱怨累死累活，来年依旧照样来一套，这就是生活啊。"

"我不喜欢这种生活。"

周川问："你喜欢什么样的生活？"

罗曼靠在他身上畅想："就我和你，弄一些下酒菜、瓜果和蛋糕，一边喝酒一边看春晚，然后因为春晚很无趣，所以我只好听你讲冷笑话。"

"哈哈，听上去很不错。

"我得紧急恶补一下冷笑话。"

"嗯嗯。"

　　除夕这天，周川一早起来去了一趟酒店。他在餐厅订了年夜饭食材，主要是一些生鲜类食材，酒店的厨房师傅已经处理好了，他只要拿回家下锅烹调就行。

　　回到家，罗曼还在睡。

　　他去叫她，她哭丧着脸靠在他身上说："我以为长大了就不会在过年的时候被叫醒了。"

　　周川笑着把她凌乱的头发整理好："十点多了，起来吧。"

　　"嗯。"罗曼去洗漱化妆。

　　周川拿了两件衬衫来找她："我穿哪个？"

　　"粉色的吧，过年嘛。"

　　"好。"

　　周川换好衣服，问妻子："吃个面包当早餐吧，回去就该吃饭了。"

　　"不想吃。"

　　"多少吃点儿。"

　　罗曼拿着小面包回卧室，床上放着一个巨大的礼盒。

　　"新年快乐，老婆。"周川从身后抱住她，亲吻她的脸颊。

　　"什么东西呀？"

　　"拆开看看。"

　　打开来是罗曼喜欢的一件羊毛大衣。

　　"谢谢。"罗曼亲了他一下，心里有点不好意思。她都没准备礼物。

　　周川丝毫不介意，抱着罗曼说："第一个除夕。"

　　罗曼看着他笑起来。

两个人抱了一会儿，罗曼起来换衣服整理发型。

周川站在她身后，变魔术似的掏出项链、耳环和戒指给她戴上，说："新年新气象。"

罗曼转身面对他："对不起啊，我都没……"

周川弯下腰亲吻她："真好看。"

两个人收拾好，提着东西回娘家去。

电梯里，罗曼看着自己的装扮笑了。她挽着周川的胳膊说："我这穿金戴银的，好像从大城市回来的Marry（玛丽）哦。"

"Marry是谁？"周川问。

"就是最近朋友圈很火的一篇公众号。过年了，一线城市的白领Emily（艾米丽）、Helen（海伦）和Jessica（杰西卡）回到老家都变成了翠花、小芳和红霞。"

"哈哈哈——红霞这个名字也太典型了吧。"

罗曼家过除夕都是中午简单吃，年夜饭好好搞，这次不用跟一大家子人凑一起，午饭就更省事了。宋女士一早炖了一锅排骨，中午再炒两个素菜就行。

到家后，宋女士先把孩子们拿来的东西归置好。她给开心穿了件红色衣服，衬得开心很是可爱。

周川在厨房帮忙，宋女士指挥他把吃的东西放高一点。她又嫌弃又高兴地抱怨："这个开心啊，鼻子太灵了，把肉放到天花板上它都能叼下来，前天我把火腿藏在柜子最最里头，还是被它翻了出来。"

周川说："比格好像是嗅觉很灵敏的犬种。"

吃过午饭没多久，宋女士就开始忙着张罗年夜饭。罗曼喂了开心，跟周川牵着它下去玩了一会儿。

回来后二人坐着玩手机，周川和罗曼的微信都不热闹。过年的热闹氛围主要还是集中在家庭群，群里大家不间断地发着五块、十块的红包玩，都在等晚些时候再大出血。

往年家里过年很热闹，白天会有很多罗城让的朋友、客户、亲戚、家人来拜年。这一年没人了，只有三点的时候邻居来串了个门。

本来宋女士情绪很好，邻居来了之后自以为是地夸女儿、女婿贴心，又安慰宋女士，宋女士内心深处努力忽视的难受和悲伤重新被勾了出来。

这导致宋女士决定在大年三十规训开心的行为。

开心大概是习惯了，跟主人有来有回地吵。

宋女士更生气："不理你了，一点都不听话！"

她坐去旁边生闷气，开心在她腿边打着转。

周川问宋女士："妈，您集五福了吗？"

宋女士哪有心情搞这些，语气生硬地说道："我没福气。"

气氛尴尬，周川觍着脸主动申请帮她弄。

宋女士渐渐感兴趣，问："你们都合成了？"

罗曼说："嗯。"

"你们怎么那么快？我看群里都收集不齐。"

"周川有两张万能福。"

"啥万能福？"

罗曼给宋女士解释了这次的新规则。周川是钻石会员，他扫了两次就有"万能福"，第一天就合成了，第二天随便一扫又给罗曼扫出来一张"敬业福"。

宋女士听得有趣，说："周川手气好，今年肯定财运顺。"

"那就太好了。"

罗曼靠着他看他弄："有本事你三次弄一张'敬业'出来。"

"我要弄出来怎么办？"

"你说。"

周川暂时没想法，说："那你得满足我一个心愿，期限一年。"

"好啊，如果扫不出来呢？"

"我满足你。"

"行。"

周川拿着手机扫家里的"福"字，三次都没扫出来。

罗曼乐得不行："你输了。"

"我有预感这次肯定是。"他拿着手机对着一个还没扫过的"福"字。

结果也不是。

宋女士问："这能分多少钱？"

罗曼说："几块钱吧，我就前年的时候分到了两百多，去年两块，你多少？"

周川十分得意："不多不多，都是几百块，小钱。"

"切。"

年夜饭上桌前，周川接到许多电话，朋友们在约局，家里也在问他们。他跟罗曼商量要不要晚上去奶奶那儿看一看拜个年。

罗曼同意了，她的奶奶也一直在叫他们去。

周川拉过来一箱红酒，六点的时候，一家三口在客厅吃饭看电视，才一个小时就吃不动了。

周川要收拾桌子，被宋女士拦住："先别收拾了，晚上饿了继续吃，过年嘛。"

两个人想出门，但谁都张不开嘴，这一耽误就到了八点。开心老是往桌上蹦，扒拉盘子，没办法，宋女士叫着周川和罗曼一起把桌子收拾了。

罗曼在厨房跟宋女士说："我和周川去他奶奶家一趟，一个小时就回来。"

宋女士说："明天去那儿过年吧，天都黑了，别乱跑了。"

罗曼跟周川交换眼神，周川说第二天去。

晚会是没什么好看的，三个人里分五福红包还是周川的金额最大。

宋女士给他们准备了红包，提了一句生孩子的事，罗曼只当没听见。

十一点的时候，宋女士便催他们回家，她要睡了。

宋女士把罗曼叫到卧室，给了她两万元现金："明天过去给你奶奶。"

她没再多说什么，罗曼也没多问。

夫妇俩开车回家。还没到家，宋女士就发来微信，说罗曼的姑姑把她从家族群里踢出去了。

她连发了几条消息大发脾气，主要是生气这样的日子干这种事。

罗曼不知该怎么安慰她。这不就是儿媳妇跟婆家的关系吗？没有那张结婚证，人家还会把你当亲人吗？不变仇人已经算得体了。这有什么好计较的呢？继续留在那个群里也很尴尬，宋女士离婚后也没有再发言啊。

宋女士骂到最后哭了起来，罗曼看着万家灯火，有点心疼她。

罗曼退了父亲那边的群，算是给宋女士一点支持。当然，周川也被她退了群。

这一举动引起了家族群的注意，姑姑连发几条消息解释。

罗曼回了个拜年红包，说自己没别的意思，大家各自干让自己心里舒服的事就行，不用再纠结这点小事。

姑姑问她第二天回不回去，得到肯定的答复才安心。

罗曼到家洗了澡就上床睡觉去了。

周川见她情绪低落，抱着她说："你不是要听我讲笑话吗？我准备了好多。"

"说来听听，不好笑就揍你。"

"听好了啊。"

周川清了清嗓子开始讲："你知道为什么睡前要吃夜宵吗？"

"为什么？"

"因为这样才不会做'饿'梦！"

罗曼笑不出来："好冷。"

周川把她的手塞进他的睡衣里，继续讲："请问到海底捞两个人大概多少钱？"

"别说了。"

"不知道多少钱，我二大爷的三舅去年下去捞东西，到现在还没上来。"

"你给你二大爷道歉。"

"哥哥嫂子离婚了，嫂子要和弟弟结婚，应该注意些什么？"

"什么？"

"注意他们家的脊梁骨……"

罗曼受不了了："哎呀，不好笑！我突然理解春晚小品的笑点了，我要去看春晚。"

周川抱紧她不让她起："认真讲个好玩的，你知道大头和他老婆怎么认识的吗？"

"怎么？"

"在医院输液的时候，他老婆坐他旁边，大头一见倾心。可惜人家很快输完液要走了，大头就去搭讪，你猜他说什么了？"

"不知道。"

"他说，美女别走啊，再输一组呗，我请客。"

"哈哈哈！神经病吧！"

罗曼笑得很好看，周川心动了，他亲吻她的眉眼，问："你有什么心愿？"

"暂时没有。"

周川一路吻到她的肩头："快点儿想，明年肯定是我赢。"

睡衣都被他扒光了，罗曼推他。

周川贴着她耍赖："你不是冷吗？"

"冷还脱我衣服？"

"这样就不冷了。"

初一一早，周川先带着罗曼去酒店给员工派红包，完了又去出租楼贴春联。

留在本地过年的租客不多，周川还带了一些年货给大家分了。他的这些租客人都很好，平时跟周川的爷爷奶奶交流都很和善。

两个人在院子里遇到了小贝，小贝一个人留在这里过年。

周川见她手里提着一小袋菜，隐约还看到泡面，看着怪可怜，就随手抽了个红包祝她新年快乐。

小贝推辞了半天才收下，很是感谢他们。

中午周川和罗曼赶回家吃饭。

一条胡同里住着二人各自的奶奶，他们都上门拜年顾到了。

长辈们商量着去周边短途旅行，周川和罗曼不参与。

下午他们就去找朋友聚会了。过年的朋友局都是轮流做东，一旦开始了就停不下来。周川和罗曼都没在家做过饭，要么回家吃一顿，要么跟朋友们聚会。

周川的工作就没有复工的概念，罗曼的公司初十上班，但大多数人都请假请到了十五。

初八这天，夫妻俩回娘家吃饭。

周川见宋女士心情不好，悄悄问罗曼："咱们要不要带妈去周边玩两天散散心？"

罗曼认真思考跟宋女士一起旅行这件事的可行性。

有限的记忆里，但凡家庭旅行总是充满争吵和不愉快。

首先是出发前夜必发生矛盾。比如上初中的时候，罗曼有一个上学不让背的单肩包，她想把自己的部分行李装在这个包里随身带着。宋女士不允许，要求全家人的行李统一装在一个大箱子里，还不许她背那个包。

宋女士认为旅行就要解放双手背书包，又能装又不占手。

有了这样不愉快的开始，旅程自然不会顺利。宋女士的旅行风格像士兵出任务，几点去哪里做什么，分秒不能差，没有机动这个选项，就好像不按时到某个地方，当地政府会把她抓起来一样。吃什么、玩什么都由她决定，罗曼想换家餐厅？想都别想。

次次旅行都是从头吵到尾，罗曼能回忆起来的全是宋女士天天骂她哭丧着脸。

想到这些，罗曼不禁打了个冷战："别别别，我还想多活两年。"

"有这么夸张吗？"

罗曼看着他："宋女士报旅行团，团长集体辞职。"

周川大笑："什么呀。"

正月十四，罗曼要去婆婆家吃饭。她给宋女士发微信消息说明天中午去接她找个餐厅过节，宋女士一直没回复。

晚上十点多，罗曼和周川见完朋友顺道去家里看宋女士。去之前罗曼给宋女士发了微信消息，可她还是没回复，这让罗曼心里有点犯嘀咕。

他们按了半天门铃，又打电话，就是没人开门。要是睡了还好说，但罗曼在门外都能听到开心的叫声，还有电视机的声音。

难道人出事了？晕倒了？

罗曼很着急，"咚咚咚"地砸门："你要是在，赶紧开门，不然我报警了。"

邻居出来看，说晚饭后还见宋女士在楼下遛狗，精神好着呢，不像是生病了。

罗曼从猫眼往里看，什么都看不到，一点亮光也没有。她家的防盗门是好多年前的了，猫眼从外面能隐约看到一点客厅画面的。

罗曼真的急了，周川找开锁公司来开门，电话刚打出去，宋女士就把门打开了。

罗曼拉开门冲进去，一眼看到宋女士十分幼稚地用一团卫生纸把猫眼遮住了。

"干吗半天不开门？"罗曼问。

宋女士看也不看他们，抱着狗在沙发上坐着，半晌才说："回吧，明天也不用管我。"

"哦。"罗曼拉着周川离开。

罗曼不知道宋女士犯什么病，也不好奇。她早已明白，在自身没做错事的前提下，对方一切生气的目的都是想控制她的言行。

她不问，宋女士不说，母女间第一万次冷战打响，周川什么话也不敢说。

十五过完，罗曼恢复工作。

几天后，敌方派来信使指出罗曼的错误，是宋女士的朋友张阿姨。

张阿姨先说："曼曼，你现在也结婚了，要理解你妈妈的心啊。你爸妈刚离婚，头一个新年，你要多陪陪她。"

罗曼说："狗买了，人去了，没有不陪。"

张阿姨又说："女人就是爱胡思乱想，你和你爸那边和和美美的，你妈心里能好受吗？女儿最贴心了，好好哄哄你妈，她这么多年也不容易。"

罗曼回复："没听懂。"

张阿姨发来语音："你妈现在一个人过不容易，你可不能向着你爸那边。"

罗曼回复："不明白。"

张阿姨说："你爸那边的人说你妈坏话，你要维护你妈，要跟你妈妈一条心啊。你妈妈只有你了，当妈的一辈子就为了儿女啊。"

罗曼问："什么意思？"

张阿姨急了，连着几条语音，总算说明白了。原来宋女士的需求是希望罗曼每次从父亲那边回来后能告诉她那家人都说了些什么，有没有骂她。

罗曼想笑。

罗城让离婚后脸色都红润了。虽然他损失了半生积蓄，但挣钱的手艺和公司都在，他不愁吃喝，更不会想起前妻。

罗曼是不可能充当离婚了的父母之间的间谍刺探情报的。

她不道歉也不回家。

周川总担心罗曼难过，所以常常试图跟她深入沟通。可惜她没这个意思，每次问都不愿意多聊。

罗曼总说，她父母的恩怨跟她无关，跟周川更无关，不用挂心。

这天晚上回到家，罗曼在加班，周川换了衣服去书房找她。他神神秘秘地拿出来一样点心，外观看着跟雪团子似的，十分诱人。

"什么东西？"

"叫什么雪衣豆沙，北方的一种传统甜品，油炸的，要吃吗？"

"嗯。"

罗曼一直在敲键盘，手很脏。周川洗过手喂她吃。

"好神奇，油炸的居然一点都不发黄，怎么这么白呢？"罗曼感慨。

周川笑着说："我一猜你肯定喜欢吃，不过这个是猪油炸的，别吃多了。"

"嗯。"

罗曼心里感动。她看着周川，突然伸出胳膊要他抱。

周川乐开怀，抱住她，问："怎么了？"

"甲方拖欠工资……"罗曼诉苦。

"哪个？"

罗曼开始跟他讲，就是吉米公司的那个项目，都是同事，也不好催。

周川安慰她："没有难处谁想拖欠工资，耐心等等。"

"嗯。"

他趁机劝她："以后不要接那么多工作，你太拼了，咱不缺钱花，身体重要。"

"嗯。"罗曼最近也累了。她的设计课程没卖出去多少，反倒是在其他短视频平台发的还赚了一点钱。

没赚到钱就想花钱，罗曼睡前看到一个划算的零点限量秒杀活动，她叫周川帮她一起买。

接近零点的时候，两个人准备就绪。

"叮"的一声，有微信消息，周川的。

罗曼看过去，叮嘱："先别回。"

这一眼她瞄到了屏幕上方露出来的半段消息内容："自从结了婚你就不找我了，她就那么好吗……"

周川吓死了，连忙解释："健身教练！他一直这么给会员发微信，已经被打好几次了，不信你看。"

周川点开微信翻出聊天记录，二人之间全是预约时间的沟通，间或有几条催促他去健身的，都是刚才那种口吻。

健身教练的朋友圈也有很多类似的文字，一般都是看到会员胡吃海塞后有感而发。

罗曼故意吓唬周川，失落地说："唉，现在出轨都这么有创意了，不光改备注，改头像，还要经营朋友圈人设。"

周川一方面高兴她这点真假难辨的醋意，一方面也怕她真的误会。他抱住老婆再次解释："我不是那种人。"

"嗯。"

"我没那智商。"

"哈哈哈！哎呀！十二点过了！"

"买，原价买，我给你买。"

因为健身教练的提醒，周川想起了自己的私教课。他对罗曼说："老婆，咱们搬去我那儿住吧。"

"想离你情人近一点吗？"

周川笑得打滚，抱着她亲了几口，说："想健身。"

罗曼考虑了一下，说："要不……"

周川抢话："健身完跑步回来是吧？"

"哈哈哈——不是啊。你也不是每天练，健身的时候你就回去住呗。"

"分居吗？我不。我们得一起行动。"

罗曼是一万个不想搬家，太麻烦了。她说："我们都搬走了，孩子们怎么办？"

周川疑惑地问："嗯？什么孩子？哪来的孩子们？"

罗曼指了指卧室里摆放的植物，说："科学研究表明，植物也有情绪，被遗弃了也会伤心。"

"一车拉走，我那儿朝南，很适合养花养草。"

"哎呀，搬家好麻烦……"

"我来弄，你人过去就行。你要喜欢，我把那边的房子也搞成植物园。"

罗曼不说话了，用沉默抵抗。

周川说："大家都是夫妻，我陪你住了大半年了，你陪我住半年不行吗？"

"好。"

周川高兴了，哼着歌哄老婆睡觉。

搬家一点都不麻烦，就是罗曼的烘焙材料和衣服多了一点。植物拉过去也不用换水土，一切都不受影响。

除了罗曼上班远了点，必须开车。

周川就收拾了几件衣服而已。

周川的房子很大，有西厨，罗曼做蛋糕更方便了。她买了转盘，开始尝试做大蛋糕。

朋友们常来聚会，罗曼做的蛋糕都能派上用场，她自己也高兴。

罗曼和周川的婚姻生活进入了稳定幸福的新阶段。

除了工作以外，两个人一起种花种草招待朋友，不社交的时候就在家玩游戏。罗曼还跟着周川一起健身。

到了周末，他们就和朋友一起开车去郊游，听雨，看星星，爬山，下海。

罗曼跟宋女士还是没和好，但她也不担心母亲，因为周川会去看母亲。

春天结束的时候，林珊在罗曼家聚会时认识了一位周川的朋友。对方比她大两岁，事业有成，长相端正，是个谈吐斯文且十分有素质的人。

两个人本来相处得很好，对方也很欣赏林珊，私下跟周川说想跟她好好发展。

罗曼也问过林珊，林珊也给了对方很高的评价。

直到有一天，林珊跟罗曼说跟那位先生不可能。

罗曼以为对方冒犯她了，一问原因，林珊说是她不想继续见面了。

林珊是在多次见网友碰壁之后遇到的这位先生，怎么说呢，这位先生对她的倾心在最开始给了林珊满足感，她甚至有一种被救赎了的感动。

——啊，原来我也不是没人要啊。

大概是这样一种心态。

但这是不对的，一段时间相处下来，林珊对他没有心动，甚至都没有在网上看到一个素不相识的帅哥照片时的那种冲动。

她这才意识到自己的问题，难怪好友一直劝她不要总找年纪大的男性，因为中年男人更狡猾、更有耐心、更会玩弄人心，他们会让脆弱寂寞的人产生"这个人了解我的灵魂"这样的错觉。她本质上还是对自己没信心，所以向他人寻求肯定。

林珊决定跟自己和解。如果这是一个颜值至上的时代，那么她这样普通的长相注定不能杀出重围。或许会有人觉得她也很美进而了解她的内在，但这种概率并不大，她不能把幸福押在这样的赌局上。

什么是幸福呢？很难定义，但愉悦和开心甚至满足很好定义，得到自己想要的就会开心。

林珊现在就是想要一些颜值不错的优质男性陪伴，长期得不到，那她就要短期的快乐。短期不是目标，是对待感情的心态，真的没必要太把爱情当一回事了。

很快，林珊就跟一个还没毕业的大学生在一起了。

罗曼问她看上对方什么？林珊说弟弟让她觉得快乐是一件简单的事，她又补充说知道快乐来自自己心态的转变而不是依赖他人，罗曼这才放心了。

林珊问："对了，帮我问问你老公，长期住在你们酒店有没有什么老板娘闺密折扣？"

罗曼："你要住酒店吗？为什么？"

林珊："约会啊，我目前不想让弟弟来我家。"

罗曼开玩笑："哦，你倒是会省钱，从我们家省钱是吧？好姐妹！"

林珊笑到飙泪："开玩笑啦。"

晚些时候，罗曼留林珊吃饭，林珊要走，因为弟弟来找她了。

去见面的路上，林珊心情很好。她从前照着找男友甚至老公的目标约会，遇到不少以貌取人的帅哥，这中间还不乏看中年长姐姐钱财奉献虚伪殷勤。林珊那时很不喜欢这种感觉，如今想通了，人与人之间的关系总得图点什么不是吗？有条件限制的快乐也是快乐。

月底，周川的妈妈要住院做一个小手术，罗曼跟周川一起去看望。送饭是指望不上他们了，吃了他们做的饭，这医院就出不去了，那就陪床吧。

罗曼主动提出陪夜，她们都是女人方便一些。周川的父亲心脏不太好，不能熬夜。

周川很是感动。原本他以为自己妈妈生病，罗曼只会说一句"祝早日康复"呢。

第二天上午手术，前一天就不能吃东西了。罗曼下班后吃过饭去医院陪婆婆，还下载了电视剧给婆婆看，周川忙完也会过来。

婆婆看着罗曼安安静静坐在一旁陪自己，脸上一点不耐烦的表情都没有，她很是感动。原本她以为罗曼性格冷漠，是不会愿意照顾她的。

"罗曼。"

"嗯？"

"辛苦你了。"

罗曼有点不好意思："不辛苦。"

周川打来电话说临时有事走不开，罗曼让他忙自己的，第二天上午记得过来就行。婆婆做完手术要换床，她可抱不动。

九点多，病房的病人都睡了，罗曼睡不着，就去外面散步。

住院部大门斜对面是急诊入口，救护车刚拉来一位病人，医护人员有序地把病人推进去抢救。

罗曼正在感慨生命脆弱，突然听到有人叫她的名字。

罗曼转身，看到了一位多年未见的熟人，陈邝。

他笑着走上前说："远远看着像，还真是。听说你去年结婚了？恭喜啊。"

"谢谢。你在这儿上班？"

"嗯。你怎么在这儿？家里人生病了？"

罗曼跟陈邝说了婆婆的情况，他宽慰说常规手术不用太担心。

他看着罗曼感慨："最后一次见你，你正要高考，一晃这么多年过去了，你倒是没变样，不像我，头都快秃了。"

"没有，你也没怎么变。"

陈邝的父亲是罗城让以前的老板，两家人关系不错，住得也近。罗曼跟陈邝是很好的朋友，她的高中作业全靠他辅导。

父亲出轨后，也是陈邝教会她如何面对这种变化。

陈邝想跟罗曼叙旧，邀请罗曼去他的办公室。

路上两个人大概交流了近况，罗曼得知他目前在这家医院任职总住院医师。

总住院医师也叫老总，是竞聘主治的必经之路，字面意思是所有住院医师的领导，实际上不是什么好职位。老总的工作状态是一周六天连续二十四小时在线，为期一年，因此总住院医师也被戏称为总是住在医院的医师。

陈邝是从二月份开始当总住院医师的。

当然了，不是完成老总考核就能直接升主治，陈邝还在同步准备发SCI（核心期刊）。

陈总有多忙呢？他前脚进办公室后脚电话就响了，急诊来了个病人需要立刻启动紧急手术，另外还有两个临时转院的病人需要安排。

罗曼没再打扰陈邝，跑去门口等周川。

周川来后跟她说了一会儿话就催她回家去了。

陈邝回到办公室已经是一小时后，罗曼早就走了。他叹了口气，感叹自己的劳碌命。

还记得以前他和罗曼聊起理想，他说做人就要做医生，救死扶伤最光荣，可如今他只想去开挖掘机。

罗曼回到家后失眠了，见到陈邝让她想起了过去。

他们曾是最好的朋友，这些年不联系是罗曼的选择。

那是她尚不成熟的青年时期，因为无意间听到陈邝母亲对她父母的评价，自尊心促使罗曼选择了主动远离陈邝。

陈邝换电话号码的时候给罗曼发过短信，她没有保存。

陈邝是教会她"什么是人格独立"的人。

罗曼一方面很感激陈邝甚至是陈邝母亲，这的确让她学会了理性面对父母婚变这件事，甚至可以说重塑了她的性格，从那以后，她获得了人格独立的自由。

但另一方面，罗曼意识到自己这种在旁人影响下的快速成长或许对宋女士不太公平。换言之，她觉得自己对母亲有点过于冷漠了。

这件事如今已经无法分辨清楚了，毕竟按照罗曼目前的人生价值观，她的确不认可宋女士对丈夫的依附，但她也是真的怜爱起了宋女士。

隔天一早，罗曼先给宋女士打电话说了婆婆做手术的事。

宋女士这人有个优点，给台阶就下。罗曼主动致电在她看来是需要她作为儿媳妇长辈出面来尽亲家情分。

在离婚这件事上，女儿是宋女士唯一的战利品。如今女儿婆家有需要，罗城让没资格出面，宋女士内心十分满足。

罗曼买了咖啡和面包去医院，她还给周川带了洗漱用品和衣服。

手术时间推迟到了十一点，因为临时有一个紧急手术，周川父母都表示理解。

没过一会儿，陈邝路过病房时看到了罗曼，他进来打招呼。

罗曼跟家人介绍了他。

陈邝也没时间多聊，跟罗曼加了微信，说有需要随时找他。

他走后，周川的二婶问罗曼："曼曼，你还认识这里的医生啊？"

罗曼解释："昨晚在楼下碰到才知道他在这里上班，我们很多年没联系了。"

"哦，小伙子长得不错，多大年纪？成家了吗？"

"三十了吧，个人生活我不清楚。"

二婶笑着说："问问啊，要是单身，我倒是有个合适的人选。"她跟周川的妈妈聊起自己妹妹的女儿。

罗曼出去接电话。

是宋女士打来的，她过来了，叫罗曼去门口接。

罗曼叫上周川一起。

电梯人多，他们选择走楼梯。走到二楼的时候，看到陈邝正在被病人家属纠缠。

那位家属在发脾气，说昨晚他父亲抢救不及时之类的。

罗曼不敢打扰，跟周川走开，又听到家属说："你倒是有时间跟熟人扯闲话，我们普通家属咋不能加你微信随叫随到？你别想蒙我，我知道你们医院规定医生四分钟就要响应的，我要看抢救记录！"

罗曼感慨道："当医生真难。"

"是啊。"

周川握着她的手，问："怎么跟你妈和好了？"

罗曼有点难为情，说："突然良心发现了。"

周川高兴地搂着罗曼的肩膀，心里猜测一定是罗曼看到婆婆生病所以担心自己母亲了。

她本来就很善良。

宋女士是让邻居家儿子顺道开车送她来的，她煲了两大壶汤给周川家里人。

"来，你们牵着狗，我去看看你婆婆。"

罗曼很不理解："你怎么把开心带来了？"

"把它留家里是个祸害，它今天还没遛弯儿的，你遛遛它。这袋报纸拿着，它还没拉屎。"

罗曼："……"

快手术了，周川心里牵挂，罗曼叫他回去："你让我妈来把开心带回家去，我在这里等她。"

"好。"

周川回到病房时，母亲已经准备进手术室了。他跟丈母娘说罗曼让她回家休息。

宋女士不肯走，她正跟周川的二婶聊得起劲儿呢。聊什么呢？聊给陈邝介绍对象的事。

二婶妹妹家的女儿，二十八岁了，工作各方面条件都很不错，找对象很挑剔。

手术时间将近一个小时，宋女士一直没下来，罗曼只能牵着开心去附近公园玩。这中间还让开心跑掉了一次，幸亏有人帮忙用零食稳住了，要不然开心就跑到街上去了。

术后第一晚，周川和罗曼留在医院。

负责周川妈妈术后的护士小姐十分尽心，周川观察到她和她的同事们晚饭叫了外卖后几个小时都不曾有空闲吃饭，就去医院附近的便利店买了一些咖啡、面包和零食悄悄放去护士台。

他买得多，也给罗曼的医生朋友准备了一份，让罗曼给陈邝送去。

陈邝不在办公室，桌上也有一份没打开过的外卖。

快到十二点的时候，周川让罗曼去睡觉，她不肯。

周川自己喝了太多咖啡，根本不困，两个人去外面坐。

陈邝正好来这边，看到罗曼后，让她去他的办公室睡。

"不麻烦的，我是没命去床上躺着睡个整觉了，你快去休息吧。"陈邝说。

周川替罗曼答应下来："那就多谢你了。"

"客气。"

周川陪罗曼去休息室睡觉，看着她入睡才离开。

周川一整晚都在母亲和妻子之间来回跑，有时候遇到闲下来的陈邝，两个人也聊几句罗曼上学时的事。

从陈邝嘴里，周川简单描绘出一个不一样的罗曼，脆弱、感性、热情。

比如，罗曼从小的理想是当一个植物学家，但母亲更希望她当另一种园丁，于是罗曼总是因此跟母亲吵架；又比如，罗曼喜欢追星，曾因为偶像恋爱而伤心到停了假期补习；再比如，罗曼喜欢漂亮衣服，为了买一条心仪的裙子能两个星期不吃早饭攒钱。

周川很想认识那个罗曼。即便脆弱的异性一直不是他倾心的类型，但放在罗曼身上，他又觉得美好了。

因为那是另一半的她，爱人就想爱完整的人不是吗？

周川的妈妈手术第二天之后，周川夫妇就不用去陪床了。周妈妈做微创手术只要观察两天，没问题后回家静养一周就能完全恢复。

宋女士对这件事很上心，她一边安排罗曼看望、关心婆婆，一边来家里抓罗曼的厨艺。

宋女士的观点是："平时你们不做饭是你们的事，但遇到这种情况，周川又是独生子，爹妈病了，喝不上一口你们做的汤，这像话吗？天天让亲戚做饭，你们好意思吗？当爸妈的不图你们平时付出什么，这种时候你们不在身边伺候谁伺候？生病不由人，不要嫌麻烦。"

周川觉得有道理，跟着岳母认真学。

罗曼拒绝。她不是学不会，而是不想学。

宋女士质问："做蛋糕怎么学会的？做饭还能比那个难？"

罗曼回答："您说到点子上了，做蛋糕每个步骤都是香的甜的、干净舒适的，完全解压的，不像做饭，从洗菜开始，每个步骤都很烦人。"

"民以食为天，要没有外卖，难道你就把自己给饿死？"

"饭馆可是从古至今都存在的。"

"原始人呢？"

"原始人活不到老。"

"去去去。"

罗曼也很烦："你来就来，能不带开心吗？"

"不能。"

宋女士一生要强，如今败给了开心。她是教不乖这个拆家狂了，所以出门都带着它。

厨房里叮叮当当油烟四起，罗曼抱着开心窝在沙发上玩平板，在微信上跟林珊吐槽宋女士。

林珊问："不是冷战到底吗？谁投降了？"

罗曼："本人。"

林珊："哈哈哈——宋阿姨果然是永远的赢家。"

罗曼："我真的服了我妈，前两天我还觉得自己对她太冷漠，但她真的是稍微给点空间就能占领你的生活。我算是看出来了，宋女士的本体是空气，无处不在。"

"咦，你怎么突然有这样的感悟？"

"我婆婆住院的时候碰到陈邝了。"

"陈邝！好久没听到这个人了。下午有空出来不？"

"好。"

宋女士吃过饭就回去了，罗曼要出门见林珊，周川在家休息。

罗曼去换衣服，周川抱着平板玩。她的微信还在平板上登着，陈邝发来消息。

周川叫罗曼："陈邝找你。"

"什么事？"

周川点开给她念："罗曼，麻烦你转告一下阿姨，先别给我介绍对象。我有明确的人生规划，主治之前不找对象。等我需要的时候，一定主动麻烦阿姨帮忙介绍。"

罗曼叹气："我妈真是没事找事，你帮我回一个'好'。"

周川回复完，林珊又发来微信消息。

"林珊说晚一个小时见面。"周川转述。

"哦，好吧。"

罗曼正好用这点多出来的时间叮嘱宋女士别多事。

罗曼给母亲打电话，周川坐在沙发上发呆。他满脑子都是刚才看到的罗曼和林珊的对话。

"咦，你怎么突然有这样的感悟？"

"我婆婆住院的时候碰到陈邝了。"

……………

原来罗曼突然主动跟母亲和好并不是因为看到婆婆住院而牵挂自己母亲，是因为遇见了陈邝。

已知陈邝是罗曼多年不联系的老朋友，又知遇见陈邝会让罗曼彻底改变对母亲的态度，这说明什么呢？说明陈邝是能够影响罗曼为人处事方式的存在，至少他对罗曼的影响力超过了周川这个丈夫。

周川看向罗曼，罗曼正在叮嘱宋女士。不知对方说了什么，她的态度越发急躁起来。

给陈邝介绍对象相亲是这么了不起的大事吗？如果宋女士只是热心给邻居家孩子介绍对象，罗曼会这么焦急地阻拦吗？

挂断电话，罗曼对他说："我妈说是你二婶看上陈邝了，你跟她说一声吧。"

周川平静地看向罗曼，问："给他介绍相亲对象对你很重要吗？"

罗曼说："人家说了不愿意。"

"我知道，年轻人大多都不愿意被长辈安排相亲。我的意思是，你的反应是不是太强烈了一点？"

罗曼意识到什么，坐去周川身边，说："陈邝他爸是罗城让以前的老板，你知道吧？"

"嗯，你说过。"

"他妈打心眼里看不起宋女士，所以我不愿意她热脸贴人家冷屁股。这事我不能告诉我妈，就她那性格，我怕她闹事。"

"你怎么知道的？"

"我无意间听到的。"

"怎么无意间听到的？"

罗曼不是很想回忆，却也觉得应该满足周川的好奇心，就说："陈邝理科很强，寒暑假会给我们这些低年级的补习赚零花钱，学生都在他家上课。有一次我去上课的时候，他和他妈在前面走，我听到他们的对话了。"

"然后呢？"

"然后我就不去补习了。"

"嗯，也是因为这个原因不跟他联系了？"

"可以这么说吧，我那时年纪小，自尊心强，受不了别人背后瞧不起我们。"

周川理解她的出发点了。他搂住罗曼，说："我觉得你应该告诉你妈妈，你不说，你妈妈又觉得你嫌弃她，回头又要吵架。我算是看出来了，你呢，是心里为对方好，嘴上却什么都不说，这样很吃亏。"

罗曼脑子里预演了一遍，觉得不能跟宋女士达成这种"母女私房话"的互动。一步错，步步错，她要是和宋女士讲了朋友的批评，第二天就得去宋女士前夫家上演窃听风云。

"不必，我和我妈之间永远是距离产生美。"

她拒绝得很干脆，就像他们认识以来每一次周川发表自己对她生活小事的观点一样，罗曼从不会因为他而改变自己的决定，甚至不会说明原因。

这本不是问题，即便是在亲密如夫妻的两性关系中，试图改变对方也是危险的。

周川曾在婚礼上承诺一生尊重自己的妻子，这个尊重就包括不去试图改变罗曼的性格，全然接受原原本本的她。

他想他会一直遵守这个简单的基本原则，如果他没有亲眼看到罗曼因为陈邝而轻易改变自己的话。

周川看着家中属于妻子的各种痕迹，陷入了沉思。如果他不纠结陈邝的存在意义，他的人生会更幸福吗？

他和罗曼可以把每一套房子都装修成她喜欢的样子，夏天他们住这边，冬天回她那里去。

他们都有各自的事业，各自的朋友，他们还有共同的话题和兴趣。

周川可以清晰地看到未来十年的生活，他和罗曼，他们会把《饥荒》打通关，会发现新游戏，他们会种很多很多植物，家里的空气质量绝对全市第一。

节假日他们会携手欣赏不同的风景，罗曼会因为他喜欢菠萝而给他做菠萝蛋糕，他会努力学习厨艺，因为外卖总有吃厌烦的那一天。而且以后还会有孩子呢，总不能带着孩子天天下馆子吧？

会很幸福吧，这样的人生。

周川发现自己脸上带着笑容，他无法抗拒这样美好的设想，要因为一个陈邝毁掉这样的未来吗？好像有点愚蠢。

就算陈邝对罗曼来说是很重要的朋友，那也只是朋友，他不该因此妒忌猜疑。如果自己在妻子心中的分量还不是很重，那就再努力一点。

第十二章

罗曼跟林珊见面。

林珊主要想问陈邝。她和罗曼初中时就是朋友，也跟着罗曼一起认识了陈邝。

"哎，我们私下说啊，我以前一直觉得你喜欢陈邝，也不是你喜欢，就你们之间反正互相有点那个意思，不知道怎么突然翻脸了。"

罗曼陷入沉思。

她喜欢过陈邝吗？

非要说的话，可能有过一些心动的时刻。但这种算爱情的心动吗？罗曼觉得不算。因为如果这种也算爱情的话，那罗曼的少女时期可真没少爱人。

物理老师抛粉笔头的帅气姿势，偶像男团某成员跟粉丝打招呼的手势，某位忘了名字和长相的学长的口头禅，当然还有陈邝在分享一些独立人格宣言时的坚定神情，这都不是真的喜欢。

什么是喜欢呢？

罗曼想到周川，想到婚后生活，想到自己那个独居了一年多的小房子里多出来的欢声笑语，一想到周川这个人就让她嘴角自动上扬。这是喜欢，绝对是。

喜欢一个人就是想到他便觉得生命饱满又充实。

因为林珊对陈邝的反应，罗曼后知后觉地意识到周川可能是不高兴了。虽然她觉得这个不高兴没什么道理，但她还是给他打电话约他出来吃晚饭。

周川很高兴。单方面难受了一回之后罗曼约他吃饭，不管她是不是想哄他，他都高兴。

罗曼在路边等周川，手里拿着奶茶。

周川停好车过来，接过奶茶，牵住她问："想吃点什么？"

罗曼说："我发现了一家餐厅，请你吃，我看过菜单了，你肯定喜欢。"

"什么菜？"

"菠萝宴。"

"什么？"

"菠萝全宴。"

"具体都有些什么菜呢？"

罗曼放开他，掰手指给他介绍："油炸菠萝酥、菠萝萝卜一家亲、糖醋菠萝面、麻辣菠萝片、藤椒菠萝爽。"

周川人都傻了。他后退一步，不肯走了："什么餐厅这么做菜？你先给我看看网友评价。你说菠萝宴，我还想着是菠萝炒饭之类的，麻辣菠萝是人做出来的菜吗？"

"快点走啦，晚了就没桌子了。"罗曼拉着他走。

"呵呵，这不可能有人抢的。"

"快走，你不是最爱菠萝吗？今天吃个爽。"

"我爱水果，谁要吃麻辣菠萝啊！"

"走啦。"

"你是不是想毒死我继承我的酒店？我可告诉你，酒店贷款还没还清呢。"

"哈哈哈！"罗曼大笑。

周川搂住她的肩膀："骗我呢吧？我就说不可能有这种餐厅。"

"怎么没有？前面那不是水果店，买十个菠萝，回家我给你做。"

"别闹，正经说吃什么？"

"菠萝宴啊。"

周川看她一眼，配合道："行，你说了算。"

二人来到罗曼选的餐厅，餐厅名叫定制料理。店内无菜单，客人自选食材，厨师自由发挥，全是惊喜。

水果区域还真有菠萝，罗曼真抱起了菠萝。

她对厨师说："我老公最喜欢菠萝，但他不爱吃菠萝炒饭和菠萝咕咋肉那些。"

厨师为难了，看着周川问："那您想吃啥？"

周川说："麻辣菠萝。"

厨师直摇头："二位客人别闹，有事好商量。"

罗曼笑得不行，对厨师说："您看着做吧，家常菜就行。"

"得嘞。"

等待上菜的时间，周川问罗曼："你今天好像特别高兴。"

罗曼说："因为我燃起了做菜的热情。"

周川搂住她亲了一下脸："我也很高兴。"

更高兴的是，厨师做了一道仔姜菠萝，味道很不错。

周六，罗曼加班，周川约了人谈事。

去包间的路上，周川被人撞了一下，对方停下来道歉。

周川觉得她脸熟，但没想起来是谁。直到看到鬼鬼祟祟躲着的许嘉睿，他才想起来，刚才那位风风火火的女士是许嘉睿的妻子。

许嘉睿见到周川就跟见到救命稻草一样，自作主张进了周川订的包间。

不用多问，肯定是上演老婆来捉奸的戏码。

周川在心里叹气。站在他的立场，他倒是希望罗曼的前任能稍微给她长点脸，怎么就这么垃圾呢？出轨还上瘾了？

许嘉睿看得到周川脸上的鄙视之情，也不在意。他躲着杨柳不是怕她，只是不想在新朋友面前丢脸。

他和两个朋友一起招待女网友。出轨吗？还没到那一步。

看来杨柳还是没有停止偷看他的手机啊。

朋友发来微信，说杨柳不走了，死等他出现。

杨柳也给他发了消息："别躲了，出来吧。"

许嘉睿笑了，关了手机问周川："有烟吗？"

周川丢烟给他。

许嘉睿拉开椅子坐下，点了支烟吸了一大口："你是不是在心里替罗曼不值？"

周川说："是。"

"我可没背叛她。"

"哦。"

许嘉睿笑起来，透过烟雾看着周川："周老板，婚姻生活如何？"

"没你的惊险。"

"哈哈。说实话，我挺好奇你的婚姻。你们是真心相爱结的婚吗？"

"不是，我们是世世代代的仇人。"

许嘉睿谈性甚浓："跟一个不爱自己的女人结婚能幸福吗？"

周川轻轻一笑，说："你这不没机会验证吗？"

许嘉睿也笑了："别这么尖锐，我没别的意思。说来也奇怪，这些话我倒只能跟你交流了。"

"哦？"

"六年，追了她六年，在一起五年，男女恋爱过程中所有的第一次她都给我了，但我从未得到过她的心。高中的时候，有段时间她经常偷偷哭，追她的时候不敢问，在一起之后又问不出来，这就是罗曼。我也想过跟她结婚，老婆不需要你关心她的情绪难道是坏事吗？我准备好了求婚，她却让她闺密来跟我分手，还说早就想分了。我始终不明白，罗曼是怎么做到不爱我却和我在一起五年的？你是她丈夫，你了解她，你给我解答一下呗。"

"我再了解她也不能替她发言。"

"是吧，那可惜了。我不指望能从罗曼嘴里问出真话，她这个人就是这样，她不在意的根本不会解释。"

周川看了看手机，说："我要见客户，可能得麻烦你离开了。"

许嘉睿站起身整理了一下。走到门口，他回头问："成年的罗曼爱一个人是什么样子的？"

周川回忆了一秒，说："会怕我不开心而耍宝。"

许嘉睿的眼神中透露出一股失意。他笑得勉强："是吗？看来她真的爱你。"

许嘉睿推门离去，走向等着咆哮的妻子。这个婚，他结错了。

周川晚上回家后就黏着罗曼不放。

"老婆。"

"嗯？"

"你爱我不？"

"喝大了？"

"没有，你说你爱我。"

罗曼打冷战。她见他不肯放弃，便捧着他的脸说："周川，咱可不能当费云帆。"

"谁是费云帆？"

"堪梯阿姨剧本中的男主，说出过'你只是失去了一条腿，紫菱失去的可是爱情啊'这样震惊宇宙的名言的男人！"

周川咬她的手，这是拐着弯骂他矫情呢？

"我周云帆今天就要听这句话，不然我自断一条腿。"

罗曼看了他三秒，吐出一个字："爱。"

周川亲吻她："我爱你。"

"走开，我要去洗澡。"

周川把她抱回来："老婆，你跟我讲讲你小时候的事呗。"

"几岁？"

周川："高中吧。"

罗曼想了想，说："写作业，抄作业，没了。"

罗曼一早醒来看到林珊发来的微信消息："我把弟弟甩了。"

罗曼有点晕。她隐约记得昨晚睡前林珊还跟她说要跟弟弟去新开的夜店玩。

死宅林珊能去泡夜店，看来跟弟弟在一起是真的高兴。这怎么一晚上就变了呢？

原因是昨晚林珊被夜店老板赶出来了，老板名叫刘鸳鸳。

"越想越奇怪，他肯定是刘鸳鸳派来害我的！"

罗曼觉得又好笑又无语。这也太牵强了，刘鸳鸳不让林珊在自己店里消费她信，专程安排个小帅哥在林珊身边根本没意义啊。

罗曼猜测林珊是在弟弟面前丢了面子，所以把人赶走了。当然，这话她只能自己在心里想想。

林珊心情不好，约她吃饭。

周川要回奶奶家，本打算自己去的，但二婶特意打电话叫罗曼一起回去，罗曼就推迟了跟林珊的约会。

来到奶奶家，院子里摆了一地刚弄好的皮蛋，二婶戴着手套把皮蛋一个个收起来。

"怎么突然弄这个？"周川问。

"还不是你奶奶，年纪大了，记性不好，三天买了三回鸡蛋。等弄好了给你们拿些去，凉拌一下也是一道菜。"

"行啊，现在自己做皮蛋多少钱？"周川问。

"一个一毛。"

"呵，我记得小时候就一两分钱。"

"可不是。"

奶奶找周川有事，之前烧房子的租客又拖欠租金，奶奶让他问问怎么回事，不行就退租算了，月月追着要房租也累。周川应下了。

罗曼见他在那儿打了半天字，还是无法措辞，看不下去，抢过手机发："您好，欠租两个月，什么时候交？"

对方回："不好意思，月底一定交。"

"好的，月底退租吧。"

对方显示"正在输入"，罗曼没等，又回道："很明显，你目前的收入无法承担这套房的租金，请换一套更便宜的小房子，这样你租金压力小，房东也省心。"

周川在旁边看得倒吸一口凉气。这方面他真的不如罗曼，对他来说，跟一个成年养家男士说对方经济窘迫租不起房……实在是张不开口。

他要是缺钱还能硬着头皮催一下，但他不缺那点租金，宁可自己吃点亏也不想干这种事，尴尬。

二婶在准备饭，罗曼和周川先去罗曼奶奶那儿转了一圈，回来时正好开饭。

家里来了个客人，是二婶的小侄女，名叫小君，罗曼跟她还是第一次见。

饭后，二婶终于说明了找罗曼来的原因，想让她帮忙介绍小君和陈邝相亲。

小君已经去医院看过陈邝几次了，属于一见钟情。她本身条件不差，人也聪明，看陈邝忙成那样，她不想学年轻女孩热情地追上去，这样容易打扰对方。

思前想后，小君觉得最好是请熟人安排吃个饭，一来不耽误陈医生工作，二来两个人可以以成熟一点的方式正式认识。她是奔着结婚去的。

罗曼半天没表态，周川替她拒绝，开玩笑似的说："人就在医院，你也认识了，自己约呗。"

小君又阐明了一遍自己的想法。

罗曼开口了："我跟他很多年没见了，并不想干涉人家的私生活。另外，据我所知，他目前没有找女友的计划。我妈之前找过他，他还拜托我妈千万别给他介绍。"

二婶说："知道他现在忙升职，咱们也不是说现在就要怎么着，缘分难得，认识一下慢慢处。"

罗曼不理解："不是已经认识了吗？"

小君解释："我没跟他打招呼。"

罗曼应了一声，说："抱歉，我不管这种事，他明确说过半年内不交女朋友。"

这话说得让二婶和小君很诧异，按常理来说，谁都会在被介绍对象时说一句"忙""没打算"，但谁又会拿这句话当死命令呢？怕只是罗曼不愿意帮忙。

小君也不想再求她，说："没事，那就不麻烦了。"

回家之后，周川接到妈妈的电话，说二婶找她了。

"你二婶跟我说，她的意思是让曼曼帮忙在中间介绍一下，有了这层关系，陈医生至少会对小君的态度亲近点，就这么个意思。小君也是女孩，脸皮薄，你看要不跟曼曼说说？"

周川走去阳台，小声说："妈，不是不帮忙，是陈医生没这个想法。"

"有没有这个想法，都没见面又怎么知道呢？介绍一下也不费事，总要吃饭的。"

周川有些为难。

妈妈说："曼曼在你身边吗？"

"没。"

"你二婶跟我说曼曼有点……没人情味，都是一家人，这点小忙不帮，你二婶心里难免会有想法。成不成的都是他们的缘分，小君条件不差，长相、事业、性格样样都好，咱们也不算高攀。要不还是麻烦曼曼介绍一下吧，你说呢？"

"知道了，我去问问。"

周川省略了二婶说罗曼没人情味那段，着重强调小君对陈邙的热情。

罗曼把陈邙之前发给她的微信打开让周川自己看，又说："如果我每周六天二十四小时工作，连续一年，我不会有时间谈恋爱。而且听说医生这一年很关键，还要写论文，所以他不是借口推辞，而是真的没时间交朋友。"

周川不喜欢罗曼因为陈邙的一条微信消息就这么理解他和维护他。

周川心里突然希望陈邙赶紧"嫁"出去，就说："万一看对眼了呢？"

"那小君就去他面前问声好，如果彼此钟情，就皆大欢喜了。"

"小君觉得有人介绍正式见面会好一点。"

"她觉得跟我又有什么关系呢？"

周川被问住了。他有一点受伤。

沉默了一会儿，他说："我能理解小君的想法，我是男人，我单身不想恋爱的时候也不会理会追求者。但如果是亲戚朋友介绍，我会给个面子吃顿饭好好说清楚。换位思考，谁不想抓住每个跟喜欢的人发展的机会？"

"自己创造机会啊。"

"你为什么这么抗拒这件事？"

"因为你们现在要动用我的朋友关系。我的朋友明确告知我他不想谈恋爱，我就不会硬给他塞相亲对象。我也会换位思考，换了是我，我希望被朋友尊重。"

周川深吸一口气，尽量让自己态度温和："你说得有道理，我认同。"

"嗯。"

"但我有个问题。"

"什么？"

"家人和朋友之间，你选择谁？我不是指什么原则性问题，比如介绍认识一下这种小事，你为什么尊重朋友却不在意家人？"

罗曼看了他一眼，没说话。对她而言，小君实在算不上家人，她实在不想为了小君打破自己做人的原则。

周川怎么会不懂她的想法，只是他自己都不忍心说出这一点罢了。

"你说过陈邙是你很多年不联系的朋友不是吗？"

罗曼说："你不要偷换概念。"

"哦。"周川起身离开回去书房。

罗曼一个人在客厅坐了一会儿后追了进去，觉得有必要把这件事聊清楚。

"请问你觉得我哪里做得不对？"

她的"请问"二字让周川寒心。

周川说："你没有不对，你有自己的原则，你按自己的想法活，这没什么不对。是我不对，我不该试图改变你的处事方式。"

罗曼深深地叹气，问："能好好沟通吗？"

"可以，你说。"

罗曼坐到他对面，说："我不愿意当这个媒人有两个原因，第一个刚才说过了，陈邙没意愿。你说有可能陈邙会对她有好感改变心意，这一点我不下结论，的确有可能，那么这就引出第二个原因，那就是我的介绍没必要。我不是别人之间爱情的催化剂，陈邙不会因为我介绍就爱上小君。在这个前提下，小君完全可以自己约他。还有二婶说有我介绍，陈邙的态度会好一点，这个观点我也不认同。如果陈邙对她无礼，这是他本身的性格和教养有问题，对小君而言也是了解他的一种方式，接触真实总比虚伪客套好吧？综合以上观点，我不愿意介绍，我说明白了吗？" 周川点了点头："明白了。"

这是罗曼第一次对他这么认真详细地阐述自己的观点，为的是陈邙。

周川不得不再次思考陈邙和罗曼的关系，凭什么陈邙一句话就能让自己老婆长篇大论为他着想？

是是是，周川不否认罗曼的话很有道理。但如果换了是他，罗曼的朋友或者亲戚家的姐妹看上他的朋友，就算他朋友是个不婚族，周川也会把他绑过来跟人见个面好好解释清楚。

这是什么了不起的事吗？跟他的表妹吃顿饭会降低陈医生的格调吗？周川和二婶还有母亲一起拜托她帮这个小忙也不足以让她小小地妥协一下吗？

所以这件事触犯到她的底线了。周川明白了，罗曼的底线是一堵铜墙铁壁，对内捍卫着她在意的人，对外隔开的那个世界却包括了周川和他的家人。

周川太明白了。

罗曼见他还在生气，自己也恼了。两个人沉默以对，谁也没有再说话。

"我去见林珊了，晚饭你自己吃吧。"

"嗯。"

罗曼跟林珊见面，两个人一个比一个烦躁。

林珊本来不抽烟的，跟着罗曼学，两个人一支接一支，吸两口，燃掉一整支，再接着点。

"你是怎么了？"林珊问。

罗曼跟她说了和周川吵架的事。

"亲爱的，你这是过日子呢还是打辩论赛呢？"

罗曼被气笑，说："我出来才想起我还有个观点当时没想到。"

林珊笑到飙泪："你牛。"

罗曼就是牛，除了童年时期被母亲压迫，枉担了许多"罪名"，独立之后的她从来不肯在原则问题上妥协。黑就是黑，白就是白，快递丢了宁肯不要钱也得把道理说明白，这就是罗曼。

她埋了单回家继续跟周川辩论。因为这点事吵架？她不接受。

罗曼回到家跟周川分享了自己下午遗漏的观点——尊重个体对婚姻的看法。

她在认识周川之前，宋女士一年能给她安排几十场相亲，她妥协了吗？除了极个别条件不忍直视的，也有很优秀的青年，如果当时她有意愿成家，一定会选择对方，但她就是没有成家的意愿啊。

这世上有周川这种遇到喜欢的就会结婚的随缘派，有林珊这样忽而渴望婚姻忽而坚定独身的灵活派，也有宋女士那样认为女人二十五岁不结婚就天塌地陷的老旧派，怎么就不允许有她和陈邝这样的自我主义者呢？

对他们而言，除非自己主观意识上产生对婚姻的渴望，否则他们不会因为遇到一个条件不错的就立刻向婚姻投降。

罗曼说完了。

周川问："你特意跑回家来告诉我你和陈邝是同类？"

"有什么问题吗？"

"没有，很好。"

一直到睡觉前，两个人都没有再交流。

这是罗曼很讨厌的相处模式，如果同居伙伴之间合不来，实在不应该勉强住在一起。她判断周川没有讲和的意愿，于是主动提出分开睡，彼此冷静一下。

她没给他挽留的机会，抱着枕头直接去了客房。

周川在主卧气得七窍生烟。他还没闹脾气，她倒先走了？

周川抱着枕头狠狠地捶了几下。躺了半天，他翻身起床走向客房。

客房灯都关了，周川走过去把她怀里的枕头抽走扔掉，然后自己躺上去抱住了她。

他很用力，罗曼快无法呼吸了。她贴着他的胸膛偷笑，笑到无法自抑。

周川感受到她的身体在颤抖，生气道："你最好是在哭！"

罗曼不出声。

周川放开她低头看，正对上她带笑的眼睛。

有什么好笑的？有什么值得高兴的？

周川转过去背对她抱着手臂生闷气，罗曼笑完了才贴上来搂住他的腰。

她倒是说句软和话呀！

等来等去，背后的人也就说了句晚安。

晚什么安，娶了她能安吗？迟早心肌梗死。

周川突然欺身吻上来，三两下夺走她的氧气。好不容易挣脱开，罗曼说："你这算报复吧……"

周川冷哼一声："我为何要报复？"

罗曼叹了口气主动抱他，安抚某人的小脾气。

亲热一场，罗曼窝在他怀里对他说："周川，希望你不要误会我对陈邝有什么情愫。"

周川"嗯"了一声，说："曼曼，以后不要再强调他是你不重要的不联系的朋友。"

周川每年给员工预约一次免费体检，他们有合作的健康机构。员工陆续开始体检的时候，周川把岳父岳母一家都加上去了。

罗曼奶奶是绝对不肯去的，人老了，不知道有病就是没病。

体检是自己选时间的，但为了避免岳父岳母撞到一起尴尬，周川做主给他们分别约好了时间。

宋女士先去，三天后报告出来，没什么大问题。

第二周，罗城让去了，检查结果是心率过缓，一分钟才不到五十下。家里人都催着他去大医院详细检查治疗。

罗城让去了陈邝所在的医院，毕竟跟他爸关系好，有个熟人在能多一重安心。

罗曼奶奶坚持让罗曼陪着父亲去，怕他隐瞒病情或者不配合治疗。

罗曼跟周川说了，问他要不要一起去。

周川说：“我又不是医生，你好朋友陪着你就行。”

罗曼无语：“那行，那我先给我好朋友打个电话。”

周川不搭理她。

罗曼回卧室换衣服。出来的时候，周川坐在沙发上看手机，见她出来还躺下玩起来了。

罗曼走过去拉起他：“走啦。”

周川拿起车钥匙装傻：“去哪儿啊？”

“陪我去医院。”

“哦。”

罗曼和周川没遇到陈邝。他们陪着罗城让做完检查后去吃饭，下午又返回医院找医生看报告。

医生给出的结论是暂时观察，因为罗城让目前还没出现其他并发症，也没有突发晕倒或者其他任何不适症状。

听完注意事项之后，三个人离开医院。

周川一步三回头地张望，罗曼受不了了，问他：“你想他了吗？”

“呵呵。”

陈邝在哪儿呢？他这天休息，此刻正和朋友相聚在咖啡馆聊天。

小君就在他身后那桌，她路过医院门口时巧遇了陈邝。

陈邝的朋友跟他说院里一位前辈轮了两次总住院才升了主治。

陈邝说："我高低就这一回。其实这一回都不该有的，我这种对行政管理事务毫无兴趣的人完全可以免了这一年的锻炼。浪费时间。"

朋友说："等你摸到真正的权力再说这话。"

陈邝不赞同。对他而言，唯一有价值的权力就是主刀。人事任命、部门协调、盈亏报表有什么趣？跟死神赛跑才能让他肾上腺素狂飙。

听着陈邝和朋友的对话，小君彻底被他迷倒。她几乎能想象出他主刀的场景，她觉得再没有人比他更性感了。

小君完全不受理智控制地走到他面前主动搭讪。

陈邝听完她的话后表情都没变，没有喜悦，没有厌烦，就好像被服务员问了句"还需要什么吗"一样。

他不需要。

"抱歉，我不想认识你。"

非常直接的拒绝，小君毫无应对之力，眼睁睁看着他离开。

回去之后，她茶饭不思，只想拿下陈邝，先前的自信也少了三分。她想尽办法从陈邝身边的同事下手打听他的为人，得到的一致评价是"天生的医学科研人"。

她开始认真思考死缠烂打的可行性，但陈邝一个厌恶的眼神就能让她退却。

迷恋滋生，什么面子、尊严都顾不得了，小君再次拜托罗曼。

有了前车之鉴，罗曼再不敢发表一句废话，爽快地答应。

罗曼发微信给陈邝，陈邝半夜才回消息："是那个最近找上我的刘子君女士吗？"

"是。"

"我已经明确拒绝她的追求了，为什么她会觉得你来介绍我就会爱上她？"

罗曼也是一样的想法。她回"明白"，然后把聊天记录给周川看。

就这几句话，周川看了五分钟。看完他笑着问罗曼："你们这么心有灵犀，怎么就没走到一起呢？"

罗曼觉得他有些莫名其妙，回屋睡觉去了。

周川心里懊悔，他不该这么说话的，但他真的控制不住。

两个人开始闹别扭。

还没和好，宋女士突然提出让他们暂养几天开心。

宋女士准备重新装修客厅。客厅原本做了个拱门设计，跟玄关隔开，置物架上的花瓶都碎了，现在也没摆别的东西，皮沙发也被咬烂了。

宋女士打算拆了拱门扩大空间给开心撒欢儿，顺带换一组木头沙发。

罗曼建议她换铁沙发，宋女士还真跑去家具城问了。

去领开心的那天，罗曼帮着宋女士收拾，周川在宋女士卧室参观，注意到墙上挂的一幅画，画面内容是纯白背景中间一个空心圆。

右下角有一行小字：二〇〇七年三月二日，罗曼。

除了这个，他还在书架上发现了一个美术作业本，里面是各种圆，每一张图右下角都标注了一个数字，越往后数字越大，很多图明显看得出来是修改了许多次的图稿，有的地方都快擦破了，应该是在手绘正 N 边形。

不等他疑惑，他又在旁边一堆文学书籍里看到一本显眼的《CAD 工程制图》。

周川明白了，罗曼爸爸是做装修的，可能她也想从事建筑或者室内设计行业？

他问罗曼。

罗曼神情古怪地看他一眼。

她还是第一次露出这种类似心虚的表情，周川瞬间意识到自己想多了，她的爱好怎么可能跟父亲有关呢？他对罗曼和父亲的关系又了解多少呢？是跟陈邝有关吧。

罗曼说："我告诉你，你别生气，也别误会。"

周川不说话。他看着罗曼的脸，"陈邝"两个字从她嘴里冒了出来，他突然没兴趣听了。

二〇〇七年年初，罗曼因为父亲出轨而痛苦难过。她有许许多多想不明白且不能接受的困惑，一度影响到她的学习和生活状态。

陈邝笑话她没出息，跟她透露了自己父母的婚姻秘密，一段父亲出轨导致的开放式婚姻。

罗曼大受震惊，疑惑加倍。她问陈邝为什么能平静地接受这些，怎么可以做到像他一样不受影响地开心生活。

陈邝给她布置了一个作业，让她画出正 360 边形。他说答案就在这里边。

罗曼当时已经处于焦虑、痛苦和崩溃的边缘，有个东西转移注意力也好，反正学习是学不进去的。

她试图画这个360边形，不会画就上网搜钻研几何，还是搞不懂就转向绘图工具求助。这个作业花费了她整整一周的时间。

罗曼始终没搞懂正360边形怎么画，但这个东西画出来无限接近于圆。她急了，拿圆规画了个圆去要答案。

陈邙拿着答卷对她说她浪费了短暂生命中的七天，就像她这段时间因为父母的婚变而停止学习和生活一样，她一直在浪费自己的人生。

如何不受影响？除自己之外都不重要，独善其身，管别人那纯属吃饱了没事干。

罗曼似懂非懂，等到宋女士莫名其妙地原谅丈夫又逼着她跟父亲和解时，她才彻底明白什么叫"为别人而痛苦是浪费时间"。

所以她画了个圆，裱起来挂在墙上时时提醒自己，她只为自己活。

罗曼跟周川解释了这件事。当然，陈邙父母的秘密她没有说。

听完罗曼的解释，周川看着她笑了笑。他什么也没说，只是抱起床上的开心走了出去。

罗曼听到他对宋女士说："我带开心下去玩一会儿。"

小君许多年未曾遇到如此令她心动的男人了。她打小漂亮，从小学开始就没断过追求者。也就是她现在二十八岁了，年龄稍微大了那么一点点，才开始有个别人说些她心气太高的酸话。

她能在意这些酸葡萄？就像她表哥周川说的，没本事的男人就等着美人老去才敢上前骚扰。

陈邙拒绝见面，小君锲而不舍地追上去。

前几回陈邙都没理会，直到有一次，小君去他办公室送饭，对她脸熟的护士小姐开了个玩笑，他才一改之前的态度邀请小君进去谈。

陈邙问："你的计划是什么？"

小君说："我知道你现在忙，我不占用你的私人休息时间，我只是偶尔有空来给你送点吃的。"

"目的？"

小君坦白："等你有空处理感情需求的时候，我想我们可以正式约会了解一下。"

"感情需求是指生理需求吗？"

"不，我是想跟你认真发展。"

陈邝的电话响了，他接起来听了半分钟后回复对方，讲的都是些听不懂的词。小君静静地等着，懂高精尖知识的男人真的很性感。

挂断电话，他看着小君说："一次性说清楚。第一，我目前没有社交计划，这个社交对象包括但不限于女友，同行除外；第二，等我有空解决感情问题的时候不会选择你，因为你不是我喜欢的类型。外貌、职业、性格都不是我喜欢的，所以我们之间完全不可能。"

小君一时不知说什么好。

陈邝又说："我对你一见钟情已经不成立了，日久生情更不可能。目前来看，你的策略是展示贤惠，不过很可惜，这一点打动不了我，我只会觉得被打扰，所以我们不可能成为恋人。我们也不会成为朋友，你不懂我的专业，无法跟我交流，我也没有对你倾诉生活烦恼和情绪困惑的欲望。不是恋人，不是朋友，也没有亲缘关系，男女之间只剩下性关系，这个层面我也没有被你吸引。综上所述，我们之间只能成为陌生人。当然，还有一种可能的关系，但我希望你身体健康。这回说清楚了吗？"

不光清楚，陈邝直接把小君说崩溃了。

直到小君开车回到五千米外的家中，她的怒火才烧起来，这一烧就燎原了。

小君给周川打去电话，吼了两嗓子要找罗曼。

罗曼接过电话。

小君噼里啪啦一顿说："你那个朋友陈邝，他怎么回事啊？有病吗？"

罗曼说："他是医生，有病应该会及时就诊。"

小君被逗笑，但现在不是笑的时候。她把陈邝骂她的话重复了一遍。

她居然每个字都记得清清楚楚。可不是嘛，她长这么大，还没受过这样的打击。

罗曼听完那两段话，第一反应是安慰小君受损的自尊。她说："陈邝的观点只能代表个人，他说你哪儿都不吸引他，只能证明你们不合适，这很正常，你还是你。"

小君愣了一秒，急了："不是，你跟我说说他怎么回事！他本人私下就这么傲慢和目中无人吗？"

罗曼说："傲慢似乎是外科医生这个职业普遍存在的特点。"

"我的意思是，他要真是这么没礼貌、没素质的人，我算看走眼了。我又没有死缠烂打，统共送了三回饭，慰劳他还错了，没让他领情，好好说话不会吗？还是说他只是拒绝暧昧关系才这样……"

罗曼说："不管什么原因让他如此表现，这也是他性格的一部分，你不用幻想。"

小君整个人都傻了，感觉跟罗曼对话很吃力："打扰了，再见。"

小君一整天连口水都喝不下，编辑了长长的微信消息发给陈邝——反驳他。

展示贤惠？拐着弯骂人？他以为她要为他洗手做羹汤吗？她的特长优点、爱好兴趣他了解吗？

是，她是不会开刀做手术，但她是智障吗？跟医生聊天还不会了？你的择偶条件是同行直说啊，怎么着？医生以外的人都是傻的吗？诺贝尔奖怎么还发给其他领域呢？

对他没有吸引力？这更是天大的笑话。你陈邝又是什么全民男神、百年一遇的美男子吗？

⋯⋯⋯⋯⋯⋯

陈邝过了一天才回复她："我个人看不上你不影响你本身的客观优秀，你这段自辩正好证明我对你的判断没有错，你不适合我（仅代表我个人）。"

小君看完这条消息，脑海里出现了罗曼的身影。她截图发给周川，先发了个"赞"的手势，又补充："你老婆跟陈邝真是孪生兄弟。"

小君追陈邝的事，家里人都知道。好不容易有个她看得上的，父母也希望能成。

家里关注，小君又实在憋屈，前前后后跟妈妈和大姨都抱怨了，话传话，版本越来越简洁。陈邝毕竟是外人，对他的处理方法只能是无视，还能怎么样？风波最终停落在罗曼这个自家人身上，太冷漠了。

怎么说也是丈夫的表妹被羞辱了，亲疏内外分不清吗？是，你再有理，不讲情吗？这种时候不该帮着骂几句？哪怕是表面客气也成啊，谁要你一二三条理清晰地分析对错了？清官还难断家务事，罗曼却是大法官，亲近不得了。

妈妈跟姐姐说，姐姐跟嫂子说，在外面说，在家里说。爷爷听到了，问怎么回事，得到一句话总结——罗曼没人情味，帮着外人欺负人。

爷爷叫来周川，跟他说家中团结要靠大家的努力，进了周家门就是一家人了。

周川替她辩解了一番。从他的嘴里，爷爷理解了罗曼是个比较理智的孩子。

但爷爷说："亲戚间相处要在意别人的心，人活着就是活身边的人气。"

周川回家后什么都没跟罗曼说。

他知道罗曼的心是好的，她是最讲理的，只是不会说场面话。这是错吗？其实算不上，但伤了亲戚和气也是事实。

周川能有什么办法呢？对她说"曼曼你能不能稍微改一改"？不可能的，罗曼不需要改。

林珊、宋女士、陈邝……人数不多，但罗曼在意的，她还是会用心去维护。至于其他人？比如说小贝，小贝很可怜，罗曼会安慰她一次，以后就不管了，只是陌生人，没必要的。

当然，对待真正的陌生人她更直接。比如那位资金困难的租客，如果他是罗曼的朋友，他的病儿和凄苦的生活境遇一定能得到罗曼的同情。

这样想似乎有点不公平，拿婆家亲戚跟路人对比？但周川已经不知道能把自己放在什么位置了。

生活如常继续，周川没有再提一句陈邝。他不吃醋也不生气了，甚至替罗曼感到遗憾。人生难得一知己，怎么就错过了呢？

开心还在他们这儿，周川此刻觉得养只活动量大的狗真的不错，他每天回家就带它下楼去撒欢儿，回来后再跟它玩会儿就可以睡觉了。否则他还真不知漫漫长夜能在家做些什么。

周六，周川在酒店请朋友吃饭，罗曼也去了。

大头还是那副没心没肺长不大的老小孩样子，一喝酒就要玩游戏。周川没兴趣，默默地吃菜，输了就认罚，罚钱罚酒都行。

吃到一半，罗曼接到一个电话。又过了半小时，她出去见人。

来找她的是杨柳。杨柳要离婚了。

罗曼不懂她来通知自己是什么意思。

杨柳说："我有两件事想问你，你愿意回答吗？"

"问。"

"当初许嘉睿求你原谅时怎么说的？他说跟我发生关系是为了报复你对他的冷淡是吗？他说他看不上我是吗？"

罗曼默认，比这更难听的话还多着呢。

杨柳问："去年年底我用他的小号加你微信的事，你跟他说过吗？"

罗曼说："我都不知道是你。"

"行，知道了。"

"嗯，那我进去了。"

杨柳叫住她："当初你让我去告诉他别求婚，你还记得你是怎么跟我说的吗？你说过两天和他分手。你为什么跟许嘉睿在一起还记得吗？你说你觉得有意思，居然会有人喜欢一个人那么多年，从初中到大学。你在做实验，你在看戏，看一个喜欢你十来年的人怎么爱你。那天晚上我们是喝多了才发生了关系，他很痛苦，想不通他为什么不爱他还和他在一起。罗曼，你从来都没爱过他，所以我不想跟你道歉。但我很遗憾失去和你的友谊，这是我跟他在一起最大的损失。"

罗曼听不下去了，说："觉得他喜欢我那么久很有意思所以试试看，这句话是玩笑。你问我怎么突然接受他，难道我要学琼瑶女主描绘爱情吗？我的玩笑不是你睡我男友的托词。"

杨柳突然笑起来，笑得罗曼莫名其妙。

"难得见你对这件事生气一回。"杨柳说。

罗曼不想聊了。

杨柳问："我落得这种下场，你开心吗，罗曼？"

"与我无关。"

杨柳看着她，看到了从她身后走过来的周川。

杨柳的确有嫉妒了，罗曼这样的性格，怎么还有人前赴后继地爱她呢？都是自虐狂吗？

她愤愤不平地质问："罗曼，你有心吗？你有人类的感情吗？你是机器人吗？"

"我是。"

周川过来了。他远远地看到杨柳情绪激动，怕她失控，所以才过来的。

他牵住罗曼的手："回去吧，饭还没吃完。"

罗曼这一瞬间有点想哭，主动抱住他的手臂靠近。

"没事吧？"他问。

"嗯。"

罗曼不想吃饭了，她要回家。

周川看了她一眼，说："我还有事忙。"

"那我先走了。"

"嗯。"

罗曼自己在家抱着开心发呆。她一直在看时间，周川怎么还不回来？她有好多话想跟他说。

其实也不知道要说什么，她只知道自己很需要他。他的房子太大了，很安静，如果他在，跟她说说话，她会觉得开心。

这样等到夜里十一点，罗曼发微信给周川："还没忙完吗？"

周川问："有事吗？"

罗曼回："就问问，我先睡了。"

"好。"

这一瞬间，罗曼发现她有点厌恶自己，对周川的依赖让她心慌起来。她怎么变成夜里抱着手机盯着时钟盼望丈夫回家的女人了？

不可以。

罗曼默默在手掌心画了个圆圈。她一如既往地抛开外界强加给她的负面情绪，恢复如常。

周川半夜回到家，罗曼已经睡着了。他静静地坐在床边守着她，心里无限荒凉。

他好像开心不起来了。

不回家，他很想她；回家，他却没法面对她，所以他只能这样默默地看她。看到什么时候呢？看到舍得放手的时候吧。

周川忙了起来，应酬多，聚会也多，他都会跟罗曼报备。

罗曼很理解，并不干预他的生活和工作。

开心回到宋女士那儿之后，罗曼发现自己有点寂寞。连着好几天，周川都是在她睡下后才回家，而她醒来时他已经走了。

唯有偶尔半夜惊醒时被他搂到怀中的一个额头吻让罗曼感到安心。

她觉得自己的心态出了问题。

周六下午，周川开完会去了餐厅，这天有一桌重要客人来吃饭，是家宴。

周川亲自去问候和送酒菜。

打完招呼，他去小花园会见客户，正好碰到了小贝。

小贝见到他很开心，两个人聊了起来。

小贝这一年工作很顺利，最近公司让她负责培训会，选择场地时，她率先想到了恩人周川夫妇的酒店。

虽然预算超出了一点点，但她会想办法促成，她也没有别的能力回报周川夫妇了。当然，她没跟周川说这些，只说公司要办培训，看中了他家酒店的场地。

周川叫来经理接待她。

小贝的公司名字周川都没听过，可见是个小团队，这样的公司预算不会高。但职场新人想立功的热情很珍贵，他叮嘱经理好生接待。小贝是跟闺密一起来的，她请客买了小花园的精致下午茶套餐。

闺密很担心小贝误入歧途，提醒她说不要沾染有妇之夫。

小贝明白闺密的好意，毕竟自己有过被骗的前科……但她还是想说清楚："我没有其他意思，周大哥和老婆感情特别好，谁会插足他们啊！"

闺密看了一眼不远处的周川，故意大声说："你这种报恩心理就很危险，知人知面不知心，老婆漂亮优秀的男人就不出轨了？没看过新闻？多少第三者没老婆优秀，玩的就是左拥右抱的满足感。有钱男人最会用小恩小惠骗年轻小女生了，长点心吧你！"

小贝急了："我要是当第三者就让你唾弃死我，你再也别理我。我觉得你误会了，我并不是因为他们请我住了一晚酒店就感激涕零，是……怎么说呢，就是在我遭遇了那种欺骗之后遇到他们，陌生人的这种无私帮助让我对生活重拾信心，我会觉得世界上还是有美好的感情和美好的人，比如他们。我觉得他们就是那种本身很富足，精神和物质都富足，因为心里有很多爱，所以对一个陌生的我都能分享爱心，这是我感激的地方，就是那种，哎呀，你懂吗？我本来真的很灰心，一辈子都不想恋爱了，也不敢轻易相信任何人，但现在就会觉得努力生活很有意义！"

闺密假装听不懂，说："总之你要清楚，他给你的那点恩惠就是九牛一毛，不值钱。"

"气死我了你！"

晚上回家后，周川对罗曼说想去旅行，可罗曼没有假期。

周川说："我基本上每两年旅行一次，考察国内外的酒店，时间都花在酒店里，倒也不怎么出去玩。"

这就算工作了，常规工作。罗曼说："知道了，你去多久？"

"看情况，我这次不出国，要有什么事，你给我打电话，回来也快。"

"好。"

周川定了五天后出发，先去北方。

他走后，罗曼一个人住他这儿很无聊，就回自己家去住了，上班也方便。

周川每换一个酒店就向罗曼报告一次，罗曼也跟他说说自己做了什么。中途周川回来过一次，是酒店有事。他当天处理完工作，晚上又出差了。

罗曼都没见到他人，问他："你以前工作也是这么忙吗？"

周川："酒店业全年无休。"

罗曼明白了："所以你婚后天天在家其实是牺牲了工作时间的对吗？"

周川不回。

罗曼自以为体贴地说："你不用这样，正常忙你的。"

周川回了个"OK"的手势。

罗曼认为人不应该因为结了婚就牺牲事业，周川正年轻，正是拼搏的时候，健康的婚姻模式不应该用这样牺牲式的付出来维系。

当然，她很感动周川对他们婚姻的付出。

怎么说两个人之间周川算是工作更忙碌的那一个，罗曼的工作总还有清闲的时候，比如最近项目暂缓，她就天天"摸鱼"。

他忙，那她可以主动一点。

晚上睡觉前，罗曼的手机响了，日程提醒下周是周川妈妈的生日。

罗曼记不住这些日子，都是提前一周设置提醒。

第二天下班后，罗曼去商场选了礼物。秋装上市了，她买了件气质端庄、剪裁得体的大衣。考虑到上次小君那件事，罗曼犹豫着是否应该主动表达一下对婆家的亲近？自己做个蛋糕会不会……太夸张？

罗曼很少做这种事。身边人提到想吃什么蛋糕，她记住了，有时间有兴趣就会做，但做完后送人的时候她会说："做多了，吃不完，你不嫌弃就拿去。"

算了算了，反正她做生日蛋糕的水平还不是很高，先练习一下，如果到了那天能做出一个拿得出手的，那就送吧。

这天下午，姑姑打电话叫罗曼回去。姑父的朋友开了家烧鸡公，为了捧场，姑父买了十只烧鸡，吃不完。

罗曼也好几天没去看奶奶了，就开车过去了。

进了巷子口，罗曼就看到了周川的那辆罗宾汉。

他回来了？

罗曼停好车给他发微信消息："你回来了吗？"

周川没回复。

罗曼先去周川奶奶家，走到门口，听到院子里有人说话，是二婶的声音："我这人性子直，装不出来，你过生日我就不去了，免得闹得不愉快。我跟你儿媳妇是真合不来，说实话，看到她我害怕，冰疙瘩似的。"

周川妈妈说："今年不过了，一把年纪了有什么好庆祝的。"

周川说："我请您吃大餐。"

妈妈问："大餐不大餐的放一边，我先问问你，你这一出差半个月一个月的，回来了也不见曼曼，你们怎么了？"

周川说："没事啊，她加班呢。"

罗曼悄悄地离开。

罗曼走到奶奶家门口时，周川回了消息："嗯。"

罗曼在奶奶家吃了晚饭后回家去。她收拾了一下行李，出门时却犹豫了。不知为何，周川没有打电话叫她回去，她突然觉得自己不该回去似的。

罗曼一直等到十点。她没忍住给周川发微信消息："你在哪儿？"

周川："在家。"

罗曼不知道回什么。

五分钟后，周川主动问："回来吗？"

罗曼突然好奇如果自己说不回去他会怎么回复。如果是以前的话，他会噼里啪啦回复一堆吧——

"罗曼，你像话吗？

"需要我把结婚证贴脑门上吗？"

……………

罗曼想着他就笑出声，笑声尾音消失在空空荡荡的客厅里，为什么会说如果是以前呢？

她突然意识到，周川已经很久很久没有跟她耍赖逗乐了。

"有点晚了，我就不回去了。"她说。

周川："好"。

啊，因为跟以前不一样了。

周川第二天上午发微信消息给罗曼："明天我妈生日，在家过，你有空吗？"

罗曼回："下班见面吧。"

"好，我去找你。"

周川下午忙完后回了罗曼那儿。他一进门就看到罗曼整理好的行李箱，他给她发微信消息："我过来了，要不我把你的箱子带上接你直接回家？"

罗曼回："我还没整理完。"

"行。"

周川闲着没事干就开始打扫卫生。整理到书房的时候，他不小心碰到了桌边的一沓纸。他蹲下去捡，看到几张纸上都画着圆圈。

这一刻周川的心情格外平静。他猜想罗曼最近一定心情很差，所以开始用好朋友教她的人生信条排解来着。

为什么心情不好呢？

杨柳？小君？陈邱？或者其他什么事……反正她是不会告诉他的，不需要，她自己能解决，从来不麻烦他。

罗曼回家后跟他说要谈一谈。她说："你回来那天我去了奶奶家，我在门口听到了你们的对话，就没进去。"

周川有点意外，却不担心。他已经不担心罗曼会因为无关紧要的人心情不好了，她说这件事应该有别的想法。

"嗯，你有什么想法？"

罗曼说："明天是你妈过生日，应该以她的心情为主。我的想法是如果我的出现会导致大家不开心，我不去反而更好。"

周川说："明天就我爸妈，没有别人。"

罗曼问："那我应该去吗？我不太确定自己是否还受欢迎。"

周川都不知道怎么回答这个问题了，甚至突然想笑："你不去她会乱想，所以如果不介意的话，还是麻烦你去一趟。"

就是这种感觉，周川以前不这样对她说话的，这中间有不满。

罗曼问："我们之间的确有问题了不是吗？"

"是啊。"周川叹气。

见他没什么聊天的欲望，罗曼猜想他可能累了，但这个问题不解决不行，由她来说好了。

罗曼已经思考了好几天，说话很连贯："我想过了，问题有两个，虽然我个人觉得这根本不算问题。一个是陈邝，老实说，我完全不懂陈邝的出现为何会影响到我们，希望你不是在怀疑我对他有男女之情。第二件事，小君向我吐槽，我没跟她一起骂人，我能理解她被喜欢的人全方位贬低会很难过，会怀疑自己，所以我选择认可她本人，这是我的关心和支持。如果她和她的家人觉得我这样的反应是冷血，那问题不在我。关于这件事，你对我有意见吗？有的话直接告诉我。"

罗曼说完，周川一言不发地看着她，从罗曼那句"问题有两个，她觉得都不是问题"开始，他就已经失去发言的资格了。不对，他是失去有情绪的资格了。

她说得多好，条理清晰，逻辑顺畅。就是这样的，没几个人能聊得过纯粹理性主义者，他们讨论问题只讲事实，事实以外的个人情绪和感受都是浪费时间的不可回收垃圾，不具备讨论价值。

他还能说什么呢？他彻底放弃。

"你都说完了，没有问题。"

"那你在闹什么别扭？"罗曼不解。

周川觉得好累："婚姻让你快乐吗？我是说，到目前为止，你还满意我们的婚姻吗？"

罗曼没犹豫："是。"

周川打起精神来，难得罗曼肯跟他开诚布公地对话，他得配合啊。

不过跟罗曼对话得用她的思维方式，毕竟这是她的领地，周川只是荒原上的新手挑战者，荒原领主讲什么语言，他就得学什么语言。

"小君的事你没有错，二婶算她半个妈，见她受委屈自然心疼。当然，她迁怒于你是她不对，说这个不是要求你理解她或者主动跟她缓和关系，你不用。我只是想表达夫妻这种社会关系，往小了说夫妻是你和我，往大了说是你和我家庭的总和。我没办法保证我社会关系里的所有人都能和你思想一致，所以你和二婶会闹矛盾是正常现象，合不来就不来往，她也不是你需要时常见面来往的长辈，各过各的就好。"

他突然想起什么，又补充说明："她对你的评价不影响你本身。"

罗曼问："陈邙呢？"

周川没答案。

要他怎么说呢？

陈邙教会罗曼的处事态度是完全封闭的。换言之，没参与她过去的人没资格拥有完整的她。周川只能从结婚的那一刻开始拥有以后的她，半个她。凡是涉及过去，她完全隔离了周川。

其实跟陈邙也没关系了。

是他的错，是他贪心妄求了。

周川看着罗曼的眼睛，坦诚道："我不快乐，我感到很累。"

罗曼如鲠在喉，再也没有应答之词。

如果是具体事件导致两个人不合，还可以沟通解决。但他说的是不再快乐和感到疲惫，罗曼无法自私地强迫一个人守着不快乐的婚姻。

可她还是问了一句："为什么？"

周川看上去很迷茫。他在笑，笑容很苦涩："我也不知道，你能帮我分析一下吗？"

罗曼看着这样的周川，也感到难过。她想到了曾经那个很快乐的他，如今已经看不到影子了。

一个人说他不快乐了应该怎么办呢？

"既然知道不快乐的来源在何处，那就离开。"罗曼说。

周川点了点头，拿着车钥匙离开，没有回头。

周川走后，罗曼开始打扫卫生，但没什么可打扫的。

罗曼又开始做蛋糕。周川妈妈喜欢榴梿，她练习了好几天，准备做榴梿千层。

饼皮已经做好放在冰箱里了，罗曼去厨房拿出一个完整的榴梿开始发呆。

怎么会这样呢？本来是想把话聊开，然后一起做蛋糕的。

周川应该负责开榴梿，他很喜欢打发奶油，千层蛋糕抹面也很好玩，有他在，肯定会做出一个甜到爆的蛋糕。但凡蛋糕是俩亲手做的，他会很得意，他妈妈应该也会很喜欢的。

没有工具，只能上刀，掰榴梿壳的时候，罗曼的手掌被划破，血流个不停。她打开水龙头冲洗，消毒包扎，然后继续做蛋糕。

十八层好像也不够多，抹完了还是很难过。

隔天上午，周川带着东西回家去。

"哟，怎么提了这么多东西？曼曼呢？"周妈妈问。

"这个是曼曼给你买的礼物，蛋糕是她一早起来给你做的，快接一下。"

"自己做的啊？费心了，曼曼怎么没来？"

"出门前丈母娘叫她回去，她妈那边有点事，回家去了。你知道的，她爸妈刚离婚没多久。"

"啊？那你怎么没跟去？"

"她们母女俩说私房话，我去了反而不方便，有事曼曼会给我打电话的。"

"好。"

一家人吃了饭，周川要走，妈妈叫住他："回头找个时间去给你二婶道个歉，长辈唠叨几句你就听着，说错了也要担待。怎么说你也是晚辈，跟二婶吵架不合适。"

"知道了。"

"去吧去吧。"

儿子走后，周妈妈叹了口气。她心里明镜似的，曼曼娘家有事只是借口，这小两口肯定有矛盾了。

想了想，她还是发了微信消息给罗曼："曼曼，谢谢你的蛋糕和首饰，我很喜欢。"

罗曼不知道周川是怎么解释的，给婆婆回了句迟到的生日祝福。

婆婆在朋友圈发了照片，蛋糕是店里买的，送的首饰也很昂贵，婆婆特别写了感谢她的儿媳妇一大早给她亲手做蛋糕。

罗曼坐不住了，跑去酒店找周川。

她还没想好自己要说什么，也有点迟疑应不应该在这个时候去打扰他。理智来说，她的建议没有错，人应该在不开心的时候去找回自我，那为什么还要跑去找他呢？

或许他们还可以再聊一聊吧。

到了门口，罗曼打电话给周川，没人接。

罗曼去了周川的办公室，他人不在，手机在。

助理说他可能在餐厅，罗曼便下去找。

路过小花园的时候，她看到了周川。

周川和一个女孩在聊天，不知道两个人说了些什么，他笑得很开心。

他笑个不停，罗曼都被他感染到了。

快乐的周川又回来了，该离开的是自己。

周川在和小贝聊天，聊什么呢？聊罗曼。

周川还记得上次见面小贝跟朋友说他和罗曼的完美爱情，他很喜欢听小贝说这些，她说得越多，他就越给她合作上的福利。

小贝高兴死了，开玩笑说："周大哥，我可算掌握财富密码了，想占你便宜只需要夸罗曼姐就行了。"

周川纠正："不，不，不，是连我一起夸。"

小贝大笑起来说道："哈哈哈——我回头一定发微博，你绝对是老婆奴！"

周川只是笑。发吧，到处发，最好刻在石头上，假的也好，总比什么都没留下好。

小贝要去忙培训会现场布置了，周川也回了办公室。他看到了罗曼的来电，给她回电话。

罗曼没接，发来微信消息："我回去拿自己的东西。"

"嗯。"

周川很晚才回家。家里没有罗曼来过的痕迹，她搬得很干净，一片叶子都没留下。

第十三章

罗曼尽量让自己恢复单身时的生活状态，倒也不是什么困难的事。

她又买了几株植物，把收藏里一直没尝试的烘焙视频翻出来学习。因为上次摊千层榴梿的饼获得了乐趣，她开始尝试一些面食，比如春饼。春饼特别好吃，买一只烧鸡，配一点黄瓜条、葱丝，做饭也很容易。

另外，罗曼又重新拾起了短视频账号分享设计课程，虽收益甚微，却也在缓慢增长。她想着，要是幸运地获得了流量，说不定也能走上月入十万、百万的 KOL（关键意见领袖）之路，那就可以换大房子了。

她把新买的烘焙工具拿回家，发现自己家厨房的确太小。她要努力赚钱买一个大房子，要有西厨，最好带个院子，可以亲手打造一个漂亮的花园，实现切花自由。

真的很忙碌啊。

罗曼回来了，生活和以前一模一样。这就是她一直期待的婚姻啊，不合就散，不会因为离了婚就天塌地陷。

目前唯一的问题就是家里有许许多多周川的东西。这样很不好，他的房子那么大，自己干吗替他收纳，她的冬装都快放不下了。

罗曼开始收拾他的东西。

收到睡衣的时候，罗曼发现了一条自己的阔腿裤，突然想起一件事。

某个周六的早上，她醒来上厕所，回来的时候看到周川穿着她的阔腿裤，而且是两条腿套一个裤腿，加上他睡爹毛的发型，那样子别提多滑稽了。

罗曼笑得差点晕过去。她把周川叫醒，他坐起来看到裤腿，发出一声大叫。

他非说是她偷偷给他换的，后面才想起来是自己半夜迷迷糊糊上厕所回来随便抓了条裤子穿上了。

"快脱下来，都给我撑大了。"

周川突发奇想非要跟她当同穿一条裤子的好兄弟，一早上就那么闹过去了。

想到周川版美人鱼，罗曼现在还能笑出声来。她倒在床上哈哈大笑，笑到眼泪都流出来了。

就是个智障。

她滚了一圈，看到枕边的一本书，书页已经被压得皱巴巴了，是周川压的，这是他用来给她催眠的书。

有一次罗曼可能是睡前喝了咖啡，死活睡不着。周川说看书能睡着，念书能秒睡，便找来自己的一本书抱着她一起看。

他叫罗曼读出来，说读一段就能睡着。她读了一段，他睡着了。

垃圾，骗子！

罗曼把他的枕头扔下床去。

她又翻了个身滚到他的衣服堆里，最上面那件西装上有他的香水味，当然也有可能是自己身上的，她已经分不清了。

罗曼平躺着望向天花板，缓缓闭上眼睛，感觉到周川在她身边。

有一次她也是这样躺着，周川趴在她身上捧着她的脸亲她，亲了两下他突发奇想，问她："连续亲你额头一百下会不会亲出一个坑？"

"你脑子才有坑！"

周川亲啊亲，不知道亲了多少下，可把自己累坏了。

好烦，罗曼一点都不想看见他的东西了。他的房子那么大，怎么不来把东西拿回家去？

她拿起手机给他发微信消息："什么时候来拿你的东西？"

周川秒回："什么意思？离婚？"

罗曼被问住了，不离婚难道继续哭丧着脸过日子吗？

下一秒，他说："周六过来。"

周六一早，罗曼穿好衣服在家等着。干坐了一会儿后，她觉得自己应该做点什么，于是开始做蛋糕。

做什么呢？

罗曼发现了一袋手指饼，是周川之前说想吃提拉米苏买的。她很少做这个，因为没啥难度，而且她不喜欢泡饼干的过程。

做蛋糕的时候，她看到了厨房墙上挂着的一副碎盘子，不用说，周川干的。

打碎了自己最爱的盘子不说，还偷偷拿胶带缠起来放在最下面，幸亏在他买来新的之前被她发现了。现在那套缺一个盘子的餐具还在他那儿呢。

周川下午一点多才来，罗曼想问他昨晚的信息是什么意思，可见他一脸死相，没问出口。

她都给他整理好了，三个箱子。

"你要检查一下有遗漏吗？"她问。

周川没理她，在房子各处转了一圈，收拾得可真干净。

他提起一个箱子就走，剩下两个罗曼主动帮忙，说："我帮你一起拿下去吧。"

周川瞪了她一眼，摔门就走。

第二趟回来，罗曼在看电视，他又摔门。

第三趟回来，罗曼先发制人，"门摔坏了赔钱。"

周川冷笑一声后坐在了沙发上。

罗曼从厨房出来，想了想又走去冰箱那儿，提拉米苏才冻了三个小时，应该吃不死人吧。

"离吗？"他过来找她。

罗曼背对着他拿出蛋糕，说："不然呢？"

"行，我准备好联系你。"

周川要走，罗曼叫住他。他回头，看到她端着一盒蛋糕问："做多了吃不完，你要吗？"

周川的眉头都皱了起来，一脸疑惑外加生气。

罗曼说："提拉米苏。"

周川昨晚喝得烂醉，这会儿还想吐呢，一点也不想吃甜品，便拒绝了："不要。"

"哦。"

周川走了，轻轻地关上了门。

提拉米苏冻了八个小时后，罗曼装起来去找林珊。家里没有周川的东西了，她反而待不下去了。

找朋友应该先打电话的，罗曼到的时候，林珊正在跟弟弟吃饭。

罗曼不好打扰，留下蛋糕就走了。她漫无目的地在外面逛了一天，快天黑才回家去。

不离吗？可是他都不快乐了啊。

接下来的一周，罗曼频繁地梦到那天周川和那个女生说笑的场景。

是啊，如果随便一个朋友、同事、客户都能让他那般开心自在，而她是唯一让他痛苦的存在，还怎么在一起呢？

她给周川发微信消息："准备好了吗？"

周川回："很急？"

"急。"

离了才能开始新生活，罗曼不想这么下去了。

半个月后，离婚正式搬上谈判桌。罗曼不太懂他为什么请了两个律师来跟她谈，他们之间用不着这样吧。

看到协议书以后，罗曼才明白，周川分给了她很多财产，一套她没听过的别墅，他那辆罗宾汉，一间商铺，还有每月十万的赡养费。

罗曼把这些全划掉，说："我不需要财产补偿，我们之间没有共同财产，债务也没有……我没有，他有吗？"

律师说："罗女士请放心，诚如您看到的协议条款所写，这些都是周先生自愿支付的经济补偿。"

罗曼重申："我不需要。"

律师说："周先生的意思是，要离婚就是这份协议，您有别的要求还可以加。"

罗曼说："我再跟他沟通一下。"

"好的。"

罗曼出去给他打电话，没接。她去办公室找他，说："周川，结婚前我就跟你说过的，我不需要经济补偿，请修改协议。"

周川抽着烟看着文件，冷言冷语道："就你有尊严？就你有原则？我没有？被人知道我对前妻一毛不拔，我还怎么做人？谁还住我的酒店？

赶紧签字，别影响我二婚。"

"我不会签的。"

周川抬起头，似笑非笑地看她："不离了？"

罗曼被他搞得很生气："离，不需要你一分钱。"

"不好意思，你自己选的老公，不想要也得要。"

"周川。"

"我还要开会，不送。"

罗曼走到门口，犹豫了一下，回头问他："周川，你是不想离婚吗？"

周川默默抽完一支烟，说："罗曼，我更希望从来没有认识过你。"

罗曼走了。

她走后半小时，周川收到了一笔转账。是他之前给她的，她说存起来当孩子的教育基金。

周川感觉自己的心开了几百个口子，血流不止，罗曼可真狠啊。

他拿起车钥匙追了出去。

周川在路边追到了罗曼，叫她上车。

两个人来到一处僻静的地方，周川熄了火，说："罗曼，你不要太过分。"

罗曼说："我只是保障你的利益不受损，这也叫过分吗？"

"保障我的利益？"周川笑起来，"是啊，除了保护我的钱包，我这个人如何，你是不在意的。结婚看着差不多就结了，离婚也要干干净净，我的东西你是一丝一毫也不肯留下的，最好是当我从未出现过对吗？"

罗曼心里难过。她看向窗外，说："这不也是你希望的吗？从来没有认识过。"

周川的心又开始滴血。

他希望从来没认识过，这样就不会爱上她，更不会因为她不爱他而痛苦不堪。

她希望从来没认识过，只是不想让他影响她原本清净的生活。

"罗曼，离了婚你会想我吗？"他问。

罗曼沉默很久，说："我会忘了你。"

"就像忘了许嘉睿一样是吗？对了，我之前见过他一次，他问我成年后的罗曼爱一个人是什么样子的？你猜我怎么回答？"

罗曼没接话。

周川说："我告诉他，罗曼爱我会怕我心情不好，然后耍宝逗我开心，我是说去吃菠萝宴那次。"

罗曼也想到了那天。

周川说："罗曼，别让我成为小丑，别让我成为许嘉睿，几年后见到你的新伴侣去问他，成熟的罗曼爱一个人是什么样子的？"

罗曼咬紧牙关，几乎要哭出来。

许嘉睿？她爱过的。她不是那种不爱一个人还能跟他在一起五年只为了看他如何表演追到心仪对象的人。

周川？她爱的，可能一开始没有因为强烈的爱意跟他结婚，但她是爱他的。

可是她说出来也没有用。她爱过的人、接触过的亲戚、背叛过她的朋友，甚至是生下她的父母，全世界都在疑惑，罗曼会爱人吗？罗曼有心吗？罗曼有人类的情感吗？罗曼是机器人吧？罗曼不会伤心难过。

"放心吧，不会有下一个罗曼受害者了。请收回你的财产施舍，我能养活自己。"罗曼维持着自己的尊严说。

好朋友应该互相鼓励支持，但林珊这次有点做不到。因为罗曼同志的难题是离婚时老公非要给她千万财产怎么拒绝？

"你去网上发求助帖，骂你的人会分成两拨，一拨说你吹牛，一拨说你凡尔赛。"

罗曼笑不出来。

林珊其实不太知道怎么安慰罗曼。论口才，林珊说不过罗曼。劝解开导人的话，罗曼比谁都会说。她也不会流露出伤心难过，哪怕是颓废一下都不会，根本不给别人留安慰她的缝隙。

但林珊知道她心里在流血。

人心都是肉长的，谁又是铜墙铁壁刀枪不入呢？

林珊只能默默地给她开一瓶酒。

罗曼不想聊自己，林珊就聊自己的事："你知道我和弟弟怎么和好的吗？"

罗曼摇头。

"我不是怀疑他是内奸，把他骂走了吗？过了三天，他跟没事人一样找上门来，对我说他光屁股的样子都被我看过了，还怕什么丢脸。”

罗曼的表情很不赞同："别陷进去，他才上大二。"

林珊笑了，这就是罗曼，永远理智，永远准备好全身而退。

她说："亲爱的，你可能不信，我真的没有陷进去。我跟他在一起就是喜欢他的颜值，人与人之间的关系总要图点什么才能维系。"

她又说："留三分贪财好色，免得跟世界格格不入。"

罗曼把杯中酒一饮而尽，打车回家了。

她想到解决办法了。

周六的早上，罗曼起床做了早餐。吃完后她换好衣服化好妆，拿着自己准备的离婚协议去周川家找他。

距离二人上次见面又过去了半个月，已经入秋了，天气还是很热，周川穿着短袖短裤，看上去黑了许多。

他给罗曼倒了杯水，她道谢。

面对面坐着，罗曼喝了口水后，轻轻放下杯子，说："除夕夜，你输了，你答应过满足我一个心愿，有效期一年。"

周川已经知道她要说什么了。他很绝望，但无法阻止。

"周川，我来兑换心愿了。我希望你签了这份离婚协议书。"她把协议书推给他。

周川看了一眼，就一页纸，无财产分割，互不相欠。

"抱歉，我去一下洗手间。"他说。

周川望着镜子里的自己，眼圈通红。他的荒野之行到此为止了。

"这是我这一年收集的物资，肉类我都风干了，我还盖了结实的庇护所，烧了炉子，还有不灭的火种，都留给你吧，这样你就不用再风餐露宿，不用吃生食了。"

荒原主人说："不需要，离开即可。"

是啊，这里本来就是属于荒原主的地盘，这里的一切规则都是她制定的，她怎会稀罕自己的物资奉献？只怕还会嫌弃他这个失败的挑战者破坏了原始生态呢。

该走了。

周川却想再待一会儿，迈出这扇门，就真的结束了。

他想到除夕的承诺，当时罗曼赢了他，他其实是有点遗憾的，因为他知道罗曼大概率不会当回事向他提任何要求。但如果是他赢了，他就会说："我的心愿是一辈子不分离。"

终究是他错判了罗曼，她居然用除夕心愿来离婚。

罗曼在外面等了许久。她注意到阳台上放着许多花盆，地面还有些土，像是刚栽植过。

周川终于出来了，去书房拿了笔，爽快地签了字。

"周一上午去办手续可以吗？"罗曼问。

"周一我有事，回头我联系你，这周内去办。"

"好。"罗曼告辞。

周川跟着站起来，说："我送你吧。"

"不用。"

周川坚持。

他开着那辆罗宾汉送她到她家小区车库。

他说："如果不为难的话，我希望你能留下这辆车。不是怕你买不起车，只是……"

他话没说完，说不下去了。

罗曼没看他："好，谢谢你。"

周五，两个人正式离婚。

一周后，罗曼开着那辆罗宾汉去了森林公园。

她的车开不进草坪，问了才知道，要在里面露营是需要提前申请的。

罗曼把车停在外面，步行去当初的婚礼场地。

结婚那天很高兴。

婚礼直播结束以后，他们玩起了彩弹枪射击，新郎新娘一组被狙击，他们提前二十秒进树林隐藏。

周川给罗曼准备了运动鞋，他的朋友在外面大喊倒计时。他牵着她跑进树林，刚进去就把她拉到怀里接吻。

"快跑呀。"她说。

"不急。"

亲了十秒才跑开，很快，朋友们追了进来。

周川拉着罗曼四处躲四处接吻，她笑得肚子都痛了。

最后二人被团团围住，周川护着她把背展示给大家："打我可以，别把我老婆裙子弄脏了。"

他搂着她接吻，背上突突突被射个不停。

那东西打在身上还是有点儿疼的，周川受不了了，靠在罗曼肩上装死："老婆，我牺牲了，你别太快改嫁。"

他比了个"OK"的手势："起码守寡三天。"

罗曼觉得他好可爱，主动亲吻他。

周川一把抱起她："我又活了。"

他抱着她转圈，裙摆卷起微风，茂密的树林在她眼中旋转不停。蓝天白云，绿荫鸟语，她感到很幸福。

还做了什么呢？回去的路上，他们脱离了车队，周川停在路边和她长久地接吻。他说他好开心，他说他爱她。

他们也有过如胶似漆的时候。很奇怪，周川那么黏人，她却不觉得厌烦。做蛋糕也要从背后抱着她，握着她的手把面糊搅个乱七八糟，天天都在捣乱。

周川嫌弃罗曼厨艺差，非要自己掌厨，说自己在网上学了一个一分钟下饭菜，绝不翻车，做法是把土豆、茄子、番茄切丁再加肉末一起炒。

罗曼眼睁睁看着他把一碗撒了盐巴的水泡茄子丁整个倒进锅里还加盐，阻止都来不及。

"你猜为什么要用盐把茄子的水弄出来？"

周川说："以防家里停水？"

"哈哈哈——神经病啊！"

罗曼开着车回去，路旁风景萧瑟，秋叶满地。周川说他买这辆车时就决定以后要和心爱的人游遍山川大河。

她还记得他们在周末一起去山上看星星，他把她抱上车顶，又把她抱在身上，他怎么那么喜欢吻她呢？他说他真的好喜欢他的曼曼。

周川接到宋女士的电话，小区有个邻居想给独居的奶奶买只小猫，宋女士推荐她领养。

周川立刻安排带她们去救助中心。

"罗曼忙什么呢？"宋女士问。

"加班呗。"周川说。

"哦，她的老板是真能压榨，也不知道干多大的事业。"

周川回奶奶家去，二婶好几个月没见罗曼，问周川她怎么不来了，是不是跟自己生气了。

周川说："这是您的家，您不喜欢她，她就不会来打扰您的生活，这叫礼貌尊敬。"

二婶翻了个白眼。好大的脾气，邻居还免不了龃龉，亲戚间一件事不对真断绝来往的她就见过罗曼一个。

本就是不相熟的陌生人，骤然成了亲戚，产生了矛盾不说想办法和解，直接形同陌路？她真是没看错人，罗曼那孩子是真冷情。

她倒不缺这么个人脉，又不是她家儿媳，但她也好奇。

"就你这媳妇儿，她有朋友吗？对谁都这样？对她家亲戚也这样？"二婶打探道。

周川看着二婶说："我觉得您还是不要好奇她的生活，一个人一种活法，也没碍着您什么事。"

"嗬，这可真是近朱者赤啊，我们周川也学到了。"

周川没再理她。

有客户找罗曼做设计，酬劳可观。

罗曼接了，重新开始了白天上班，下班接活儿的日子。

月底，罗曼才随口向林珊提起她已经离婚了的事。林珊跑来看她，她一切如常，看不出失意颓丧。

如果她办公桌前的烟灰缸里没有插满烟头的话，林珊还真不会太担心。

林珊去找周川，周川也瘦了，还黑了。她搞不懂这两个人干什么这么自我折磨。

在罗曼告诉林珊周川要给自己千万资产的时候，林珊没有羡慕。但她永远记得好友的森林婚礼，那一刻她真心相信罗曼找到了幸福的归宿。

怎么这么快就结束了呢？

"她最近在忙什么？"周川问。

"工作。"

"嗯。"

林珊问："周川，你真的爱曼曼吗？"

"是。"

"那为什么放弃她呢？"

周川沉默了很久，说："罗曼就像一座迷人的高山，她吸引我去攀爬。我一开始很有信心，沿途的风景也很让人欢喜，爬到一半我才知道，再往上走就没有回头路了，登顶之后只有困死山顶这个选择。如果我坚持到底，要么在困顿中恨死这座山，要么跳崖自尽，所以我选择返回。"

林珊懂了，说："可是这座山也很冤冥，她也被困在那里，她在等那个登顶的人。"

"我不是那个人。我很希望我是，但我不是。"

"怎么不是呢？你们在一起很快乐啊。"

"对的人出现，她会抛下绳索。"

"你这样说会不会有点过分了？曼曼其实是一个很温暖的人。"

"我知道。"

周川又说："就当我懦弱吧，但我的确没有勇气继续下去了。"

林珊叹气，她也不知道怎么劝了。

林珊走后，周川一个人坐了很久。离婚后，他无数次在脑海中预演，但凡罗曼给他一点点激励，哪怕说一句"她不想离婚，她喜欢和他一起生活"，哪怕在他离家旅行的那一个月里她有一次说想他，他都能继续向山顶冲去。

她懒得解释自己是吧？那不要解释好了，就用那个除夕愿望要求他闭上嘴乖乖地守着她也行啊，可她没有。

他知道罗曼也被困在山中，但他能做什么呢？单方面的热情总有耗尽的时候，与其最终变成怨侣，不如保持住爱和欣赏退回到朋友的距离。

朋友不会贪心，也不会这么伤心。

这一段短暂的婚姻算伤害吗？周川觉得自己遍体鳞伤，而罗曼呢？离婚后上班下班，接两个外包项目，该吃吃该喝喝。对她来说，结婚离婚都不是大事，甚至不如一场突如其来的暴雨对日程安排所产生的影响。

他真的佩服罗曼。

很快就到年底了，周川若是在外工作还可以隐瞒，在老家生活，离婚这种事很难瞒得住。

不到年关，周川妈妈就跑来儿子家问他是不是离婚了。不用他回答，他的家里已经丝毫没有罗曼的痕迹了。

周川妈妈在一个周五下班后找到罗曼，两个人去喝茶。

她没问为什么离婚，她只有一个问题："曼曼，听说离婚的时候你什么都没要？"

罗曼还是那句话："我能养活自己，不需要通过离婚发财。"

周妈妈笑了笑，说："曼曼，我知道你们年轻一代都很独立，都有本事挣钱，你可能觉得那些离了婚问丈夫索要财产赔偿的女人很没出息。可我觉得，人啊，都是讲感情的，跟一个人当了一回夫妻，共同生活了半辈子，这个人要跟你分手了，他的心不在了，过去的那些岁月都不值钱了，女人只能用金钱来补偿内心的不甘，说白了就是不甘心啊。因为付出太多，所以不甘心，要多少钱都觉得不够，不是吗？本来是共同打造的生活图景，有一个人半路退出，当然很难接受。当然，这可能是我思想老旧，理解不了你们年轻人的精神追求。我只是想问问你，周川就那么不值得吗？"

罗曼硬撑着挤出一个笑来："周川很好，他会遇到对的人。"

周妈妈知道多说无用："很遗憾我们的婆媳缘分这么短，快过年了，祝你新年快乐。对了，上次你给我做的生日蛋糕，真的很谢谢你。"

"那不是我做的，是周川自己买的。"罗曼说。

周妈妈有点心疼地看着罗曼，她觉得罗曼真的很傻。她怎么会不知道那个蛋糕是店里买的？她怎么会不知道生日时收到的翡翠不是罗曼选的呢？

这一刻，周妈妈明白了这两个人分手的原因。

"曼曼，你不允许别人爱你，因为你也不会爱别人。人与人之间就是你欠我，我欠你，分不清的。"

周川的爸妈默契地对家里人瞒着儿子离婚的事，想等过完年再说。

罗曼也还没告诉宋女士，她暂时没精力应对宋女士的反应。

她买好了机票，除夕飞巴黎，过完年再回来。宋女士以为她是和周川一起去。

除夕前两天是周末，统一补班。罗曼因为要提前陪宋女士吃饭，还要去看望奶奶，所以请了假。

下了班，罗曼提着年货去看奶奶。走到巷子口，罗曼加快步伐，但还是被抓住了。

妙妙出门买东西发现了她，大声招呼："曼曼姐！"

罗曼停下跟她打招呼。

"姐姐，你怎么都不来了？是因为我妈妈吗？你不要跟她计较，我妈那人就是脾气坏，我还跟她天天吵架呢。"

妙妙很喜欢罗曼，因为罗曼衣品很棒。有一次去哥哥家玩，她翻罗曼的衣柜罗曼都没生气，还送了她喜欢的发卡和裙子。

这些花里胡哨的东西，妈妈不许她买很多，因为她上高中了，学业第一，不能一门心思打扮自己。

罗曼怕其他人出来，应付了两句就走了。

罗曼回去后陪奶奶看了一会儿电视，接到朋友的电话邀约就离开了。

出了大门她就开始打车，这晚开始车就很难打了，半天没人接单。

走到巷子口，周川家门口停着一辆车。她抬头看了一眼，驾驶座有人。

是他吗？

罗曼加快脚步走过去，没有回头。

周川坐在车里看着手机上的附近订单犹豫不定。他想到刚认识的时候给她当司机，终究没完成十次订单。

他等了一支烟的工夫才开出去，罗曼还在路边。他刚想叫她上车，一辆空出租车过来，罗曼叫住了。

罗曼没有回家，而是去了反方向，周川不自觉地跟了上去。他本来也没地方可去，他也不知道自己要干什么。

开了半小时，出租车停了，罗曼下了车，走向路边等着的陈邝，两个人说说笑笑走进了酒吧。

看到罗曼跟陈邝一起，周川驱车离开了。

陈邝在周川心里是能够安慰、鼓励罗曼的存在，如果她是来找陈邝倾诉离婚的痛苦，他很高兴她为此痛苦，更高兴有人能陪着她疏解悲伤。

如果她没有痛苦，只是来找老朋友叙旧，那也很好，周川为她高兴。

周川去找朋友喝酒。喝到一半，一位朋友找过来，他神情兴奋，端起酒杯宣布自己成功离婚。

大头不解："你不是离了一个月了吗？"

"那只是婚姻关系的解除，今天刚把经济补偿支付完，彻底结束了！兄弟们，听哥一句劝，结婚可以随意，生孩子要慎重，哥们儿这一遭唯一幸运的是还没孩子，否则就苦了三个人。"

这位朋友跟前妻谈离婚条件，拉扯了许久，前妻要他每个月支付赡养费，他不愿意一月一次跟前妻纠缠。

大头拒绝跟他干杯："晦气，别来影响我们这群幸福的已婚男人。"

周川将杯中酒一饮而尽，起身跟众人告辞。

新来的朋友阻拦他："几个意思啊？我一来就散了？"

大头也站起来，取笑这位朋友："你不懂，我们婚姻幸福的男人晚回家，老婆会担心。"

周川顿时觉得一股酒意冲上头，心脏跟针扎似的痛，眼球快要爆炸一般。罗曼何曾在他聚会应酬时叫过他一回，她怎么就不想他呢？

到家后，周川在书房里发现了自己准备的那份离婚协议。他自认考虑周全，能载着她看风景的车，能让她开甜品店的商铺，能让她种满喜爱植物的带大院子的房子，还有一月一次问候她近况的机会。

她只要了车，幸好她要了车，起码证明她也认可他们之间曾经幸福快乐过吧。

周川跌坐在地上，头痛欲裂。恍惚间他看到罗曼穿着睡衣蹲在他面前，喂他喝水，担心地责怪他喝酒没数。

周川笑了，果然是喝醉了。

罗曼啊罗曼，罗曼说过，一个成年人应该知道醉酒的危害，别想着醉了让人照顾。

这天是陈邝卸任总住院的第一天。他早上交完班回家，准备蒙头大睡一天，其间却接到无数电话。许多同事还没看到老总换人的通知，依旧把电话打到他这里。

睡眠断断续续，质量很低，越睡越疲惫。因为陈邝过去一年的忙碌，朋友们后半年已经不约他了，他无聊得很，想到重逢的老友，便约罗曼一起吃饭。

两个人聊起罗曼的婚姻生活。

罗曼说："我觉得不错，但我的丈夫觉得婚姻生活不快乐。"

陈邝："你是在怀疑自己没能让对方快乐吗？"

罗曼没正面回答。

陈邝笑了："努力逗人开心是一种职业，Comedian（喜剧演员）。"

罗曼问："快乐不需要付出努力就能得到吗？"

"取悦自己的过程很费力吗？"陈邝反问。

取悦自己当然毫不费力，罗曼喜欢植物，喜欢烘焙，这个过程当然需要付出时间和金钱来学习获得，但快乐是贯穿始终的。

"取悦他人呢？"

"为什么要取悦他人？"陈邝反问。

罗曼有点羞于说出口，但她很想探讨："喜欢一个人难道不想对方因你而快乐吗？"

陈邝说："如果我给爱人送一枚钻戒可以让她快乐，那么使她快乐的是我还是钻戒呢？她为什么不自己买钻戒呢？"

罗曼说："所以爱一个人不需要付出行动吗？仅凭人格魅力的吸引能维持多久？"

陈邝说："爱情的消失和生命的消逝一样无法阻止，努力经营爱情就像不舍得把脑死亡的亲属的呼吸机停掉一样，每天花费成千上万的费用来维持活着的假象，不过是给自己买点时间接受分离，总有撑不下去的那一天。"

这很消极，罗曼第一次听不得这样消极的论点。跟医生讨论这种话题显然是不明智的，他们看惯了生死，难免"冷漠"。

罗曼不想再聊了，开玩笑说："你这个人真的很冷血，你有人类的情感吗？你是机器人吗？你有心吗？"

陈邝大笑："多谢夸奖，我真希望自己是个机器人，这样我的论文就不发愁了。"

"你要是机器人，你就成研究对象了。"

结束约会回到家，罗曼无法入睡。太多思绪和疑问盘踞脑海，她感到疲惫，感到惊慌，索性暂时抛开一切，把烦恼放逐到旅途上。

旅行总能给人带来新的思考。

她开始收拾行李，这次出去准备带两件外套，看中的却都是周川给她买的。她把衣服放回去，发了一会儿呆又拿出来继续整理，梳妆台、洗手间……怎么处处都有他的影子？

她决定第二天再整理。

罗曼洗了个澡出来，开着电视玩游戏。联机版《饥荒》她再没打开过，最近一直在平板上玩单机。

她快要通关了，单机版周川只要一有空都陪她玩。他总是这样，黏着她连体婴一样地玩游戏。

这个游戏的主人公叫威尔逊，是一个没有任何发明作品的绅士科学家。他在无限灰心时得到了"暗影"老麦的诱惑，按照老麦的指令造出了传送门，正在犹豫是否按下开关时，被暗影之手无情地拉入了永恒领域。

这是游戏的开始，玩家要在饥荒世界努力生存，最终找到老麦，回到原来的世界去。

罗曼终于来到了破败长廊，穿过这里，尽头便是老麦。她看到老麦被固定在暗影王座上，他的身旁有一台留声机在循环播放着一首十分滑稽的音乐，原来老麦也是被骗进永恒领域的受害者。

罗曼面临一个选择，是否同情老麦？

她选择了"是"。

下一秒，王座上的老麦冲破枷锁获得了自由，随后又化成一股烟消失在她面前，而自己则代替老麦被永远囚禁在暗影之座上。

游戏到此结束。

罗曼听着那首属于老麦属于威尔逊的音调古怪的歌曲，心中一阵失落。

这就是结局吗？

周川给她讲过："单机版剧情就是一个无限循环的莫比乌斯环剧情，本来说没有联机的。"

罗曼躺在他怀里问："联机版是什么任务？"

周川："老麦曾经的助手查理牺牲自己解救了威尔逊，你知道的，王座的规则就是不停地寻找替死鬼。会有一大批新的人物，一起冒险找到回去的传送门。"

"会找到吗？"

周川看着她："要剧透吗？"

"嗯。"

"找到了，但查理本人分化了两个人格，天使和恶魔。恶魔一开始在传送门动了手脚，所以大家来到的还是新的冒险地图。"

"啊，这样岂不是永远完结不了？"

周川哈哈大笑："对啊，游戏不就是要吸引玩家一直玩下去吗？"

"没劲……"

周川又给她详细补充联机版的故事背景。

"所以啊，饥荒世界最大的BOSS是孤独，是无力感。玩家一次次找探测仪造传送门，可能每一扇门打开都只是另一个饥荒世界罢了。永恒领域没有出路，所有人都是孤独的囚徒。"

他越说越伤感，把她抱得越紧："不过没关系，我们一起玩联机就不会孤独了。"

他亲吻她："结婚真好，可以一起玩《饥荒》。"

他还把她当孩子哄："别害怕，我会代替你被囚禁在暗影王座上，你就继续快快乐乐地拿《饥荒》当植物园建设好了。"

"哈哈哈！"罗曼被他逗笑。

她的确没有那么感性，游戏嘛，不必当真。对她来说，开垦荒野规规整整种浆果树就很有乐趣，不出去又怎样呢？

被困在暗影王座上又如何呢？

反正她逃不掉。周川已经走了，联机版的结局看不到了，科雷再出新版本她也不会玩了。

还记得上一次打开单机版，周川见她的游戏进度差不多了便不让她玩了。他抱着她说等他忙完陪她一起玩，因为单机版的结局会让人伤心，所以她不能一个人玩。

当时她还以为周川只是想完整地走完整个剧情，所以她等他。

现在罗曼自己走完了，周川没骗她。

罗曼用手背擦掉眼泪，下一秒，泪水便如开闸泄洪一般流下来，停也停不住。

平板还定格在结局，被困在王座上的威尔逊那么无助，留声机依旧播放着滑稽欢快的曲调，满是嘲讽。

罗曼抱着平板痛哭，像是要把半生的泪水全部流光才作数。

第十四章

罗曼初七结束旅行回家。

这一趟旅行不算好也不算差，最大的遗憾是没能进去莫奈花园。但她花了一整天在橘园静静欣赏了莫奈的画，也算身临其境了。

她吃了很多甜品和很多越南河粉，法餐倒不是太吸引她。

整个旅程，罗曼只在两个时间想起过周川。一个是在酒店休息的时候，她会想，如果周川在，是不是会从专业角度做出测评？想到这些，她心生愧疚，作为妻子，她的确没有关心过他的事。

还有一次说来就丢脸了，是在爱桥上。看着情侣们挂上去的爱情锁，罗曼想到周川。他如果在，一定会挂一个的，他总是那么感性。

罗曼想得太入神，仿佛他在身边一样。她对着空气自言自语了一句，路过的人对她说了句法语，她没听懂，大概是在关心她的精神状况吧。

罗曼给这趟旅程打六分，不开心并不是因为离婚，评分出自对比，对比过去一年和周川的短途周末行来说，这趟旅行快乐度减半。

周川是一个能带给人快乐的人，一起踏春的时候，他会关注路边山间的野花野草，他们一起搜图识别植物，把适合种植的带回家养起来。

他们还没遇到过唐松草那样枝繁叶茂好生长的植物，大多数带回家的植物最终都进了垃圾桶，还有很多因为家里空间不够没能带回去。周川说没有关系，以后他们会有一个带院子的房子。

周川很活泼开朗，总能把罗曼逗笑，她根本不需要思考话题，只负责笑就够了。他还很会拍照，不是刻意摆拍，而是神不知鬼不觉地捕捉她的各种神态。

他会说在什么地方的时候觉得罗曼应该穿一条什么样的裙子，然后买回来悄悄挂在她的衣柜里。他总是看着她的眼睛夸她漂亮，旅行的照片里全是她。

让爱人快乐不需要付出努力吗？答案显然不是的。周川很用心地在让她快乐。

关于这件事，罗曼觉得自己欠周川一句道歉。

时至今日，罗曼不得不承认，从结婚那一刻开始，她就在心里暗示自己分手要体面。真是离谱，哪个正常人碰到爱情或走进婚姻时会在心里默念一定要体面分手呢？多晦气啊！也就她了。

她期待了，做到了，然后呢？失去了幸福。

她的人生是一片荒原，她是唯一被困在王座上的囚徒，好在冒险者可以逃生。

罗曼回国后就复工了，心里始记挂着要找周川见个面。但她很犹豫，不确定这份道歉是否有必要。

就像周川妈妈说的，人与人之间就是你欠我，我欠你，一句道歉能抵消自己对周川的亏欠吗？

如果她伤害了一个人，还跑去道歉，说"你为我付出了那么多，我却从来没在意过"，这真的是道歉吗？这份道歉的目的是什么呢？获得原谅？请求复合？实在卑劣。

罗曼做好准备向宋女士公布离婚的消息，可还没来得及说，宋女士却说周川前两天来家里看她了。

罗曼发现自己的心里在这一刻升起一丝雀跃，证据是她迫不及待掏出手机的动作。她在宋女士的数落声中给他发微信消息："你来看我妈了？"

周川回："初八碰到了，她问我你怎么不知道回家，我就去了一趟。"

罗曼："麻烦你了。"

周川："我不介意，如果你没准备好的话，慢慢说就好。"

罗曼犹豫了很久，给他发："谢谢你。"

"小事。"

罗曼："我是说一直以来，谢谢你。"

周川过了很久才回了一个咧嘴笑的表情。他又说："还是朋友，有需要帮忙的事吱一声。"

罗曼回了个微笑的表情。

宋女士喋喋不休地唠叨着，罗曼发现自己没法像从前一样不顾宋女士的感受直接宣布离婚了。自己的婚姻和宋女士无关，所以不用考虑她的心情吗？

罗曼只想到年还没过完，这话说了宋女士就没法过十五了。

正月十四，罗曼去看望奶奶，走的时候遇到了周川。他笑着跟她打招呼，问她要不要搭车。

罗曼拒绝了，她叫了车。

想着周川刚才自然轻松的神情，好像两个人不是离婚后初次见面，而是每天见面的邻居，罗曼心里难过又开心。她第一次发现自己有坏，她好像在希望周川不要那么快开心起来。

月底，罗曼和林珊在外面吃饭。结账的时候，服务员说有人埋过单了。

罗曼正疑惑是谁，周川发来微信消息："顺便帮你埋单了。"

罗曼不知道该怎么回，周川又发："这算是你欠我的啊，不让我补偿前妻，遇到了埋个单还是要的，男人的面子问题。"

罗曼回复："那就谢谢你了，以后我尽量少在外就餐。"

周川："你看你这个人，没劲吧。"

罗曼回了个表情包给他。

周川回："收藏了。"

"发什么呆呢？"林珊问。

"没什么。"

罗曼收起手机，心里有种说不出的感受。

结婚离婚如日常小事，不必大张旗鼓，不必郑重其事，这不一直是她的主张吗？如今周川拿得起放得下，比她更早拿离婚开玩笑，她却难受了？好一个虚伪的双标怪。

难怪说婚姻是大事，果真，离了一次，罗曼每天都在刷新对自己的认识。

周川过完春节就决定不再消沉了，因为在放肆痛苦了一段时间以后，周川发现离婚是一个正确的决定。

他的位置就应该是朋友，隔着一点距离，罗曼还是那个令他欣赏喜欢的人。他不会因为她的不在意而受伤，她也不会因为他而失去光芒。

罗曼最讨厌拿不起放不下的人，周川只庆幸自己没有在她面前表演失态，否则肯定会被她鄙视死的。天哪，她怎么嫁给一个这么没出息的男人？

前男友已经很给她丢脸了，作为前夫，周川觉得自己有义务给罗曼长个脸。

初八那天，他在酒店附近偶遇了宋女士，听她的话音，罗曼还没告诉家里。

周川立刻想到罗曼的为难，前丈母娘性格的确有点强势，若知道女儿闪婚又闪离，肯定会闹翻天的，所以罗曼得慢慢来。他自然地、毫无负担地替她打圆场，隔天还去拜年，丝毫没有去猜测她没告诉家里是不是代表还想复合这种可能性。

看吧，只要退回到朋友的位置，他就不会把什么事都扯到罗曼爱不爱他的证明题上。

是他没做好，结婚的时候就知道罗曼不爱他，自愿入局，最后却玩不起了。他到底低估了爱情的占有欲，强求不来。

他用离婚换一个确定的答案，以后这颗心就老实了。

做朋友真的很好，他又能跟罗曼斗表情包了。

三月的一天傍晚，周川在奶奶家吃饭，忽然听到门外救护车响。家家户户都出来瞧，结果是从罗曼家拉出来一个人，罗城让。

罗曼姑姑还要在家陪着奶奶，周川自然地上了救护车跟去医院，同行的还有罗城让的朋友陈叔叔。

救护车把他们拉到最近的二院急诊，罗城让就是喝酒太多，心慌气短晕了一下。

"这是喝了多少？"周川嘀咕。

一旁的陈叔叔搭话："你是罗曼的丈夫吧？"

"啊……"周川含糊过去。

罗曼正在赶来的路上，这位陈叔叔跟周川话起了家常："你岳父心情不好，这不今晚喝着酒，说起闺女不理他，心里难受。以前没离婚好歹还在一个家过年，这两个春节都没见着闺女，所以就……"

陈叔叔可能想让周川说和一下，于是把罗城让酒后的抱怨都告诉了他，什么除夕、初一给女儿发微信转账都不回，打电话也不接，整个正月就见了一面，话也没说什么，平时更是不联络。

正说着，罗曼来了。

周川迎上去："别着急，就是酒喝多了。"

罗曼松了口气，又有些生气。她爸都多大岁数了，还能因为喝多了被拉到急诊来？

她去病床前看了一眼，人已经醒了，因为醉酒，脸色很红润。

罗城让看到罗曼时露出高兴又可怜的眼神，这让她很烦。

她走到周川面前，小声问："你怎么会在？"

"我在我奶奶家，碰上了，你姑姑在家照顾奶奶。"

"麻烦你了。"

"客气，你不也照顾过我妈，礼尚往来。"

罗曼看了周川一眼。因为他这句话，她莫名其妙窝火。他当自己是什么脱口秀演员吗？离婚当段子素材呢？看把你能的。

陈叔叔走过来跟罗曼说话，意思是她爸年纪大了，她又是唯一的女儿，要多关心一下。

罗曼在心里冷笑，真是滑稽，年纪大自己往死了喝怪谁？拐着弯说她没心肝呗？瞧瞧眼前这组合，她爸、她前夫，这是什么罗曼没良心批斗会现场吗？怎么不把许嘉睿和宋女士都叫来，凑一桌麻将，一边打牌一边吐槽呢？

罗曼深呼吸两口气，问陈叔叔："输完液就能走吗？"

"住院，你陪着你爸爸吧。"

"醉酒住什么院？浪费医疗资源。"

"罗曼！"陈叔叔生气了，"医生让住院自然有道理，你这孩子怎么这个样子！"

周川过来欲劝。罗曼烦他，冷言冷语道："谢谢你，回去吧，不麻烦你了。"

陈叔叔很不理解，这算什么话？跟自己丈夫说麻烦？

周川不知怎么想的，居然十分好脾气地来了句："应该的。"

应该什么！罗曼说："离了婚了应哪门子该？"

陈叔叔瞳孔地震。

周川笑着对陈叔叔说："开玩笑的。"然后拉着罗曼出去。

来到急诊外面，罗曼甩开他："有话就说。"

周川："你既然还没告诉家里，就不急于这一时。你爸还躺在病床上，你等他好了再气他也来得及。"

"关你什么事啊！"罗曼极不耐烦。

周川愣了一下，随即笑起来，笑得罗曼火更大了。

她转身进去，周川跟了上来。

罗曼停下转身瞪他："你还跟来干吗？"

周川笑得很欠揍："看你发脾气。"

"你有病啊？"

"有，正好在医院，就近挂个号。"

罗曼头也不回地大步离开，周川优哉游哉地跟进去。

他真的觉得很有意思，认识罗曼以来，她还是第一次撕破淡定，这可是他离婚时都没有的待遇，人生有奇迹。

陈叔叔看到罗曼办理好住院又向护士打听护工，便拦住她："你先别忙着请护工，我跟你说两句话。"

她一点兴趣都没有："陈叔叔，我明天得加班。"

这句话让陈叔叔有点生气，他冷哼一声，说："你小时候出麻疹，夜夜高烧，你爸整宿不睡守着你，早上六点多吃一口又给人装一天房子。你们年轻人哪个是早睡的？夜夜抱着手机两三点才睡，不差这两分钟。"

罗曼只是很烦，不想待在这个有她爸、她前夫的地方听陈叔叔教训她有多不孝顺。虽然她没说什么，但脸上没掩饰情绪。

陈叔叔做了一辈子生意，惯会看人脸色，见她这样，也不想跟她聊了，说："回吧，不用请护工，我看着。怎么说也是跟我喝酒喝多的，你走吧。"说完他便进了病房。

看着病床上的罗城让，陈叔叔叹了口气。儿女都是债，他那个儿子虽然也天天不见人，但好歹是个医生，自己生病了去医院倒能指望得上。

过了两分钟，周川进来打招呼，还是请了护工。

周川让陈叔叔回家休息，他没应这句话，说了别的事："前年她买房装修，是她爸一手操办的，光墙漆的颜色就调了十几遍。全屋定制是他设计的，那阳台上的架子和玄关客厅的几个原木柜子，都是她爸亲手做的。为了闺女一套房，把我们的师傅都快烦死了。我跟老罗说这件事得告诉闺女啊，老罗不让我说，他说要是罗曼知道了，肯定就不住那房子了。今儿个我多事一回，这事我说了，你回去告诉罗曼，我倒看看她还住不住那房子了。"

周川说："曼曼她就是嘴上不说，心里都有。"

陈叔叔说："今天给她打电话叫她来是我多事，以后不了。"

"您早点回去休息吧，注意身体。"

陈叔叔走了。

周川追上罗曼，说："陈叔叔跟我说了一件事，关于你爸爸的，你想听吗？"

罗曼火了："你凭什么站在那儿听完？"

"行，对不起。"周川大步走开。

随后罗曼开着车从他身边经过。

周川估摸着她到家了，给她发微信消息说了那件事。

罗曼没回复。

他又发语音："陈叔叔告诉我，你那房子是你爸给你装修的，好多家具都是他亲手打的。"

罗曼回："已阅。"

周川没再回复。

罗曼看到微信消息后，起初内心很平静，要说她意外吗？其实也没有，可能她内心深处隐隐约约也有这种猜测吧。猜测吗？也叫期待？

她站在客厅环顾四周，脑海中全是从前和父亲相处的回忆。

小时候，罗城让总是骑着二八自行车带她去工作。他教她做家具，他说罗曼是他的小助手。

有一次罗城让接了个大活儿，一个有钱的老板买了块地盖了别墅，院子要规划。罗城让带她去看推土机铲土，看吊车把大树吊起来运到院子里，工人们在定点位置上齐齐仰着脖子喊话。

罗曼觉得特有意思，后来罗城让收尾款时带她去，她看到了修好的小花园，说她也想住这样的房子。

罗城让说那就好好学习，努力工作，赚钱了买房子，爸爸就给她亲自装修。

父女俩骑着车迎着夕阳回家，罗曼一路说着她以后要把房子粉刷成绿色，植物园的颜色，然后在家里种满鲜花。

"爸爸，冬天有什么花？"

"我也不知道啊，明天我带你上书店买本书找找答案。"

"好！爸爸，我要一年四季都住在花园里。"

"好。"

…………

罗城让本来是罗曼最好的朋友。因为宋女士管得多，脾气又阴晴不定的，礼拜四还答应了她周末跟同学们去爬山，礼拜六一起床就骂她光知道玩，多少补习费都白搭，然后她只能临时放同学鸽子。

罗城让就跟老婆沟通，说这样对孩子不好，让孩子在朋友面前没信誉，句句都说出罗曼的心声。最后宋女士被说服，面子上下不来，还要发一通火说就是让她好好学习，哪里说不让她出去玩了。

罗曼赌气不肯再去，是罗城让开着车给她买了一大堆零食和饮料送她去找同学。他还给她钱让她请客吃火锅，她在同学面前又有面子了。

罗曼跟爸爸有许许多多小默契，钩钩手代表想要零花钱；让他开家长会代表犯错了或者没考好；眨眼睛代表让他把宋女士带出门去，她要在家上网画画；叫"老罗"代表她看上新衣服新鞋子了……

初中的时候，罗曼家楼上的男主人出轨了，两口子夜夜打架，闹得鸡犬不宁。罗曼跟罗城让说她不喜欢那个男的，说她的爸爸是全世界最可靠的男人，是最忠诚善良大度的好朋友，然后他也出轨了。

罗城让背叛了她的信任，她要怎么原谅他？

看着满屋的家具，罗曼只觉得痛苦。她好想逃，却不知道去哪里。

"咚咚咚！"有人敲门。罗曼打开门，周川站在门外。

"有事吗？"她问。

"我怕你真把房子炸了，来看看。"

罗曼不觉得他幽默，实际上她很烦躁，想出去透透气。

"想出去玩吗？"他问。

"不想。"

周川揉揉鼻子，说："那你开车送我回家呗，这大半夜的，来个司机把我打晕了卖去山里咋办？"

罗曼白他一眼，意思是他卖不出去。

"走吧，送送客。"周川磨她。

"我请你来的？"

"走吧，我送你多少回了，你送我一次怎么了？"

"你是我丈夫，你送我还是功劳了？"

这句话脱口而出，说完两个人都傻了。

空气瞬间凝结，罗曼感觉自己全身发烫，要变成水蒸气蒸发了。她不存在了，她不想存在。

她正想挽回一句，就听周川说："我小心眼儿，我都记着账呢。走吧。"

开车散散心也是好的，晚风吹过，罗曼心中的郁闷散开了些。

周川在副驾驶座接了个电话，接完他掏出烟点上一支，又往她嘴里塞了一支，凑过来点火。

罗曼微微偏头吸了一口，火星燃起又熄灭，烟雾缭绕，懂事的风卷走白烟，也卷走了罗曼的烦恼。

来到周川家小区门口，她请他下车。

"上去坐坐？"周川问。

"不了。"

"那聊聊？"

罗曼没说话。

"你往前开开，别挡着入口。"周川指挥她。

罗曼犹豫了几秒，把车开到前面去。

路灯把路旁的树影贴在车身上，罗曼问周川要烟。他把烟盒捏成一团对着路边垃圾桶精准投入，说："还成烟鬼了你，不学好。"

罗曼不理他。

周川解开安全带，侧过身子对着罗曼。他一直看着她，看得她窝火。

"看够了吗？"她扭头质问。

下一秒，周川凑过来轻轻捏住罗曼的脸，她的嘴巴张成了O形。他说："你这张嘴啊，真的是撬不开了。"

罗曼打掉他的手。

"作为朋友，我能发表一点看法吗？"他问。

"我们是朋友吗？"

"好家伙，一日夫妻还百日恩呢，我们……"他掐指算，"少说三千多日恩吧，这还兑换不了一个朋友的身份？"

罗曼懒得理他贫

周川说："办婚礼那会儿，你妈找我，说了你爸……出轨那事，回来我问你，你说没有的事。"

罗曼打断他："知道了知道了，我错了，我对不起你。"

周川愣了一下，笑起来，她是在反思他们的婚姻吗？下一秒，他阻止自己犯傻，不许乱想。

"罗曼，你一直是很公正、很理智的。父母和子女应该是独立的，为人父母，责任重大，父母应当知道他们的言行会影响孩子。但孩子也要对自己负责，不让父母的过错影响自己的人生。你爸是错了，我要说人非圣贤孰能无过，你可能觉得我是为男人出轨开脱。我并不认可婚内出轨，但放在亲子关系里，这事要分开看。我是说你作为女儿要分开看，你爸作为丈夫的确不合格，他背叛婚姻、背叛妻子。但如果他是一个好父亲，你应该放过自己，别逼着自己记恨。"

罗曼不说话了，周川又说："你的人生是你自己的，别用你的生活来惩罚你的父亲，你是在伤害自己。"

罗曼突然想到了当初陈邝对她说的"专注自身，其他人都不重要"。

她想她也许忽略了这句话的另一半，专注自身的意思也该包含对他人人生选择的宽容和尊重。

怎么会这样呢？罗曼只想到当年的自己，那时的她恨不得自己是个孤儿，没有出轨的父亲和能用钱买来尊严的母亲。

她没法面对生活，这时有人告诉她一个办法可以屏蔽掉一切痛苦，这让一个十几岁的孩子怎么拒绝？的确有效不是吗？

十六岁的年纪获得了解决痛苦的灵丹妙药，谁会辩证药和毒的区别只是对上了具体症状呢？

罗曼觉得很累。她靠在座椅上休息，很想睡觉。

"你走吧。"她低声说。

周川打开车门下去，几秒后却打开了驾驶座的车门。他说："我送你回去，太晚了。"

周川等了一会儿，见她不动，拉着她下车。

罗曼终于睁开了眼睛。周川看到她眼眶湿润，轻声叹息，拉着她的手腕没放，两个人就这么面对面站在车子旁。

罗曼没走，周川就主动地把她抱进了怀里。因为他觉得此刻的她好像很需要一个怀抱。

罗曼只是愣了一下就抓住了他的衣服，很快，她的眼泪就把他的T恤浸湿了。

周川安抚地拍着她的后背，在她耳边小声说："你可以原谅他的。"

罗曼只觉得自己的泪腺自从上次哭完后就坏掉了，怎么一开始哭就止不住了呢？

周川把罗曼送回去的时候，她睡着了，他在车库停好车后叫醒她。

罗曼迷迷糊糊地睁开眼，下了车走向旁边的电梯口。

直到周川跟上来把车钥匙还给罗曼，她才醒。刚才她睡晕了，还以为没离婚，两个人一起回家呢。

"谢谢你。"罗曼说。

"快回去接着睡。"说完，他走了，步行离开。

"周川。"罗曼叫住她。

"嗯？"

"很晚了……"

"没事，我叫了车。"

司机已经等半天了，周川跟罗曼挥手再见，加快脚步离开。

罗曼进入电梯，按下楼层。电梯门关上的那一刻，她无力地靠在墙上，刚刚她是想叫他上去。

不是上去借住，是回家睡觉。

这么多年，罗曼第一次主动想和一个人建立关系。

医生让罗城让随身带着心率监测仪，记录一周后再复诊。

罗曼来接罗城让出院，他很高兴，顺便提起让罗曼接手自己公司的事。

罗曼说没兴趣。罗城让又说："公司迟早要交给你，我现在还能带带你，不然哪天我没了，你都不知道从哪儿开始。"

罗曼说："老板死了，企业就不运转了，这说明公司本身的管理就有问题。"

罗曼开着车，清楚地感受到父亲的目光在她的脸上停留了许久，然后才移开。

直到下车前，罗城让再没说一句话。

一周后，罗城让回医院去复查，罗曼没有过问他的检查结果。

至此，罗城让跟女儿缓和关系的心也凉了大半。

他约前妻见面谈这件事，希望她能问问罗曼。

这些年他听够了罗曼母女的冷言冷语，他也不求父女情了，要继承他的遗产就别坐等他死，就是装，面上也得过得去吧？不要他的财产，那他这个爸就更没价值了，他也不上赶着了，他还能活几年呢？

宋女士态度很好，说女儿只是嘴上不表达，心里其实很爱爸爸。

罗城让笑了，他这个前妻是很精明的，也不知道罗曼这倔脾气随了谁？

罗城让想着小时候跟女儿相处的点滴，心中感慨万千。

回家后，宋女士筹谋了一番，决定从周川下手。她叫他劝罗曼多关心关心爸爸。

周川没多想，截图发给罗曼。

罗曼决定回家跟宋女士摊牌。

其实现在不是好时机，但罗曼别无选择。

宋女士苦口婆心地给她分析："我和你爸没离，你怎么冷着他都没事。他死了，财产自然是你的。但现在你爸单身，回头找个年轻的再生一个，还有你啥事？别说他再有个孩子了，就你奶奶住的那个院子，你姑还惦记着全拿走呢。你爸现在身体弱了，你不关心着，让你姑家的孩子在身边献殷勤，目的是啥？"

她又说："你爸可说了，你要真不想要公司，他就卖掉，把钱捐出去。

就一句话，又不是让你上刀山，你这孩子怎么这么倔呢？"

罗曼就听不得谁威胁她："他的钱，他想捐就捐，跟旁人没关系。"

宋女士血压飙升："你要把我气死啊？你跟钱有仇还是怎么的？你就是给人打个工，四五十岁了咋办？又不是公务员，自己当老板不好吗？周川能挣，你跟他势均力敌不好吗？我难道是在害你吗？"

罗曼手撑着下巴："说到周川，你坐稳了，我有消息宣布。"

"说。"

"我们离婚了，已经半年了，没分财产，我也没有再婚计划。以后你别找周川，也别给我安排相亲。"

她又补充："一句话，别管我。您应该知道，您越叫我干什么，我越不想干什么，怎么还来指导我的人生呢？"

宋女士震惊无比地看着她，起初还有点不信，直到她给自己看离婚证。

罗曼坐直了等着母亲爆发。

过了很久很久，宋女士说："我再过问你的事，让我不得好死。你走吧。"

宋女士说话绝，这个誓发得罗曼心生不忍。但她没安慰，只当母亲是跟她斗法，平静地说道："你这又是何必，有什么情绪现在发泄出来……"

"滚！"宋女士指着门怒吼。

宋女士把罗曼推出门外，红着眼睛看着眼前陌生的女儿："我越叫你做什么，你越不做什么是吧？我懂了，你这哪里是恨你爸，你是恨我啊，这辈子为你操心就当我犯贱了。走走走，以后各过各的。"

罗曼出来后给周川发微信消息："我跟我妈说了，她要找你，你别理。"

罗曼怕宋女士因为离婚赡养费的问题去闹。

周川回："她来找我，我也不能不理吧？毕竟是长辈。"

罗曼："随你。"

周川问："你没事吧？是不是吵架了？"

罗曼："没事。"

周川没再回复。

罗曼过两天就问一次周川，宋女士却一直没找他，这很反常。

罗曼有点坐不住了，主动发微信消息给宋女士。消息发不出去，她被删了。宋女士的朋友圈倒是保留着陌生人能看，最新一条是小视频，宋女士带着开心在公园散步。

周末罗曼回去了一趟，敲了半天门都没人开。问了邻居她才知道，周川大宋女士大包小包带着狗子不知去哪儿了。

罗曼有点着急了。她打电话，对方不接，发短信也不回，正准备借邻居手机给宋女士打，宋女士回了："旅游。"

之后她就再也不回了。

罗曼很烦。她打车回家，走到一半看到酒吧，想喝酒了。

她拿起手机找到周川的微信，犹豫再三还是主动发了一条："有空吗？"

一小时后，周川找到了她。

"没喝醉吧？"

"没有。"

周川要了杯零度可乐坐在她对面，罗曼看上去心情很差。

"出什么事了吗？"

罗曼灌了口酒。周川开玩笑逗她："该不是感情问题吧？如果是，你把我叫出来吐槽是不是有点缺德了？"

罗曼笑了笑，说："我妈，联系不上人。"

"离家出走了？"

"算是吧。"

"亲戚朋友都问了吗？"

"嗯，应该回我舅那边去了。"

"开心呢？"

"一起带走了。"

"哦，可能是去散散心，别担心。"

看罗曼脸上没有放心的表情，周川问："是因为我们的事吗？"

"不止。"

周川点了支烟静静地坐着。她不说，他也不问。

过了半天，罗曼才跟他说了和宋女士吵架的原因。

周川不了解罗曼心里的全部想法，但有一点他看清楚了。

"我能说说我的风凉话吗？"他问。

"请。"

周川靠近她一点，说："你嘴上说让你妈别打扰你的生活，现在她不烦你了，你又放心不下，这说明你心里是很关心、很在意你妈妈的。你并不是要和她彻底断绝来往，至于你们之间的这个度如何把握，还得沟通。"

罗曼抓了抓头发："沟通不了。"

宋女士是给点阳光就灿烂的人，她不是不想和宋女士约定一个互不干涉又互相关心的协议，因为宋女士就不是履约之人。

周川见她这么难受，想着可能有什么他不知道的隐情，就说："我是觉得，很多亲密关系的建立其实还真不是客气来的，朋友啊、爱人啊，亲人就不用说了。"

罗曼明白他是什么意思，她看着周川的眼睛，似乎有千言万。她很想把从小到大所有的矛盾都告诉他，却又怕自己的一面之词表达的是要说服周川同意她的观点，这样显得很卑鄙。

周川默默观察罗曼的表情。对比以前遇到问题她死不承认或者他问一句她就玩笑过去的方式，现在她能表露出情绪，至少说明她不压抑自己了。至于跟不跟他推心置腹，一点都不重要了。

他拿起隔壁桌客人留下的扑克："我给你算一算吧，你是不是担心你妈妈的安全？心中默念这个问题，我给你抽牌。"

罗曼看着他装模作样地洗牌抽牌，也不知道他是不是动了手脚，居然抽出来三张六。

"好牌，666，说明你妈妈一切安好，身体健康，心情舒畅，你们的关系也会云开雾散。"

罗曼信了他个鬼，他哪里会算？

不过这倒提醒了她一件事："你买的塔罗牌还在我那儿，你还要吗？"

周川都不记得了："你留着玩吧。"

罗曼突然好奇地问道："你们家没说你吗？离婚的事。"

周川摇头叹气，他是男人，又没孩子，离了婚还没损失任何财产，这便宜占得周川他爷爷都没脸在胡同里晒太阳了，就怕撞见罗家人。不过他爸妈的确是不太管他的事。

"很晚了，送你回去吧。"

周川送她回家，罗曼道谢。

周川："客气了，还是朋友。"

罗曼回家后翻出了塔罗牌。她对这个不感兴趣，是有一次网站推荐了相关内容，周川点进去看，一看就入了坑。

罗曼跟周川说这都是心理学，大众占卜总有几句话能说到人心坎儿里。他不听，还特别关注了一个占卜师的账号，又时常看星座分析，说这些老师把他的灵魂看透了。

周川还从网上买了牌和相关书籍开始研究，只不过在罗曼的捣乱下没能坚持下去。她是故意的，说实话，她有点不喜欢信这些东西的男人。

罗曼把牌收起来放在茶几上，想着下回拿给他。

洗了澡出来，她看到阳台角落箱子里放着的喷淋系统，那是周川买来做智能远程遥控浇花设备的，可惜技术不行，安装后喷了楼下邻居家一阳台水。

罗曼想到周川跑下去给邻居乖乖拖地的样子就忍不住笑起来。

她拍照发给他。

周川回："我想过了，这个程序是别人开发的，不安全。"

罗曼赶忙把箱子封起来贴上"线路零件"，准备第二天扔掉。

躺在床上，罗曼习惯性看手机。有意思的是，她的主页居然推送了塔罗牌占卜。

罗曼大笑出声，给林珊发微信："不得了，大数据太吓人了，我只是跟人聊天提到，居然给我推送相关内容。"

林珊回道："才知道啊！赶紧把那些什么定位麦克语音的授权都关掉。"

罗曼没再回，她盯着那条推送出神。占卜内容叫——"你和 TA 还能复合吗"。

"占卜就是说你想听的话，你不想听的都自己自动忽略了。"罗曼这样说过。

　　她没说错，想听的人也没错，人的心并不是时时刻刻都很坚定，有时候就是需要一些这样的东西来安抚。

　　"你和 TA 还能复合吗？"

　　"TA 还爱你吗？"

　　"你们为什么会分手？"

　　"挽回是正确的决定吗？"

　　⋯⋯⋯⋯⋯

　　罗曼一条条看过去。其实她并没听进去几句，但她越看越难过。

　　她想起了周川，想起周川以前搂着她问塔罗牌"她爱我吗"时，自己怎么就没有回答他呢？哪怕一次。

第十五章

周川也很担心宋女士。说实话，自从离了婚，他一直觉得自己应该被罗曼爸妈联合起来揍一顿才舒坦，可宋女士却不按常理出牌。

怎么的？许嘉睿都有的待遇，他不配吗？

周川给宋女士打了好几个电话，她接了，态度很冷静。她对他说已经不是一家人了，不用联系了。

这话说得周川很心塞。

罗曼回家去看奶奶，罗城让搬走了。

罗曼问姑姑怎么回事。姑姑说是隔壁家养了两只公鸡，吵得人没法儿睡，罗城让就搬了出去，等鸡没了再回来。

"奶奶呢？"

"你奶奶没事，她耳背听不见。即使听见也没事，老年人觉少，鸡打鸣的时候，你奶奶早起来了。"

罗曼去邻居家沟通，走到院门口，看到两只公鸡飞起来追着互啄，顿时吓得不敢进去了。

正观望呢，有人叫她，是大头。

"站在这儿干吗呢？老周呢？"

罗曼愣了一下，说："上班？"

"哦，我还有事先走了，有空一起吃饭。"

大头走了没半分钟又杀回来，拿着手机十分兴奋地跟她打报告："小罗，周川这个不孝子骗你呢，你瞧瞧，跟人打麻将呢。"

罗曼十分尴尬："挺好。"

见罗曼这么大度，大头遗憾地离开，一边走一边发语音："儿子，我碰到你老婆了，你是不是骗人说你上班呢？啧啧啧——你咋这样呢？爸爸我平时怎么教育你的？"

晚上回家，罗曼工作的时候，群消息弹了出来。是周川朋友的那个小群，他们在聊公鸡的事。

大头下午才听说这件事，想到那家就住在周川岳父家隔壁，就怂恿周川去偷鸡。周川不肯，两个人在群里算账，这些年谁欠谁的承诺没完成，这会儿都得兑现。

大头死活要周川半夜把鸡偷走，然后给主人家留两只烧鸡，奖金都开到五千了，可周川不答应。

群里朋友纷纷出主意，有说把公鸡调包，换成母鸡的；有说半夜去那家墙根下跳迪斯科的……罗曼一直看他们聊天，乐得不行。

她持续关注着这件事，周川好像真的去沟通了。

罗曼发微信消息问周川沟通结果，周川回："鸡还在，那家奶奶说不让养可以，我得给他孙子写作业。"

罗曼大笑，说："辛苦了。"

"辛苦啥？我可不写小学生作业。"

"哈哈哈——其实可以报警。"

"都是邻居，报警伤和气，打扰你奶奶休息吗？不行我牺牲一下。"

"怎么牺牲？"

"那家闺女要我微信，她说我跟她吃饭，她就把鸡宰了。"

罗曼的笑容僵在脸上，她回："好事。"

不管他是在开玩笑还是真的在期待新恋情，这都让罗曼心里不好受。前两天她还在告诫自己，一段感情结束后，情绪反复是正常的，她是真的想要周川回来吗？

她还在冷静观望，周川就已经翻篇了。

挺好。

两天后，周川给罗曼发微信消息说公鸡被送走了，她回了个"OK"。

宋女士这回是真的不管罗曼了。从弟弟家回来，她生了一场病也没告诉罗曼，还是听邻居说的。

因为开心寄养在邻居家太闹了，罗曼把开心带回家去。宋女士当天下午就来领了，客客气气地说麻烦她了。

　　罗曼不想在这个时候跟她起冲突，决定等她愿意沟通再说。

　　月底，周川问罗曼跟妈妈和好没有。

　　罗曼回："我会处理的，你不用管了。"

　　周川回："好，有需要说话。"

　　周末，罗曼去找宋女士，想跟她聊聊。宋女士倒没有发脾气。

　　母女俩对坐，罗曼问："您有什么想法说出来，我们心平气和地沟通一下。"

　　宋女士："你说你的想法吧。"

　　罗曼："我希望您不要干预我的生活。"

　　宋女士："没问题。"

　　罗曼："我的意思是，我已经这么大了，我会处理好自己的生活。我希望你能找点事做，专注自身，不要总想着干涉我。"

　　"行。"

　　罗曼聊不下去了，问："我离婚的事你有什么想问的吗？"

　　"没有。"

　　宋女士明显不想跟她多说。罗曼很无奈，说："我是来诚心和你对话的。"

　　宋女士看着她笑了笑，说："我知道了，你叫我不要干涉你，我答应了啊，还有什么问题？"

　　"有话就直说，不要这么阴阳怪气。"

　　"我才想明白，你不叫我过问你的事可能不是嫌我烦，是看不上我吧？问一句都打扰你了，这些年应付我，你也累了吧？你不用否认，要不是我这个当妈的有苦劳，你只怕宁愿没有我这个妈。你放心，以后我不会过问你一句，你的日子是好是坏，你自己过，我也自己过。你有再多的怨恨，看在我生你养你二十多年的分上，咱们恩怨两销。或者你觉得不够，我给你怎么赔礼道个歉也行。"

　　罗曼感觉自己的心在一点点冰封。她觉得很冷，身体开始微微颤抖。

　　有人敲门，宋女士去开门，是一个年轻姑娘牵着开心回来了。

　　"怎么这么快？"宋女士问。

"阿姨，前边公园不让遛狗了。"

"怎么回事？"

"说是前几天谁家狗把一个孩子吓着了，现在不让狗进园子。"

"把孩子咬伤了？"

"没有，就是吓哭了。"

"那是谁不让遛狗了？街道还是公园？"

两个人聊着遛狗，完全忽略了罗曼的存在。

罗曼拿起包走了，宋女士没看她一眼。

罗曼走了一段路才抬手打车。司机问她去哪儿，她脱口而出周川的酒店。车开到一半，她又改口回家去了。

洗完澡换上睡衣，罗曼灌了两杯红酒，戴着眼罩入睡，什么都不去想。她很累，这一睡怎么也睡不醒，除了爬起来上厕所喝水，几乎没有下床。

也不知过了多久，周川给她发来微信消息："方便来接我一下吗？我在酒吧。"

罗曼没犹豫："地址。"

罗曼来到酒吧，看到周川和很多朋友在一起。这些她都见过，除了一个年轻女孩。

这个姑娘从罗曼进来就没回避她打量的目光，没等她乱猜，周川拿起外套走到她身边，对大头说："我走了，你埋单，回头爸爸给你报销。"

"滚滚滚。"

周川搂着罗曼的肩膀离开，对她说："不好意思啊，有个姑娘不知听谁说我离婚了，我还没跟大家说，今晚不想说，只好叫你来一趟。"

罗曼问："是你上次说的那个女孩？"

"对。"

罗曼不说话了。

来到门外，世界安静了。周川松开她，问："你怎么了？"

罗曼："没怎么啊，那姑娘很不错。"

周川手掌握拳，抵着嘴唇笑了笑说："我是说你来的时候怎么哭了？出什么事了吗？"

罗曼惊讶周川的细心，自己出门前好好化了妆掩饰肿泡眼来着。但她仔细想想，他一向很会看她的情绪。

她一时不知从何说起。周川突然手捂着胃，很难受的样子。

"喝多了？"罗曼问。

"嗯，有点，我去买瓶水。"

罗曼跟他一起去。

便利店关东煮和热狗的香味勾起了罗曼的胃口。她暂时不想送周川回家，于是提出在便利店坐一会儿。他要了杯冰咖啡。

罗曼没吃几口便跟周川说了和母亲的问题。她说完了，他长久地沉默。

再开口，他整个人显得木木呆呆："我真有点上头，这会儿脑子不清楚，我要说错了话，明天你还理我吗？"

这话说得罗曼心里难受。她从未觉得自己这么可怜过，全世界都是罗曼受害者吗？

"别说了，我送你回去吧。"她站起来扔掉关东煮。

周川拉住她的手腕："你看你，一句话不对就不聊了。"

罗曼坐回去："你想说什么？"

周川用手指按压太阳穴，一副很难受的样子："我还是那句话，你要你妈远离你的生活，她做到了，你又难过，你这份纠结就是问题所在。人活着，有许多关系是自主选择的，朋友、同事、合作伙伴，甚至是爱人。唯独亲人，亲人不是因为三观契合、脾性相投才组成一家人，亲人是没法选的。自由组合，这也是很珍贵的缘分，血脉相连，不可能彻底在感情上和生活中把亲人剔除。我觉得对待亲人跟其他人是有不一样的底线和包容性的，都有矛盾争吵，也都会互相伤害，你得接受。"

罗曼没说话，看着窗外的行人。

周川补充："不是让你接受亲人的错误，而是接受自己的情绪，你懂我的意思吗？不管什么情绪，别憋着，我上学的时候还觉得我爸妈压抑了我的天性，毁了我的未来呢，但这并不妨碍他们对我的爱和保护。我是想说，在亲子关系上，很多情绪是可以共存的。一个孩子杀了人被判死刑，父母知道他罪有应得，行刑之时依旧会痛苦地流泪，这就是父母。儿女也该把父母当成独立的普通人，是人就不完美，不要把父母当偶像，这样很危险。他们犯错了，你的生活就毁了，这样不对。我在说什么？你刚刚问什么来着？"

周川差点跌倒，罗曼扶他起来，说："走吧，回家。"

来到停车场，四下无人，罗曼站定了对他说："我心里的确有很多愤怒和不平，有时候我会觉得我已经认了太多不该认的错，实在不想妥协了。"

周川的手顺着她的头发握住她的脖子，把她拉近一点，说："是不是不甘心次次主动和解？"

罗曼咬紧嘴唇不想承认。

周川说："跟父母不必太计较胜负，他们是给我们生命的人，他们的生命也是子女最不能承受的失去。"

罗曼抬头对上他的眼睛，小声说了一句话。

周川没听清，问："什么？"

罗曼重复，字字清晰："你可以陪着我吗？"

月朗星稀，罗曼看着周川的眼睛。

周川说的她都懂，只是她把自己冰封得太久，已经不会表露感性的一面，埋怨哭闹、任性耍赖她都不会了。她很想改变，想回到一年前。一年前有周川陪着她，她总是在笑，很少会对生活感到厌倦疲惫。她觉得好孤独，她想让他回来，那样她就会有勇气去爱去原谅了。

周川轻轻地拥抱她。良久，他放开她，眼神哀伤地对她说："我会一直陪着你。"

罗曼十分欣喜。

他说："以朋友的身份。"

罗曼有些失落。

他抚摸她的脸庞，轻轻落下一个吻："曼曼，你只是此刻需要我，不是爱我。这没有关系，任何你需要的时候，我都会在你身边。"

罗曼几乎要落下泪来，颤抖着嗓音问："那你为什么亲吻我？"

周川抵着她的额头轻声说："因为我爱你。"

"我也……"

"不是。"他打断她，"你不爱我。"

罗曼从来没试图挽留过任何一个人，不管是朋友还是恋人。除了对父母没能做到一刀两断，其余任何人，罗曼都不会多浪费一秒钟时间周旋。

周川说他依旧爱她，他的心依旧在她身上，但她抓不到手里。

她要如何证明自己爱他呢？她不会。

她去问林珊。

林珊结合之前找周川时的对话给出判断："赌气呢，心里不平衡，想让你继续哄。"

罗曼觉得她在开玩笑。

"我爱你，我觉得你不爱我，意思就是快来爱我。"

"我已经说了。"

"那就做一做。"

"怎么做？"

林珊给弟弟打电话："如果你喜欢的女生跟你吵架闹矛盾了，怎么一招制敌哄好男人？"

弟弟："脱光了在门口等我。林珊，我告诉你，我真的生气了……"

"没说你，再见。"林珊冷酷地道。

她挂断电话对罗曼说："这就是男人，很简单。"

罗曼倒不是想不到这个方法，只是他们之间的问题不适合靠性来糊弄过去，治标不治本。

周川回奶奶家的时候又遇到了那个女孩，她拦住他，问："喂，你跟你前老婆的对话我都听到了，你们就是离了啊。"

"跟你有关吗？"周川不解。

"有，你单身，我单身，在一起吧。"

周川被吓到了："你这样你爸妈知道吗？"

"知道还能把我锁在阁楼上吗？"那个女孩满不在乎。

周川无语："感谢垂青，既然你都听到了，那你也应该知道我爱我老婆吧？"

"你可以继续苦哈哈地爱她，我又不想跟你谈恋爱结婚。"

周川笑了："你要这么说，我有个朋友可以介绍给你。"

"帅吗？"

"比我差一点。"

"那不要。"

"我这个人妒忌心强，其实他比我帅。"

"行，就这么定了。你介绍给我。"

"拜拜。"

姑娘追上来，试图说服他："喂，你不是说想忘记她吗？忘记一个人最好的办法就是找个新伙伴。"

"放过我吧，我不行。"

"真的假的？"

"真的，要不也不能离婚。"

"哎呀！真是可惜了！你爸妈知道吗？"

"再见！"

"要不要跟我在一起刺激一下她？"

周川不理她，这叫刺激？是背叛吧。

再说他也不想演戏让罗曼吃醋，以他对罗曼的了解，她要是真看到他和哪个女性暧昧，肯定转身就走，都不带生气的。

周川去找宋女士。

宋女士忙着呢，关于公园禁狗的事。

通过了解，当日的确是狗主人没拉住绳子，但小狗没跑去吓孩子，是那小孩自己哭了。那个孩子的妈妈是个育儿博主，当天带孩子来公园拍东西。孩子一哭，她急了，发到网上添油加醋地讲了一遍。这下养狗的和养孩子的都急了，事情闹大了，所以公园禁狗了。

其他人都很生气，但拿网红没办法，怕被网暴。宋女士不怕，她和周围养狗的就指望着这个公园遛狗呢。况且公园本身有"文明遛狗"的牌子，没有禁狗，只不过时间久了，牌子上的标识掉了，网红不认。

宋女士有钱又有闲，开始频繁地跑相关部门，要求重新修公告牌。要不是个人不能乱改乱贴公共指示牌，她早就自己出钱修了。

这事说小很小，说大很大。总之，要政府部门层层审批重新维修一块牌子是一件耗时又耗力的事。宋女士也不急，天天跑去问进度，死活要把这件事办下来。

周川跟宋女士在街道办见的面，因为她在烦街道的人来处理这件事。

周川的策略是逐个攻心，他跟前丈母娘说想听听她的委屈。

宋女士一脸"你有什么病"的表情："别说你不是我女婿了，就算没离婚，也跟我没关系了。我这不是跟她较劲儿，我年纪大了，想过过清闲日子。别来烦我，赶紧走。"

攻心不成就套近乎，周川了解了禁狗的事，主动提议给宋女士联络一下电视台，跟网红拼舆论。

宋女士说："你这算是给家乡人文建设做贡献，不是帮我。"

"好的。"

周川可算知道罗曼的感受了，这对母女俩想和解太难了。如果宋女士是赌气逼强要罗曼来俯首称臣，他不忍心；如果宋女士是真的要跟女儿划清界限，他更不忍心。

不想让宋女士用禁狗这件事来逃避问题，周川暗中托人找关系办了这件事，然后宋女士就去跟那个网红叫板了。她天天带头牵着开心逛公园，网红拍她，她也拍回去。

要不是宋女士年纪大了一点，不太懂互联网那套，她绝对能线上线下大获全胜。

解决完这件事，周川企图再次跟宋女士沟通。宋女士给出"你在说啥，我听不懂"的反应，这让周川想起离婚前罗曼拒绝跟他交心的回忆，扎心。

周川算是看明白了，这件事他管不了，也没法管。

为了不让前丈母娘闲着无聊，周川想介绍宋女士去他朋友组织的观鸟协会工作。报酬几乎没有，但工作内容有趣，工作环境美好，就是组织大小朋友们观鸟。讲解有专业人员，她干点维持秩序和管理志愿者的活儿就行。

他没告诉宋女士，先跟罗曼商量，两个人约好晚上见面吃饭。

下班前，周川发来微信消息说工商局的领导来了，他得陪着应酬。

十点的时候，罗曼给他发微信消息，他那边还没结束，再后来就不回信息了。

十一点半，罗曼打电话给他，响了好久对面才接起来，一听就知道他彻底醉了。奇怪的是，他那边还有雨声。

罗曼拉开窗帘看了一眼，没下雨啊。

"你在家吗？"她问。

周川醉醺醺地说道："下雨了，谁给我一把伞？有没有人管我？"

罗曼笑了笑，说："我有伞，我来接你好吗？"

"不用，你回家去，别感冒了。"

罗曼穿好衣服，拿着车钥匙开车去他家。

周川家门的密码还没换，罗曼换鞋进屋，一眼就看到阳台上的木绣球。这是她喜欢的植物之一，因为长起来很大，她一直没买，家里已经放不下了，这个品种很适合在露台或者院子里种。

淋浴的水声传来，罗曼跑进卧室找人，周川趴在床上正睡着呢。

罗曼去卫生间关水，看到他的手机泡在水池里。她拿出来用纸巾擦干后晾着。

她又出去叫醒周川，让他脱了衣服再睡。

周川眯着眼睛看了她半天，一头栽在她怀里说："难受。"

罗曼心疼他，也有点自责。以前他应酬喝醉都是一个人在酒店睡的，她现在也不能理解自己当初怎么就那么冷漠。

"起来把衣服脱了再睡。"

周川坐起来，脑袋靠在她身上，刚脱了外套就抱着她躺了下去。他的呼吸吞吐在她脖子上，烫得很。

罗曼推了推周川，他缠上来，说："想喝水。"

"我去给你倒，你先放开我。"

"不要。"他越发收紧手臂。

罗曼轻轻转身，跟他紧紧拥抱在一起。享受了片刻的亲近，她拍拍他的后背道："我去给你拿水，马上就回来。"

周川不放手。

他的脑袋在她脖颈处蹭了蹭，瓮声瓮气地说："我给你妈妈找份工作好不好？观鸟协会，工作很轻松的，也能管团队，应该很适合她，忙起来就不会一直跟你闹了。"

罗曼的眼眶湿润了。

周川爬上来亲了亲她的脸颊："你说好不好？"

"嗯……"

周川摸她的脸，问："怎么哭了？不哭，有我呢。"

"周川……"

他闭着眼睛笑起来。

罗曼再也忍不住了，流着泪主动吻他。

周川热情地回应，不多时又退开，说："曼曼。"

"嗯？"

"我希望你开心。我认识你的时候觉得你活得很潇洒，很有魅力，如果你的潇洒是伪装出来的，我希望你做自己，别委屈自己。如果遇到喜欢的人，就好好跟他在一起，别因为害怕失去就不敢付出真心。要知道你特别好，很美好，在我眼里，你是最美好的，谁都没你好。别害怕，会有很多人真心爱你，你要允许别人爱你。爱你怎么会不长久呢？肯定是一直……爱着……你……"

他的声音越来越小，像是要睡着了。

罗曼哭得上气不接下气，近乎请求一般地说道："我是爱你的，你继续爱我好不好？"

周川没有回答，就这么抱着罗曼睡了一小会儿。再醒来时，他的眼中有一丝清明，还有一丝疑惑，仿佛不相信她会在这里。

他盯了她半晌，轻轻捏了捏她的鼻头："你真让我伤心。"

罗曼说不出话来。

他喃喃自语："我只是想照顾你。"

罗曼的心像在烈火上焚烧，声音颤抖道："对不起。"

周川像是没听到，倒在她身上说："好难受。"

罗曼给他脱了衣服让他睡好，又照顾他喝水，给他擦脸擦手。都弄完以后，她才躺上去。

周川摸过来抱住她，他的脑袋枕在她胸前。

罗曼摸摸他，问："你怎么开始种花了？"

"嗯？"

"怎么种了那么多木绣球？"

"想给曼曼修一个大花园。"

隔天上午，周川醒来，起身的动作让他的脑袋爆炸般地疼起来，好半天才停止。

他揉揉眼睛看向身边，没有人。

奇怪，昨晚他梦到罗曼了，还梦到跟她发生关系了。

周川掀开被子，这个动作让他头又疼了。他审视了一番自己，裤子是穿好的，也没有任何乱七八糟的痕迹，应该是做梦吧。

周川疲惫地倒下去，脑袋嗡嗡作响，好一阵天旋地转。他伸手去摸手机，没摸到。下一秒，他看到旁边枕头上有两根头发。

周川轻轻拈起，这两根头发是对男人来说很艺术，对女人来说很利落的长度。他开始心慌，拔下一根跟自己的对比了一下，有颜色。

可罗曼是黑色长卷发啊！

周川跳下床满屋子乱窜，他头不疼了，胃也不犯恶心了，最终在卫生间找到了已被水泡坏的手机。

周川把卡拿出来去找旧手机，他的心跳得飞快。这不可能，绝不可能。

周川登录微信后立刻收到了罗曼的留言："起床了吗？"

他回："你剪头发了？"

又删掉。

周川开始翻她的朋友圈，又埋怨，这个人怎么不发朋友圈呢？

周川坐不住，收拾干净去她公司找她。

正好是午饭时间，罗曼本来点了外卖，听到他来，没吃就下来了。

周川远远地看到罗曼的新发型，松了一口气。他就说他怎么可能随便带女人回家！

"怎么剪头发了？"他问。

"剪掉三千烦恼丝……"

周川看着她，忍住没笑，先发制人："找我干吗？"

罗曼被问住了，不是他来找她吗？但现在有更重要的事。她说："想跟你好好聊聊，本来想晚上约你一起吃饭的。"

周川："你吃了吗？"

"还没有。"

"走。"

周川开车带她去了附近一家不排队的餐厅，午休时间短，他们就要了套餐。两个人都没吃几口，一个宿醉吃不下，一个满腹心事没胃口。

罗曼放下筷子对他说："昨晚我们说的话你还记得吗？"

周川眼珠子乱飞，很是不好意思："基本……没啥印象了。"他记得的都是些不正经的。

罗曼表情认真，看着他的眼睛说："你不记得，那我再跟你说一次。"

"什么？"

"对不起。"

"嗯？"

"我们在一起的时候，我没有珍惜你，对不起。"

周川惊呆了。他喝了口水，问："你该不会要跟我说以后连朋友也不做了吧？"

罗曼抿了抿唇，低下头说："不是的。"

周川内心懊悔。刚刚不该问那句的，显得自己很在意。沉不住气啊，周川！

"先吃饭，快点吃。"

罗曼看了看四周的环境，的确不是谈私事的地方，于是她没再说。

吃完饭离开，等电梯的时候，罗曼主动牵了周川的手。他眼睛都瞪大了，这是要干什么？他昨晚说啥了？该不会痛哭流涕跪地撒泼求她回来吧……

"干什么？"他小声问。

罗曼靠近他，抱住他的胳膊，抬头望着他，说："重新开始，好吗？"

周川的心"扑通扑通"跳快，他告诉自己一定要稳住。

"行吗？"她追问。

周川牵着罗曼进电梯，他们站在最后面，他凑到她耳边小声说："你别跟我来这个啊。"

"哪个？"罗曼不懂。

周川龇牙咧嘴，还哪个？撒娇装可爱！结婚那会儿咋不这样？

电梯下到地下三层，周围没其他人了，罗曼拦在他面前问："你不同意吗？"

周川看着她的发型，说："我不喜欢短头发，长长了再……再说。"

罗曼明显很失落，故作轻松道："如果不愿意，我也理解……"

又来，又来理智这一套，这叫爱他吗？不对，她也没说爱他啊。

周川生气了，放开她的手说："那你慢慢理解去吧。"

坐上车，周川没动，罗曼也没说话，气氛一时间很凝重。

周川说："昨晚……"

罗曼打断他："我爱你，所以想跟你和好。我们在一起的时候，因为你，我过得很开心，很抱歉我一直没有告诉你。"

周川震惊不已。他侧过身子面向她，紧张起来："我昨晚干吗了？"

"嗯？你喝醉了啊。"

"是，然后呢？我跟你说什么了？"

"说了很多话，我知道我让你伤心了。"

周川内心崩溃。完蛋了，他果然撒酒疯哭诉了。脸呢？他一定哭得很惨，要不罗曼怎么会来主动说和好？没脸了，老周家的脸让他丢光了。

他轻轻哼了一声，不满道："罗曼你这是乘人之危你知道吗？见我喝醉套我话是不是？我没有求你复合，昨晚说啥都不算。"

罗曼问："昨晚你说在你眼里我是最好的，谁也没我好，也不算吗？"

周川为难地承认："算。"

他烦躁地开车，把她送到公司停车场。

下车后，罗曼想说什么，被周川阻止了："你先去上班。"

罗曼问："晚上一起吃饭吗？"

周川双手插袋，眼睛瞟向一旁："吃就吃呗，我应该没啥事。"

"好，那我走了，你吃点东西吧，不然会胃疼。"罗曼叮嘱他后就走了。

周川撇了撇嘴，终于知道关心他了！

他在原地发了一会儿愁，追了上去。他拉住她的手腕，将她转过来，看着她的眼睛问："和好是什么意思？又结婚吗？你把婚姻当什么？上次给的教训还不够吗？"

罗曼低头沉思了一下。再抬头时，她说："我依然觉得婚姻只是不重要的形式。"

周川黑了脸。

她又说："但是爱一个人需要付出真心和努力，所以我的意思是，我想和你……谈恋爱。"

周川愣怔地看了她半天，突然把她的身子转过去，推着她的肩向前："上班去吧，我今天来不是跟你说这个的，我得想想。"

罗曼转身问："那你是来干吗的？"

周川踢了一下地面，没好气地说道："我路过不行吗？"

"哦，我走了。"

"嗯。"

谁也没动步子，然后罗曼一步步走过来，拥抱周川。她仰头看着他，眼里雾蒙蒙的，透露着真诚："和好吧，好吗？"

周川看着她微微噘起嘴，很可爱的样子。意识慢于行动，他低头吻了她一下。

亲就亲呗，咋晚他喝醉了还不知道她亲了他多少下，讨个债怎么了？

"这不算和好啊。"他亲完立马翻脸。

罗曼搂着他的腰追问："为什么不算？"

"你哪来那么多为什么？你不是理解大师吗？自己想想为什么。"

罗曼心里明白，"哦"了一声后放开他，说："我走了，晚上见。"

"嗯。"

等她进了电梯看不见了，周川回到车上。他手撑着方向盘懊悔，真是不应该亲她的。可下一秒，他又忍不住笑起来。

"我爱你。"

这句话在他脑海里盘旋了多久，他就笑了多久。

下班前，周川告诉罗曼餐厅出了点事，走不开。

罗曼去找他。

离婚后她第一次来酒店，快入夏了，雪柳没开花，草坪上换了新植物。三四米高的木绣球，再过一个月就是花期了，到时一定很好看。

她站在木绣球前欣赏，还是室外种植更好，树也能长开，客人看着也心情舒畅。

周川过来找罗曼，她拉住他的手，笑意盈盈地说："真好看。"

周川说："花嘛，肯定好看。"

"你家里有好几盆木绣球。"

"嗯，要移栽到酒店的。"

罗曼皱眉道："嗯？不是给我建花园吗？"

周川瞳孔地震，这她都知道了？！

他甩开她的手。感动什么，都是他泪眼婆娑求来的。

他把手放回口袋里，绷着脸问她："我还说什么了？"

罗曼靠近他，把他的手拉出来牵住："你说如果我遇到喜欢的人就好好跟他在一起，不要怕。所以我来找你了。"

周川没说话，内心很挣扎。

罗曼又靠近一步，问："你是不想跟我在一起了吗？"

周川急了。看她这表情，只要他说句"是"，她又要变成理解大师，消失在他的生活中了。

他一把搂住她。

罗曼在他怀里笑，听到他说："不算数，你得追我。"

罗曼没追过人，也没什么浪漫技能，但她可以试一试。她点头道："好的。"

周川得意地笑起来："认真一点，我很难追的。"

"前妻有加速通道吗？"罗曼很开心，她终于可以自在地拿离婚开玩笑了。

周川气呼呼，这又不好笑，罗曼这个人追人一点也不正经："对待前妻格外严格。"

"那我试试吧。"

周川拭目以待。罗曼环顾室外餐厅的景色，建议："我请你吃饭吧，在木绣球树林旁边吃饭好浪漫。"

周川端出严肃的面孔，问："我种的树，我开的餐厅，谁请谁呢？"

罗曼不在意，还是笑得很开心，没听到似的说："帮我拍照好不好？等绣球花开的时候再拍一张，发朋友圈一定很好看。"

"哦。"

她站在木绣球边，周川走远一点点蹲下给她拍照。

"咔嚓"几声，罗曼的新照片存入相册，跟周川转移了一下午的旧照片存在一起。

　　吃过晚饭，罗曼陪着周川去办公室处理了一些事情。离开酒店时，她叫他跟自己回家。

　　周川提出抗议："你就是这么追人的吗？第一天追就要把人带回家？我是那么随便的人吗？"

　　"嗯。"

　　还嗯！周川不肯走。

　　罗曼上前搂住他的胳膊，柔声道："我不想一个人回家，我不喜欢一个人，你可以陪我吗？"

　　周川问："为什么不想回家？"

　　罗曼把脸埋在他胸膛上，闷声道："因为我身边没有一个人了。"

　　周川顿时心疼起来。

　　被需要也是一种爱，周川都不忍心让她追了。毕竟他真的很爱她，他愿意再次冒险踏上荒原。唯一的希望是，罗曼与他同行，别再当荒原主，临时接待他。

　　他抱住罗曼，在她耳边说："回去可以，别觊觎我的肉体！"

　　罗曼笑起来，眼睛弯成月牙。

　　罗曼是骗子，一进屋就亲周川。她捧着他的脸亲他的嘴巴，因为个子太矮，时常亲到下巴。

　　周川把她拦腰抱起来，笑着叫她小笨蛋。这一句却让罗曼湿了眼眶。

　　周川有点慌，下一秒听到她说："周川，我想你了。"

　　周川心里有个声音在大叫"你完蛋了"，为什么成为罗曼的囚徒呢？招招手就回来。因为她想他啊。

"别哭。"他吻掉她的泪。他不喜欢看她哭，哪怕是因为想他。

周川劝说宋女士去观鸟协会工作。宋女士一开始不愿意，等他仔细介绍了工作内容，宋女士同意了。

周川说工资很低，宋女士表示不在意钱。

协会每个周末和节假日都有活动，平时就做些日常团建工作，还要配合景区做生态保护，很有意义。

更重要的是，宋女士这种有钱有闲又爱管团队的中年女士很适合这份工作。协会中心场地够大，又在湖边景区，宋女士可以带着开心一起上班。她忙的时候，办公室志愿者还可以照顾开心。

周川觉得这是最好的安排，罗曼和妈妈各自找到快乐的生活方式就好。宋女士需要工作，罗曼需要他，很完美。

周末，周川带她去和朋友们聚会。

大头问："你们怎么回事？怎么老听说离婚了？"

周川："离了。"

大头抓耳挠腮，恍然大悟："明白了，是不是要买房？学区房吧，你小子是不是听到什么消息了？不告诉你爹我？"

"没有的事。"

大头发愁，他的孩子过两年就上小学了，他家的房子地段划片的学位不咋样。公立学校他看不上，附近的私立学校更是没眼看，好一点的私立学校又离家太远。孩子那么小，送过去的话，他和老婆每天接送压力很大，难搞。

几个有孩子的聊起教育问题，罗曼毕业后就没关注过这些了，这么一听，感觉学问还挺多，跟她们小时候上学不一样了。

罗曼上小学听过最复杂的入学就是异地户口多交一百块钱学费，其余就没了。可如今小学入学，报名都得提前排长队。

罗曼跟周川嘀咕："听上去好复杂，上个学这么难？"

周川跟她咬耳朵："你还没转正就想跟我生孩子？好好想想怎么追我吧。"

罗曼掐周川的腰，他躲开，拿了块蜜瓜给她吃。

周川一点都不愁孩子的教育。他现在住的房子有不错的学位，是全市最好的小学。别墅那边还有私立国际小学，孩子可以挑着上。

工作日周川来罗曼这儿住，周末她跟他回去住，两个人如胶似漆，不舍分离。

他们暂时没告诉家里复合了，所以回奶奶家还得装不熟。

这天两个人分头回去，吃饭的时候，周川给她发微信消息说自己临时有事先走了，让她自己打车回家。

罗曼："几点回来？"

周川："想我？"

罗曼："嗯。"

周川："最迟九点。"

放下手机，他抱着碗乐。奶奶问他："笑什么呢？傻乎乎的。"

另一边，罗曼吃过饭陪奶奶看电视。看了一会儿，罗城让来了，他拿了西瓜让奶奶吃。

罗城让坐在一旁吃西瓜，奶奶对罗曼说："去给你爸泡杯茶。"

罗曼听话地去了。

茶端过来，罗城让说谢谢，罗曼点了点头。

过了一会儿，罗曼问："最近忙吗？"

罗城让愣了一下，说："忙啊，现在学校都在改教室，主抓艺术、体育课，今年就忙这个了。"

"嗯。"

罗城让情绪明显高涨起来，他接了几个电话，又去忙了。

他走后，奶奶拉着罗曼的手对她说："曼曼，你爸说把公司交给你，你有啥想法？你爸也上了年纪了，需要个帮手，他的公司不给你给谁？你给人家打工还不如自己当老板，你说是不是？"

罗曼说："他还年轻，先自己干着吧。"

奶奶唉声叹气："你爸这身体也不行了，你要多关心他啊。你爸就你这一个孩子，他现在一个人过，你得管他啊，曼曼。奶奶现在就担心你爸和你，哎，最近都不见周川来家里吃饭，你们吵架了吗？"

"没有，他忙事儿呢，奶奶。"

"哎，我不说了。再吃点西瓜。"

"不吃了。"

罗曼准备走。她叫了车，订单刚发出就有人接了。一看车牌号，她笑了。

"笑什么呢？"奶奶问。

"没什么，奶奶，我回去了，你早点休息。"

"好，路上慢点。"

"嗯！"

罗曼一路小跑来到巷子口，周师傅正在等她。她拉开车门坐上去。

周川司机问："晚上好，您去哪儿？"

"回家！"

"家在哪儿？"

罗曼笑着凑过去："这位司机好不专业，不会看目的地吗？"

周司机搂着她亲了几下才放开，说："亲了司机也得付车费啊。"

"哈哈哈！"

正准备走，周川看到一个路人，指给罗曼说："就这个女的，非要纠缠我！"

罗曼"哦"了一声。

周川不满意地说道："我不指望你现在上去扯她的头发，但你的这种反应我很不喜欢。今晚你自己睡吧，我罢工了。"

这还了得？

罗曼立刻哄他："这个女孩眼光太好了吧，慧眼识珠啊！"

"哈哈哈——继续，怎么好？具体说说。"周川憋住笑。

周川开车，罗曼一路都在夸奖他："首先说这个厨艺，跟周大厨在一起真是享福，只要毒不死就不会饿死！"

"这是夸吗？"

"那夸夸动手能力吧，我们周川动手能力可强了，自动浇花设备简直是园艺界的福音，不好用那就是花长反了，跟周大师有什么关系？"

"哈哈哈——我今晚肯定不跟你回家！"

最终也没回罗曼那儿。周川晚上得工作，电脑还在自己家。

到了车库，周川停好车。罗曼刚要下车，他落了锁。

"干吗？"罗曼笑意盈盈地问。

"付车费。"

罗曼老实巴交给他发红包。

周川才不要，一把把她抱过来。

罗曼吓了一跳："别闹啊……"

周川的手朝她的大腿摸去："嘿嘿，上了我的贼车，别想轻易下车！"

罗城让晚上和朋友吃夜宵，去的是老陈家。他忍不住说起罗曼主动关心他的事，老陈也替他高兴。

说完了，他又叹气。

老陈问："又怎么了这是？"

罗城让皱着眉说："她妈跟我说孩子离婚了。"

"啊？这才结婚多久？"

"是，也不知道怎么回事。"

"男的欺负她了？"

罗城让只是叹气。他不敢问也不敢去找周川算账，怕罗曼生气。

两个老朋友聊起养女儿的事。老陈没闺女，体会不到，罗城让深有感触。他自个儿出轨没觉得有什么，可是若发生在罗曼身上，他恨不得宰了伤害她的男人。

正说着，里屋走出来老陈的儿子陈邝。

陈邝是回来找东西的，罗城让跟他简单地聊了两句，他就回家了。

周末，林珊约罗曼逛街。她和弟弟正式分了手。

从前的林珊总是在渴望婚姻，渴望爱情，并且总遇到错的人，这一切都让她很焦虑。如今她终于成了主动选择的那个人，不再焦虑。

罗曼为林珊开心，她告诉林珊自己和周川和好了。

林珊听到这个消息，非常高兴。她并没有因为好友主动争取到幸福，自己却形单影只感到失落。

两个人逛了一下午，罗曼给自己和周川买了衣服，吃过晚饭她们才分手。

罗曼打车回去，路上收到一条微信消息。对方的昵称和头像她都没印象，仔细翻了朋友圈和聊天记录才想起是小贝。

小贝给她转发了一条本地热门视频，是一位园艺博主受客户所托从零开始打造花园。她问："罗曼姐，这是你们家吧？"

罗曼："不是啊，怎么这么问？"

小贝："周大哥跟我说的啊。"

罗曼："他怎么说的？"

小贝给罗曼发来语音，说去年她们公司在周川酒店培训的时候见到了周川，她说酒店的植被很漂亮，周川说都是他老婆的功劳，他老婆的梦想是成为植物学家。

小贝记得罗曼家有好多植物，两个人聊了起来。周川说他们买了带院子的房子，准备建一个全市最漂亮的花园。

罗曼不禁想起周川离婚时要给她的别墅，还有他那晚说要给曼曼建花园的话。她很感动，也很自责。

回到家后，周川在开视频会议。罗曼去阳台，木绣球已经不见了，家里就剩两盆爱心榕。这也是她喜欢的，爱心榕是适合新手培育的植物，很好养活。

周川忙完了出来找她。

罗曼问："绣球去哪儿了？"

周川道："搬去酒店了。"

他骗人，酒店的木绣球都是四米高的，她前两天去酒店也没看到家里的木绣球。

或许他还没准备好？是想修好了给她一个惊喜吗？

罗曼不再问，乖乖等着。

她开始观察周川的行踪，既没见他背着自己安排什么修花园的事，也没见他抽时间去别墅。

罗曼也不懂自己为什么会这么在意这件事，总之她做了一件连她自己都惊讶的事。她在周川的书房里翻出当初那份离婚协议，按照那上面的别墅地址找了过去，没有花园。

离婚时，周川的资产已经跟她交代清楚了。排除周川还有隐藏的房产，那么真相只有一个，他曾经给她建立花园，但现在没有了。

因为她轻易放弃过他，所以周川不再期待跟她有未来了吗？

罗曼发现自己不敢问他。

分手的男女要复合很难吗？至少在她这里是容易的。她只是说了句爱他，他就又像从前一样陪在她身边了。

这段时间以来，两个人相处得十分愉快，从不提起婚姻的失败，所以周川心里还是介意的吧？

他不信任自己了吗？

周日晚上，罗曼收到陈邝发来的微信消息，约她周一晚上吃饭，说有事找她。

罗曼瞬间惊醒。是啊，她和周川之间还有许多事没说开，比如陈邝。

她去书房找周川，告诉他陈邝约自己见面。

周川见她表情不对，笑了："什么意思？你以为我是那种老婆跟异性朋友见个面就疯狂打电话查岗的醋缸吗？小瞧人。"

罗曼看着他的眼睛问："以前我们因为陈邝闹不愉快，周川，你跟我说心里话，你介意我和他来往吗？"

周川摇头："我不介意你和他做朋友，我以前介意的是你有什么烦恼和难过都不肯告诉我，陈邝跟你却有很多默契和共同经历。就是……你当然可以有很多朋友，只要别把我排除在外就行。我不想只是你的丈夫，不能当你的朋友，你明白吗？"

"嗯。"

周川抱住她："傻。"

"你才傻。"

周一早上，临出门前，罗曼对周川说："下了班我去见陈邝，吃完饭才回来，你要一起吗？"

周川哼了一声："我才不去。"

"哦，那好吧，我们在人民路二中对面那条美食街的小食堂吃饭，如果有人想来的话，我还是很欢迎的。"

她故意在说地址的时候降低音量。

周川把耳朵凑过去："什么什么？人民路哪里？"

"哈哈哈！小食堂！"

"我才不会去呢。"

罗曼搂住他的腰，问："那如果我吃完饭打不到车，周师傅会来接单吗？"

周川笑着亲她："付车费就行。"

"流氓！"

周川吻住她："你的流氓。"

罗曼看着他眼中的笑意，顿时心安。

原来爱情是这样的？会因为对方的情绪波动而心绪不宁？从前周川也是这样默默观察她的吧？

"好了，上班该迟到了。"周川说。

罗曼不松手："再抱会儿。"

周川高兴死了："你也太黏我了吧……"

罗曼放开他："再见。"

"哎，别呀，还有五十秒。"

罗曼很意外，陈邝居然是来关心她离婚的事的。

她问陈邝是如何得知的。他告诉她之后，她沉默了一会儿，说："是离了，但我们还在一起。"

陈邝的表情茫然："嗯？这是什么意思？"

罗曼不想跟外人从头梳理自己的感情生活，简单总结："就是离了之后发现还想在一起。"

"哦。"陈邝喝了口茶，又说，"我一直搞不懂身边情侣们分分合合的纠缠，既然会分手，难道不是因为产生了不可调和的矛盾吗？为何要重蹈覆辙？"

罗曼想了想，说："并不是所有的关系都不值得挽留。"

"你爱他。"

"是。"

"行，点菜吧。"

两个人一边吃一边闲聊。陈邝告诉她自己的论文投稿过了，目前就希望能在年底走完审核流程，否则他又得等一年。

罗曼替他开心，问："你找我就是问离婚的事吗？"

陈邝露出一个很假的笑容说："请你帮我介绍女朋友。"

罗曼一没有兴趣，二没有人选。唯一的朋友林珊有权威恐惧症，跟陈邙这种人在一起会被全方位压制，不能介绍。其他人她就更不了解了。

罗曼说："我没有朋友可以介绍，你现在有时间谈恋爱了吗？"

"可以这么说。"

罗曼不禁想起小君，问："如果是这个时候给你介绍小君，你会跟她相亲吗？"

"没有如果，即便是对的人，出现在了错误的时间，结果也一样。"

"哦。"

"不用放在心上，我也就这么一说。"

"嗯。"

吃完饭两个人就散了，陈邙陪着罗曼等到了车。

罗曼离开后，有一位女士跟陈邙搭讪："帅哥，听说你在找女朋友？我们认识一下吧。"

陈邙面无表情地审视她："你擅长什么？"

女士露出调皮的笑容说："擅长惹人喜爱。"

"No。"陈邙转身就走，一点没浪费时间。

罗曼回家，是周川给她开的门，一进门就被抱住了。

周川说："曼曼，你一定要坚强！"

"怎么了？"

"人有旦夕祸福，都是正常的，小榕的遭遇你不要太悲伤。"

罗曼一头雾水："呃……小榕……是？"

周川放开她，蹲下给她换了鞋，再牵着她去到餐厅。

餐桌上躺着一根榕树枝，某人拿白色桌布盖着，旁边还点了香薰蜡烛。罗曼好无语。

周川揽着她的肩膀说："你不是说爱心榕太高了，要剪一下吗？我剪得好好的，它就自断手臂了，可能是有什么烦心事吧……"

罗曼拿起树枝，截面很是干净平滑："这叫自己断的？"

周川眨着大眼睛无辜地点头，手抱住她："节哀顺变。"

罗曼推开他去看榕树，剪得倒是还行，这一枝可能是不小心剪掉的。

周川从身后抱住她："生气吗？"

"不生气。"

"我比榕树重要吧？"

罗曼笑起来，反手摸摸他的下巴："自信点。"

"你晚饭吃什么了？"她问。

"卤肉饭，加了份肉。"

"不错，热死了，我先去洗澡。"

罗曼洗完澡出来，周川坐在地毯上给她剥碧根果。

罗曼给头发抹上护发精油包好后坐去周川身边。她手上有精油，他就喂她吃。

罗曼主动告诉他陈邝让她帮忙介绍对象。

周川看着她说："嗯？你要介绍谁？"

"不介绍，我又不是职业红娘。"

周川笑了笑。

罗曼看到桌上摊开的塔罗牌，拿起一张，问："怎么把这个拿出来了？"

周川来劲了，整理好牌要给她算："我给你抽张牌看看运势。"

"嗯。"

罗曼也看不懂这个，周川随便抽了一张贴在额头上，闭着眼睛神神道道地开始解读："我看到了树林、高山和帐篷，星空很漂亮，还有篝火……篝火算了，太热了，还看到数字6……嗯……这说明本周六你要去山上野营！"

罗曼笑了："去哪儿啊？"

周川继续说："我还看到一个大帅哥，你跟他一起出行。"

"哦，那我怎么联系这个大帅哥呢？"

周川睁开眼睛："远在天边，近在眼前。"

罗曼故意挡住他的脸左右瞧："在哪儿呢？"

周川笑着扑倒她："好啊，我不是你心里的第一帅哥吗？快叫帅哥。"

"帅，你可帅了。"

"还差一个字。"

"哥。"

周川亲她一口："老实说，你就是被我的脸蛋征服的吧？"

"是的，我每天都在纳闷你怎么还没被星探绑架。"

"哈哈哈——绑架还行。"

…………

睡觉前，罗曼去洗脸，回来后看到周川躺在床上，脸上盖着一张牌。

她爬上去拿走牌，周川转身抱住她："我又看到画面了。"

"什么？"

"我看到明天醒来有三明治和溏心蛋吃，还有一碗牛肉面……是谁给我做的呢？"

罗曼："我？"

周川亲她一口："谢谢，牛肉面就算了，你不会做。"

"我是懒得做。"

"不要说谎，灶王爷会难过，快睡觉。"

周五晚上，周川告诉罗曼第二天和大头几家人一起自驾去山上玩彩弹射击。

罗曼只在结婚的时候玩过一次。她挺喜欢的，有点期待。

第二天出发后才知道，当天是周川和大头的"决斗"。

起因是周川最近接送老婆次数够了，但大头说过时间了，不算，要惩罚，惩罚内容是要周川去酒吧加五个女孩的微信。这种事能干吗？当然不能。

于是两个人决定玩彩弹射击，输的人必须对赢家言听计从。

来到山顶，拿好装备，大部队分成两组，分别由周川和大头领队。两个加一起六十岁的男人开始放狠话——

大头："爸爸要是赢了，你就穿着裙子挨家挨户去收房租。"

周川："不好意思，今年的收过了。爷爷赢了，你就去老房子胡同里裸奔。"

大头："行啊，我加码，祖爷爷赢了，你就把你家的学位房卖给我！"

大头老婆："可以，这个可以。"

周川："行啊，太祖爷爷我赢了，你闺女跟我姓。"

罗曼："……"

大头："哼，那以后你孩子结婚，老子坐在父亲的席位上。"

"老子死的时候，你闺女给我端孝盆！"

"不好意思，现在都是火化。你死了，让我闺女把你倒进垃圾场；我死了，墓碑上刻上儿子周川。"

罗曼对天翻白眼。

那两个人还在斗嘴，眼看越说越离谱。罗曼跟大头老婆对视一眼，抬起手中的"枪"对着各自的智障伴侣胸口来了一枪。

淘汰出局。

周川和大头不死心，非要单挑，原本的阵营彻底乱了，大家开始盲狙。因为还有拿着水枪玩的小朋友，所以他们也都没太放开，只是陪孩子玩罢了。

最后，周川因为保护老婆被大头击中。

大家都累了，大头要求周川在林子里搭帐篷睡一夜就一笔勾销，再也不幼稚打赌了。

周川同意了，罗曼决定陪他。

这个决定到天黑就后悔了，夜晚的山林看起来真的很可怕，虽然不一定有坏人，但山鼠虫蛇什么的也够吓人的。

周川说："我自己去，你在酒店睡。"

罗曼犹豫了一下，说："要不你耍赖吧……"

"哈哈哈！"周川抱着她躺下，说耍赖就耍赖。

罗曼还想起一个严肃的问题："你不会真把学位房卖给别人吧？"

周川抱紧她说："别担心，我又不傻，怎么会把菠萝的学位让给别人呢。"

"菠萝是谁？"罗曼疑惑地问。

"我们的孩子啊。"

罗曼很开心。所以周川真的不再介意了，信任没有破产，这可真是让人安心。

临睡前，周川迷迷糊糊地对她说："这次你陪我玩，下次咱们去你想去的地方。"

罗曼睡不着了，说："夏天我们去巴黎好不好？过年的时候我自己去了好多地方，都没玩，我想去莫奈花园。"

"没问题，等我安排一下时间。"

他很困，很快就睡着了。罗曼看着他的眉眼，心里在想，她的花园到底去哪儿了呢？

　　周川回去后就开始计划巴黎行。因为罗曼点名提出莫奈花园，他想起了自己那个糟心的花园子。

　　这事说来也很折腾，离婚时罗曼不要别墅，周川那段时间心情不好，想找点事情做，就请了一个园艺团队来搞花园。

　　这位园艺师有自媒体账号，罗曼经常看。

　　园艺师跟周川签订了协议，在工费上打了折，兑换要求是周川允许她拍视频发到自己账号上。

　　周川同意她在不透露业主隐私的情况下发布。

　　后来他和罗曼和好了。和好了就不能要园艺师了，一个完整的花园没意义，罗曼自己都没有发挥空间了，她肯定希望能亲手打造自己的花园，于是周老板毁约了。

　　此时项目已经进行了一半，园艺师即使损失工费也要拍完素材。这么大的花园从头开始改造真的是可遇不可求的题材，没了周川，她上哪儿找这么一套房？

　　双方沟通了许久，最终约定园艺师那边尽快拍完，先前的花材都送给她，也不用支付违约金。不过花园竣工的完整素材她得自己去想办法，反正不能一直在周川家施工。

　　这不施工队好不容易拍完了，周川忙着跟罗曼谈恋爱，已经好久没管别墅了，屋前挖得坑坑洼洼的地都先暂时用草皮遮着，等以后再说。

　　周川想到自己那天晚上喝醉酒透露了这个秘密，罗曼又几次提起，难道她很期待？是在暗示他吗？她以前可不是这样的性格。

　　总之，周川约了工人五月初来修整花园，顺便栽一些灌木。

　　他也不急着跟罗曼说这件事，目前他们感情很好，他不想再做一些看上去很期待复婚的事。

　　周川想清楚了，罗曼本身就是一个不看重婚姻的人，他们在一起的那一年也证明她不适合婚姻生活，他觉得没必要再走一次形式，就一直谈恋爱也很好。

　　几天后，周川家里给他介绍相亲。他拒绝以后和罗曼商量，两个人决定跟家里公开复合的消息。

他们约好等周川出差回来后就一起去见长辈，可惜天不遂人愿，罗曼在周川走后的第一天，永远地失去了担心她的奶奶。

周川是在第二天傍晚赶回来的，他全程陪着罗曼。

周川不知道罗曼第一天有没有哭，但他回来后，罗曼就没哭过，除了火化那天。那天宋女士也在，仪式结束的时候，她跟前夫说注意身体，别的就没再说了。

葬礼过后，罗曼回家去看宋女士。宋女士抱着开心坐在阳台上看夕阳，身影显得格外落寞。

宋女士不太想说话，她母亲去世得早，结婚几十年也就前婆婆这么一个妈。婆媳关系说不上多融洽，但吵吵闹闹、欢欢笑笑也是几十年的感情。如今她到了这个年纪，逐渐开始面对身边人的离世，没有什么比时间更无情的了。

母女俩无声地陪伴了彼此一会儿，罗曼就回家了。

宋女士很快打起精神投入到工作中。她该吃吃该喝喝，从头到尾没问过周川怎么在葬礼上一直站在罗曼身边。他们到底是和好了还是复婚了，她不再关心。

周川很担心罗曼。她好几次梦到奶奶，醒来都很难过。

罗曼跟他说，奶奶去世前一晚还跟姑姑说改天叫罗曼和周川回家吃饭，说她想他们了。

周川只能拥抱她给她安慰。

半夜时分，周川醒来不见罗曼。她独自一人坐在阳台上。

周川想了半天，去书房翻出了塔罗牌。他记得罗曼说过，这东西就是说对方想听的话。

周川根本没学会塔罗牌，牌都认不全。他随便抽了三张，蹲在罗曼面前对她说："我看到你独自乘着船在河面上漂浮，河对岸坐着奶奶，她一直在关注你，很担心你会掉下去。然后我出现了，我和你一起划船，奶奶很放心，她在对我们笑。我还看到了瀑布，我们顺着瀑布滑下去了，奶奶看不到我们了，她站了起来，表情十分担心。"

罗曼看着他，泪水溢出眼眶。

周川拥抱她："不要让奶奶担心，你开心，她也就安心了。"

罗曼在他怀里哭着哭着就笑了。她流着泪亲吻他，说："我爱你。"

"我也爱你。"

罗曼渐渐走出了失去亲人的悲伤，重拾笑容。

有一天晚上她整理衣柜，看到了周川在葬礼上穿的那套西服。

罗曼想到了那天。

奶奶的葬礼上出现了两个特殊的人，宋女士和周川。他们已经不是奶奶的家人了，但说是客人好像也不对。

罗曼突然找到了结婚的理由，婚姻当然不是爱情的保险，但婚姻是对爱人最诚恳的承诺。

你要很爱一个人才会愿意和他组成家庭，如果你很爱一个人，就不会抱着随时好聚好散、不相往来的态度和他交往。

爱人永远不会是过客。即便有一天很难堪地分开，那也是生命中不可忽视的重要角色。爱就是有信心走到生命的尽头，也有勇气面对痛苦的分离。

罗曼确定自己很爱周川，她不想只跟他恋爱了。他是那个唯一能让她笑，让她平息愤怒、热爱生活的人，她突然觉得"合法"二字非常浪漫。

她去书房找周川，他正在打电话。

罗曼坐在沙发上，随手拿起一本书，是从前他们一起看过的电影原著。书是她买的，他在看，其中一段做了标记。原文是："爱上一个人就像搬进一座房子，一开始你会爱上新的一切，陶醉于拥有它的每一个清晨，就好像害怕会有人突然冲进房门指出这是个错误，你根本不该住得那么好。但经年累月，房子的外墙开始陈旧，木板七翘八裂，你会因为它本该完美的不完美而渐渐不再那么爱它。然后你渐渐谙熟所有的破绽和瑕疵，天冷的时候，如何避免钥匙卡在锁孔里；哪块地板踩上去的时候容易弯曲；怎么打开一扇橱门又恰好可以不让它嘎吱作响。这些都是会赋予你归属感的小秘密。"

罗曼想起当初周川给她读这一段时，她没什么特别的感触。现在她很喜欢这段话，她想和周川有一个家，看着房子老去，看着彼此老去。

周川打完电话就过来陪她。

罗曼看着他说："我们复婚吧。"

周川听到后并没有特别惊讶。他觉得罗曼是因为奶奶的去世变得脆弱，她想弥补空缺，这不该是复婚的理由，太冲动了，就像他们的第一次婚姻一样。

不过他很高兴罗曼需要他，所以他说："曼曼，你永远都不会失去我，我跟你保证，复婚的事以后再说。"

为什么想复婚呢？罗曼说因为在葬礼上受到了启发。

周川很高兴罗曼能有这样的观念转变。说实话，离婚时她一分钱不肯要他的这件事还是挺让他受伤的。倒不是他贱今兮非要谁拿走自己的财产，他介意的是她的一刀两断干净到像是恨不得他从未出现过一样。

可他不能就此跟她复婚。

"理由。"罗曼问。

周川握着她的手，坐下来跟她沟通："你记得我要你追我吗？"

"嗯。"

"其实一开始我是认真的。啊，不是，的确是开玩笑随口说的。但话说出口以后，我意识到我是认真的，我们不能就这么随意地结婚、离婚，周而复始。"

罗曼惊讶："你还在对我不满是吗？"

她很震惊，也很恐慌。如果周川心里还记恨她，那么这段时间以来的快乐都是假的吗？

周川摇了摇头："我觉得浪费时间假装不想和你在一起很傻很不值。但恋爱和婚姻不一样，这一点我想我们都有深刻的体会了。"

罗曼松了口气："婚姻除了你我，还有彼此的家人，我们相处没问题，但是还有家里人。你是指我和你二婶的矛盾。"

她抬头看周川："你不想跟我复婚，是因为你觉得我跟你的家人合不来，对吗？"

周川说："我有很多家人，目前为止，你只和二婶有过一次矛盾，个例不能代表全部。"

罗曼问："那你是觉得我对婚姻没有诚意吗？我说过了，我的想法已经变了。"

周川说："我也变了。"

"什么意思？"罗曼不解。

"我不想再和你一边独立一边保持婚姻关系了，如果要复婚，我想要的是完整的融合。"

"所以还是因为小君那件事。"

周川说："那件事我一直站在你这边，我也因此跟二婶吵了架。当然，最终我们和好了，因为我们是一家人。这不是我第一次跟家里其他成员有矛盾，二婶也不是我家唯一一个有缺点的人，你懂我的意思吗？"

罗曼点头："你要我跟她道歉。"

周川很无奈："你没做错，不需要道歉，对的人不需要道歉。但放在家庭成员的相处之中，对错不是唯一至高的标准。我想说的是，在我们过去的婚姻关系中，你没有任何想要跟我的家庭成员拉近关系的意愿。我相信，如果我的家人遇到困难，你一定会帮助、关心他们，比如我妈做手术那次。但你拒绝日常来往。曼曼，我妈……这辈子可能就生这一次病，我也希望她只有这一次。"

罗曼有点生气："听懂了，你的意思是我没有在你家人面前好好表现。这不还是我最开始问你的吗？干吗不承认呢？"

周川长叹一口气说："我不是逼你勉强融入我的家庭，我是在试着更理解你。你跟我在一起很开心，但你不想要我身后的家人，那么婚姻就不是我们的归宿。"

罗曼的语气更冷："你一直都在否认，但核心问题还是你觉得我没有在二婶骂我冷血之后去主动求和不是吗？"

周川很无奈，也很着急："你怎么就听不懂呢？"

"我听懂了，是你不敢承认！"

周川说："你一定要我承认你的观点，目的是什么呢？证明我们走不下去吗？你想听，那我告诉你，你知道我为了你和我二婶吵架的时候是什么心情吗？"

"请说。"

罗曼很镇定，这让周川十分愤怒。

他一口气说出全部："我很羞愧。我一直努力跟她解释你不是那样的人，我跟她解释你没有做错，但她不理解。她不懂为什么你作为家人，能那么冷静客气地对待自己人，这就是她的观念、她的心情。她和你不是一个层次的，她没什么文化，她不懂亲人之间也需要注意边界感。对她来说，一家人就没什么麻不麻烦的。她是个家庭妇女，嘴碎又爱操心，一天到晚在说别人家的闲话。可就是这样一个人，她也有可爱之处。她是我们家很重要的成员之一，所有的家庭聚会有她都会很热闹，谁家出了事，有她在，都能办得很妥帖。她不懂为什么你作为家人，言行举止那么客气。我懂，可我不能告诉她，我不能直接跟她说，'是你打扰了曼曼，是你无理取闹了，你最好去诚恳道歉，否则曼曼这辈子不会再理你'。我也不能告诉她，你对待她和对待同事是一个原则！"

罗曼攥紧了拳头。她表情倔强，眼神受伤地问："那我们在做什么？我们为什么还要在一起？"

周川毫不意外："所以呢？又分手吗？"

罗曼看着黑洞洞的电视屏幕，那里面有他们的身影。他们各自坐在沙发上，中间隔着很远的距离。

罗曼想说什么，周川抢先开了口："离婚前，我觉得一切都是我的错，你原本就是不在意婚姻的人。当初我一直在心里对自己说，是你新奇的婚姻观吸引了我，我愿意和你冒险。离婚后我才明白，我无法参与你的游戏，我想要的婚姻跟周围人大同小异。这一点我很抱歉，这也是我不能再随意跟你复婚的原因。"

罗曼眼含热泪："那你为什么还和我在一起呢？"

"因为我爱你，你说你想我了，你要我回来，所以我回来了。"周川诚恳地说道。

"然后呢？"

周川从未想过这个问题，或者说他一直下意识忽略这个问题，而此刻他不得不面对。他沉默良久，说："然后等你叫我滚。"

罗曼掩面沉默，随后起身进了卧室，关上了门。

她离开后，周川拿着烟去阳台上吹风。他很惶恐，不知道接下来要面对什么。他看了一眼卧室的方向，说不定她正在给他收拾行李。

很多人觉得自己才是最了解自己的那个人，罗曼也这样认为。但跟周川吵完之后，她陷入了沉思之中。

罗曼想到她和周川一起看的第一部电影 *Into the wild*（荒野生存），

她还记得影片的结局是主角付出生命的代价换来的真理：Happiness only real when shared（只有分享才是真正的幸福）。

当初他们都觉得这是小孩子都懂的道理，如今罗曼恍然大悟，很多成年人或许一直没懂这个道理，比如她自己。

人活着真的不需要在意别人的看法吗？如果一个人把对他人的全部关心和在意都藏在心底，并以一种隐晦曲折的方式表达出来，还不做任何解释，被误解难道不是注定的吗？

或者说这真的是误解吗？如果被误解是表达者的宿命，那么对于不表达的人来说，旁人的误解还是误解吗？

不是的，误解是会引发委屈、愤怒、不甘、难过等情绪的，如果误解你的人是你毫不在意的不想建立关系的对象，那误解本身也没有存在价值。

罗曼突然明白了周川的态度。她可以继续我行我素，只和他建立亲密关系，或者拥抱复杂婚姻中的人际关系，融入充满误解、矛盾、烦扰、纠纷的集体中去。

她毅然选择了后者，她应该选择后者，因为那里也有周川。

所有让她烦恼、头疼的人际问题，只要周川陪着她，她就能平静面对。他是她不再愤怒的解药，她欠他很多解释。

罗曼一个人在卧室坐了许久才出去，在阳台上找到周川。

周川还在抽烟。

罗曼轻咳一声，说："你把我的花熏死了。"

周川愣了一下，烦躁地摁灭烟。面对她，他的语气很生硬："说吧。"

"说什么？"

"接下来怎么办啊？你在里面干吗呢？把我的行李收拾好了吗？"

罗曼被他说得脸红，也急了："你喊什么？"

"我乐意。"周川没好气地说道。

罗曼转身就走，又回了卧室。

周川跟了过去，站在门口敲门。

罗曼吼他："干吗？"

周川双手叉腰给自己壮胆："今晚怎么睡啊？还睡不睡一张床了？"

罗曼转过头控制笑意。她上床去，背对着他躺下，但没忘记掀开被子给他留下空间。

周川悄悄舒了一口气，去刷牙洗脸。再回来后，他上床关灯。

黑暗中，两个人背对背躺着。一床被子被两个人撑开，中间空着山谷似的距离，冷气从容灌入。罗曼往自己那边拽了一下，周川跟着拽回去，两个人默默较劲。

直到罗曼成功地把被子全拉过去，下一秒，她的后背贴上火热的胸膛。周川在她耳边凶巴巴地问："能不能抱着了？"

罗曼把周川环在自己腰上的手推开，他又继续搂住。

"滚。"罗曼小声骂。

周川咬牙切齿道："我再给你三次机会对我说滚，说完了我就真的滚了，再也不回来！"

罗曼闭了嘴。

半晌，罗曼突然叫他一声，然后说："我没有瞧不起你的亲人，那只是我的说话方式和思维模式，没有别的含义。我……我从来没觉得你的亲人不配跟我建立感情。"

周川把头埋在她的头发里，小声说："对不起。"

罗曼："我也对不起，没跟你沟通。"

又是一阵沉默，许久后，周川说："以后我们应该经常吵架。"

"滚。"

"还有两次！"

罗曼转身面对他："滚滚滚滚！"

她骂得很爽，周川却红了眼眶。

罗曼的心被戳中，眼前雾蒙蒙一片。她主动抱住他，亲吻他的嘴唇："再也不说了。"

周川狠狠地吻她："你给我写份保证书。"

罗曼看着他的眼睛，说："周川，以前每一次我跟我妈吵架后你问我的时候，我总是无意识地习惯性拒绝分享。因为我的成长过程就是受宋女士的反复情绪操控的过程，那种感觉很差劲，所以对我来说……我很讨厌因为个人情绪影响身边人的心情。我……我总觉得，你本来开开心心的，如果我总是跟你输入负面情绪，对你来说是负担和伤害。我也觉得每个人都应该有能力处理和疏解自己内心的坏情绪，我一直是这么要求自己，也是这么对待身边人的。"

周川感动不已，紧紧地拥抱她，说："我不想只做一个跟你同欢乐的小伙伴，我更想在你难过的时候陪着你。你不用怕我会厌倦你的负面情绪，因为你根本就不是毫无缘由一味向身边人发泄负面情绪的人。"

"不要期待我说分手，我不会的。至于你的家人，以后可能我还是会和他们之中的某些人有误会有矛盾，但我会注意。"罗曼柔声说。

"真的？"

"嗯。"

周川笑了起来。他心满意足，他不需要罗曼像他一样爱着他的家人，但他的确想要罗曼进入这个大家庭。

"那你是真的很想很想嫁给我了？"

"还行吧。"

周川无奈："你啊，就是嘴硬。"

关于婚姻的探讨还在两个人之间继续着，因为这件事没法达成一致，巴黎行一再推迟，到了暑假，周川又没时间了。

罗曼还是不喜欢寻常的那一套婚姻流程，但周川这次态度坚决。他说："如果你要复婚，那我们这次要把所有俗气的流程都走一遍，什么蜡烛、玫瑰、钻戒、香槟，我甚至不在意成为围观群众眼里的傻瓜。你要复婚可以，那我要做陷入爱情的傻瓜。"

罗曼很为难。她有心妥协，但她的确是从骨子里抗拒庸俗浪漫。

久而久之，复婚的话题就被搁置了。周川并不介意这件事，对他来说，他和罗曼才刚开始恋爱，不着急复婚。

当然，他也的确很享受罗曼一点一点对他敞开心扉展露爱意的过程。

月底，周川那个组织观鸟协会的朋友给他打电话说开心跑丢了，他开车带着罗曼去找狗。

开心是在观鸟协会的一个活动中跑丢的。起因是一个小朋友在山上观鸟时不小心丢了很喜欢的帽子，嗅觉灵敏的开心被委以重任去寻找失物。开心不负众望找回了帽子，为了庆祝，它跑掉了。

宋女士很淡定，志愿者问她要不要一起去山上找。她说她进了林子到处留下气味会影响开心回家，于是就在基地坐着。结果等到快傍晚开心还没回来，她着急起来了，天黑以后就不能进林子了。

协会会长打电话给周川，周川开车带着罗曼去找开心，宋女士也加入了找狗队伍。几十个人在林子里一直找到天黑，无果，被管理处的工作人员叫下了山，他说他夜间会留心的。

宋女士不肯回家，就在基地办公室等天亮，周川和罗曼陪着。

三个人点着蚊香，吹着电风扇，相顾无言。

周川率先打破僵局："那什么……我和曼曼和好了。"

宋女士眼皮子都没抬："嗯。"

小朋友的妈妈打来电话关心宋女士，周川小声跟罗曼说要不他再上山去找。

罗曼不许他去。

周川得意道："怕我出事啊？放心，我等着你求婚呢。"

罗曼推开他："你还是上山吧。"

"不要口是心非。"

"呵呵。"

正说笑着，外面传来狗叫。宋女士挂断电话出去，是开心回来了。

它围着宋女士撒欢儿，护林队的工作人员跟宋女士说是开心自己来他的屋子叫门的，宋女士诚恳地道了谢。

给开心喝了点水，周川便开车送她们回家。

开心还精神着呢，一路上闹个不停。宋女士十分受不了，抱着它抱怨："一座山还不够你跑的，你咋这么好的精神！"

"汪汪——"

为了表示对周川的爱，开心下车前完成了对真皮座椅的示爱。

宋女士谢了他们之后就带着开心回家了，全程没问一句罗曼和周川的感情问题。

这原本是罗曼理想的母女关系，但看着母亲在路灯下显得十分消瘦的背影，她心中又有一种难言的落寞。

如果罗曼和母亲没有吵架，此刻宋女士一定有很多话要说。她会说她早就说过罗曼上次的婚姻会失败，她会说这次一定要听她的，然后逼着罗曼做很多很多不愿意做的事。

那样会很烦，特别烦，但漠不关心似乎也不是罗曼想要的。

"周川。"罗曼突然开口。

"嗯？"

"你说我对我妈有不公平吗？"

"你觉得有吗？"

"没有，但我也会担心她。"

周川说："人与人之间有千百种相处模式，烦了就分开一下，想了就聚一下，关心就问，生气就骂，总之别委屈自己。"

"哦。"

周川接住她亲了一口："想复婚就跟我求婚。"

"做梦。"

因为周川这个家伙总是把求婚挂在嘴上，罗曼心里很不爽。她很是受不了周川最近的猖狂，每次看她时，那眼神都像在说"你好爱我"。

罗曼彻底忽略求婚的事，转而思考如何整蛊周川。

这天晚上，她敷着面膜看电视，周川处理完工作后拿着塔罗牌说他看到她邀请自己吃烛光晚餐。

罗曼笑了笑，撕下面膜对他说："你提醒我了，以后不要再这样玩塔罗牌了，你又不好好学，月亮女神会给你厄运的。"

周川才不信："塔罗牌归月亮管？"

"这都不知道还敢玩塔罗牌？你是在质疑我？"

"没有。"

罗曼替他收起牌："我说真的，这种事宁可信其有，以后别玩了，想要什么直接说，我会满足你的。"

周川被哄得五迷三道，贴上去跟她亲亲。

第二天早上，周川出门前换衣服。他刚扣好扣子，突然，胸口那颗扣子掉了。

罗曼大惊失色："你看我说什么来着？不是不报，日子未到。"

"少来，这什么报复手段，觊觎我的胸肌？"

"你呀，没心没肺，啧啧啧。"

周川没放在心上。

第二天下班，周川带了酒店的翻转蛋糕回来。罗曼很高兴，拿去厨房切了两块，一块给周川，一块给自己，结果他的那块完全没有菠萝。

罗曼："哇，你被下了诅咒了！"

周川："……"

他跑去厨房把蛋糕全部切开，真就他的那块没有菠萝。这怎么可能呢？他可是看过罗曼做这种蛋糕的，怎么会缺一个角呢？

隔天上班，周川逼问甜品师是不是跟他老婆串通了。

甜品师表示受到了冒犯。

周川说："我是你老板。"

甜品师能不知道这个？他一边疯狂点头一边说："你是我老板，你老婆是你老板。"

周川很满意地拍拍他的肩："去工作吧，我看好你。"

晚上回家，周川去洗澡。他刚淋湿身体，整个浴室便陷入黑暗之中，跳闸了。

罗曼在外面叫周川，他裹着浴巾出来修好控制开关又回去洗澡。他开着花洒，自己悄悄躲在门口观察。

果不其然，罗曼踩着凳子准备去关闸。

周川笑了，她好幼稚。他悄悄走到她身后把她抱下来，她吓得尖叫。

客厅里漆黑一片，周川亲了她一口，说："太危险了，这个不行。"

黑暗掩盖了罗曼的表情，她想问他是怎么知道的。

周川先问："月亮女神可以原谅我吗？"

罗曼笑起来："没劲。"

周川把她放下来，去打开开关。他觉得太有劲了，好笑地说道："以后我们夫妻联手，大头儿子要惨咯。"

"幼稚……"

罗曼的生日快到了，周川在跟她学做蛋糕。他要亲手制作她的生日蛋糕。

"想要什么礼物？"周川提前问。

罗曼考虑了一下，说："有一个，生日那天告诉你。"

"好！"

生日前夜，零点一到周川就叫醒了罗曼："十二点了！生日快乐，宝贝，快说要什么礼物？"

"啊？"罗曼还迷糊着。

"生日啦，快说礼物。"

"哦……"罗曼投入他怀中，"睡醒了告诉你。"

"呃……我不管，我买礼物了！"他下床去拿来自己准备好的首饰。罗曼很喜欢。

隔天一早，周川在厨房做蛋糕。罗曼洗完脸看了一眼，无情地说道："心意领了，但我不可能吃这个看着很像呕吐物的东西。"

"咦——好恶心。"周川放下刮刀，抱住她，"快说礼物。"

"花园，我要我的花园。"

"呃……"周川傻了眼。他最近忙着谈恋爱，根本没有管花园那边，那里还光秃秃的啥都没有呢。

罗曼一定要，周川只好带她去看房子。

罗曼不明白："你不是买了很多植物吗？都去哪儿了？"

"呃……学习一下怎么种植啊，我又不知道我们会和好，万一没和好，我只能自己上手啊。"

罗曼进去参观房子，是离婚时他留给她的别墅。

"很漂亮。"她夸赞道。

周川撇了撇嘴："你又不要。"

罗曼问："我问你，我都跟你离婚了，你还修花园，居心何在？"

周川说："这又不是离婚后买的，本来想以后搬过来的。"

罗曼有点心虚，又有点感动。她搂住他的脖子，不满道："那你还不跟我复婚？摆什么谱！"

周川笑了："正好说到房子，要是复婚，我也不要跟以前一样今天住你家明天住我家，复了婚就住这里。"

罗曼想了想开车过来的时间，说："你不打工可以睡到自然醒，我住这里每天得六点起床！"

她又自言自语："这么一想很不协调，我一个打工仔住别墅……"

周川放开她："不复婚你总是能找到很多很多理由。"

罗曼追上去哄："好嘛好嘛，下周开始种花吧！今年冬天可以在院子里看雪柳！"

"嗯。"

回去的路上，周川跟她说房子是她的。

罗曼这回不坚持经济独立了，不过她又觉得接受男朋友的别墅馈赠心里不舒服。

对此，周川说："你的名字都写满我的遗嘱了，不管复不复婚你都摆脱不了。"

"别胡说八道，什么遗嘱。"

"真的，一开始我就想过，如果你不想复婚，我们就这么恋爱一辈子。"

罗曼被打败了。她无助地靠在座椅上看着他，说："喂喂——你这算是求婚了吧？要不我答应你算了。"

"少来啊，一码归一码。你给我拿出诚意来，我可不是那么随便的男人。"

罗曼："哎！"

罗曼和周川把复合的事告诉了双方家里后，迎来了一段时间的训斥和盘问，当然还有宋女士的漠不关心。

但这一切都不重要，周川本就擅长两边周旋化解矛盾。

而罗曼呢？跟周川一起面对家里长辈的唠叨教育建议时，她表现得很平静。

从前的她也能平静应对旁人的一切看法，但那是因为她不在意。如今的她接受生活中所有的琐碎烦恼，过后心里还是开心，因为这一切都很值得，和周川共同打造的未来值得一切努力。

他们很忙，周一到周五，上班、约会、做蛋糕、打游戏、看电影，周末他们就去别墅种花种树，顺便一点一点把家搬过去。

罗曼到底是第一次整理这么大的花园，很多地方都没头绪，好在她可以上网求助。

罗曼发现她关注的一个园艺师开始更新从头开始打造花园的教程，她很开心。

但周川让罗曼少看，他说网上的不靠谱，最好找本地园艺师请教，她觉得颇有道理。

小花园一点点成型，罗曼种了很多花，年后都会一一盛开。她又想起了莫奈花园，周川说明年夏天一起去。

冬天来了，两个人正式搬进别墅，他们准备圣诞节邀请朋友们来聚会。

周六，罗曼和林珊逛了一天。晚上她开车回去，周川正在院子里布置灯饰。

罗曼回屋换了鞋，洗了手端着热茶出来看他忙上忙下。

周川挂完最后一串灯去弄开关，可惜插线板不行。他走到罗曼面前对她说："插线板不够长，明天买个新的。"

"辛苦啦，小周同学。"

周川抱住她："不辛苦，冷吗？"

"不冷。"

他把罗曼的手放到他的羽绒服里，很暖和。

两个人在院子里静静地拥抱。一阵夜风吹来，花园里的雪柳纷纷抖落花瓣。罗曼笑着伸出手掌去接："下雪啦。"

"傻。"周川亲吻她。

好像当初周川在酒店给她准备的婚礼现场啊，那天没看到的雪柳雨如今重现了。

又是一年年尾，罗曼看着周川，突然萌生一个想法——新年，她想成为周川的合法妻子，这件事一天都不想多等。

怎么办呢？她可浪漫不过他，那就耍赖吧。

罗曼站直了向他发起挑战："我们来猜拳吧，我赢了就去领证，你赢了我就给你准备一场盛大的求婚仪式！"

周川下意识地说道，"哦，上次结婚是一时兴起，这次结婚是打赌？"

说完这句话他有点后悔，再看罗曼，她却没有生气，反而抱住他的腰说："那谁叫你一直摆谱不肯跟我复婚呢？我这不是黔驴技穷了吗？要不然你告诉我怎么才能感动你？是不是要我买一颗玻璃珠子向你求婚啊？"

周川得意起来，清了清嗓子说："你不是说隆重求婚吗？玻璃珠子就想搞定我？"

"那我先去下载一百部爱情片学习一下好了。"

"这么有诚意啊……那行吧。"

"石头、剪刀、布！"罗曼趁机出拳，免得他又讲条件。

她先出了剪刀，周川慢一拍。

他慢慢举起垂在身侧的右手，最后推开手掌变成布。

"你赢了。"他拉着她的手按在自己的胸膛上，心跳有力。他说，罗曼啊，在周川这里，永远都是大赢家啊。

（正文完）

周川和罗曼在春暖花开的时候正式领证复婚了。

从民政局出来，周川迫不及待发了个朋友圈，然而并没有引起多少人关注。

这件事不怪大家，其实很多朋友都不知道他们俩离婚的事，知道的那几个，比如大头，至今都觉得周川夫妇离婚是为了买学区房，这下周川都没法解释了。

先通知家里人吧！不料双方长辈的反应也非常镇定。

先是周川妈妈这边，王雁很高兴他们俩和好了，却没有开口问婚礼办不办。周川忍不住自己提出来，周妈反而沉默了。

她的口吻听上去有些不敢相信："要办吗？上次办婚礼你们俩可都没出现，怎么这次……是打算办吗？"

周川："没……"

另一边，罗曼也向宋女士宣布了复婚的消息。宋女士的态度一如既往走极端，上次结婚有多热心，这回就有多冷淡。

"知道了，复婚就复婚，你们俩分分合合的，我闹不懂，就这么着吧，我还忙着呢。"

宋女士如今一心扑在观鸟协会的工作上，下班后还跟许多孩子的家长保持热络的联系，再加上开心的事，她哪忙得过来。

挂断电话，夫妻俩坐在沙发上一同叹气。

周川说："我妈说回家吃顿饭。"

罗曼说："我妈说她忙，先挂了。"

周川笑了笑："要不我们俩庆祝一下？"

罗曼心里多少有点内疚，她知道周川是比较在意仪式感的人。她问他："怪我吗？"

周川搂住她："老婆，我不是真的在意形式，我自始至终要的只是你爱我。"

罗曼说："我爱你啊。"

周川回："那不就行了。"

罗曼笑道："嗯，那就……结婚快乐呀，老公。"

周川说："结婚快乐，老婆。"

这一天就这么着了，好像跟平日也没什么不同。周川心里有那么一丝失落，却又不想逼迫罗曼去做她不喜欢的事情。

"就这样吧，二婚都比较低调，就算办了婚礼，让朋友们说起来还以为我们俩贪那点份子钱呢，或者……要不然别人就会说二婚大操大办是掩饰矛盾虚假恩爱呢，没劲没劲，不办了，自己悄悄跟老婆恩爱过日子就好！"周川这般安慰自己。

正好酒店有事要去处理，周川跟罗曼说了一声就出门去了。

他走后，罗曼立刻给酒店餐厅的小瑞发微信消息："目标已出发，拜托啦。"

小瑞回复："好的，罗曼姐，我想了想，还是不能以想辞职为理由拖住老板，万一老板一口答应了，那我可就悲剧了！"

罗曼回："哈哈哈——辛苦你了，一定要留住他，叫他换衣服啊。"

小瑞回："好的，罗曼姐。"

小瑞是新来的甜品师，她在酒店等了一个小时周川才到。

周川问："出什么事了？"

小瑞纠结了半天实在想不出新的借口，她只能说："我想……想辞职？"

周川皱起眉头，小瑞内心很忐忑。半晌，周川问："待遇问题吗？"

小瑞松了口气："不是，可能是……最近心情不好吧，家里有点事，那个……老板，要不咱们俩谈谈心吧。"

周川看向她："你要有情绪问题的话，不如我给你安排一位心理医生调解一下，我有老婆的，我不跟你谈心。"

小瑞尴尬地笑："老板，你今天结婚，恭喜恭喜啊。"

周川说："谢谢，所以没什么事找我吗？"

小瑞答道，"有啊！"

周川说："说。"

小瑞回："我研发了新的下午茶套餐！"

周川回道："说说看。"

…………

小瑞艰难地完成了第一个任务，第二个任务是让老板换礼服。

这很简单，她直接让学徒"不小心"泼了周川一身花花绿绿的果汁。

小瑞劝他："换一套吧，这多难看，我给您找一套衣服。"

周川说："不用，拿去客房洗一下。"

小瑞又劝："就洗一套衣服多浪费电啊，我这有新衣服，您换一套吧。"

周川回："不可以，我出门一趟，换了衣服，我老婆会吃醋！"

小瑞无语："老板，您这么说自己老婆好吗？您太太就那么小肚鸡肠？"

周川答："你理解错了，小肚鸡肠的是我。如果我出门换了套衣裳，我老婆不在意，我会伤心。"

小瑞无法反驳。

任务二彻底失败，小瑞只能联系罗曼。罗曼叫她帮忙安排司机把礼服送回家，方便的话顺便再给她送两道像样的菜。

小瑞立刻安排。

周川要回家，罗曼打来电话说她想喝奶茶了叫他买回家，他便绕路去买。

待到他买完奶茶开车回家，天色已经暗了下来，小区安安静静。开到自己家那栋房子时，他看到院里的树上挂满了彩灯。

周川停好车，提着奶茶往里走。院子中间直通家门的小路上铺满了花瓣，花园里摆着餐桌，烛火在玻璃罩中舞动，他最爱的菠萝翻转蛋糕做成了三层，桌边的音响播放着他喜欢的婚礼歌曲——*beautiful in white*（白色新娘）。他站得远，听不太清，但每一句歌词他都熟记于心。

周川踩着花瓣向屋里走去，去找他身穿洁白婚纱的新娘。

这一路他心潮澎湃，感动不已。曼曼准备了婚礼，果然这一天不可能像平日那样普通啊。

这些都是她自己布置的吗？

"老婆？"周川进门后叫罗曼。

罗曼穿着白纱从楼上款款而下，她来到他面前，不是很自在地催促他："去换衣服啊，还要不要结婚啦？"

周川很想拥抱她，却又不想弄脏她的白纱，他弯腰亲吻新娘："等我。"

飞快地换好礼服后，周川牵着罗曼来到花园。这里没有主婚人，也没有来宾，有的只是一对新人和鲜花绿植，就像他们的第一场婚礼。

不需要死板的流程，罗曼给周川戴上戒指，叫他"老公"。

她说："我很高兴，能够成为你的妻子。"

周川的眼眶发热，罗曼还有话说。

她说："我本来想请一些朋友来，后来又不想请了。老公，我们的第一场婚礼，你带着我逃到森林里举行了仪式。那天我很幸福，我应该早点告诉你我很幸福的，跟你在一起让我感到幸福。今天我特意没有请任何亲友出席，意思是我可以接受普通的婚礼，但我更想这样和你单独纪念。你会有点遗憾吗？我只是想告诉你，我想要的，只有你，所以……这样可以吗？就我们两个人。"

周川满足地点头，他别无所求。

他给她戴上戒指，拥抱她，用炙热的吻表达自己的心。

月朗星稀，夜色如画。

周川久久拥抱着罗曼，难舍难分。

话语在这一刻失去了意义，音乐代替他唱出了爱的誓言。

You look so beautiful in white

（披上圣洁纯净的婚纱，你的美丽令人惊艳）

And from now to my very last breath

（从这一刻开始到我此生的最后一次呼吸）

This day I'll cherish

（我都会将今日的这一份幸福好好珍藏）

You look so beautiful in white

（纯白婚纱下的你明艳动人）

Tonight

（今夜良辰）

What we have is timeless

（同你所拥有的一切都将凝结成永恒）

My love is endless

（我会给你永无止境的爱）

　　罗曼辞职了，一来她一心牵挂自己的小花园，无心打工；二来她准备接手父亲的公司，也需要时间学习业务。

　　她在家的时间多，周川也越来越会逃班，总是找理由给自己放假，美其名曰老婆一个人在家会无聊。

　　周末的时候，他们和朋友们开车去海边玩了两天。可能是酒店冷气太强，回程时周川就有点不舒服，到家后更是直接病倒了。

　　发烧到三十九度。

　　罗曼照顾了他两天才退烧，病好之后周川耍赖皮不肯去工作，说他好不容易有一回是真的病了。

　　罗曼拿他没办法，她做了个水果捞，跟他窝在沙发上边吃边看电影。

　　周川把头枕在她的腿上，她低头看了一眼，他的头发有点长了。

　　"我给你剪头发吧？"她提议。

　　"行啊，我正想着哪天去理发店呢，有点挡眼睛。"

　　罗曼想了想，说："去拿剪子吧。"

　　她的语气听上去不像是个会剪头发的，多少有点新手上路的大义凛然感，周川犹豫了："你真的会吗老婆？要不还是算了吧。"

　　罗曼避而不答："不剪吗？刘海都长了。"

　　周川坐起来看她："很想剪吗？"

　　罗曼老实点头："有一点。"

　　周川点头："行吧，反正是自己的老公，剪坏了你也别嫌弃。"

　　他去找剪刀，罗曼去找发卡、梳子之类的工具。

周川下楼后发现罗曼在发呆，一副情绪不佳的样子。他坐过去在她眼前挥挥手，问道："想什么呢？"

罗曼回过神，说："你知道吗？我小的时候经常因为剪头发哭。"

周川笑了，觉得她可爱："剪得不好看吗？"

罗曼说："都是我妈剪的。"

周川坐在她旁边搂住她："剪了很多次吗？"

"两三次吧……"

罗曼边回忆边分享，大概是小学三四年级那会儿吧，宋女士也不知道怎么回事，迷恋上了剪头发，准确说是迷上了给罗曼剪头发。第一回剪的时候，宋女士一副很专业的神情，罗曼信了，让她剪，剪完罗曼就哭了，就跟课本上的男学生似的。

当时罗城让见女儿哭了，便埋怨妻子说："你也不先问好，等孩子愿意你再剪，这会儿要吃饭了把人弄哭了。"

宋女士比谁都生气，指着罗曼骂："我怎么没问？她答应了我才剪的，这哪里不好看了？理发店剪头也就这种效果，哭什么哭！"

罗曼记得那天自己没吃饭，宋女士也没吃，她不吃也不做饭，所以罗城让也没饭吃。他带着罗曼出去下馆子，父女俩高高兴兴吃饱了，回家后又被宋女士骂了一顿，一直到晚上父女二人轮番认错道歉才罢休。

听到这里，周川问："那怎么还有第二次、第三次呢？"

罗曼深深地叹气："因为我小时候没出息，总是习惯性听从我妈的要求，她一生气我就害怕。"

听到罗曼说这些，周川很心疼。

周川亲吻罗曼的额头，对她说："老婆放心，你就是把我剪成西瓜，我也绝对不哭。"

他的保证逗笑了罗曼，罗曼摸了摸他的头发，不忍心做实验了："算了吧，还是去理发店吧。"

"别呀，你不是想玩吗？玩我吧！"

"哈哈哈！什么呀！"

罗曼看着他的眼睛，愉悦之情从心底滋生。如今她跟周川说自己小时候的傻里傻气或者对母亲的"怨念"也不会觉得丢脸，他是很好的伙伴，总能让她觉得自己无论什么样都被包容着。

投入他的怀抱，夫妻俩安静相拥，享受彼此的陪伴。

"中午想吃什么？"周川问。

罗曼刚吃了水果，饱着呢，就说："我不饿，你想吃什么？刚退烧，吃点清淡的吧。"她说着打了个哈欠。

周川问："困了？"

罗曼迷迷糊糊道："嗯……"

周川让罗曼枕在他腿上打盹儿，他则拿手机处理酒店的一些事情。

忙完以后，周川觉得无聊。电影自动播完了，他不想再看一遍，要跟曼曼一起看才行，低头看她，她睡得可熟了。

周川注意到桌上放着的盒子，里面都是罗曼扎头发用的小发卡和发绳之类的，他突然想到自己收藏过的一个视频。

视频标题叫"超能奶爸必备技能——给女儿梳漂亮发型"。

本着闲着也是闲着，收藏不等于掌握技能的原则，周川摸了摸罗曼散落在他腿上的长发，心思一动，把手伸向了她的发绳。

小小地练习一下好了，以后可不能因为不会梳头发让宝贝女儿哭，曼曼妈妈一定会支持爸爸这个想法的！

经过四十分钟的练习，周川对发型师这个职业产生了敬意。果然不是什么人都能随便掌握的技能啊，看看自己把老婆的头发弄成啥样了，满头乱飞的小辫子，好像榴梿啊。

他歪着脑袋正面看罗曼，笑了。

他老婆真好看，这样的发型也不影响颜值呢！

嗯？怀里的人像是感应到什么似的突然醒了，她揉揉眼睛坐起来，身子软软地靠在周川身上。

"几点了？饿了吗？"

咦？好奇怪，脑袋怎么痒痒的？

罗曼刚想伸手挠一挠，周川一把抱住她，是困住她双臂的那种抱法。

罗曼挣扎了两下，在他怀里笑道："干吗呀？"

周川紧张死了，说："老婆，我有话跟你说。"

"嗯，说啊。"

周川的坦白在嗓子眼儿溜了一圈又咽了下去，他说："老婆，我想告诉你，在我心里，你是最漂亮的，我就没见过比我老婆更漂亮的女人，不管我老婆留什么样的发型，都遮掩不了你的美貌和气质。"

罗曼都有点不好意思了，他怎么突然表白？

怕她不信似的，周川又继续说："真的，老婆，我真的觉得你美炸了，你根本不用在意发型这种小事。普通人搞发型是为了提高颜值，我老婆顶一头鸡窝也天下第一。"

他夸张的赞美让罗曼瞬间想到她睡前跟他分享自己小时候为剪头发哭鼻子的事，原来周川是在安慰她吗？

罗曼感到窝心，温柔道："我没有难过啊，就是跟你说着玩的，分享一下。"

周川还是紧紧抱着她不撒手，说："老婆，我真的很爱你。"

罗曼感动了："知道了，我也爱你啊。"

罗曼又说："好了，快放开我，我的头好痒啊，怎么回事？脑袋感觉重重的，是有什么东西吗？"

周川瞄了一眼罗曼的榴梿发型，放开她，捧着她的脸注视她的眼睛，十分严肃道："曼曼，记住，我们是因为彼此相爱才结婚的！"

说完他还亲了她一下。

罗曼觉得他好奇怪，奇怪到她抬手抓了抓脑袋……嗯？什么东西？

周川在她摸上自己脑袋的那一秒已经起身跑向大门："我去看看你的花还活着没！"

罗曼先拿手机照了照，又不敢相信地跑去卫生间照镜子。天哪！镜子里这个满脑袋乱七八糟辫子的疯女人是谁？这就是他嘴里的美炸了……她要宰了周大川！

宰人之前先整理发型，她拆掉辫子，原地变身狮子王……

罗曼哭笑不得，扎了个马尾辫后，就拿着梳子去追杀周川了。干坏事的人这会儿正躲在花园里，夫妻俩你追我逃，安静的小区顿时喧闹起来。

周川边逃边辩解："老婆冷静！我请求解释！"

罗曼停下来，气喘吁吁地说道："说说看。"

周川也有点喘，他说："我这不是听了你的童年阴影产生危机感了吗？我不想以后我们的宝宝因为爸爸不会梳头发哭鼻子，我爱孩子难道还错了？"

我这不是为了当一个好爸爸提前练习一下嘛……"

罗曼冷笑道："拿我练习？你给我过来，我今天一定要把你的头发剪个乱七八糟！"

周川笑着跑开："我错了，老婆，可是你真的很美丽！"

罗曼追上去，最终在大门口被他抱住。他依旧困住她的双臂紧紧拥抱她，吻落在她的嘴角。他说："我爱你，老婆。"

"没用。"

"你不爱我了吗？就因为一个发型不爱我了吗？真爱如此脆弱吗？"

"少来这套。"

周川突然扛起她就往屋里跑。

"我已经掌握了美发技能，是时候请客户出场了。"

罗曼听不懂："什么客户？"

周川答："我女儿。"

罗曼："……"

（一）

罗曼怀孕后暂停了手边所有的工作，安心在家养胎。她的日常就是种花、养草，做做蛋糕，吃吃喝喝，养崽崽，日子很是悠闲。

因为无聊，罗曼开了个账号记录自己打理花园的全过程，更新了两周，也有十三个粉丝了。

其中一个网名为"当地不杰出女青年"的网友经常评论罗曼的视频。

她说："姐姐家房了好大好漂亮！这是传说中的别墅吗？富婆贴贴！"

她说："富婆姐姐还亲自种花吗？姐姐家那个男保姆不行啊，换我来吧！"

周川看到后，皱着眉头问罗曼："老婆，这个男保姆……该不会是我吧？"

罗曼大笑："很有可能。"

周川登录自己的账号回复网友："不是保姆，是老公，谢谢您。"

网友没回复。

晚上睡觉前，周川收到评论提醒，网名为"当地不杰出女青年"的网友在他的做饭视频下评论："这种手艺还敢当保姆？赶紧辞职换我去！"

周川气呼呼地回复："我是她老公！"

他另一条用电饭锅做蛋糕的视频也被评论了："偷偷用富婆主人家的电饭锅做蛋糕，报备过了吗你？"

周川回复："你信不信我把你拉黑……"

网友不理他，跑去罗曼的账号下回复："富婆姐姐，晚安，明天也要更新花园进度哇！"

周川抱着老婆撒娇："老婆，快为我正名！"

罗曼笑着摸摸他的头："保姆先生，可以去给我拿一下胎教故事书吗？"

周川笑道："好的，富婆姐姐。"

（二）

罗曼的身子渐渐笨重起来，她不能再长时间蹲着种花了，但她还是会拍一些植物的生长过程。

"不杰出的女网友"已经很久没出现了，这天她突然冒出来给罗曼的视频留言。看到罗曼分享怀孕消息的那条，她感慨道："有的崽一投胎就在别墅，有的崽（我）一出生，家里就是五保户。"

罗曼笑得上气不接下气。周川也觉得她好玩，便回复她："你挺幽默。"

网友回："保姆别发言。"

周川无奈："我恨你……"

（三）

家里做饭的张阿姨请了一天假，周川接了班给老婆做饭。他从网上学的烫饭教程，罗曼吃得挺好，剩了小半锅还说留着明天吃。

第二天，张阿姨回来后干的第一件事就是把冰箱里的剩饭给倒了。这个行为敲醒了罗曼，要知道张阿姨平时可是最节俭的，从不会浪费食物，那么一大碗饭说倒就倒了？

真相只有一个……

罗曼把周川昨晚在朋友圈发的烫饭成品图转发给林珊，她问好友："看上去有食欲吗？"

林珊回："谢谢你，朋友，你怎么知道我想减肥？"

罗曼："……"

晚上睡觉前，周川一边给老婆的肚皮上抹妊娠精油，一边跟宝宝聊天。罗曼本来正看书呢，听到他嘴里一个劲儿地叫什么"罗北"？

她问："罗北是谁？"

周川答："我孩子。"

罗曼不解："怎么就罗北了？有什么寓意吗？"

周川说："谐音，萝卜的谐音，咱家小园子里不就萝卜长得好吗？取个小名祝福宝宝健康成长。"

罗曼点点头，这个寓意挺好的，但是……

"小名的话，直接叫萝卜不是更可爱？"

周川看着她，一脸的不赞同："你老土了吧？跟不上时代潮流了吧？"

罗曼合上书："什么潮流？请您赐教。"

周川解释："罗北就是萝卜，现在的网友都这么说话，这是流行的发音。"

罗曼说："你又关注什么奇奇怪怪的搞笑博主了？"

周川否认："哪有奇怪。"

他继续对着老婆的孕肚呼叫"罗北"，小朋友并没有回应。

"对了，明天还是你给我做饭吧。"罗曼说。

"行啊，想吃点啥？"

罗曼考虑了一下，说："你决定吧，我不挑。"

周川很高兴，果然只有他的亲老婆能欣赏他的厨艺！

罗曼睡着以后，周川在网上搜了半夜做菜教程，最后选定了咖喱蛋包饭，正好家里有无菌蛋和椰奶。

隔天中午，咖喱饭上桌，罗曼先拍了张照才吃，吃的同时她把照片发了朋友圈，配文是：想吃吗？

"怎么样？味道还行吗？"周川问。

罗曼又吃了一口："有一点点腻，但是好吃，你帮我倒杯柠檬水好吗？"

"好。"

周川去倒水，罗曼拿起手机点开朋友圈，朋友们评论了好多条，大致意见就是：怀着孕呢，咱能不能吃点正常的食物。

罗曼感叹怀孕真是奇怪，口味变了就算了，食物审美也能变吗？

周川倒完水回来，看到自己老婆在发呆，就问："怎么不吃了？吃不下了吗？"

罗曼抚摸着肚子，一脸忧愁地看着他说："出事了。"

周川顿时紧张不已："怎么了？不舒服吗？"

罗曼摇摇头："老公，咱们家小萝卜好像……口味跟正常人不大一样呢……"

周川得意起来："亲孩子啊。"

他亲吻罗曼："亲老婆。"